달과 6펜스

The Moon and Sixpence

세계문학전집 38

달과 6펜스

The Moon and Sixpence

서머싯 몸

송무 옮김

민음사

일러두기

1 본문에서 원주는 *로, 옮긴이주는 일련번호로 구분하여 표기했다.

차례

1

솔직히 말해서 찰스 스트릭랜드를 처음 만났을 때 나는 그에게서 보통 사람과 다른 점을 조금도 발견하지 못했다. 그렇지만 이제 와서 그의 위대성을 부인하는 사람은 별로 없을 것이다. 위대성이라 해서 때를 잘 만난 정치가나 성공한 군인을 수식하는, 그런 위대성을 말하는 것이 아니다. 그런 위대성은 그 사람의 지위에서 나오는 어떤 것이지 사람 자체가 가지는 특질이라고는 할 수 없다. 상황이 변하면 위대성에 대한 평가도 사뭇 달라지게 마련이다. 수상도 그 직을 떠나면 고작 잘난 척하는 말재주꾼이었던 게 아닌가 여겨질 때가 많고, 장군도 부하를 잃으면 저잣거리의 보잘것없는 얘기 주인공으로 떨어지고 만다. 거기에 비하면 찰스 스트릭랜드의 위대성은 진짜였다. 그의 예술이 마음에 들지 않을 수는 있다. 하지만 아무튼 그의 예술이 우리의 관심을 끈다는 사실은 아무도 부인하지 못할 것이다. 그는 사람의 정신을 어지럽히고 매혹시킨다. 그를 비웃음의 대상으로 삼았던 때는 지나갔다. 이제 그를 변호한다고 해서 괴짜로 취급당하거나 그를 찬양한다고 해서 편벽한 사람으로 취급당하지 않는다. 그의 결점은 장점을 보완하는 데 필요한 것이었음을 이제 누구나 인정하고 있다. 하기야 예술가로서의 그의 위치에 대해서는 지금도 얼마든지 논의가 가능하다. 사실 그를 찬양하는 사람들의 말을 들어 보면 헐뜯는 사람들의 혹평만큼이나 변덕이 심하다. 다만 한 가지 의심할 수 없는 점은 그가 천재였다는 사실이다. 나는 예술에서 가장 흥미로운 부분은 예술가의 개성이 아닐까 생각한다. 개성이 특이하다면 나는 천 가지 결점도 기꺼이 다 용서해 주고 싶다. 나는 벨라스케스를 엘 그레코보다 훌륭한 화가로 보지만 그는 너무 인습적이어서 칭찬하려면 맥이 빠진다. 그에 비해 관능적이고 비극적인 저 그리스인[1]은 마치 산 제물을 바치듯 제 영혼의 비밀을 우리에게 바치고 있다. 화가이든 시인이든 음악가이든, 예술가는 숭엄하거나 아름다운 자신의 양식(樣式)으로 우리의 심미감을 만족시켜 준다. 하지만 심미감이란 성 본능과 비슷해서 일종의 야만성을 띠게 마련이다. 그런가 하면 예술가는 자신의 두드러진 재능으로도 우리의 이목을 끈다. 예술가의 비밀을 캐다 보면 우리는 탐정 소설에 빠지

---

1) 여기서 그리스인이라 함은 엘 그레코(El Greco)를 가리킨다. '엘 그레코'라는 이름은 스페인어로 '그리스인'이라는 뜻이다.

듯 그 일에 빠지고 만다. 그 비밀은 불가해한 우주처럼, 해답을 주지 않는 수수께끼 같다. 스트릭랜드의 그림은, 가장 대수롭지 않은 것조차 기이하고, 복잡하고, 고뇌에 가득 찬 개성을 보여 준다. 바로 그 점 때문에 그의 그림을 좋아하지 않는 사람들도 그 그림들에 전혀 무관심할 수 없는 것이다. 그의 인생과 성격에 대해 강한 궁금증을 불러일으킨 것도 바로 그 개성이었다.

모리스 위레가 《메르퀴르 드 프랑스》 지에 글을 한 편 기고하여 스트릭랜드라는 무명 화가를 망각으로부터 구해 낸 것은 그가 죽고 사 년이 지난 뒤였다. 위레가 일단 길을 터 주고 나자 다른 비평가들도 별 반대 없이 그의 뒤를 따랐다. 프랑스에서 위레만큼 오랫동안 확고한 권위를 누린 비평가도 없었기 때문에 그의 주장을 등한시할 수는 없었던 것이다. 너무 지나친 주장이 아닌가 여겨지는 점도 있었지만 후일의 판단은 그의 평가가 옳았음을 확인해 주었고, 그에 따라 찰스 스트릭랜드의 평판은 이제 위레가 자리 매겨 준 방향으로 확고히 자리 잡았다고 볼 수 있다. 무명 화가가 이처럼 하루아침에 유명해진 일은 미술사에서 가장 로맨틱한 사건 가운데 하나로 꼽힐 것이다. 하지만 나는 그의 인격과 관련된 부분만을 다룰 뿐 작품 자체를 다루지는 않을 작정이다. 그렇다고 문외한은 그림을 전혀 이해하지 못한다거나, 문외한이 그림 감상 능력을 보여 주려면 그저 말없이 수표나 끊어 그림만 사 주면 된다는 식으로 말하는 오만한 화가들의 생각에는 찬성할 수 없다. 그것은 예술에는 기교가 전부고 기교는 기교가만이 안다고 생각하는 괴상한 오해이다. 예술이란 정서의 구현물이며, 정서는 만인이 이해할 수 있는 언어이다. 물론 기교를 제대로 알지 못하는 비평가가 진정한 가치 문제를 놓고 왈가왈부하기 어렵다는 것을 나도 인정한다. 나의 경우, 그림에 대해선 아주 무지하다. 하지만 다행히 나는 그림을 논평하는 따위의 모험을 할 필요가 없다. 왜냐하면 훌륭한 화가이며 유능한 문필가이자 내 친구인 에드워드 레가트가 문체의 매력적인 본보기라 할 만한 그의 소책자*에서 찰스 스트릭랜드의 작품을 아주 철저하게 논평해 주고 있기 때문이다. 문체로 말하자면 아무래도 프랑스보다는 뒤떨어진 영국에서 말이다.

모리스 위레는 호사가(好事家)들의 구미가 당기도록 잘 계획된 그의 유명한 논문에서 찰스 스트릭랜드의 생애를 간략하게 요약해 주고 있다. 예술에 대해 순수한 열정을 지니고 있던 그가 진정으로 바랐던 것은 식자들로 하여금 최고의 독창적인 재능을 가진 화가에 주목하게 하는 것이었다. 워낙 뛰어난 저널리스트였던 그는 '인간적 흥미'를 동원해야 자신의 목적을 더 쉽게 달성할 수 있음을 모르지 않았다. 과거에 스트릭랜드와 접촉해 본 사람들, 그러니까 런던에서 그를 알았던 작가들이나 몽마르트르의 카페에서 그를 만났던 화가들은 자신들이 보잘것없게 여겼던 화가가 진짜 천재였고, 그 천재가 자신들과 어깨를 맞대고 지냈다는 사실을 알고 깜짝 놀랐다. 그러

---

* 에드워드 레가트, 『현대 예술가: 찰스 스트릭랜드의 작품에 관한 노트』, 마틴 세커 출판사, 1917. (이 책에 나오는 몇 개의 원주는 작가가 실제처럼 보이기 위해 붙인 허구이다.—옮긴이)

면서 회상기며 작품론 같은 글들이 프랑스와 미국의 잡지들에 잇따라 발표되기 시작했다. 이런 것들이 스트릭랜드의 명성을 더욱 높여 주면서 만족할 줄 모르는 대중의 호기심을 끝없이 자극했다. 주제도 적절했거니와, 부지런한 바이트브레히트 로트홀츠가 그의 인상적인 연구 논문*을 통해 전거가 되는 참고 자료를 풍부하게 제공해 주었던 점도 한몫을 했다.

인간은 신화를 만들어 내는 능력을 타고난다. 그래서 보통 사람과 조금이라도 다른 인간이 있으면 그들의 생애에서 놀랍고 신기한 사건들을 열심히 찾아내어 전설을 지어낸 다음, 그것을 광적으로 믿어 버린다. 범상한 삶에 대한 낭만적 정신의 저항이라고나 할까. 전설적인 사건들은 주인공을 불멸의 세계로 들여보내는 가장 확실한 입장권이 된다. 냉소적인 철학자라면 미소를 머금고 생각할 것이다. 월터 롤리 경이 사람들의 기억에서 잊히지 않는 것은 그가 미지의 나라에 영국인의 이름을 갖다 심었기 때문이 아니라 처녀 여왕의 발밑에 망토를 펼쳐 주었기 때문이라고.[2] 찰스 스트릭랜드는 살아 있을 때

---

* 『카를 스트릭란트: 그의 생애와 예술』, 철학박사 후고 바이트브레히트 로트홀츠, 슈빙겔 운트 하니슈, 라이프치히, 1914. ('카를 스트릭란트'는 '찰스 스트릭랜드'의 독일식 표기이다.—옮긴이)

2) 월터 롤리 경(Sir Walter Raleigh)은 16세기 영국의 궁정인으로 군인, 시인, 역사가였다. 식민지를 개척하러 아메리카에 가서 그곳에 처녀 여왕 엘리자베스를 기념하여 붙인 이름을 남기고 왔다. 오늘날 버지니아 주의 이름이 그것이다. 유럽에 담배를 맨 처음 수입한 사람도 롤리 경이라고 알려져 있다. 하지만 롤리 경은, 어느 날 거리를 나들이하던 엘리자베스 여왕이 마차에서 내리려고 할 때 길바닥이 진창인 것을 발견하고 어깨의 망토를 벗어 여왕의 발밑에 깔아 주었다는 일로 더 잘 알려져 있다.

이름 없는 화가였다. 그에게는 친구보다 적이 많았다. 그러고 보면 그의 이야기를 쓴 사람들이 부족한 기억을 메우려고 마음대로 공상을 동원했다 해도 이상한 일이 아니다. 그에 대해 알려진 사실은 아주 적었지만 낭만적인 성향을 가진 문사(文士)라면 거기에서 이미 충분한 이야깃거리를 발견했을 것임이 틀림없다. 그의 생애에는 기이하고 끔찍한 일들이 많았고, 그의 성격에는 어딘가 난폭한 점이 있었으며, 그의 운명에는 비통하게 여겨지는 일이 적지 않았다. 이러한 사정으로부터 현명한 역사가라도 선뜻 공격하기 힘든 하나의 전설이 탄생했던 것이다.

하지만 로버트 스트릭랜드 신부 같은 사람을 현명한 역사가라고는 할 수 없다. 그는 스트릭랜드의 전기*를 썼는데, 그 목적이 부친의 말년에 관한 '오해가 널리 퍼져 있어 현재 생존해 있는 사람들에게 상당한 고통을 주고 있기 때문에 그 오해를 불식시키기 위한 것'이라고 공공연히 밝히고 있다. 하기야 스트릭랜드의 삶에 대해 세상에 널리 알려진 이야기 가운데에는 점잖은 사람들을 당혹스럽게 하는 부분이 많다는 것은 사실이다. 나는 이 전기를 아주 흥미롭게 읽었는데, 읽고 보니 무미건조하기 짝이 없는 책이어서 오히려 천만다행이라 생각했다. 스트릭랜드 씨는 부친을 훌륭한 남편이자 아버지, 그리고 다정하고 근면한 도덕 군자로 그려 놓았던 것이다. 성서 해

---

* 『스트릭랜드: 인간과 예술』, 로버트 스트릭랜드(아들), 윌리엄 하이네만, 1912.

석학이라는 학문을 닦으면서 이 현대의 성직자는 만사를 그럴싸하게 설명해 내는 놀라운 재주를 익혔던 모양이다. 하지만 로버트 스트릭랜드 신부는 부친에 대한 사실을—효자라면 당연히 기억해 둘 만했겠지만—하나같이 얼마나 교묘하게 '해석'하고 있는지, 그 능력으로 볼 때 때가 되면 교회의 가장 높은 자리에까지 오를 게 틀림없다. 성직자의 각반을 찬 그의 두툼한 장딴지가 벌써 눈에 선하다. 그가 부친의 전기를 쓴 것은 용기 있는 일이었을지는 모르나 위험한 모험이었다. 스트릭랜드의 성가(聲價)가 오른 데에는 세상에 퍼진 전설이 적잖은 몫을 했을 수 있기 때문이다. 많은 사람들이 그의 성격에 혐오감을 느끼거나 그의 죽음에 연민을 느꼈기 때문에 그의 예술에 관심을 가지게 되었다고 할 수 있다. 그런데 아들은 자식 된 도리를 한다고 했겠지만, 그게 오히려 그의 아버지를 찬양하는 사람들에게 찬물을 끼얹는 결과가 되고 말았던 것이다. 스트릭랜드 신부의 전기가 출판되고 이에 관한 논란이 있은 직후 스트릭랜드의 걸작 가운데 하나인 「사마리아 여인」*이 크리스티 경매장에 팔렸을 때, 아홉 달 전에 어느 유명한 수집가가 사들였을 때보다—그 수집가가 갑자기 죽어 다시 경매장에 나오게 된 것인데—그림 값이 235파운드나 떨어진 것도 우연이라고는 할 수 없다. 인간의 놀라운 신화 창조

---

* 크리스티 경매장의 경매 품목 설명에는 이렇게 되어 있다. "소사이어티 군도의 한 원주민 나부(裸婦)가 시냇가에 앉아 있는 모습. 배경에는 야자수, 바나나 등의 열대 나무들이 서 있으며 크기는 가로 60인치, 세로 48인치이다."

능력이 비범한 존재를 향한 갈망에 찬물을 끼얹는 이야기를 짜증 내며 무시해 버렸기에 망정이지, 그렇지 않았더라면 찰스 스트릭랜드의 역량과 독창성이 아무리 대단했다 하더라도 사태를 바꾸기가 힘들었을 것이다. 다행히 얼마 뒤에 바이트브레히트 로트홀츠 박사가 앞서 말한 역작을 내어 마침내 예술을 사랑하는 모든 이들의 우려를 말끔히 씻어 주었다.

바이트브레히트 로트홀츠 박사가 속해 있는 역사가 유파는 인간성이 더없이 악할 뿐만 아니라 아주 흉악하다고까지 믿는다. 따라서 독자는 소설의 주인공을 가정 도덕의 귀감으로 그리면서 짓궂은 즐거움을 느끼는 작가들의 글보다 이런 사람이 쓴 글을 틀림없이 더 재미있어할 것이다. 나로 말할 것 같으면, 안토니오와 클레오파트라 사이에 경제적 관계 말고 다른 일은 없었다고 생각하고 싶지는 않다. 그렇다면 실망스러울 것이다. 제아무리 증거가 많다 해도 새로운 증거가 훨씬 더 많이 나오지 않는 한(다행히도 그럴 가능성은 없지만) 나는 티베리우스 황제[3]가 조지 5세[4]처럼 나무랄 데 없는 군주였다고 믿지 않을 것이다. 바이트브레히트 로트홀츠 박사가 로버트 스트릭랜드 신부의 순진한 전기를 다루는 모양을 보자면 독자는 그 운 나쁜 신부에게 일말의 동정을 느끼지 않을 수 없게 된다. 박사는 신부가 점잖게 말을 아낀 부분을 위선이라 낙인 찍고,

---

3) Tiberius(BC 42~AD 37). 아우구스투스를 이어 로마 제국에 번영과 안정을 가져온 로마의 황제.

4) George V(1865~1936). 몸이 이 소설을 쓰던 당시 영국의 왕. 1910년부터 1936년까지 재위했다.

완곡한 표현은 가차 없이 거짓말이라 부르는가 하면, 침묵은 독자에 대한 배신이라고 질타한다. 전기 작가로서야 비난받을 만하지만 자식으로서는 용서받을 만한데도 박사는 조그만 허물이라도 눈에 띄면 앵글로색슨족을 싸잡아 비난해 버린다. 도덕 군자인 척하고, 거짓말을 잘하며, 허세가 많고, 잘 속이고, 교활하며, 심지어는 음식 솜씨가 형편없다고까지 욕하고 나선다. 스트릭랜드 씨가 세상에 다 알려진 양친 사이의 불화를 부인하려고 부친이 파리에서 보낸 편지에서 아내를 '훌륭한 여자'라고 언급한 적이 있다고 말한 건 내 생각에 아무래도 경솔했던 것 같다. 바이트브레히트 로트홀츠 박사가 그 편지를 입수하여 원문 그대로 책에 싣고 말았기 때문이다. 문제의 대목은 실제로는 이런 내용이었던 것 같다. "아내라면 아주 넌더리가 나네. 하기야 훌륭한 여자이지. 지옥에나 떨어져 버렸으면 좋겠어." 아무리 전성기의 교회라도 불리한 증거를 그런 식으로 왜곡하지는 않았을 것이다.

바이트브레히트 로트홀츠 박사는 찰스 스트릭랜드의 열렬한 찬양자였다. 따라서 박사가 군이 그의 약점 따위를 눈가림할 염려는 없었다. 그는 겉으로 더없이 순수해 보이는 행동에서도 비열한 동기를 놓치지 않고 간파해 내는 날카로운 눈을 가지고 있었다. 그는 미술학도일 뿐만 아니라 정신병리학자이기도 했기 때문에 잠재 의식 속에 있는 비밀도 다 꿰뚫어 볼 수 있었다. 어떤 신비주의자도 평범한 일에서 그처럼 깊은 의미를 발견해 내지는 못할 것이다. 신비주의자는 말로 표현할 수 없는 것을 보고, 정신병리학자는 입에 담을 수 없는 것을 알아내는 법이다. 자신의 주인공에게 불리할지도 모를 사정마저 낱낱이 캐내려는 이 박식한 저자의 끈질긴 태도를 보노라면 야릇한 매력까지 느껴진다. 주인공의 잔인한 면이나 비열한 면을 찾아내면서 박사는 오히려 따뜻한 애정을 느끼고, 잊힌 이야기를 찾아내 로버트 스트릭랜드 신부의 효심을 난처하게 하면서 이단자를 화형에 처하는 종교 재판관처럼 좋아한다. 그의 끈질긴 근면성은 놀랍기 짝이 없다. 아무리 사소한 것이라도 놓치는 법이 없었다. 찰스 스트릭랜드가 세탁소에 외상을 졌다면 빠뜨리지 않고 기록했을 것이고, 반 크라운 은화 한 닢의 빚을 갚지 못한 일이 있었다면 낱낱이 이야기했을 것이다.

2

찰스 스트릭랜드에 대해서는 이미 그 정도까지 쓰여진 셈이므로 나까지 나서서 무엇을 더 보태야 할 필요는 없을지도 모르겠다. 화가를 찬양하고 기념하는 일은 역시 작품을 통해 이루어져야 하는 것이 아니겠는가. 내가 남들보다 그를 더 가까이 알았던 것은 사실이다. 나는 그가 화가가 되기 전부터 알았고, 그가 파리에서 어려운 시절을 보낼 때도 자주 만났다. 하지만 내가 전쟁 때 타히티에 가지만 않았더라도 이 회상기를 쓸 생각은 하지 못했을 것이다. 다 알려져 있듯이 그는 타히티에서 말년을 보냈다. 그곳에서 나는 우연히 그와 가까이 지냈던 사람들을 만났다. 덕분에 나는 그의 비극적인 삶 가운데 어둠에 묻혀 있던 대목을 밝혀 줄 수 있는 사람이 되었던 것이다. 스트릭랜드의 위대성을 믿는 사람들이 옳다면, 생전의 그를 직접 알았던 사람들의 사적인 이야기를 군더더기라고는 할 수 없다. 내가 스트릭랜드를 알았던 만큼 엘 그레코를 친밀하게 알았던 사람이 있다면 우리는 그 사람의 회고담을 듣기 위해 무슨 수인들 쓰지 않겠는가?

하지만 나는 그런 변명이나 하려 들지는 않겠다. 정신 수양을 위하여 자기가 싫어하는 일을 매일 두 가지씩 하는 게 좋다고 충고한 사람이 누구였던가? 어떤 현자의 말인데 누구였는지 생각이 안 난다. 나는 그 가르침을 아주 꼼꼼하게 따르고 있다. 날마다 아침에 잠자리에서 일어나고, 밤에는 잠자리에 드는 것이다. 하지만 내 천성에는 금욕주의적인 경향이 있어서 나는 매주 그보다 더 심한 육신의 고행(苦行)을 감행하고 있다. 매주 《더 타임스》지 문예 특집판을 빠짐없이 읽고 있다는 말이다. 세상에 쏟아져 나오는 무수한 책들, 책들이 출판될 때 저자들이 갖는 밝은 희망, 그리고 그들을 기다리고 있는 운명을 생각하다 보면 그것이야말로 유익한 수양이 된다. 어떤 책이 대중의 주목을 받게 될 가능성은 얼마나 될까? 성공을 거두었다고 해 봐야 한철의 성공에 지나지 않는다. 어쩌다 책을 산 독자에게 그저 몇 시간의 휴식을 제공하기 위해, 또는 여행의 무료함을 달래 주기 위해 저자가 얼마나 많은 애를 썼으며, 얼마나 쓰라린 체험을 하였고, 얼마나 골머리를 앓았는지 아무도 모른다. 서평들을 통해 판단해 보건대, 이들 책 가운데에는 심혈을 기울여 쓴 좋은 책들이 많다. 구성에 고심한 책도 많다. 심지어는 평생의 노고를 바친 책들도 있다. 내가 여기에서 얻는 가르침은 작가란 글 쓰는 즐거움과, 생각의 짐을 벗어 버리는 데서 보람을 찾아야 할 뿐, 다른 것에는 무관심해야 하며, 칭찬이나 비난, 성공이나 실패에 아랑곳하지 말아야 한다는 것이다.

하여간 전쟁이 터지자 새로운 태도가 등장했다. 젊은이들은 우리 구세대가 알지 못했던 신들에게 의지하기 시작했다. 우리 이후의 세대가 어느 방향으로 나아갈지는 벌써부터 뻔하다. 젊은 세대는 자신의 힘을 의식하고 소란을 떨면서, 이제 문을 노크하는 일 따위는 걷어치우고 함부로 들어와 우리 자리를 차지해 버렸다. 사방이 그들의 고함 소리로 시끄럽다. 나이 든 사람 가운데에는 젊은이들의 괴이한 짓을 흉내 내면서 자기네 시대가 아직 끝나지 않았다고 애써 믿으려는 이들이 있다. 그들은 개중에도 제일 혈기 왕성한 무리를 따라 힘껏 소리 질러 보건만 그 함성은 입안에서만 공허하게 울릴 뿐이다. 그들은 가 버린 청춘의 꿈을 되살릴 수 있을까 하여 눈썹도 그려 보고, 분도 발라 보고, 화장도 덕지덕지 해 보고, 흥겹게 떠들며 놀아 보는 가련한 바람둥이 여자들 같다. 지혜로운 이들은 점잖게 자기들의 길을 간다. 그들의 그윽한 미소에는 너그러우면서도 차가운 비웃음이 깃들어 있다. 그들은 자기들 역시 지금의 젊은이들처럼 소란스럽게, 그들처럼 경멸감을 가지고 안일에 빠져 있던 구세대를 짓밟아 왔던 일을 기억한다. 또한 지금 용감하게 횃불을 들고 앞장선 이들도 결국은 자기들의 자리를 내주게 되리라는 것을 안다. 마지막 말이라는 것은 세상에 없다. 옛 도시 니네베[5]도 그들의 위업을 하늘 높이 쌓아 올렸을 때 새로운 복음은 이미 낡은 것이 되어 버렸다. 말하는 당사자에게는 자못 새롭게 여겨지는 용감한 말도 알고 보면 그 이전에 똑같은 어조로 백 번도 더 되풀이되었던 말이다. 추는 항상 좌우로 흔들리고, 사람들은 늘 같은 원을 새롭게 돈다.

때로 어떤 사람은 자기가 살았던 시대를 넘어서 전혀 낯선 시대에 이르기까지 상당히 오랫동안 살아남는 수가 있다. 그러면 호기심 많은 사람들은 인간 희극 가운데에서 가장 기이한 광경 하나를 목격할 수 있게 된다. 가령, 오늘날 누가 조지 크래브[6]를 기억하겠는가? 그는 자기 시대에 유명한 시인이었고, 사람들은 하나같이 그의 천재성을 인정했다. 현대인의 삶이 훨씬 복잡다단해져 사람들의 마음이 하나가 되는 일은 이제 아주 드물게 되었지만 말이다. 그는 알렉산더 포프[7]의 문하(門下)에서 시 작법을 배워 2행씩 압운(押韻)하는 형식으로 교훈시를 썼다. 그러다 프랑스 혁명과 나폴레옹 전쟁이 터졌고 시인들은 새로운 노래를 부르기 시작했다. 하지만 크래브 씨는 계속해서 2행 압운의 교훈시를 썼다. 그도 세상을 온

---

5) 고대 아시리아 제국의 수도. 기원전 612년 멸망하기 전까지는 세계 최대의 도시였다.
6) George Crabbe(1754~1832). 영국의 시인.
7) Alexander Pope(1688~1744). 2행 압운의 시를 많이 쓴 영국 고전주의의 대표적 시인.

통 뒤흔들어 놓고 있던 젊은이들의 시를 읽었을 것임에 틀림없다. 아마 그들의 시를 형편없다고 보았을지 모른다. 하기야 형편없는 시들도 많았다. 하지만 키츠나 워즈워스의 명상시들, 콜리지의 시 한두 편, 그리고 그 밖에 셸리가 쓴 시들은 일찍이 아무도 발 디디지 못했던 광대한 정신의 영역을 발견했다고 할 수 있다. 크래브 씨는 죽은 사람이나 다름없었지만 그래도 여전히 2행 압운의 교훈시를 썼던 것이다. 나로 말하면 지금까지 젊은 세대의 글을 닥치는 대로 읽어 왔다. 그들 가운데에는 아마도 키츠보다 더 열렬하고, 셸리보다 천상에 더 가까이 간 시인이 있어 벌써 세상이 기억하고 싶어할 만한 시들을 발표했는지도 모르겠다. 나로선 알 수 없다. 나는 그들의 세련됨에 감탄을 금치 못하거니와——젊은 나이에 벌써 너무 완숙하여 전도 유망하다는 말이 오히려 우스꽝스러울 지경이다.——그들이 보여 주는 문체의 절묘함에 놀라지 않을 수 없다. 하지만 그들이 쓰는 표현이 아무리 풍부하다고 해도(그들의 어휘를 보면 그들이 로제의 『유의어 사전』[8]을 요람에서부터 가지고 놀지 않았나 하는 생각이 들 지경이다.), 그들이 내게 해 주는 말은 하나도 없다. 내가 보기에 그들은 아는 것이 너무 많고, 느끼는 것도 너무 분명하다. 나는 그들이 허물없이 내 등을 두들기는 태도나 내 가슴을 향해 격정적으로 뛰어드는 그런 감정을 견딜 수 없다. 내게는 그들의 열정이 어딘지 빈혈 증세

---

8) 영국의 과학자이자 저술가인 피터 마크 로제(Peter Mark Roget, 1779~1869)가 1852년에 편찬한 동의어 및 유의어 사전.

처럼 느껴지고, 그들의 꿈도 약간 따분하게 여겨진다. 나는 그들이 마음에 들지 않는다. 하기야 나도 이제 한물간 사람일지 모른다. 그래도 나는 계속해서 2행 압운의 교훈시를 쓰겠다. 내가 나 자신의 즐거움 아닌 어떤 것을 위해 글을 쓴다면 정말 세상에 둘도 없는 바보가 아니겠는가.

3

하지만 이런 이야기는 죄다 본론에서 벗어난 이야기이다.

내가 첫 책을 쓴 것은 아주 젊었을 때였다. 운이 좋았는지 그 책이 사람들의 관심을 끌었고 많은 사람들이 나와 알고 지내려고 했다.

내가 처음 런던의 문단에 소개되었던 그 수줍음 많고 호기심 많던 때를 되돌아보노라니 어쩐지 서글픈 마음을 금할 수 없다. 내가 문단을 드나들던 때가 벌써 오래전이거니와 요즘 문단의 기이한 현상을 묘사하고 있는 소설들이 정확하다면 문단도 이제 많이 변한 모양이다. 우선 모이는 동네부터가 다르다. 전에는 햄프스테드, 노팅 힐 게이트, 하이 스트리트, 켄싱턴 등이었지만 이제는 첼시와 블룸즈버리로 바뀌었다. 그때만 해도 사십 아래의 나이는 일종의 영예였지만 이제는 스물다섯 이상이면 말도 안 되는 나이이다. 그 당시 우리는 다들 감정을 표현하는 일에 수줍어했던 듯하고 웃음거리가 될까 봐 내놓고 잘난 척하지도 못했다. 이들 고상한 보헤미안들의 세계에 정절 같은 것을 대단하게 여기는 문화가 있었다고는 생각하지 않지만, 오늘날 만연해 보이는 천박한 난잡성은 없었던 것으로 기억한다. 우리는 점잖은 침묵의 휘장으로 우리들의 기행(奇行)을 가리는 것을 위선이라 생각지 않았다. 어떠한 것도 노골적으로 언급하지 않았다. 여성은 아직 제 존재의 가치를 다 발휘하지 못하고 있었다.

나는 빅토리아 역 근처에 살았다. 나를 환대해 주던 문인들의 집을 찾아 버스를 타고 먼 길을 다녔던 생각이 난다. 나는 초인종을 누를 용기를 내느라고 한참이나 길을 오르락내리락했다. 그런 다음 잔뜩 주눅이 든 채, 바글거리는 사람들로 공기가 혼탁해진 방으로 안내되어 들어갔다. 그러고는 이 사람 저 사람 유명 인사들에게 소개되었다. 다들 내 책에 대해서 좋게 말해 주었는데 그 때문에 더 쑥스러워 몸 둘 바를 몰랐다. 그들은 내가 똑똑한 말을 하기를 기대하는 것 같았다. 하지만 나는 파티가 끝날 때까지 멋진 말은 한마디도 생각해 내지 못했다. 나는 어색함을 감추어 보려고 찻잔을 나르기도 하고 어줍게 자른 빵에 버터를 발라 사람들에게 돌려보기도 했다. 아무도 나에게 주목하지 않기를 바랐다. 명사들을 마음 놓고 관찰하면서 그들의 멋진 대화를 들어 보고 싶었던 것이다.

큼지막한 코에 눈이 욕심 사나워 보였던 커다란 몸집의 고집 센 여자들이 생각난다. 이들은 옷을 갑옷이나 되는 것처럼 차려입고 있었다. 목소리는 상냥하나 눈빛이 영악했던 조그만 몸집의 생쥐 같은 독신녀들도 생각난다. 한사코 장갑을 낀 채

버터 바른 토스트를 먹어 대는 이들의 고집스러움에 나는 얼마나 반했는지 모른다. 보는 사람이 없다고 생각되면 손가락을 의자에 쓱 문질러 대곤 했는데 그 태연스러움을 지켜보며 나는 감탄을 금치 못했다. 의자가 더러워질 것임에는 틀림없었지만, 이 집 여주인 역시 친구 집을 방문할 때 그 집 가구에 똑같은 짓으로 복수를 했으리라 생각한다. 어떤 여자들은 유행을 따라 멋지게 차려입고 있었다. 그들은 소설 하나 썼다고 해서 한물간 옷을 입어야 한다는 법이 어디 있느냐고 했다. 몸매가 멋진 사람은 그걸 최대한 살리는 게 좋지 않느냐, 갸름한 발에 날씬한 구두를 신었다고 해서 편집자가 원고를 받지 않은 적이 있더냐고도 했다. 하지만 그런 차림을 경박하다고 보는 여자들도 있었다. 그런 사람은 '예술적인 직물의 옷'을 걸치고 야성적인 장신구를 달았다. 남자들의 경우, 괴팍한 차림을 한 사람은 드물었다. 그들은 되도록 문인 티를 내지 않으려고 애썼다. 그냥 보통 사람들로 여겨지기를 바랐다. 그러다 보니 어디서든 시내의 여느 회사원들로 보일 만도 했다. 그들은 언제나 조금 지쳐 보였다. 그때까지만 해도 나는 작가들을 알지 못했다. 이제 보니 아주 이상한 사람들이었다. 내게는 그들이 한 번도 진짜 작가들처럼 보이지 않았던 것 같다.

그들의 대화를 멋지다고 생각했던 기억이 난다. 그들은 동료 작가가 등을 돌리기만 하면 그를 난도질하기 시작했는데 그 신랄한 유머를 들으며 나는 적이 놀랐다. 예술가에게는 보통 사람들보다 유리한 점이 있다. 친구들의 외모와 성격뿐 아니라 작품까지 풍자의 제물로 삼을 수 있기 때문이다. 나는 그처럼 적절하게, 그처럼 유려하게 나 자신을 표현할 자신이 도저히 없었다. 그때만 해도 화술은 하나의 기예처럼 갈고닦아야 하는 것이었다. 상대방의 말에 재치 있게 응수할 수 있는 기예는 가시나무로 불을 때서 음식을 만드는 것보다 더 높이 평가받았다. 경구(警句)도, 아직은 우둔한 사람들이 재치를 흉내 내기 위해 상투적으로 갖다 붙일 수 있는 것은 아니었기 때문에 교양인의 잡담에 활기를 불어넣는 역할을 했다. 이 모든 재기발랄한 말들이 지금은 하나도 떠오르지 않아 아쉽기 짝이 없다. 하지만 우리가 몸담고 있는 예술 세계의 반대편에 있던 작가의 생업에 관련된 시시콜콜한 내용으로 이야기가 옮아가면, 대화가 참으로 편해졌다. 일단 최근에 나온 책의 장단점을 논하고 나면 화제는 자연스럽게 책이 몇 부나 팔렸는지, 작가가 선금을 얼마나 받았는지, 그 책으로 돈을 얼마나 벌 수 있는지 하는 문제로 넘어간다. 그러고 나서는 이 출판사, 저 출판사를 비교하면서 이곳은 후한데 저곳은 인색하다는 등의 얘기를 했다. 인세를 두둑이 주는 데를 가는 게 좋으냐, 아니면 질은 가리지 않고 무조건 책을 잘 내 주는 데를 가는 게 좋으냐 하는 문제로 논란을 벌이기도 했다. 어떤 데는 광고가 형편없었고 어떤 데는 잘해 주었다. 어떤 곳은 신식인가 하면 어떤 곳은 구식이었다. 그런 얘기 다음에는 중개인들이 어떻고, 그 사람들이 따 오는 계약 조건들이 어떻고 하는 얘기로 옮아갔다. 편집자들이 어떠하며, 그들이 무슨 글을 좋아하고, 일천 단어당 원고료를 얼마나 주는가, 돈을 빨리 주는가 늑장을 부리는가에 대해서도 얘기했다. 내게는 이 모든 것이 아주 로맨틱하게 여겨졌다. 어쩐지 무슨 비밀 결사의 일원이 된 듯한 느낌이었다.

4

그 무렵 로즈 워터퍼드처럼 내게 친절하게 대해 준 사람이 있었을까. 그녀는 남성적 지성에 여성적 주관이 뒤섞인 사람이었는데, 그녀의 소설은 너무 독창적이라 사람을 당황하게 만들었다. 어느 날엔가 찰스 스트릭랜드의 부인을 만난 것도 그녀의 집에서였다. 그날은 미스 워터퍼드가 다과회를 연 날로, 그녀의 조그만 방은 여느 때보다 더 붐볐다. 다들 저마다 한 마디씩 떠들고 있는 것 같았다. 나만 잠자코 앉아 있자니 어색한 기분이 들었다. 하지만 수줍음이 많았던 나는 얘기에 빠져 있는 사람들 무리에 선뜻 끼어들 용기가 나지 않았다. 어쩔 줄 몰라하는 내 모습을 보고 주인 노릇을 잘하는 미스 워터퍼드가 다가와 말을 걸었다.

"스트릭랜드 부인하고 얘기를 나눠 보지 그래요. 당신 책을 침이 마르도록 칭찬하던데."

"뭘 하는 분이시죠?"

워낙 아는 것이 없었기 때문에 나는 스트릭랜드 부인이 혹시 유명 작가라면 미리 알아 두는 것이 좋다고 생각했던 것이다.

로즈 워터퍼드는 자기 말에 더 무게를 두기 위해 점잖게 눈을 내리깔았다.

"오찬회를 잘 여는 사람이에요. 큰 소리로 좀 떠들어 주면 당신도 초대할 거예요."

로즈 워터퍼드는 냉소주의자였다. 그녀는 인생을 소설 쓰는 기회 이상으로 보지 않았고 대중을 소설의 소재로 보았다. 대중 가운데 자기의 재능을 알아주는 사람이 있으면 집에 초대하여 아낌없이 대접했다. 그녀는 명사들에게 약한 일반인을 장난스러운 경멸감을 가지고 보았지만, 그러면서도 그들 앞에서는 저명한 작가답게 점잖게 처신했다.

나는 스트릭랜드 부인에게 안내되어 십여 분 동안 얘기를 나누었다. 목소리가 듣기 좋달 뿐 별다른 점은 느끼지 못했다. 자기 집은 웨스트민스터에 있는데 공사중인 대성당이 내려다보인다고 했다. 알고 보니 같은 동네에 살고 있어서 우리는 금방 친근감을 느꼈다. 템스강과 성 제임스 공원 사이에 사는 사람들을 한동아리로 묶어 주는 것은 바로 육해군 백화점이었다. 스트릭랜드 부인은 내 주소를 물었고, 며칠 뒤 나는 그녀로부터 점심 초대를 받았다.

별 약속이 없었으므로 나는 기쁘게 초대에 응했다. 너무 이르지 않을까 하여 대성당을 세 번이나 돌다가 갔더니 약간 늦고 말았는데 도착하니 벌써 사람들로 꽉 차 있었다. 미스 워터퍼드도 와 있었고, 제이 부인, 리처드 트와이닝, 조지 로드도 있었다. 모두 작가들이다. 이른 봄의 맑은 날이었다. 그래서 그런지 다들 기분이 좋았다. 우리는 온갖 이야기를 나눴다. 미스 워터퍼드는, 회녹색 옷에 수선화를 들고 파티장에 나갔던 젊은 시절의 탐미적 취향을 따라야 할지, 아니면 하이힐과 파리식 드레스를 입게 된 성숙한 나이의 가벼운 멋을 택해야 할지 판단이 서지 않았는지 엉뚱하게 새 모자를 쓰고 나왔다. 새 모자를 쓰니 기분이 좋은 모양이었다. 서로 다 알고 지내는 친구들에게 그녀가 이날처럼 심술궂은 말을 하는 것을 들어 본 적이 없다. 외설스러운 말을 하는 것을 재치의 핵심이라고 여기고 있던 제이 부인은 새하얀 식탁보마저 붉게 달아오를 이야기를 귓속말로 소곤거리곤 했다. 리처드 트와이닝은 이상야릇한 화제를 꺼내 입에 거품을 물었고, 조지 로드는 돼먹지 않은 말로 잘난 척하고 싶지 않다는 듯 음식을 집어넣을 때 말고는 입을 열지 않았다. 스트릭랜드 부인은 말을 많이 하지 않았지만 방 안의 대화가 고루 이루어지도록 만드는 훌륭한 재주를 가지고 있었다. 어쩌다 대화가 끊기면 그때마다 적절한 발언으로 이야기가 다시 이어지도록 했다. 그녀는 서른일곱 살로 키가 꽤 큰 편이었고 뚱뚱한 정도는 아니었지만 통통했다. 예쁘다고는 할 수 없었지만, 상냥한 갈색 눈 덕분인지 얼굴 인상이 사람을 기분 좋게 만들었다. 혈색은 창백한 편이었다. 검은 머리는 공들여 단장했다. 그 자리에 있던 여자 세 명 가운데 화장을 하지 않은 사람은 그녀뿐이었다. 그 점이 다른 여자들과 대조되어 소박하고 꾸밈없어 보였다.

식당은 당시의 훌륭한 취향을 보여 주고 있었는데 퍽 수수했다. 흰 나무로 징두리 판벽을 높게 붙이고 초록색 벽지를 바른 벽 위에는 산뜻한 검은 액자에 끼운 휘슬러⁹⁾의 동판화가 몇 장 걸려 있었다. 공작 무늬가 찍힌 초록색 커튼이 가지런히 걸려 있고, 숲속을 뛰노는 흰 토끼 무늬가 있는 초록색 양탄자에는 윌리엄 모리스[10]의 영향이 보였다. 벽난로 위에는 네덜란드 델프트 산(産) 푸른 자기(瓷器)가 놓여 있었다. 그 무렵에 그와 똑같은 방식으로 치장을 한 식당이 런던에만도 틀림없이 오백 개는 되었을 것이다. 정결하고 예술적이었지만 단조로웠다.

파티가 끝나 헤어질 때 나는 미스 워터퍼드와 함께 나왔다. 날씨도 화창한 데다 미스 워터퍼드가 마침 새 모자를 쓰기도 해서 우리는 절로 마음이 맞아 공원을 함께 산책하게 되었다.

"파티가 참 재미있던데요." 내가 말했다.

"음식 맛이 괜찮던가요? 제가 귀띔해 줬거든요. 작가들을 초대하려면 음식을 잘 차리라고."

"잘하신 조언입니다. 그런데 왜 작가들을 초대하려고 하죠?"

미스 워터퍼드는 어깨를 으쓱해 보였다.

"재미있는 사람들이라 그러겠죠. 그 여자는 세상 돌아가는 걸 알고 싶어해요. 가엾게도 좀 단순한 사람 같아요. 우리가 죄다 굉장한 사람이라고 생각되나 봐요. 하여간 우리를 점심에 초대하는 게 즐거운 거죠 뭐. 우리한테 나쁠 것 없구요. 난 그 여자의 그런 점이 좋아요."

지금 생각해 보니 햄스테드의 품격 높은 언덕으로부터 저

---

9) 제임스 애벗 맥닐 휘슬러(James Abbot McNeil Whistler, 1834~1903). 「어머니의 상」이라는 그림으로 유명한 미국의 화가.

10) William Morris(1834~1896). 영국의 장인이자 작가. 그가 도안한 벽지가 널리 알려져 있다.

밑바닥 체이니 워크의 스튜디오에 이르기까지, 유명 작가라면 사족을 못 쓰고 쫓아다니는 이들 가운데에서 스트릭랜드 부인은 그래도 제일 순진한 사람이었던 것 같다. 그녀는 시골에서 아주 조용한 소녀 시절을 보냈다. 뮤디 대본 문고에서 내려 보낸 책들은 낭만적인 이야기뿐만 아니라 런던의 낭만까지 함께 싣고 왔다. 진짜 독서광이었던 그녀는(대개는 책보다 지은이를 더 좋아하고 그림보다는 화가를 더 좋아하는 그녀 또래로서는 드문 경우였다.) 상상의 세계를 만들어 낸 다음 거기서 일상의 세계에서는 얻을 수 없는 자유를 마음껏 누리며 살았다. 그러다가 작가들을 알게 되자 여태까지 어두운 객석에서만 구경했던 휘황한 무대에 자신이 직접 올라서게 된 듯한 벅찬 감격을 느꼈던 것이다. 그녀는 연극 구경을 하듯 작가들을 바라보았으며, 이제 그들을 초대하기도 하고, 굳게 닫힌 그들의 세계도 방문할 수 있게 되자 자신이 정말 더 대단한 삶을 살고 있는 듯한 느낌이 들었다. 작가들은 인생을 게임 하듯 살았는데 그녀는 작가들에게는 그런 방식이 어울린다고 여기면서도, 자신이 거기에 맞춰 행동하려는 생각은 조금도 하지 않았다. 작가들의 괴팍한 도덕관도 기이한 옷차림이며 터무니없는 논리나 역설처럼 그저 재미있게 여겨졌을 뿐 그녀의 신조에는 눈곱만치도 영향을 미치지 못했다.

"남편이 있나요?" 내가 물었다.

"아, 그럼요. 시내에서 꽤 알아준다나 봐요. 아마 증권 중개인일 거예요. 아주 따분한 사람이에요."

"서로 잘 지냅니까?"

"아주 잘 지낸대요. 저녁 식사에 초대받으면 남편을 만날 수 있을 거예요. 하지만 저녁 식사에는 사람을 잘 부르지 않아요. 남자가 워낙 말이 없는 사람이라서요. 문학이나 예술에는 전혀 관심이 없구요."

"교양 있는 여자들이 왜 그렇게 몰취미한 남자들과 결혼하는 거죠?"

"똑똑한 남자가 어디 교양 있는 여자와 결혼하고 싶어하나요."

나는 그 말에 뭐라고 대꾸할 말이 생각나지 않아 스트릭랜드 부인에게 자식이 있느냐고 물어보았다.

"있어요, 아들 하나와 딸 하나. 다 학교에 다녀요."

그 집안의 문제에 대해서는 더 이상 할 말이 없어 우리는 딴 얘기로 넘어갔다.

5

그해 여름 나는 스트릭랜드 부인을 여러 차례 만났다. 그녀가 초대하는 조촐하고 유쾌한 오찬에도 자주 갔고 꽤 거창하게 차린 티 파티에도 이따금 갔다. 우리는 서로 호감을 가졌다. 내가 그때 아주 젊은 나이였기 때문에 그녀는 험난한 문인의 길에 첫발을 디딘 나를 잘 이끌어 주고 싶었던 모양이다. 나로서는 작은 고민거리를 가지고 찾아갈 사람이 있다는 게 좋았고, 찾아가면 틀림없이 귀담아들어 주고 적절한 조언을 해 줄 사람이 있다는 게 좋았다. 스트릭랜드 부인은 동정심을 타고난 사람이었다. 하지만 동정심을 발휘한다는 것은 미덕이 긴 하나 그것을 지니고 있다고 생각하는 사람들은 그 미덕을 남용하는 수가 많다. 그런 사람들은 친구의 불행을 보면 제 장기를 발휘할 셈으로 냉큼 덤벼드는데 그 탐욕스러움에는 어쩐지 아귀(餓鬼) 같은 데가 있다. 동정심을 유정(油井)의 석유처럼 분출하는 것이다. 동정심을 마구 쏟아 내어 상대방이 당황하는 경우도 있다. 평소에 너무 많은 눈물의 동정을 받아 본 나머지 내 눈물 따위에는 아무런 감동을 받지 못하는 사람들도 있다. 스트릭랜드 부인은 자신의 장점을 요령 있게 이용할 줄 아는 여자였다. 그녀의 동정심을 받아들이면 우리가 오히려 그녀에게 은혜를 베푼 것 같은 느낌을 갖게 된다. 내가 젊은이답게 감격한 나머지 로즈 워터퍼드에게 그런 느낌을 이야기하자 그녀는 이렇게 말했다.

"우유가 맛있기야 하지요. 특히 브랜디 한 방울을 타면 말예요. 하지만 젖소 입장에서도 누가 젖을 짜 주면 그것처럼 고마운 일이 없지 않겠어요? 젖통이 불면 갑갑할 테니까요."

로즈 워터퍼드는 독설가였다. 다른 사람이라면 그처럼 가시 돋친 말을 감히 하지 못한다. 하지만 그녀보다 멋진 말을 잘하는 사람도 없었다.

내가 스트릭랜드 부인을 좋아했던 이유가 또 하나 있다. 그녀는 주변을 늘 우아하게 꾸밀 줄 알았다. 그녀의 집은 언제 봐도 깔끔하고 상쾌했으며, 병에 꽂힌 꽃은 늘 명랑한 분위기를 자아냈다. 응접실의 사라사 커튼은 디자인은 간소했지만 밝고 아름다웠다. 예술적인 정취가 있는 그 조그만 식당에서 식사를 하면 기분이 좋았고, 식탁도 훌륭해 보였다. 하녀가 둘 있었는데 모두 단정하고 예뻤으며, 음식 솜씨도 좋았다. 누구라도 스트릭랜드 부인이 훌륭한 주부임을 인정하지 않을 수 없었다.

어머니로서도 본받을 만한 사람임이 분명했다. 응접실에 아들과 딸의 사진이 있었다. 아들 로버트는 열여섯 먹은 소년으로 럭비 고등학교에 다니고 있었다. 운동복 바지와 크리켓 모자를 쓰고 찍은 사진과 깃을 세운 셔츠에 연미복 차림으로 찍은 사진이 있었다. 소년은 어머니를 닮아 이마가 시원했고 눈은 아름답고 사려 깊어 보였다. 깔끔하고 건강하며 나무랄 데 없는 소년이었다.

"별로 똑똑한 것 같지는 않아요." 어느 날 내가 사진을 보고 있으려니까 그녀가 말했다. "하지만 착한 건 사실이에요. 성격이 아주 좋아요."

딸은 열네 살이었다. 어머니처럼 숱이 많은 검은 머리칼을 어깨 위로 풍성하게 내려뜨린 모습이었는데, 어머니처럼 표정이 상냥하고 눈도 차분하고 침착했다.

"둘 다 어머니를 많이 닮았군요." 내가 말했다.

"네, 제 아버지보다 저를 더 많이 닮은 것 같아요."

"왜 그분을 한 번도 만나게 해 주시지 않습니까?"

"만나 보고 싶으세요?"

그녀는 미소를 지으면서 ── 언제 보아도 아름다운 미소였다. ── 얼굴을 살짝 붉혔다. 그만한 나이의 여자가 그처럼 쉽게 얼굴을 붉히는 건 이상한 일이었다. 아마 이런 순진한 면이 그녀의 가장 큰 매력인지도 몰랐다.

"그런데 그이는 문학에 대해서는 문외한이거든요." 그녀가 말했다. "그 방면엔 전혀 교양이 없어요."

그녀는 이 말을 흉보듯이 한다기보다 애정이 깃든 어조로 했다. 제일 큰 단점을 대뜸 인정해 버림으로써 친구들의 비방으로부터 남편을 보호하려는 듯이.

"증권거래소에 다녀요. 전형적인 주식 중개인이죠. 만나시면 아주 따분하실 거예요."

"부인께도 따분하게 대하시나요?"

"저야, 그이와 결혼한 사람 아녜요? 전 그이가 아주 좋아요."

수줍음을 감추려는 듯 그녀는 생긋 웃었다. 로즈 워터퍼드가 그런 고백을 들었다면 틀림없이 한마디쯤 흉보는 소리를 했을 게 분명하거니와 내 입에서도 혹시 그런 소리가 나오지 않을까 걱정이 되었던 모양이다. 그녀는 잠시 망설였다. 눈빛이 더 상냥스러워졌다.

"그이는 자기가 똑똑하다고 생각지 않아요. 증권거래소에 다니긴 하지만 돈을 많이 버는 것도 아니구요. 하지만 마음씨만은 착하고 다정하지요."

"저도 아주 좋아하게 될 것 같습니다."

"언제 한번 저녁 식사에 조용히 부를게요. 하지만 오시더라도 각오는 하세요. 나중에 따분해 혼났다고 탓하지 마시고요."

6

마침내 찰스 스트릭랜드를 만나긴 했지만 그저 얼굴이나 익힐 정도밖에는 되지 않았던 상황에서였다. 어느 날 스트릭랜드 부인이 쪽지를 보내왔다. 그날 저녁에 만찬 모임이 있는데 손님 가운데 하나가 못 오게 되었으니 대신 자리를 좀 메워 줄 수 없겠느냐는 것이었다. 그러고는 이렇게 덧붙였다.

아주 지루하시리라는 걸 미리 말씀드리는 편이 좋겠군요. 워낙 따분하기 짝이 없는 파티입니다만, 와 주시면 더없이 고맙겠습니다. 저와 따로 이야기할 기회도 있을 것입니다.

이런 때는 응하는 게 아는 사람 간의 도리였다.

스트릭랜드 부인이 나를 소개하자 남편은 덤덤하게 손을 내밀었다. 그녀는 명랑하게 남편을 돌아보며 가벼운 농담을 던졌다.

"내게도 남편이 있다는 걸 보여 주려고 이 분을 초대했어요. 믿지 않으시려는 것 같아서요."

전혀 우습지는 않지만 농담을 알아들었다는 뜻으로 사람들이 흔히 그러듯이, 스트릭랜드는 예의상 가볍게 소리 내어 웃었을 뿐 대꾸는 하지 않았다. 손님들이 새로 도착하여 주인이 그쪽에 신경을 쓰게 되자 나는 혼자가 되고 말았다. 이윽고 올 사람이 다 와서 식사 시간이 되기를 기다리는 동안, 나는 내가 상대하기로 되어 있는 여자와 얘기를 나누면서 문명인이란 참으로 이상한 관습을 생각해 내어 짧은 일생을 이런 따분한 일에 낭비하고 있구나 하고 생각했다. 이 파티를 보고 있자니, 여주인이 왜 굳이 힘들여 손님을 청하며, 손님들은 왜 굳이 힘들여 오는 것일까 하는 의문이 들었다. 모두 열 명이었다. 다들 무심하게 만나서 안도감을 느끼며 헤어진다. 이것은 물론 순전히 사교적인 모임이었다. 스트릭랜드 부부는 별 관심도 없는 많은 사람들에게 저녁 식사 '빚'을 지고 있었기 때문에 그들을 초대했으며, 그들은 초대를 수락했던 것이다. 왜? 부부만 마주 앉아 식사를 하면 따분하니까. 하인들에게도 쉴 시간을 주어야 하니까. 거절할 만한 이유가 없기 때문에. 상대방이 자기들에게 저녁 식사를 '빚'지고 있으니까 등등이 대개의 이유였다.

식당은 비좁게 느껴지리만큼 꽉 찼다. 손님으로는 왕실 변호사 부부, 정부 관리와 그 부인, 스트릭랜드 부인의 언니와 남편 머캔드루 대령, 그리고 어떤 하원의원의 부인 등이었다. 내가 초대받은 것은 하원의원이 의회 일 때문에 오지 못해 그 빈자리를 메우기 위한 것이었다. 파티에 참석한 사람들의 사회적 지위들이 다 굉장했다. 여자들은 품위를 지키느라 옷차림도 화려하게 하지 못했고, 지위를 너무 의식하여 마음 놓고 즐기지도 못했다. 남자들은 근엄했다. 이들 주위에는 부유하게 사는 사람들의 흡족해하는 분위기가 감돌았다.

파티가 잘 진행되도록 하려는 마음이 있었기 때문인지 다들 보통 때보다 크게 말하는 바람에 방 안은 꽤 소란스러웠다. 하지만 공통의 화제는 없었다. 저마다 옆자리에 앉은 사람과 얘기를 했다. 수프와 생선과 앙트레[11]를 먹을 때는 오른쪽 사람과, 구운 고기와 디저트가 나올 때는 왼쪽 사람과 얘기를 했다. 정치 이야기, 골프 이야기, 자식들 이야기, 최근의 연극, 왕립예술원 미술품, 날씨, 휴가 계획 이야기 등이었다. 이야기는 한 번도 끊기지 않았고, 좌중은 점점 시끄러워졌다. 스트릭랜드 부인은 파티가 성공적이어서 기뻐했을지도 모르겠다. 남편도 점잖게 제 역할을 해내고 있었다. 이야기는 별로 하지 않았다. 파티가 끝날 무렵 그의 양쪽에 앉은 여자들의 얼굴에 피곤한 기색이 어려 있었던 것 같다. 그를 상대하려니 답답했던 모양이다. 스트릭랜드 부인이 한두 번 불안한 눈길로 남편의 얼굴을 슬쩍 쳐다보았다.

마침내 그녀가 일어나서 여자들을 몰고 방 밖으로 나갔다. 아내가 나가자 스트릭랜드는 문을 닫고 테이블의 반대편 끝으로 가서 왕실 변호사와 정부 관리 사이에 자리를 잡고 앉았다. 그는 다시 포도주를 돌린 다음 우리에게 시가를 권했다. 왕실 변호사가 포도주 맛이 그만이라고 칭찬을 하자 스트릭랜드는 그것을 어디에서 구했는지 말해 주었다. 우리는 포도주와 담배에 대해 얘기하기 시작했다. 왕실 변호사는 자기가 담당하고 있는 사건을 얘기해 주었고 대령은 폴로[12] 이야기를 꺼냈다. 나는 별로 할 말이 없었기 때문에 잠자코 앉아

---

11) entree. 정식 디너에서 주요 요리가 나오기 전, 생선 다음에 나오는 간단한 고기 요리.
12) 말을 타고 긴 나무 막대로 작은 공을 치는 경기. 부유한 상류 계층이 즐기는 게임이다.

얌전하게 주위의 대화에 관심을 보이려고 애썼다. 아무도 내게 신경을 쓰지 않아 나는 마음 놓고 스트릭랜드를 관찰할 수 있었다. 그는 생각했던 것보다 큰 사람이었다. 왜 내가 그를 가냘프고 보잘것없는 외모를 가진 사람일 거라고 생각했는지 모르겠다. 알고 보니 어깨가 떡 벌어진 건장한 사람이었고 손발도 큼지막했다. 야회복을 입은 모습은 어색했다. 어쩐지 마부가 파티를 위해 정장을 한 듯한 느낌이었다. 마흔쯤 먹은 사람으로 잘생기지는 않았지만 그렇다고 못생긴 편은 아니었으며 오히려 용모는 준수한 편이었다. 하지만 이목구비가 모두 필요 이상으로 조금씩 커서 못생겨 보였다. 면도를 말끔히 해서 커다란 얼굴이 거북살스러우리 만큼 벌거벗은 느낌을 주었다. 붉은빛이 도는 머리카락을 아주 짧게 깎았고, 조그만 눈은 푸른색 같기도 하고 회색 같기도 했다. 전체적으로 평범한 인상이었다. 스트릭랜드 부인이 왜 남편을 두고 난처하게 여기는지 알 만했다. 예술계 사람들과 어울리고 싶어하는 여자에게 그는 분명 자랑거리는 되지 못했다. 사교에는 재능이 없음이 분명했다. 하기야 남자는 그런 재능 없이도 살 수 있다. 그렇다고 이 남자에게 보통 사람들과 구별될 만한 어떤 괴팍함이 있는 것도 아니었다. 그저 선량하고 따분하고 정직하고 평범한 사람이었다. 이 사람의 높은 인품을 존경할 수는 있을지언정 아무도 그와 사귀려 들지는 않을 것 같았다. 아무런 특징이 없는 사람이었다. 아마도 훌륭한 시민, 좋은 남편이자 아버지, 정직한 중개인일 수는 있겠지만, 그에게 시간을 낭비할 이유는 없어 보이는 사람이었다.

7

이제 사교철은 활기를 잃고 막바지에 접어들고 있었다. 내가 아는 사람들은 죄다 어디론가 떠날 준비를 하고 있었다. 스트릭랜드 부인은 가족을 데리고 노퍽 해안으로 떠난다고 했다. 애들 해수욕하기에 좋고 남편 골프 치기에 좋은 곳이라는 것이었다. 우리는 작별 인사를 나누고 가을에 다시 만나기로 했다. 런던을 떠나는 날이었다. 백화점에서 나오다가 나는 아들과 딸을 데리고 나온 그녀를 만났다. 그녀도 나처럼 런던을 떠나기 전에 마지막 쇼핑을 하러 나왔던 것이다. 다들 더위에 지쳐 있었기 때문에 나는 함께 공원에 가서 아이스크림이나 먹자고 했다.

스트릭랜드 부인은 아이들을 자랑하고 싶은 마음에 내 제안을 선뜻 받아들였던 것 같다. 아이들은 사진에서 본 것보다 훨씬 더 귀여워서 과연 자랑스러워할 만했다. 내가 젊은 사람이어서 그런지 아이들은 내 앞에서 스스럼없이 자기들끼리 이런저런 이야기를 즐겁게 주고받았다. 퍽 귀엽고 건강한 아이들이었다. 나무 그늘에 앉아 있노라니 기분이 상쾌하고 좋았다.

한 시간쯤 지나서 부인 일행이 택시를 타고 집으로 돌아간 뒤, 나는 평소에 다니던 클럽 쪽으로 어슬렁어슬렁 걸어갔다. 나는 좀 외로운 기분이 들었던 것 같다. 언뜻 엿보았던 그 단란한 가족의 모습을 다시 떠올리며 은근히 부러움을 느끼고 있었다. 그들은 서로 깊이 사랑하는 것처럼 보였다. 남들은 알아들을 수 없는 농담을 자기네끼리 주고받으며 몹시 재미있어했다. 찰스 스트릭랜드가 따분한 사람이라고는 하나 그건 아무래도 말재주만을 기준으로 따졌기 때문일 것이다. 하지만 그는 자신의 환경에 적합한 머리를 갖추고 있었다. 그것이야말로 상당한 성공뿐만 아니라 행복까지도 보장해 주는 요건이 아닐까. 스트릭랜드 부인은 매력적인 여자인 데다 남편을 사랑했다. 나는 그들의 삶을 머릿속으로 그려 보았다. 골치 아픈 모험에 시달려 본 적이 없고, 정직하고 점잖다. 또한 의젓하고 귀여운 두 아이들 덕분에 그들 종족과 계급의 정상적인 전통이 운명처럼 이어지리라는 것도 의심할 수 없었거니와, 그것도 전혀 의미가 없지는 않았다. 그들은 서서히 늙어 갈 것이며, 아들과 딸은 성년이 되어 때가 되면 결혼을 하게 될 것이다. 한쪽은 예쁜 아가씨로 자라 장차 건강한 아이들의 어머니가 될 것이고, 한쪽은 잘생기고 사내다운 남자로 자라 틀림없이 군인이 될 것이다. 그리고 마침내 풍족한 가운데 품위 있게 은퇴하여 자식들의 사랑을 받으면서 행복하고 보람 있는 생활을 마음껏 누리다가 무덤에 묻힐 것이다.

하기야 수많은 부부들이 다 이런 식으로 산다. 이런 유형의 삶의 방식에는 소박한 아름다움이 있다. 이런 삶은, 잔잔한 시냇물이 푸른 초원의 아름다운 나무 그늘 밑으로 굽이굽이 흘러가 이윽고 드넓은 바다로 흘러드는 모습을 연상시킨다. 그런데 그 바다는 너무 평온하고, 너무 조용하고, 너무 초연하여 불현듯 알 수 없는 불안감을 불러일으킨다. 대부분의 사람들이 추구하는 그런 삶에 어딘가 문제가 있다고 느꼈던 것은 그 무렵에도 강했던 내 타고난 기벽 때문이었는지도 모르겠다.

나도 그런 삶이 갖는 사회적 가치를 인정하고 있었다. 거기에는 잘 정돈된 행복이 있었다. 하지만 내 혈기는 좀 더 거친 삶의 방식을 원했다. 그처럼 쉽게 얻을 수 있는 기쁨에는 무엇인가 경계해야 할 점이 있는 것 같았다. 내 마음속에는 더 모험적으로 살고 싶은 욕망이 있었다. 변화를, 그리고 미지의 세계가 주는 흥분을 체험할 수만 있다면 험한 암초와 무서운 여울도 헤쳐 나갈 각오가 되어 있었다.

8

내가 스트릭랜드 가족에 대해 여기까지 쓴 것을 읽어 보니 아무래도 이들의 모습이 뚜렷하지 못한 것 같다. 책 속의 인물을 생생하게 살아 있게 할 특징들을 부여해 주지 못한 모양이다. 내 묘사력에 문제가 있는 게 아닐까 생각하면서 그들에게 생명을 부여해 줄 색다른 점을 기억해 내려고 머리를 쥐어짠다. 특이한 말투나 기이한 버릇을 강조하면 그들의 특색을 잘 드러낼 수 있을지도 모른다. 현재로서는 그들 모습이 모두 낡은 태피스트리 무늬처럼 보일 뿐이다. 그들이 배경과 뚜렷하게 분리되지 않은 탓에 일정한 거리를 두고 보니 무늬가 어슴푸레해져 그저 하나의 그럴싸한 색깔로만 보이는 것이다. 굳이 변명을 하자면, 내가 그들로부터 받은 인상은 그런 정도였다고나 할까. 사회라는 유기체의 일부로서 그 안에서 그것에만 의지해서 살아가는 사람들의 존재는 흐릿한 그림자처럼 보이게 마련인데 그들 역시 흐릿한 그림자처럼 보였다. 그들은 마치 몸 안의 세포들 같았다. 필수적인 요소이면서 건강한 상태에서는 더 중요한 전체 유기체와 분리될 수 없는 하나가 되어 있는 것이다. 스트릭랜드 가족은 중산층의 평균적인 가정이었다. 문학계의 이류 명사들을 사귀고 싶은, 결코 해롭다 할 수 없는 갈망을 지닌 명랑하고 손님 접대를 잘하는 여인, 자비로운 섭리가 마련해 준 삶의 환경을 받아들여 제 의무를 다하는 다소 따분한 남자, 그리고 잘생기고 건강한 두 아이들. 이보다 더 평범한 가정이 있을까. 내가 보기에 그들은 호기심 많은 사람들의 주목을 끌 만한 것은 조금도 가지고 있지 않았다.

그 뒤에 일어난 일을 이것저것 돌아다보니, 내가 찰스 스트릭랜드라는 사람에게서 범상치 않은 점을 발견하지 못한 것은 머리가 둔했기 때문이 아니었을까 하는 생각이 든다. 그럴지도 모른다. 하기야 그동안 세월이 흘러 나도 사람 보는 능력이 꽤 나아졌을 것이다. 하지만 내가 처음 스트릭랜드 가족을 만났을 때 지금과 같은 인생 경험이 있었다 하더라도, 그들을 달리 보았을 것 같지는 않다. 인간이 예측 불가능한 존재임을 알게 된 지금 같으면 내가 그해 가을 일찍 런던에 돌아와서 듣게 된 소식에도 그처럼 놀라지 않았을 테지만 말이다.

돌아온 지 하루도 채 되지 않았을 때 저민 스트리트에서 우연히 로즈 워터퍼드를 만났다.

"아주 즐거워 보이시는군요." 내가 말했다. "무슨 좋은 일이라도 있나요?"

그녀는 싱긋 웃었다. 그녀의 눈이 내가 익히 알고 있는 심술궂은 장난기로 반짝 빛났다. 그것은 친구 가운데 누군가의 스캔들 소문을 듣고 여성 작가로서의 본능이 잔뜩 발동해 있다는 것을 뜻했다.

"찰스 스트릭랜드 씨 만나 봤지요?"

얼굴뿐 아니라 그녀의 온몸이 기민하게 작동한다는 느낌을 주었다. 나는 고개를 끄덕였다. 그리고 그 딱한 사람이 증권거래소에서 큰 손해를 보았거나, 아니면 버스에라도 치이지 않았나 생각했다.

"기막힌 일 아니에요? 그 사람이 부인을 버리고 달아나 버렸다지 뭐예요."

미스 워터퍼드는 아무래도 저민 스트리트 길모퉁이에서 그 이야기를 제대로 할 수 없다고 생각한 모양이었다. 그래서 작가답게 분명한 사실만을 툭 던지듯 말해 주고는 자세한 내용은 모른다고 딱 잡아뗐다. 아무리 길거리라고 해도 자세한 이야기를 못 하랴 싶었지만 그녀는 끝내 입을 열지 않았다.

"정말 아무것도 몰라요." 내가 다그쳐 묻자 그녀는 이렇게 대답한 다음, 어깨를 가볍게 으쓱하면서 덧붙였다. "시내의 어느 찻집 아가씨 하나가 일자리를 그만두었을지 몰라요."

그녀는 싱긋 웃어 보이더니 치과에 가야 한다면서 상큼상큼 발걸음도 가볍게 걸어가 버렸다. 나는 걱정이 되었다기보다 오히려 호기심이 생겼다. 그 무렵까지만 해도 내가 직접 겪은 인생 경험이 별것 없었기 때문에, 아는 사람들 사이에 책에서 읽은 것과 비슷한 사건이 일어나면 나도 모르게 흥분이 되었다. 솔직히 말해 이제는 나도 어지간히 이력이 나서 아는 사람들 가운데 이런 일이 일어나도 전혀 아무렇지 않다. 하지만 그때는 꽤 충격을 받았다. 스트릭랜드는 마흔 안팎의 나이가 분명했는데, 그만한 나이를 먹은 사람이 연애 사건을 일으킨다는 것은 아무래도 추태 같았다. 한창 젊은 나이의 건방진 생각으로 나는 남자가 망신을 당하지 않고 연애를 할 수 있는 나이의 한계를 서른다섯이라고 여기고 있었다. 더욱이 그 소식은 나에게는 개인적으로 약간 당황스러웠다. 왜냐하면 내가 시골에서 스트릭랜드 부인에게 런던으로 돌아간다는 편지를 보내면서 그녀의 사정이 괜찮으면 찾아가 차라도 한잔하고 싶다고 말했기 때문이다. 오늘이 바로 찾아가겠다고 한 날이었는데 부인으로부터는 아무 연락도 없었다. 나를 만나고 싶다는 뜻일까, 그렇지 않다는 뜻일까? 돌연한 사건으로 흥분한 나머지 내 편지에 대해서는 잊어버렸을 수도 있었다. 가지 않는 편이 나을지도 몰랐다. 하지만 달리 생각해 보면 부인은 이 일을 조용히 덮어 두고 싶을지도 모를 일. 그렇다면 내게까지 그런 이상한 소문이 들려왔다는 표시를 보이는 것도 신중하지 못한 태도가 될 수 있다. 나는 한편으로는 마음씨 좋은 여인의 감정을 상하게 하는 것이 아닐까 하는 걱정과, 또 한편으로는 내가 공연한 방해물이 되는 게 아닐까 하는 걱정 때문에 어떻게 해야 좋을지 알 수 없었다. 나는 부인이 틀림없이 괴로워하고 있으리라 믿고 있었고, 내가 돕지도 못할 괴로움을 보고 싶지 않았다. 그러면서도 마음 한구석에는, 좀 부끄러운 노릇이기는 하지만, 그녀가 고통을 어떻게 받아들이고 있는지 보고 싶은 마음도 없지 않았다. 나는 어떻게 해야 좋을지 몰랐다.

결국, 아무런 일도 없다는 듯이 찾아가 하녀를 시켜 스트릭랜드 부인에게 날 만날 수 있겠느냐고 물어봐 달라고 하는 게 낫겠다는 생각이 들었다. 그러면 부인도 사정에 따라 나를 그냥 돌려보낼 수 있을 것이다. 하지만 미리 생각해 두었던 말을 하녀에게 하려니 어색하기 짝이 없었다. 어두운 복도에서 답을 기다리면서 그냥 도망쳐 버릴까 하는 마음을 간신히 참았다. 하녀가 돌아왔다. 부지런히 상상력을 발동시키고 있던 나는 그녀의 태도를 보고 집안의 재앙을 훤히 짐작할 수 있었다.

"이쪽으로 오시겠어요?" 하녀가 말했다.

나는 그녀를 따라 응접실로 들어갔다. 블라인드를 일부러 반쯤 내려 방은 좀 어두웠다. 스트릭랜드 부인은 빛을 등지고 앉아 있었다. 그녀의 형부인 머캔드루 대령이 불을 피우지 않은 벽난로에 등을 대고 서 있었다. 그 자리에 들어서게 된 일이 내가 생각해도 어색하기 짝이 없었다. 두 사람에게는 나의 방문이 뜻밖이었던 모양이다. 스트릭랜드 부인은 잊어버리고 약속을 미루지 못해 하는 수 없이 나를 맞아들인 것 같았다. 대령도 나의 방해가 언짢으리라는 생각이 들었다.

"찾아뵙겠다는 걸 혹시 잊지 않으셨나 했습니다." 나는 애써 태연스레 말했다.

"아네요. 알고 있었어요. 앤이 금방 차를 내올 거예요."

방을 일부러 어둡게 해 놓긴 했지만 부인의 얼굴이 울어서 퉁퉁 부어올라 있음을 금방 알 수 있었다. 그렇지 않아도 좋은 편이 아닌 안색이 오늘은 흙빛이었다.

"제 형부 아시죠? 여기서 같이 저녁 식사 하셨잖아요. 휴가 바로 전에 말예요."

우리는 악수를 했다. 너무 어색하여 무슨 말을 해야 할지 몰랐는데 다행히 스트릭랜드 부인이 나를 구해 주었다. 나더러 여름을 어떻게 보냈느냐고 물었다. 덕분에 차가 나올 때까지 그럭저럭 이야기를 나눌 수 있었다. 대령은 하녀에게 위스키 소다를 청하면서 말했다.

"처제도 한잔하는 게 좋겠어."

"아니에요. 저는 차가 좋아요."

이것이 무슨 좋지 않은 일이 있었다는 첫 암시였다. 나는 모르는 체하고 스트릭랜드 부인을 얘기에 끌어들이려고 최선을 다했다. 대령은 벽난로 앞에 버티고 선 채 한마디 말도 하지 않았다. 나는 어떻게 하면 한시라도 빨리 결례가 되지 않게 자리에서 일어날 수 있을까 궁리하고 있었다. 부인이 도대체 왜 나를 맞아들였는지 알 수 없었다. 실내엔 꽃 한 송이 보이지 않았고, 여름 동안 치워 둔 장식품 같은 것도 아직 나와 있지 않았다. 전에는 늘 정다운 분위기를 자아내던 방이었건만 오늘은 어쩐지 썰렁하고 딱딱하게만 여겨졌다. 벽 저쪽에 시체라도 누워 있는 듯한 야릇한 느낌이 들었다. 나는 차를 다 마셨다.

"담배 피우시겠어요?" 부인이 물었다.

그녀는 두리번거리며 담배 상자를 찾았지만 담배 상자는 보이지 않았다.

"없는가 봐요."

그녀는 갑자기 울음을 터뜨리면서 방을 뛰쳐나갔다.

나는 깜짝 놀랐다. 지금 생각해 보면, 남편이 늘 사 오던 담배가 눈에 보이지 않자 불현듯 남편 생각이 났던 것이고 지금까지 익숙해 있던 생활의 조그만 낙을 잃고 말았다는 새삼스러운 생각이 들면서 돌연 가슴이 아팠던 모양이다. 이제 지난 생활은 사라져 버렸고 모든 게 끝장이 나 버렸음을 그녀는 깨달았다. 이제 우리는 더 이상 겉치레 예절로 그 자리를 버티고 있을 수 없었다.

"아무래도 제가 일어서야 할 것 같군요." 나는 일어서면서 대령에게 말했다.

"그 불한당 같은 놈이 처제를 버리고 달아나 버렸다는 말은 들으셨겠지요." 대령은 참았던 것을 터뜨리듯이 대뜸 소리쳤다.

나는 머뭇거리다 하는 수 없이 대꾸했다.

"사람들이 무슨 말인들 못 하겠습니까. 무슨 일이 있다는 말을 언뜻 듣긴 했습니다만."

"그 자식이 달아나 버렸어요. 웬 여자하고 눈이 맞아 파리로 달아나 버렸답니다. 처제에겐 한 푼도 안 남기고 말예요."

"뭐라 드릴 말씀이 없군요." 나는 그 말 외에 다른 말을 찾을 수가 없었다.

대령은 위스키를 단숨에 들이켰다. 그는 키가 크고 몸이 호리호리한 나이 오십의 사내로, 축 늘어뜨린 코밑수염에 머리는 반백이었다. 눈은 연푸른빛이었으며 입은 빈약해 보였다. 전에 만났을 때 그가 바보 같은 얼굴로 자기가 퇴역하기 전까지만 해도 십 년 내내 일 주일에 세 번은 폴로를 했다고 자랑스럽게 떠들던 생각이 났다.

"아무래도 제가 부인께 불편을 끼쳐 드리고 있는 것 같군요. 부인께 전해 주시겠습니까? 뭐라 위로의 말씀을 드려야 할지 모르겠다고요. 그리고 혹 제가 도울 일이 있으면 무엇이든 기꺼이 하겠다고요."

대령은 내 말에는 신경도 쓰지 않았다.

"처제가 이제 어떻게 살지 모르겠소. 애들도 딸렸는데. 그애들은 공기만 먹고 살란 말인가. 십칠 년이나 되었는데."

"십칠 년이라뇨?"

"결혼한 지가 그렇게 되었단 말이오." 그는 내뱉듯이 말했다. "이 친구가 처음부터 맘에 들지 않더라니까. 동서라고 꾹 참고 지냈지. 어땠소, 그 사람 신사처럼 보이던가요? 애초에 결혼한 게 잘못이었지."

"아니 그럼, 이제 아주 끝장이 났다는 겁니까?"

"다른 수 있겠소? 이혼하는 수밖에. 그렇지 않아도 선생이 오셨을 때 내가 그 이야기를 하던 참이었소. 당장 소송을 하라고 말이오. 그렇게 하는 것이 처제나 아이들을 위해서나 옳은 일이라고. 그 작자, 내 눈에 띄면 안 좋을걸. 만나기만 하면 반쯤 죽여 놓을 테니까."

스트릭랜드가 기골이 장대한데 머캔드루 대령이 과연 그럴수 있을까 하는 생각이 들었지만 잠자코 있었다. 도덕적인 분노를 느끼면서도 죄인을 직접 응징할 완력이 없을 때는 늘 비참한 기분이 들게 마련이다. 이제 정말 가야겠다고 마음먹고 있는 참인데 스트릭랜드 부인이 들어왔다. 눈물도 닦고 콧등에 분도 바른 모양이다.

"갑자기 이런 꼴을 보여 죄송해요. 다행히 가지 않으셨군요." 그녀가 말했다.

그녀는 자리에 앉았다. 나는 무슨 말을 해야 할지 알 수 없었다. 나와는 관계없는 문제를 두고 이런저런 말을 한다는 게 여간 어색하지 않았다. 그때만 해도 나는 여자들이 빠지기 쉬운 잘못, 그러니까 들어 주는 사람만 있으면 누구하고나 자신의 사생활을 이야기하고 싶어한다는 것을 알지 못했다. 스트릭랜드 부인은 그런 기분을 애써 자제하는 것 같았다.

"사람들이 그런 이야기를 하던가요?" 그녀가 물었다.

내가 자기 집안의 불행에 대해 다 알고 있으리라고 가정하는 것에 나는 깜짝 놀랐다.

"전 시골에서 금방 돌아왔어요. 만난 사람도 로즈 워터퍼드뿐이고요."

스트릭랜드 부인은 두 손을 꽉 움켜쥐었다.

"그래, 그 여자가 뭐라던가요. 그대로 얘기해 주세요." 내가 머뭇거리자 그녀는 재촉했다. "꼭 알고 싶어요."

"사람들 말이란 게 다 그렇지 않습니까? 그 여자의 말을 믿을 수 있는 것도 아니고. 남편분이 집을 나가셨다고 하더군요."

"그 말뿐이던가요?"

나는 로즈가 헤어질 때 말하던 찻집 아가씨 이야기는 꺼내지 않기로 했다. 결국 거짓말을 했다.

"누구랑 같이 갔다든가 하는 말은 안 하던가요?"

"안 하던데요."

"그걸 알고 싶었을 뿐이에요."

나는 약간 어리벙벙했지만 어쨌든 이쯤에서 가도 되겠다는 생각이 들었다. 부인과 작별의 악수를 하면서 내가 도움이 될 일이 있으면 얼마든지 돕겠다고 했다. 그녀는 힘없이 웃어 보일 뿐이었다.

"고마워요. 하지만 이게 남의 도움을 받을 수 있는 일인지 모르겠네요."

안됐다는 말을 하기도 어줍어서, 대령 쪽을 보고 작별 인사를 했다. 그는 내가 내미는 손을 잡지 않았다.

"나도 갈 거요. 빅토리아가(街)로 가실 거면 같이 가십시다."

"좋습니다. 가시죠."

9

"참 끔찍한 일이오." 그는 거리로 나오자마자 말했다.

대령이 나를 따라나선 것은 처제와 이미 몇 시간 동안 상의했던 일을 나와 다시 한번 상의해 보고 싶어서임을 알 수 있었다.

"우린 그 여자가 누군지 몰라요. 그 불한당이 파리로 가 버렸다는 것밖에는."

"두 분 사이가 퍽 좋았던 걸로 알고 있었습니다만."

"좋았죠. 선생이 오시기 바로 전에 에이미가 그럽디다. 결혼해서 두 사람이 한 번도 싸워 본 적이 없었다고. 선생도 에이미를 알잖소. 내 처제 같은 여자가 세상에 또 어디 있소?"

상대방이 이렇게 털어놓는 이상 나도 한두 가지 물어봐도 상관이 없을 것 같았다.

"그럼 부인께서는 아무것도 눈치채지 못하셨단 말씀인가요?"

"전혀. 팔월에는 이자가 노퍽에서 가족하고 잘 지냈대요. 여느 때와 조금도 다름이 없더라는 거예요. 우리 내외도 내려가서 이삼 일 묵었죠. 나랑 골프도 같이 치고요. 구월이 되자 이자는 동업자가 휴가를 갈 수 있도록 교대해 주어야 한다면서 런던으로 돌아가더군요. 에이미는 그냥 시골에 눌러 있었구요. 시골집에 육 주일간 세를 들어 살고 있었죠. 계약 기간이 끝나자 처제는 남편에게 어느 날짜에 런던으로 돌아가겠노라고 편지를 썼답니다. 그런데 글쎄 이 친구가 파리에서 답장을 보냈어요. 처제랑은 이제 더 이상 살 생각이 없다고 말입니다."

"이유를 뭐라고 했습니까?"

"아니 글쎄, 이유라는 게 한마디도 없었다니까요. 나도 그 편지를 봤소만 열 줄이나 되었을까."

"거참 이상하군요."

마침 그때 길을 건너야 했고, 오가는 사람들 때문에 우리의 이야기는 잠시 중단되었다. 머캔드루 대령의 말은 아무래도 믿기지가 않았다. 혹시 스트릭랜드 부인에게 말 못 할 사정이 있어 대령에게 뭔가를 숨겼는지도 모를 일이었다. 결혼을 해서 십칠 년이나 같이 살아온 사람이 처자를 버렸다면, 아내되는 사람은 두 사람의 결혼 생활에 무슨 문제가 될 만한 점을 짐작이라도 했을 것 아닌가 말이다. 대령이 곧 내 옆으로 따라왔다.

"그야 딴 여자하고 달아났으니 그것 말고 다른 이유가 있었겠소. 그쯤은 이쪽이 알아서 짐작하리라 생각했던 거죠. 그 자가 바로 그런 인간이었소."

"이제 스트릭랜드 부인은 어떻게 하죠?"

"글쎄요. 먼저 증거를 잡아야겠죠. 내가 파리로 건너가 볼 작정이오."

"하던 일은 어떻게 했답니까?"

"그걸 참 교묘하게 머리를 썼어요. 작년부터 하던 일을 계속 줄여 왔답니다."

"동업자에게 그만둔다는 말은 했던가요?"

"일언반구도 없었대요."

머캔드루 대령도 사업에 대해서 별로 아는 게 없었고, 나로서도 아는 바가 전혀 없었기 때문에 스트릭랜드가 어떻게 해놓고 일에서 손을 뗐는지 도무지 알 길이 없었다. 배신당한 동업자가 격분하여 소송을 걸겠다고 할지도 모를 일이었다. 정리가 끝나면 스트릭랜드 쪽이 아무래도 사, 오백 파운드는 잃게 될 것 같았다.

"아파트에 들인 가구가 에이미 이름으로 되어 있는 것만도 다행이지. 무슨 일이 있어도 그것들은 처제 차지가 될 거요."

"정말 부인이 무일푼이 되었단 말씀입니까?"

"그렇다니까요. 지금 가진 것이라곤 이, 삼백 파운드에 가구 뿐이라니까."

"그럼 어떻게 살아가죠?"

"어찌 알겠소?"

일이 점점 복잡해지는 것만 같았다. 대령이 욕설을 퍼붓고 분통만 터뜨리는 바람에 나는 사정이 이해되기보다 머리만 더 혼란스러워졌다. 그러던 중 그가 우연히 육해군 백화점의 시계를 쳐다보다 클럽에서 카드 놀이 하기로 한 일을 떠올리고 성 제임스 공원을 가로질러 가 버리자 나는 오히려 마음이 놓였다.

10

하루 이틀 뒤 스트릭랜드 부인이 전갈을 보내왔다. 그날 저녁 식사 뒤에 잠깐 와 줄 수 있느냐는 것이었다. 가 보니 혼자였다. 금욕적으로 보일 만큼 수수하게 차려입은 그녀의 검은 옷이 버림받은 여자의 처지를 짐작하게·했다. 감정을 억누르고 자기 처지에 어울린다고 생각하는 대로 옷을 차려입은 것을 보고 나는 솔직히 놀라지 않을 수 없었다.

"제가 부탁을 드리면 무슨 일이든지 해 주신다고 하셨죠?" 그녀가 말했다.

"물론입니다."

"파리로 가서 찰리¹³⁾를 좀 만나 주시겠어요?"

---

13) '찰스'의 애칭.

"제가요?"

나는 깜짝 놀랐다. 그 사람을 만나 본 것은 고작 한 번뿐이지 않은가. 부인이 도대체 내게 무엇을 어떻게 해 달라는 건지 알 수 없었다.

"형부는 자기가 가겠다지 뭐예요." 머캔드루 대령이 가겠다고 나선 모양이었다. "하지만 그분이 가면 안 돼요. 오히려 일을 망칠 거예요. 그렇다고 달리 부탁할 만한 사람도 없고."

그녀의 목소리가 약간 떨렸다. 더 머뭇거리면 나는 몰인정한 사람이 될 것만 같았다.

"하지만 저야 남편분과는 열 마디도 나눠 보지 못한 사이 아닙니까? 그분이 저를 잘 알지도 못하구요. 저를 보면 당장 꺼져 버리라고 할 겁니다."

"그렇다고 체면이 깎이실 일은 없잖아요." 부인이 미소를 지으며 말했다.

"도대체 뭘 어떻게 하라는 겁니까?"

그녀는 직접적으로 대답하지는 않았다.

"제 생각엔 그 양반이 당신과는 친분이 없어 오히려 좋을 것 같아요. 그이는 형부를 좋아하지 않았거든요. 바보 취급했어요. 군인들을 이해하지 못했죠. 거기다 형부는 성질이 급해서 여차하면 싸울 거구요. 그러면 일이 잘되기는커녕 오히려 나빠지는 꼴이 되죠. 당신이 제 심부름을 왔다고 하면 이야기를 듣지도 않고 돌려보내진 않을 거예요."

"제가 부인을 알게 된 것도 사실 얼마 되지 않습니다. 사정도 자세히 모르는 사람이 어떻게 이런 문제를 다룰 수 있겠습니까. 그뿐 아니라 저와 관계되는 일이 아니면 굳이 자세히 알고 싶지도 않구요. 부인께서 직접 가서 만나 보시지 그래요."

"그이가 혼자 있지 않다는 걸 잊으셨군요."

나는 입을 다물었다. 찰스 스트릭랜드를 찾아가 내가 명함을 들여보내는 모습을 그려 보았다. 그가 가소롭다는 듯 명함을 손가락 사이에 들고 응접실로 들어올 것이다.

"어인 일로 오셨소?"

"선생님의 부인 일로 찾아뵈었습니다."

"그래요? 선생께서 조금만 더 나이가 들면 남의 일에는 간섭을 안 하는 게 좋다는 걸 알게 될 거요. 미안하지만 고개를 조금만 왼쪽으로 돌려 보시오. 나가는 문이 보일 테니. 안녕히 가시오."

아무래도 체통을 잃지 않고 그 자리를 빠져나가긴 어려울 것 같았다. 스트릭랜드 부인이 이 곤경을 수습할 때까지 런던에 돌아오지 않았더라면 좋았을 거라는 생각이 들었다. 나는 부인을 슬쩍 훔쳐보았다. 그녀는 생각에 골똘히 잠겨 있었다. 이윽고 고개를 들어 나를 바라보며 길게 한숨을 내쉬더니, 미소를 지었다.

"정말 전혀 뜻밖의 일이에요. 결혼해서 같이 산 지가 십칠 년이나 되거든요. 저는 찰리가 누군가와 그렇게 깊이 빠질 사람이라고는 꿈에도 생각지 못했어요. 우린 그동안 아주 잘 지냈어요. 관심사야 많이 달랐지만."

"부인께서는 그러니까……." 나는 어떻게 표현해야 좋을지 알 수 없었다. "그분과 같이 갔다는 여자가 누군지 알아냈나요?"

"아뇨. 아는 사람이 아무도 없어요, 글쎄. 참 이상하죠. 남자가 누구랑 연애를 하면 같이 어울려 다니는 게 사람들 눈에 띄게 마련 아니에요? 점심을 같이한다든가 하는 게 말이에요. 여자 쪽 친구들이 가서 귀띔해 주는 게 보통이고요. 그런데 저는 아무 말도 못 들었거든요. 한마디도 못 들었어요. 그러다 그런 편지를 받고 보니 저에겐 정말이지 날벼락 같았어요. 전 그이가 아주 행복했다고 생각했거든요."

가엾게도 부인은 울기 시작했고 나는 부인이 안쓰럽다는 생각이 들었다. 하지만 얼마 안 있어 부인은 침착성을 되찾았다.

"이런 우스운 꼴 보여 봐야 소용없죠." 그녀는 눈물을 닦으며 말했다. "이제 남은 것은 어떻게 해야 최선이냐를 판단하는 일이에요."

그러고 나서 그녀는 최근의 이야기며, 두 사람이 처음 만난 사연과 결혼하게 된 이야기를 얼마간은 두서없이 지껄여 대기 시작했다. 하지만 그러는 사이 나는 두 사람의 생활을 나름대로 일목요연하게 그려 볼 수 있게 되었다. 그 동안의 내 추측이 별로 틀리지 않은 것 같았다. 스트릭랜드 부인은 인도에서 근무하던 공무원의 딸이었다. 부친은 퇴직하고 나서 시골 깊숙이 들어가 살았는데 해마다 팔월이 되면 요양 삼아 가족을 데리고 이스트본에 나오곤 했다. 그곳에서 그녀는 스무 살 되던 해에 찰스 스트릭랜드를 만났다. 그때 찰스는 스물세 살이었다. 그들은 같이 테니스를 치기도 하고, 부둣가를 함께 산책하기도 했으며, 흑인 유랑 악단의 노래를 듣기도 했다. 그녀는 찰스가 정식 구혼을 하기 일주일 전에 이미 그와 결혼할 마음을 먹고 있었다. 그들은 런던에서 살았다. 처음에는 햄스테드에서 살았으나 남편의 형편이 나아지기 시작하면서 시내로 옮겨 와 살았다. 그러는 사이 두 아이가 태어났다.

"그이는 늘 아이들을 귀여워했어요. 제가 싫어졌다 해도 아이들을 아끼는 마음은 남아 있을 거예요. 그러니 이 일을 도대체 어떻게 믿을 수 있겠어요? 지금도 저는 도무지 실감이 나지 않아요."

결국 부인은 내게 남편이 보낸 편지를 보여 주었다. 나도 편지 내용이 무척 궁금했으나 차마 보자고 할 수가 없었던 참이었다.

에이미 보시오.

집은 다 잘 정돈되어 있으리라 생각하오. 앤에게 당신이 말한 대로 일러두었으니 돌아오면 당신과 아이들 식사가 준비되어 있을 것이오. 하지만 나는 당신을 보지 못하오. 당신과 헤어지기로 마음먹었소. 내일 아침 파리로 떠날 작정이오. 이 편지는 그곳에 도착하는 대로 부치겠소. 다시 돌아가지는 않소. 결정을 번복하진 않겠소.

찰스 스트릭랜드

"한마디 설명도 없고, 미안하다는 말도 없어요. 사람이 이럴 수 있다고 생각하세요?"

"이런 경우의 편지치고 정말 이상하군요."

"딱 한 가지 설명밖에 없어요. 이제 예전의 그이가 아니라

56

는 거예요. 어떤 여자의 손아귀에 있는지 모르지만 그 여자 때문에 완전히 달라진 거예요. 모르긴 몰라도 꽤 오래된 사이일 거예요."

"왜 그렇게 생각하십니까?"

"형부가 알아냈어요. 남편은 일주일에 서너 번은 클럽에 가서 브리지[14]를 한다고 했어요. 형부가 그 클럽 회원을 하나 아는데, 그 사람에게 찰스가 브리지를 굉장히 좋아한다고 했나 봐요. 그러니까 그 사람이 깜짝 놀라더래요. 카드 놀이 하는 방에서 찰스를 한 번도 본 적이 없다나요. 그러니 찰스가 클럽에 갔다고 한 날은 그 여자와 같이 있었던 게 틀림없어요."

나는 잠시 입을 다물지 않을 수 없었다. 문득 아이들 생각이 났다.

"로버트에게 이 일을 설명하기가 무척 난처하셨겠군요."

"아녜요. 아직 애들에겐 한마디도 안 했어요. 애들이 개학하기 바로 전날 올라왔으니까요. 시치미 떼고 아버지가 멀리 출장을 가셨다고 해 두었어요."

돌연히 생긴 그런 비밀을 마음에 묻어 두고 아무렇지도 않은 척 태연하게 처신하는 일이나, 아이들이 탈 없이 등교할 수 있도록 일일이 신경을 써서 이것저것 다 챙겨 주는 일이 보통일이 아니었을 것이다. 부인의 목소리가 다시 울먹이는 소리로 변했다.

"우리 불쌍한 애들은 이제 어떻게 되죠? 이제 우리는 어떻

---

14) 트럼프 놀이의 일종.

게 살고요?"

그녀는 자제하느라 안간힘을 쓰고 있었다. 경련이라도 난 듯 주먹을 쥐었다 폈다 했다. 보고 있자니 괴롭기 짝이 없었다.

"제가 무슨 도움이 된다면야 파리에 가겠습니다만, 정확히 무엇을 바라시는지 말씀을 해 주셔야죠."

"그이가 돌아오기를 바라요."

"머캔드루 대령에게 듣기로는 부인께서 이혼하실 작정이라고 하던데요."

"이혼은 절대 안 해요." 부인은 갑자기 거칠게 대답했다. "그이에게 그렇게 전해 주세요. 그 여자와는 절대로 결혼 못 할 거라고요. 제 고집도 그이 못지않아요. 이혼은 절대로 안 할 거예요. 아이들 생각도 해야죠."

지금 생각해 보면 그녀는 자신의 태도를 내게 분명히 하기 위해 마지막 말을 덧붙였던 것 같다. 하지만 그때 나는 그녀가 어머니로서의 걱정보다는 어쩔 수 없는 질투심 때문에 그렇게 말한다고 생각했다.

"아직도 그분을 사랑하십니까?"

"글쎄요. 모르겠어요. 아무튼 돌아오길 바라요. 돌아오면 지난 일로 그냥 묻어 두겠어요. 따지고 보면 우린 십칠 년이나 같이 살았잖아요. 저도 마음이 좁은 여자는 아녜요. 제가 이 일을 몰랐더라면 그이가 무슨 짓을 하든 마음에 두지 않았을 거예요. 지금은 그이가 정신을 못 차리고 빠져 있지만 오래가지 않으리라는 건 본인도 알고 있을 거예요. 그러니 그이가 돌아오기만 하면 만사가 순조롭게 해결될 것이고, 그러면 아무도 이 일을 모를 거예요."

나는 스트릭랜드 부인이 소문에 신경 쓰는 것을 보고 약간 언짢은 기분이 들었다. 그때만 해도 세상의 평판이 여자들의 삶에 얼마나 중요한가를 몰랐기 때문이다. 세상 평판은 여성의 가장 내밀한 감정에도 위선의 그림자를 드리우는 법이다.

스트릭랜드의 거처는 밝혀져 있었다. 그의 동업자가 격분에 가득 찬 편지를 은행에 보내 그가 거처를 숨기고 있다는 사실을 비난했던 모양이다. 그러자 스트릭랜드는 냉소적이고 익살스러운 답장을 보내 동업자에게 자기가 있는 곳을 정확히 대주었던 것이다. 어떤 호텔에 머물고 있는 것이 분명했다.

"그 호텔 이름은 들어 본 적이 없어요. 형부는 잘 안대요. 아주 비싼 호텔이라나요."

부인은 얼굴을 빨갛게 붉혔다. 남편이 호화스러운 호텔 방에 머물면서, 이곳저곳 우아한 레스토랑을 찾아다니며 식사를 하고 낮에는 경마 구경, 밤에는 연극 구경 다니는 것을 떠올렸던 모양이다.

"그 나이에 오래가진 못해요. 나이가 마흔 아녜요? 젊은 사람이라면 이해할 만해요. 하지만 그 나이에 다 자란 아이까지 둔 남자에겐 가당찮은 일이죠. 무엇보다 몸이 견뎌 내겠어요?"

가슴속에서 분노가 슬픔과 싸우고 있는 듯했다.

"그이에게 말해 주세요. 온 가족이 애타게 찾고 있다고요. 다 그대로이면서, 다 달라지고 말았다고. 전 그이 없인 못 살아요. 차라리 죽고 말겠어요. 지난날 얘기를 해 주세요. 우리들이 함께 겪어 왔던 일들을 모조리 이야기해 주세요. 애들이 물으면 전 도대체 뭐라고 대답하면 좋아요? 그이 방도 그이가 나갈 때처럼 그대로 두었어요. 그 방이 그이를 기다리고 있다고 해 주세요. 온 가족이 그이를 기다리고 있다구요."

이제 그녀는 내가 전해야 할 말을 정확히 가르쳐 주었다. 남편이 하리라고 예상되는 말까지 추측해서 일일이 치밀한 대답을 말해 주었다.

"저를 위해 최선을 다해 주실 거죠? 제가 지금 어떤 처지에 빠져 있는지 그이에게 말해 주세요." 그녀는 애처롭게 말했다.

그녀는 내가 힘닿는 대로 모든 수단을 동원하여 그의 동정심에 호소해 주기를 바라고 있는 것 같았다. 그녀는 목을 놓아 울었다. 나도 마음이 찡해졌다. 스트릭랜드의 냉혹한 잔인성에 분노를 금할 수 없었다. 나는 그를 돌아오게 만드는 데 최선을 다하겠다고 약속했다. 나는 이틀 뒤에 파리로 건너가 무슨 성과든 거둘 때까지 그곳에 머물러 있겠다고 했다. 그러고는 시간도 늦은 데다 그동안 둘 다 격한 감정에 사로잡혀 지칠 대로 지친 상태였기 때문에 나는 그녀의 집을 나왔다.

11

파리로 가면서 내가 맡은 심부름에 대해 곰곰 생각해 보니 적이 걱정이 되었다. 스트릭랜드 부인이 괴로워하는 모습을 일단 눈앞에서 보지 않게 되자 문제를 좀 더 냉정하게 따져 볼 수 있게 되었다. 우선 앞뒤가 맞지 않는 부인의 태도가 이해

되지 않았다. 부인의 처지가 딱하긴 했다. 하지만 내 동정심을 자아내려고 불행을 과장할 수도 있었을 것이다. 울 준비를 했던 게 분명했다. 그렇지 않고서야 왜 그 많은 손수건을 가지고 있었겠는가. 준비성은 감탄할 만했지만 그 때문에 오히려 눈물이 덜 감동스럽게 여겨졌으리라. 남편이 돌아오기를 바라는 것도 진정으로 사랑하는 마음 때문인지, 아니면 그저 구설수가 무서워서인지 판단할 수 없었다. 부인의 상심 가운데에는 버림받아 괴로워하는 마음과 자존심을 상해 고통스러워하는 마음이 ──내 젊은 마음에는 그런 자존심이 야비하게 여겨졌다.── 뒤섞여 있지 않나 해서 마음이 어지러웠다. 그때만 해도 나는 인간의 천성이 얼마나 모순투성이인지를 몰랐다. 성실한 사람에게도 얼마나 많은 가식이 있으며, 고결한 사람에게도 얼마나 많은 비열함이 있고, 불량한 사람에게도 얼마나 많은 선량함이 있는지를 몰랐다.

하지만 이 여행에는 그래도 어쩐지 모험적인 데가 있어 파리에 가까이 갈수록 마음이 설렜다. 나 자신이 극중 인물처럼 여겨졌고, 내게 주어진 역이 마음에 들었다. 나의 배역은 바람 피운 남편을 너그러운 아내에게 돌려보내는 신뢰받는 친구 역이었다. 나는 스트릭랜드를 만나 볼 시간을 파리에 도착한 다음 날 저녁으로 정했다. 본능적으로 시간 선정에 신중해야 한다는 생각이 들었기 때문이다. 점심 시간 전에는 사람의 감정에 호소하는 일이 별 효과가 없는 법이다. 그즈음엔 나 자신의 상념 역시 밤낮 사랑에 빠져 있었지만, 부부간에 사랑을 나누는 일이라 해도 그게 저녁 식사도 하기 전에 가능하리라고는 도저히 상상할 수 없었다.

호텔에 든 다음, 나는 그곳에서 찰스 스트릭랜드가 묵고 있다는 호텔이 어디인지 물어보았다. 벨주 호텔이라고 했었다. 뜻밖에 호텔 접객원은 그런 호텔 이름을 들어 보지 못했다고 했다. 스트릭랜드 부인 말로는 아주 크고 호화스러운 호텔인데 리볼리 거리 뒤쪽에 있다고 했었다. 접객원과 나는 전화번호부를 찾아보았다. 같은 이름의 호텔이 딱 하나 므완 거리에 있었다. 그런데 그곳은 상류층 지역은 아니라고 했다. 중류도 못 된다는 것이었다. 나는 머리를 저었다.

"이건 아닐 거요."

접객원은 어깨를 으쓱했다. 파리에 그런 이름을 가진 호텔은 더 없었다. 그렇다면 결국 스트릭랜드가 거처를 속인 것이었나 하는 생각이 들었다. 이 주소를 동업자에게 알려 주면서 상대방을 골탕 먹이고 싶었는지도 모르겠다. 왠지 모르지만 그때 나는 언뜻 이런 생각이 들었다. 스트릭랜드에게 짓궂은 장난기가 발동하여, 일부러 증권 중개인을 분통 터지게 한 다음 파리로 오게 만들고 지저분한 거리의 추잡한 호텔을 찾아가게 함으로써 헛걸음하게 만들고 싶은 생각이 들지 않았나 하는. 하지만 아무튼 가 보기는 해야겠다고 생각했다. 이튿날 여섯 시쯤, 나는 택시를 집어타고 므완 거리로 갔다. 하지만 들어가기 전에 걸으면서 호텔 주변을 좀 살펴보고 싶어 거리 입구 모퉁이에서 내렸다. 가난한 사람들을 상대로 물건을 파는 구멍가게들이 잔뜩 들어찬 거리였다. 걸어가다 보니 거리 중간쯤에 왼쪽으로 벨주 호텔이 있었다. 내가 투숙한 호텔은 아주 수수한 호텔이었지만 이 호텔에 비하면 으리으리한 편이었다. 높고 허름한 건물로 칠을 하지 않은 지 여러 해 되어 보였다. 얼마나 지저분하게 보이는지 양편의 집들이 말쑥해 보일 지경이었다. 창문들도 더러웠고, 죄다 닫혀 있었다. 아무리 봐도 찰스 스트릭랜드가 명예와 의무를 저버리고 이름 모를 미녀와 죄스러운 호사 생활을 하고 있을 장소라고 여겨지지 않았다. 나는 놀림을 당한 기분이 들어 화가 치밀었고, 그래서 물어볼 것도 없이 그냥 돌아가 버리려고 했다. 하지만 스트릭랜드 부인에게 뭔가 최선을 다했다는 말은 해야겠기에 마음을 바꾸어 안으로 들어갔다.

호텔의 출입문은 어떤 가게의 옆으로 나 있었다. 문이 열려 있어 안으로 들어서니 눈앞에 '사무실은 2층'이라는 표지가 있었다. 비좁은 층계를 올라가니 층계참에 유리 칸막이를 한 조그만 방 같은 것이 있고, 그 안에 책상 한 개와 의자 두 개가 놓여 있었다. 바깥에 벤치가 하나 놓여 있는데 아마 거기서 야근 종업원이 새우잠을 자는 모양이었다. 아무도 눈에 띄지 않았다. 초인종 밑에 '갸르송(종업원)'이라고 적혀 있을 뿐이었다. 그 벨을 누르자 얼마 안 있어 종업원이 나타났다. 눈초리가 의뭉해 보이고 표정이 시무룩한 청년이었다. 셔츠 차림에 실내화를 신고 있었다.

왜 그랬는지 모르지만 나는 되도록 지나가는 말처럼 꾸며 물었다.

"여기 혹시 스트릭랜드라는 분이 묵고 있지 않나요?"

"6층 32호실입니다."

나는 너무 놀라 잠시 말이 안 나왔다.

"지금 방에 계시나요?"

종업원은 사무실 안의 게시판을 들여다보았다.

"열쇠를 안 맡겨 두었으니 올라가 보세요."

한 가지 더 물어보는 것이 좋을 것 같았다.

"부인도 계신가요?"

"아니, 혼자 계십니다."

종업원은 층계를 올라가는 나를 의심쩍어하는 눈길로 슬쩍 보았다. 층계는 어두웠고 환기도 제대로 되지 않았다. 퀴퀴한 냄새까지 났다. 3층에 올라가니 실내복을 걸치고 머리가 헝클어진 웬 여자가 문을 빼꼼히 열고 지나가는 나를 말없이 지켜보았다. 마침내 6층에 이르러 32호실의 문을 두드렸다. 안에서 소리가 나더니 문이 반쯤 열렸다. 문을 열고 선 사람은 찰스 스트릭랜드였다. 그는 한마디도 하지 않았다. 나를 몰라보는 게 분명했다.

나는 이름을 댔다. 그러면서 되도록 쾌활한 태도를 보이려고 애썼다.

"몰라보시는군요. 지난 칠월에 함께 저녁 식사를 한 적이 있습니다만."

"들어오시오." 그는 활달하게 말했다. "아무튼 반갑소. 거기 앉으시오."

나는 안으로 들어갔다. 아주 비좁은 방이었는데 프랑스인들이 루이 필립 식이라고 부르는 가구들로 꽉 차 있었다. 커다란 나무 침상이 하나 있고, 그 위에 파도처럼 너울거리는 붉은 오리털 이불이 깔려 있었고, 커다란 옷장 하나, 둥근 탁자 하나, 아주 작은 세면대, 그리고 붉은 천을 씌운 의자가 둘 있었다. 하나같이 때가 끼고 낡아 빠진 것들이었다. 머캔드루 대령이 그처럼 자신있게 말했던 방탕스러운 사치의 흔적이라고는 어디에도 없었다. 스트릭랜드가 한쪽 의자 위에 잔뜩 쌓여 있던 옷을 집어 들어 마룻바닥에 내던졌고, 나는 그 의자에 앉았다.

"어떻게 오셨소?" 그가 물었다.

조그만 방 안에서 보니 그는 전에 보았던 때보다 훨씬 커보였다. 그는 낡아 빠진 노퍽 재킷을 입고 있었고, 면도는 벌써 여러 날째 하지 않은 모양이었다. 지난번 보았을 때는 말끔한 차림이었지만 어쩐지 불안해 보이는 표정이었다. 그런데 지금은 지저분하고 단정치 못했지만 더없이 편안해 보였다. 내가 미리 준비해 둔 말을 하면 그가 어떻게 받아들일지 알 수 없었다.

"실은 부인 대신 왔습니다."

"마침 저녁 먹기 전에 한잔할까 하고 막 나가려던 참인데, 같이 갑시다. 압생트 어떻소?"

"마시기는 합니다."

"그럼 갑시다."

그는 솔질을 해도 한참 해야 할 것 같은 중산모를 집어 썼다.

"저녁을 함께해도 되겠군. 선생께서 내게 저녁 식사 빚진 것도 있다니까."

"좋습니다. 그런데 혼자신가요?"

그 중요한 질문을 아주 자연스럽게 하게 되어 나는 썩 기분이 좋았다.

"아, 그래요. 실은 요 사흘 동안 아무하고도 말을 못 했소. 내 불어 실력이 영 변변찮아서."

나는 앞장서 충계를 내려가면서 그 찻집 아가씨가 어떻게 되었는지 궁금했다. 벌써 싸우고 헤어져 버렸단 말인가? 아니면 사랑의 불길이 식어 버렸단 말인가? 하지만 사람들 말대로 그가 이 필사적인 모험을 위해 일 년이나 준비해 왔다면 아무래도 그랬을 것 같지는 않았다. 우리는 클리시 거리까지 걸어가 커다란 카페의 노변 테이블에 자리 잡고 앉았다.

12

클리시 거리는 그 시간이면 늘 붐볐다. 상상력이 활발한 사람이라면 그곳을 오가는 사람들 가운데에는 온갖 천한 로맨스에 빠진 사람들이 있음을 알 수 있을 것이다. 회사원과 여점원들, 오노레 드 발자크[15]의 소설에서 막 걸어 나온 듯한 노인들, 인간의 약점을 이용해 먹고사는 갖가지 직업의 남녀들이 있었다. 파리의 가난한 사람들이 사는 거리에는 늘 사람의 피를 달아오르게 하고 뜻밖의 일에 대한 기대로 마음을 설

---

15) Honor de Balzac(1799~1850). 프랑스의 대표적인 사실주의 작가. 『고리오 영감』, 『외제니 그랑데』, 『종매 베트』 등으로 널리 알려져 있다.

레게 하는 활력이 넘쳐흐른다.

"파리를 잘 아십니까?" 내가 물었다.

"아뇨. 신혼 여행 때 와 보고는 처음이오."

"지금 그 호텔은 어떻게 알아내셨습니까?"

"싼 데를 물으니까 누가 가르쳐주었소."

압생트가 나왔다. 우리는 녹아드는 설탕 위에 근엄한 태도로 물을 몇 방울 떨어뜨렸다.

"우선 제가 찾아온 이유를 말씀드리는 게 좋을 것 같군요." 말을 꺼내자니 쑥스러운 기분이 없지 않았다.

그의 눈이 반짝 빛났다.

"그렇잖아도 조만간 누가 찾아오리라 짐작은 했소. 에이미에게서도 여러 차례 편지가 왔었으니까."

"그럼 제가 무슨 말씀을 드릴지도 잘 알고 계시겠군요."

"편지는 읽어 보지 않았어요."

나는 잠시 여유를 가지려고 담배에 불을 붙였다. 맡은 일을 어떻게 시작해야 좋을지 알 수 없었다. 내가 준비해 두었던 말들, 때론 애조를 띠고 때론 분개하는 웅변적인 수사가 이 클리시 거리에서는 아무래도 어울리지 않아 보였다. 그가 갑자기 킥킥 웃어 댔다.

"골치 아픈 일을 맡았죠?"

"글쎄요."

"여보시오. 거 빨리 끝내 버리고 우리 기분 좋게 저녁이나 합시다."

나는 머뭇거렸다.

"부인께서 몹시 슬퍼하시리라는 생각은 안 해 보셨나요?"

"시간이 지나면 나아지겠지."

이 말을 할 때의 그 더할 나위 없던 냉담함을 어떻게 설명하면 좋을까. 그 냉담함 때문에 한순간 당황했지만 나는 내색하지 않으려고 무진 애를 썼다. 그러고는 성직자인 헨리 백부가 친척들에게 '부사제 양성회'에 기부금을 부탁할 때의 어투를 흉내 내어 말했다.

"솔직하게 말씀드려도 되겠지요?"

그는 미소를 지으며 고개를 끄덕였다.

"부인께 무슨 잘못이라도 있나요? 그렇게 대하시니 말입니다."

"없어요."

"그럼 부인께 무슨 불만이라도 있으십니까?"

"없소."

"그렇다면 너무 심하지 않습니까? 십칠 년이나 같이 살아온 사람을, 아무런 잘못이 없는데도 이런 식으로 버리다니 말입니다."

"심하지요."

나는 놀라서 힐끗 그를 쳐다보았다. 하는 말마다 선선히 인정해 버리니 나는 도리어 맥이 쭉 빠졌다. 그러고 보니 내 입장이 우습게 된 건 말할 것도 없고 아주 복잡하게 되어 버렸다. 사실 나는 별의별 준비를 다 하고 있었다. 설득도 하고, 간청도 해 보고, 권고도 하고, 충고도 하고, 훈계도 하고, 필요하다면 욕도 하고 화를 내면서 비꼬기도 할 작정이었다. 하지만 죄인이 자기 죄를 선선히 고백해 버리면 훈계자가 도대체 무슨 일을 할 수 있단 말인가? 이런 경우에 어떻게 해야 할지 나에겐 경험이 없었다. 무엇이든 늘 부정하는 일에만 익숙해져 있었으니까.

"그래서요?" 스트릭랜드가 물었다.

그 말에 나는 약간 경멸조로 대꾸해 보았다.

"글쎄, 그렇게 말씀하신다면 더 이상 할 말이 없군요."

"그렇겠죠."

나는 주어진 임무를 솜씨 있게 수행하고 있지 못하다는 느낌이 들었다. 초조해지는 마음을 뚜렷이 느낄 수 있었다.

"아니, 돈 한 푼 남기지 않고 어찌 아내를 버릴 수 있단 말입니까?"

"왜, 그래선 안 된다는 법이라도 있소?"

"부인께선 어떻게 살고요?"

"난 그 사람을 십칠 년간 먹여 살려 왔소. 그러니 이제 자기도 혼자 힘으로 살아 볼 수 있잖나?"

"혼자 살 수 없어요."

"살아 보라고 해요."

물론 그 말에는 나도 응수할 말이 많았다. 여자가 사회에서 갖는 경제적 지위라든가, 남자가 결혼할 때 묵시적·명시적으로 받아들이는 계약이라든가, 기타 등등에 대해서 말할 수 있었다. 하지만 정말 중요한 것은 딱 한 가지라는 생각이 들었다.

"이제 부인에게 애정이 없다는 말입니까?"

"없소, 전혀."

당사자들에게야 더할 나위 없이 심각한 문제였겠지만, 그가 이 뻔뻔스러운 대꾸를 어찌나 쾌활하게 하던지 나는 웃음을 참느라고 입술을 깨물지 않으면 안 되었다. 나는 이자의 행위가 가증스러운 것임을 다시 한번 상기했다. 그러고는 마음속으로 애써 그에 대한 도덕적 노여움을 되살려냈다.

"당치도 않아요. 아이들 생각도 하셔야죠. 애들에게 무슨 죄가 있습니까? 그 애들이 애걸복걸이라도 해서 이 세상에 태어났나요? 이런 식으로 죄다 몰라라 하면, 아이들은 거지가 되고 말 거 아닙니까?"

"그동안 편안하게 잘 살았어요. 여느 집 애들보다 훨씬 더 호강한 셈이오. 게다가 돌봐 줄 사람도 있고. 여차하면 아이들 학비는 이모네가 대 줄 거요."

"하지만 아이들이 귀엽지도 않습니까? 정말 귀여운 아이들 아닌가요. 이제 그 애들과 영영 인연을 끊겠단 말씀입니까?"

"어릴 때는 귀여워했지만 이제 다 크고 나니 별 감정이 들지 않아요."

"아주 몰인정하군요."

"그런가 보오."

"전혀 창피하지도 않고."

"창피할 것 없소."

나는 다른 전략을 구사해 보았다.

"세상 사람들이 당신을 비열하다고 생각할 겁니다."

"그러라지요."

"사람들이 미워하고 멸시해도 상관없단 말인가요?"

"상관없어요."

그 짤막한 대답을 얼마나 경멸스럽게 내뱉는지 지극히 당연한 내 질문이 오히려 우스꽝스러운 것이 되고 말았다. 나는 잠시 생각에 잠겼다.

"사람이 남들의 비난을 의식하면서도 과연 편하게 살아갈 수 있을까요? 정말 아무렇지도 않으리라 장담하는 겁니까? 누구에게나 양심 같은 것이 있는 법 아닙니까? 언젠가는 이 양심에 걸리지 않겠어요? 부인께서 돌아가신다고 해 봐요. 양심의 가책 때문에 괴롭지 않으시겠어요?"

그는 대답이 없었다. 나는 그가 입을 열기를 잠시 기다렸다. 마침내 내가 참지 못하고 먼저 입을 열고 말았다.

"하실 말씀이 없으신가요?"

"있소. 당신 참 멍청한 사람이오."

"어쨌건 말예요. 싫어도 처자를 부양할 의무가 있다는 건 알아 두세요." 나는 약이 올라 대꾸했다. "식구들은 법이 지켜 줄 겁니다."

"법이라 한들 아무것도 없는 데서 뭘 뺏어 낼 수 있겠소? 난 한 푼도 없어요. 있어 봐야 백 파운드나 될까."

나는 점점 갈피를 잡을 수 없었다. 그가 묵고 있는 여관을 보건대 사정이 쪼달린다는 것은 거짓말은 아니었다.

"그걸 다 쓰고 나면 어떻게 할 셈인데요?"

"벌어야지."

그는 더할 나위 없이 태연했다. 눈에서 시종 사라지지 않는 놀리는 듯한 웃음기 때문에 내가 하는 말은 모조리 멍청한 말이 되고 마는 꼴이었다. 나는 잠시 입을 다물고 무슨 말을 해야 좋을지 생각해 보았다. 이번에는 그가 먼저 입을 열었다.

"에이미야 재혼해도 되지 않소? 나이도 젊은 편이고 못생긴 편도 아니니까. 사람들에게 훌륭한 배우자감이라 말해 줄 수도 있소. 이혼을 원한다면 필요한 사유를 대 줄 수도 있고."

이번에는 내가 비웃을 차례였다. 이자가 교활하게 머리를 굴리고 있지만 바로 이것을 노리고 있음이 뻔하다. 무슨 사정이 있어 여자와 달아난 사실을 숨기면서 그녀가 있는 곳을 알리지 않으려고 온갖 조심을 다 하고 있는 것이다. 나는 단호하게 대꾸했다.

"부인께서는 선생이 무슨 수를 써도 절대 이혼해 주지 않겠다고 했어요. 그 결심은 절대 변하지 않을걸요. 그러니 그런 가능성일랑은 아예 꿈도 꾸지 마시죠."

그는 깜짝 놀란 표정으로 나를 쳐다보았는데 꾸민 표정은 분명 아니었다. 입가에서 웃음기를 거두더니 그는 정색을 하고 말했다.

"이봐요, 젊은 친구. 난 신경 안 써요. 이렇든 저렇든 내겐 전혀 상관없어."

나는 웃었다.

"이러지 말아요. 우리가 그렇게 바보인 줄 아십니까? 우리도 선생이 여자와 달아났다는 것쯤은 알고 있어요."

그는 움찔 놀라더니 느닷없이 너털웃음을 터뜨렸다. 얼마나 요란하게 웃어 대는지 옆자리 사람들도 돌아볼 지경이었고 몇 사람은 따라 웃기도 했다.

"뭐가 그렇게 우스워요?"

"딱하군, 에이미도."

그러더니 그의 얼굴이 멸시에 가득 찬 표정으로 변했다.

"여자들이란 기껏 생각한다는 게 그런 것뿐이야. 애정, 그저 언제나 애정이지. 남자가 자기를 버리면 꼭 딴 여자 때문이라고 생각한다니까. 그래 당신은 내가 여자 때문에 바보처럼 이런 짓을 저질렀다고 생각하시오?"

"아니 그럼, 여자 때문에 부인을 떠난 게 아니란 말입니까?"

"당연히 아니오."

"명예를 걸고 맹세할 수 있어요?"

내가 왜 그렇게 물었는지 모르겠다. 그때만 해도 참 순진했던 모양이다.

"명예를 걸고 맹세할 수 있소."

"그럼 도대체 무엇 때문에 부인을 버렸단 말입니까?"

"나는 그림을 그리고 싶소."

나는 한참 동안 그를 지긋이 바라보았다. 알 수 없는 노릇이었다. 이자가 돌아 버리지 않았나 하는 생각이 들었다. 이때만 해도 나는 아주 젊었고 상대방은 내게 중년으로 보였음을 기억해야 할 것이다. 딴 건 몰라도 몹시 놀랐던 것만은 기억한다.

"아니 나이가 사십이 아닙니까?"

"그래서 이제 더 늦출 수가 없다고 생각했던 거요."

"그림을 그려 본 적은 있나요?"

"어렸을 적에는 화가가 되고 싶었소. 하지만 아버지가 그림을 그리면 가난하게 산다면서 실업계 일을 하게 만들었지. 일 년 전부터 조금씩 그리기 시작했소. 한 일 년 야간반에 나가 그림을 배웠어요."

"부인께 클럽에 나가 브리지를 한다고 하고 거길 나갔단 말인가요?"

"그렇소."

"왜 그런 말을 하지 않았어요?"

"알리고 싶지 않았소."

"그림은 그릴 줄 아십니까?"

"아직은 잘 안 돼요. 하지만 될 거요. 여기 온 것도 그 때문이지. 런던에서는 바라는 걸 얻을 수 없었소. 아마 여기서는 가능할 거요."

"당신 나이에 시작해서 잘 될 것 같습니까? 그림은 다들 열여덟 무렵에 시작하지 않습니까?"

"열여덟 살 때보다는 더 빨리 배울 수 있소."

"어째서 그런 재능이 있다고 생각하십니까?"

그는 잠시 대답이 없었다. 눈길은 지그시 오가는 인파를 향해 있었지만 나는 그가 인파를 보고 있었다고는 생각지 않는다. 그는 엉뚱한 대답을 했다.

"나는 그려야 해요."

"승산 없는 도박을 하자는 것입니까?"

그러자 그는 나를 쳐다보았다. 두 눈에 야릇한 빛을 띠고 있어 나는 어쩐지 불안했다.

"나이가 몇이오? 스물셋?"

그 질문은 엉뚱하게 느껴졌다. 내 나이쯤이면 모험을 할 수 있다고 하겠지만 그는 벌써 청년기를 넘기고 버젓한 사회적 지위를 지닌 증권 중개업자이며, 아내와 두 아이까지 거느린 사람이다. 내가 했다면 자연스러운 선택일지 모르지만 그에게는 터무니없는 길이 아니겠는가. 나는 어디까지나 공평한 입장에 서고 싶었다.

"하기야 기적이란 것도 있으니, 훌륭한 화가가 되지 말란 법도 없지요. 하지만 그럴 가능성은 아주 희박하다는 걸 잘 아시지 않습니까? 나중에 가서 일을 그르쳤다고 후회하면 큰 낭패가 아닙니까?"

"난 그려야 해요." 그는 되뇌었다.

"잘해야 삼류 이상은 되지 못할 수도 있는데, 그걸 위해서 모든 것을 포기할 가치가 있겠습니까? 다른 분야에서는 뛰어나지 않아도 별로 문제 되지 않아요. 그저 보통만 되면 안락하게 살 수 있지요. 하지만 화가는 다릅니다."

"이런 맹추 같으니라구."

"제가 왜 맹추입니까? 분명한 사실을 말하는 게 맹추란 말인가요?"

"나는 그림을 그려야 한다지 않소. 그리지 않고는 못 배기겠단 말이오. 물에 빠진 사람에게 헤엄을 잘 치고 못 치고가 문제겠소? 우선 헤어나오는 게 중요하지. 그렇지 않으면 빠져 죽어요."

그의 목소리에는 진실한 열정이 담겨 있었다. 나도 모르게 감명을 받았다. 그의 마음속에서 들끓고 있는 어떤 격렬한 힘이 내게도 전해 오는 것 같았다. 매우 강렬하고 압도적인 어떤 힘이, 말하자면 저항을 무력하게 하면서 꼼짝할 수 없도록 그를 사로잡고 있음을 느낄 수 있었다. 이해할 수 없었다. 정말이지 그는 악마에게라도 사로잡혀 있는 것 같았다. 악마가 느닷없이 달려들어 그를 갈가리 찢어 놓을 것만 같았다. 하지만 그의 표정은 천연덕스러웠다. 물끄러미 바라보는 나의 눈길을 받고도 조금도 동요하지 않았다. 모르는 사람이라면 낡은 노퍽 재킷 차림에 허름한 중절모를 쓰고 앉아 있는 그를 어떻게 볼까 궁금했다. 바지는 헐렁하고 손은 더러웠다. 수염을 깎지 않아 더부룩한 붉은 턱, 작은 눈, 커다랗고 공격적인 코, 이것들이 다 투박하고 거칠어 보였다. 입은 큼지막하고 입술은 두텁고 육감적이었다. 정말이지, 참으로 종잡을 수 없는 사람이었다.

"부인께 안 돌아가시겠단 말인가요?" 마침내 나는 물었다.

"절대 안 돌아가오."

"부인께서는 다 없던 일로 하고 새로 출발하실 수 있다고 하던데요. 아무런 탓도 하지 않으시고요."

"멋대로 하라지."

"사람들이 비열한 인간이라고 욕해도 괜찮단 말인가요? 부인과 아이들이 비렁뱅이질을 해도 상관없고요?"

"상관없소."

나는 다음 말에 힘을 주기 위해 잠시 뜸을 들였다. 그러고는 일부러 한마디 한마디에 힘을 주어 말했다.

"정말 천하에 악질이군요."

"자, 이제 그만큼 했으면 속이 후련할 테니, 가서 저녁이나 먹읍시다."

13

아무래도 그 제안을 거절했어야 옳았다는 생각이 든다. 내가 진심으로 느꼈던 분노를 제대로 표현했어야 마땅했을 것이다. 머캔드루 대령에게도 내가 그 따위 인격을 가진 사람과 식사를 같이할 수 없어 그의 제의를 한마디로 거절했노라고 말할 수 있었다면, 적어도 나를 좋게 생각해 주었을 것이다. 하지만 나는 일을 성공시키지 못하리라는 걱정 때문에 지금까지 늘 자신감을 잃고 도덕적 태도를 취하지 못했다. 이번에는 내 감정이 스트릭랜드에게는 통하지 않을 게 뻔해서 말로 표현하기가 더더욱 거북했다. 아스팔트에서도 백합꽃이 피어날 수 있으리라 믿고 열심히 물을 뿌릴 수 있는 인간은 시인과 성자뿐이지 않을까.

술값은 내가 치렀다. 밖으로 나와 우리는 사람들로 붐비고 활기가 넘치는 한 싸구려 식당을 찾아가 즐겁게 저녁을 먹었다. 나는 젊었고 그는 양심이 무딘 사람이었기 때문에 둘 다 식욕은 좋았다. 식사를 마치고 우리는 술집에 가서 커피와 술을 마셨다.

내가 파리에 오게 된 용건에 대해서 할 말은 다 한 셈이었다. 여기에서 그쳐 버린다는 것이 어쩐지 스트릭랜드 부인을 배신하는 듯한 느낌도 들었지만 나는 그의 무심한 태도를 도저히 당해 낼 수가 없었다. 여자처럼 끈질긴 집념을 가졌다면 모르되 어찌 똑같은 열성으로 같은 일을 세 번씩이나 되풀이할 수 있겠는가. 스트릭랜드의 심리 상태를 되도록 잘 알아내는 것이 오히려 도움이 될지도 모른다고 생각함으로써 위로를 삼았다. 하긴 그런 일이 내게는 훨씬 흥미롭기도 했다. 하지만 스트릭랜드는 말주변이 좋지 않아 그것도 쉬운 일은 아니었다. 말이 마음을 전달하는 매체가 되어 주지 못하는 듯, 그는 말로 자신의 생각을 나타내기가 힘든 모양이었다. 따라서 판에 박힌 상투어, 속어, 모호하고 어정쩡한 몸짓을 통해 그의 의도를 짐작해야 했다. 그런데 대단한 표현은 못 했지만 그의 개성에는 사람을 따분하지 않게 하는 무엇인가가 있었다. 성실성 때문이었을까. 그는 파리를 처음 보면서도(그가 아내랑 같이 왔을 때는 별도로 하고) 별로 감격하는 것 같지 않았다. 그에게는 낯선 풍경일 텐데도 그다지 놀라는 기색 없이 덤덤히 받아들이고 있었던 것이다. 나는 파리를 수없이 많이 가 보았지만 갈 때마다 늘 마음이 설렌다. 파리의 거리를 걷노라면 뭔가 모험을 해 보고 싶은 마음에 몸이 근질근질해진다. 그런데 스트릭랜드는 아무런 변화 없이 평온했다. 지금 돌아보면 그는 자신의 영혼을 어지럽히고 있던 영상 말고는 아무것도 눈앞에 보이지 않았던 것 같다.

좀 우스꽝스러운 일이 하나 있었다. 그 술집에는 매춘부들이 많았다. 남자들과 어울려 앉아 있는 아가씨들도 있었고 혼자인 아가씨들도 있었다. 얼마 안 있어 나는 아가씨 하나가 우리를 바라보고 있음을 알아차렸다. 그녀는 스트릭랜드와 눈이 마주치자 싱긋 웃었다. 스트릭랜드는 그녀를 의식하지 못했던 것 같다. 얼마 안 있자 그 아가씨가 밖으로 나가더니 잠시 후에 다시 들어와 우리 테이블 옆으로 지나가면서 술 한 잔 사주시겠느냐고 아주 깍듯하게 묻는 것이었다. 여자가 자리에 앉자 나는 그녀와 얘기를 주고받았다. 하지만 그녀의 관심은 스트릭랜드에게 있었던 게 분명했다. 나는 그가 프랑스어는 한두 마디밖에 모른다고 말해 주었다. 여자는 반은 손짓으로, 반은 외국인이 하는 엉터리 프랑스어로—무슨 까닭에서인지 상대방이 그런 프랑스어를 더 잘 이해하리라 생각하고—그에게 말을 걸려고 했다. 여자는 영어도 대여섯 마디는 알고 있었다. 자기 나라 말로밖에 표현할 수 없는 것은 나더러 통역을 해 달라 했고, 상대방의 답변이 무슨 뜻인지도 열심히 물었다. 스트릭랜드는 약간 재미있어하며 무던하게 대하기는 했지만 여자의 수작에 흥미가 없음이 분명했다.

"아무래도 이 여자가 선생께 반한 모양인데요." 내가 웃으며 말했다.

"그렇다고 기분 좋을 것 없소."

나라면 민망해하면서 어쩔 줄 몰라했을 것이다. 여자는 웃음기가 도는 눈을 가졌고 입도 아주 매력적이었다. 나이도 젊어 보였다. 스트릭랜드의 어떤 점이 여자의 마음을 끌었는지 궁금했다. 여자는 속마음을 노골적으로 드러내면서 내게 통역을 부탁했다.

"이 아가씨가 선생 집에 따라가고 싶다는데요."

"난 아무도 안 데려가오." 그가 대꾸했다.

나는 이 대답을 되도록 기분 나쁘지 않게 통역해 주었다. 내 생각에는 그런 청을 거절하는 것이 좀 야박하게 느껴졌다. 여자에게는 돈이 없어 그럴 거라고 말해 주었다.

"이분이 마음에 들어요. 돈을 바라는 게 아니고 그냥 좋아서 그런다고 말해 주세요."

이 말을 통역해 주자 스트릭랜드는 짜증 난다는 듯 어깨를 으쓱하며 퉁명스럽게 말했다.

"썩 꺼져 버리라고 해요."

통역을 할 것도 없이 말투만 봐서도 내용이 뻔했기 때문에 여자는 갑자기 머리를 획 뒤로 젖혔다. 화장이 짙어 알 수는 없었지만 얼굴이 빨개졌을 것이다. 여자는 벌떡 일어서서 말했다.

"무슈 네 파 폴리!(신사답지 못해요!)"

여자는 술집을 뚜벅뚜벅 걸어 나가 버렸다. 나는 약간 화가 났다.

"그렇게까지 모욕을 줄 필요는 없잖아요. 그 여자야 호감을 표시한 것뿐 아닙니까?"

"그런 따위 일은 구역질이 나요." 그는 퉁명스레 말했다.

나는 그를 물끄러미 바라보았다. 정말 지겹다는 표정이 얼굴에 역력했다. 하지만 역시 투박하고 육감적인 사나이의 얼굴이었다. 아마도 아가씨는 그 얼굴의 어떤 야수성에 끌렸던 모양이다.

"여자라면 런던에서도 얼마든지 구할 수 있었소. 내가 여기

온 건 그 때문이 아니오."

14

영국으로 돌아오면서 나는 스트릭랜드에 대해 이것저것 많이 생각했다. 부인에게 해야 할 말도 정리해 보았으나 마음에 들지 않았다. 부인이 불만스러워할 것이 뻔했다. 우선 나 자신부터도 불만스러웠으니까. 스트릭랜드는 나를 혼란에 빠뜨리고 말았다. 그의 동기를 도저히 이해할 수 없었다. 처음에 어쩌다 화가가 되겠다는 생각을 가지게 되었느냐고 물었을 때 그는 대답을 하지 못했다. 아니면 대답하기를 꺼렸다고 해야 할까. 그러니 뭘 어떻게 알 수 있었겠는가. 나는 어떤 막연한 반항심이 그의 느린 정신 속에서 서서히 자라다가 마침내 막바지 상태까지 다다랐던 게 아니었을까 하고 생각해 보려 했다. 하지만 그가 그동안 자신의 단조로운 삶에 한 번도 초조감을 내보인 적이 없었다는 것도 부인할 수 없는 사실인 이상 그런 생각도 의심스러웠다. 그가 권태를 견디지 못한 나머지 그 지겨운 인간 관계를 모두 끊어 버리려고 화가가 되고자 결심했다면 이해할 만했을 것이다. 그런 일이야 흔히 있는 법이니까. 하지만 내 느낌으로 그의 경우는 그런 흔해 빠진 경우가 아니었다. 마침내 나는 내 낭만적인 기질을 발동시켜 한 가지 설명을 짜 맞추어 냈다. 좀 억지이긴 했지만 어쨌든 마음에 드는 유일한 설명이었다. 그 설명이란 이러했다. 그의 영혼 깊숙한 곳에 어떤 창조의 본능 같은 것이 있지 않았을까. 그 창조 본능은 그동안 삶의 여러 정황 때문에 제대로 드러나지 않았지만, 마치 암이 생체 조직 속에서 자라듯 걷잡을 수 없이 자라나서 마침내 존재 모두를 정복하여 급기야는 어쩔 수 없는 행동으로까지 몰아간 것이 아니었을까. 뻐꾸기는 다른 새의 둥지에 알을 낳는데 새끼가 부화하면 다른 새의 새끼들을 둥지에서 밀어 내고 마침내는 그들을 보호해 준 둥지마저 부수어 버린다고 하지 않던가.

하지만 창조 본능이 하필이면 이 우둔한 증권 중개인을 사로잡아 파멸시키고, 그를 의지해 사는 사람들마저 불행에 빠뜨린다는 건 얼마나 이상한 일인가. 하기야 권력 있고 부유한 인간들의 혼을 끈질기게 쫓아다니다 마침내 그들을 성령으로 굴복시켜 사로잡음으로써 그들로 하여금 세상의 안락과 여인의 사랑을 버리고 수도원의 고통스러운 금욕적 삶을 선택하게 만드는 신의 뜻보다야 더 기묘할 건 없다. 삶의 전환은 여러 모양을 취할 수 있고, 여러 방식으로 이루어질 수 있다. 어떤 이들에게는 그것이 성난 격류로 돌을 산산조각 내는 대격변처럼 올 수 있을 것이다. 하지만 또 어떤 이들에게는 그것이 마치 끊임없이 떨어지는 물방울에 돌이 닳듯이 천천히 올 수도 있다. 스트릭랜드의 경우는 그 전환이 광신자에게처럼 단숨에, 사도들에게처럼 광포하게 왔다고나 할까.

그러나 그를 사로잡은 열정이 기회를 찾아 작동하였다 해서 정당화될 수 있을 것이냐 하는 문제는, 내 현실적인 감각으로 볼 때 두고 보아야 할 일 같았다. 런던에서 다녔던 야간반의 동료 학생들이 그의 그림을 어떻게 생각하더냐고 물었을 때 그는 비죽 웃으며 이렇게 대답했다.

"장난하는 것 같다더군."

"여기서도 화실에 나갑니까?"

"그렇소. 그자가 오늘 아침에도 한 바퀴 돌아보던데, 그림 선생 말이오. 내 그림을 보고는 눈썹을 쓱 치켜올리더니 아무 말 없이 가 버리더군."

스트릭랜드는 낄낄 웃었다. 기가 죽은 기색은 조금도 없었다. 남들의 평에는 전혀 신경을 쓰지 않는 모양이었다.

그와 관련하여 가장 헛갈렸던 문제는 바로 이 점이었다. 남들이 어떻게 생각하든 상관하지 않는다고 말하는 사람들이 있지만 그것은 대체로 자신을 속이는 말이다. 그 말은 아무도 자신의 기벽을 모르리라 생각하고 자기 하고 싶은 대로 한다는 것을 뜻할 뿐이다. 또한 기껏해야 자기 이웃의 지지를 받고 있기 때문에 다수의 의견과는 반대로 행동하고 싶다는 뜻을 나타낼 뿐이다. 자기가 속한 집단의 경향이 탈인습적이라면 세상 사람의 눈에는 그도 탈인습적인 사람으로 보이기 마련이다. 그렇게 되면 터무니없는 자존심을 가지게 된다. 위험 부담 없이 용기 있는 행동을 함으로써 자기 만족을 얻을 수 있기 때문이다. 그래도 인정받고 싶은 욕망은 문명인의 가장 뿌리 깊은 본능일 것이다. 인습을 넘어서려다가 성난 도덕심의 돌팔매와 화살을 맞게 된 여자는 누구보다도 재빨리 체통이라는 방패를 찾는다. 나는 남들의 의견 따위는 아랑곳하지 않는다고 말하는 사람을 믿지 않는다. 그것은 무지에서 오는 허세이다. 그것은 남들이 자신의 조그만 잘못들을 비난할 때 그걸 두려워하지 않는다는 뜻인데, 그들은 아무도 그 잘못을 발견하지 못할 것이라고 철석같이 믿고 있다.

하지만 남이야 어떻게 생각하든 정말 전혀 상관하지 않는 사내가 여기 있었다. 그러니 인습 따위에 붙잡혀 있을 사내가 아니었다. 이 사내는 온몸에 기름을 바른 레슬링 선수처럼 도무지 붙잡을 수 없었다. 그래서 이자는 도덕의 한계를 넘어선 자유를 누리고 있었다. 내가 그에게 이런 말을 했던 것을 기억한다.

"이것 보세요. 모두가 선생님처럼 행동한다면 세상이 어찌 되겠습니까?"

"어리석은 소리를 하는군. 나처럼 살고 싶어하는 사람이 많을 줄 아오? 세상 사람 대부분은 그냥 평범하게 살면서도 전혀 불만이 없어요."

한번은 이렇게 비꼬아 보기도 했다.

"아무래도 이런 격언을 믿지 않으시는군요. '그대의 모든 행동이 보편적인 법칙에 부합하게 행동하라.'는 격언 말입니다."

"들어 본 적도 없거니와 돼먹지 않은 헛소리요."

"칸트가 한 말인데요."

"누가 말했든, 헛소리는 헛소리요."

이런 인간을 상대로 양심에 호소해 보았자 효과가 있겠는가. 나무에 올라가 물고기를 찾는 격이었다. 나는, 양심이란 인간 공동체가 자기 보존을 위해 진화시켜 온 규칙을 개인 안에서 지키는 마음속의 파수꾼이라고 본다. 양심은 우리가 공동체의 법을 깨뜨리지 않도록 감시하는, 우리 모두의 마음속에 있는 경찰관이다. 그것은 자아의 성채 한가운데에 숨어 있는 스파이이다. 남의 칭찬을 바라는 마음이 너무 간절하고, 남의 비난을 두려워하는 마음이 너무 강하여 우리는 스스로 적(敵)을 문 안에 들여놓은 셈이다. 적은 자신의 주인인 사회의 이익을 위해 우리 안에서 잠들지 않고 늘 감시하고 있다가, 우리에게 집단을 이탈하려는 욕망이 조금이라도 생기면 냉큼 달려들어 분쇄해 버리고 만다. 양심은 사회의 이익을 개인의 이익보다 앞에 두라고 강요한다. 그것이야말로 개인을 전체 집단에 묶어 두는 단단한 사슬이 된다. 그리하여 인간은 스스로 제 이익보다 더 중요하다고 받아들인 집단의 이익을 따르게 됨으로써, 주인에게 매인 노예가 되는 것이다. 그러고는 그를 높은 자리에 앉히고, 급기야는 왕이 매로 어깨를 때릴 때마다 아양을 떠는 신하처럼 자신의 민감한 양심을 자랑스럽게 여긴다. 그리고 양심의 지배를 인정하지 않는 사람에게는 온갖 독설을 퍼붓는다. 왜냐하면 사회의 일원이 된 사람은 그런 사람 앞에서는 무력할 수밖에 없음을 너무 잘 알고 있기 때문이다. 스트릭랜드가 자신의 행위가 불러일으킬 비난에 정말 전혀 아랑곳하지 않는다는 것을 알고, 나는 그 무서운 사람을 피해 물러설 수밖에 없었다. 마치 인간이랄 수 없는 괴물의 모습에 공포를 느끼고 뒷걸음치듯.

내가 작별 인사를 하자 그가 던진 마지막 말은 이러했다.

"에이미에게 전해 줘요. 날 쫓아와 봤자 소용없다고. 아무튼 호텔은 옮길 작정이니 날 찾을 수 없을 거요."

"제가 보기엔 말입니다. 부인께서 선생과 헤어진 건 오히려 잘된 것 같습니다."

"젊은 친구, 제발 내 처가 그렇게 생각하도록 선생이 잘 말해 주었으면 좋겠소. 하지만 여자들이란 워낙 머리가 나빠서."

15

런던에 돌아오니 스트릭랜드 부인으로부터 온 급한 전갈이 기다리고 있었다. 저녁 식사를 마치는 대로 곧 와 달라는 내용이었다. 가 보니 머캔드루 대령 부부가 와 있었다. 스트릭랜드 부인의 언니는 동생과 닮긴 했지만 나이가 훨씬 더 들어 보였다. 그녀는 마치 대영제국이라도 주머니에 넣고 다니는 듯 태도가 자신만만했다. 상류 사회에 속해 있다는 의식 때문에 고급 장교의 부인에게는 흔히 그런 태도가 있었다. 행동이 활달하고 예의범절은 있었지만 군인이 아니면 차라리 가게 점원이 되는 편이 낫다는 믿음을 감추지 못했다. 근위 사관은 싫어했다. 잘난 척한다는 것이었다. 그들의 부인 이야기는 입에 담으려고도 하지 않았다. 좀처럼 찾아오는 법이 없었기 때문이다. 그녀의 옷차림은 돈만 들였지 촌스러웠다.

스트릭랜드 부인은 눈에 띄게 초조한 태도였다.

"그래, 어떻게 됐죠?"

"만나뵈었습니다. 하지만 돌아오지 않으실 작정인 것 같더군요." 나는 잠시 말을 멈췄다. "그림을 그리고 싶답니다."

"아니, 그게 무슨 말예요?" 부인이 화들짝 놀라 소리쳤다.

"그 방면에 관심이 있으셨던 걸 모르셨나요?"

"돌아도 단단히 돌았군." 대령이 소리쳤다.

스트릭랜드 부인은 미간을 찌푸렸다. 기억을 더듬어 보는 모양이었다.

"그러고 보니 우리가 결혼하기 전에 그이가 물감통을 들고 돌아다녔던 기억이 나요. 하지만 그림은 영 엉터리였어요. 우리가 얼마나 놀렸는데요. 그런 데엔 정말 전혀 소질이 없었어요."

"그야, 핑계 아니겠니." 머캔드루 부인이 말했다.

스트릭랜드 부인은 한동안 깊은 생각에 잠겼다. 내가 전한 말을 어떻게 이해해야 할지 갈피를 잡지 못하고 있는 게 분명했다. 주부의 본능이 처음의 황당했던 감정을 극복했는지 이제 응접실도 상당히 정돈되어 있었다. 재앙이 있은 뒤 처음 찾아갔을 때 보았던 그 을씨년스러운──오랫동안 남에게 세를 주었던 집과 같은──분위기는 이제 다 가시고 없었다. 하지만 파리에서 스트릭랜드가 살고 있는 모습을 보고 난 지금, 그가 이런 환경 속에서 살았던 사람으로는 좀처럼 상상이 되지 않았다. 그에게 뭔가 이런 환경과는 어울리지 않는 점이 있다는 것을 그들도 눈치챘을 법하다는 생각이 들었다.

"하지만 화가가 되고 싶었다면 왜 그런 말을 하지 않았을까요?" 이윽고 스트릭랜드 부인이 입을 열었다. "그런 꿈이 있었다면, 아마 제가 가장 잘 이해해 주었을 텐데요."

머캔드루 부인은 입을 꼭 다물고 있었다. 그녀는 동생이 예술을 하는 사람들에게 호감을 가지는 것을 늘 달갑지 않게 보왔던 모양이다. '교양'이라는 말을 할 때에는 늘 비꼬듯이 말했다.

스트릭랜드 부인은 다시 말을 이었다.

"그이에게 무슨 재능이 있다면, 제일 먼저 격려해 줄 사람은 저예요. 저를 희생하는 일도 마다하지 않았을 거예요. 남편이 증권 중개인이기보다는 화가인 편이 저도 좋구요. 아이들만 아니면 어떻게 살아도 좋아요. 저는 첼시의 허름한 스튜디오에서 살아도 이 아파트에서 사는 것처럼 얼마든지 행복할 수 있어요."

"아니, 얘, 네 말 더는 못 듣겠다." 머캔드루 부인이 소리쳤다. "설마 그 터무니없는 말을 곧이듣겠다는 건 아니겠지."

"전 진심이라고 보는데요." 내가 슬쩍 참견했다.

그녀는 한심하다는 듯이 나를 쳐다보았다.

"나이 마흔에 하던 일 집어치우고 처자까지 버린 채 그림을 그리겠다는 남자는 없어요. 여자가 생기지 않고서야. 모르긴 몰라도 당신네 예술 한다는 사람 하나를 만났겠죠. 그 여자에게 홀려 머리가 돌아 버린 거지."

스트릭랜드 부인의 창백한 볼이 별안간 발갛게 물들었다.

"어떻게 생긴 여자죠?"

나는 잠시 머뭇거렸다. 내 말이 일종의 폭탄 선언이 될 것임을 알고 있었기 때문이다.

"여자는 없어요."

머캔드루 부부는 도저히 믿을 수 없다는 투의 소리를 내뱉었고 스트릭랜드 부인은 벌떡 일어났다.

"아니, 여자를 보지 못했단 말씀인가요?"

"보고 말고 할 것도 없었습니다. 그분 혼자였으니까요."

"말도 안 돼요." 대령의 부인이 소리쳤다.

"그러니 내가 갔어야 했다니까." 하고 대령이 투덜거렸다. "나 같으면 틀림없이 그 자리에서 찾아내고 말았을 거야."

"저도 그랬더라면 좋았으리라고 생각합니다." 나는 약간 가시 돋친 어조로 대꾸했다. "그랬으면 대령님의 추측이 하나도 맞지 않고 다 틀렸다는 것을 아셨을 겁니다. 그분은 고급 호텔에서 살고 있지 않습니다. 조그만 방 한 칸을 얻어 아주 비참하게 살고 있습니다. 집을 나가긴 했지만 호사스러운 생활을 하려고 한 건 아니었습니다. 돈도 거의 없었습니다."

"우리가 모르는 무슨 짓을 저지르고 경찰을 피해 숨어 지낸다고는 생각지 않소?"

그런 추측을 하면서 다들 일말의 희망을 갖는 듯했으나 나는 조금도 동조하지 않았다.

"그렇다면 왜 바보같이 동업자에게 주소를 알려 주었겠습니까?" 나는 날카롭게 쏘아 주었다. "어쨌든 한 가지 확실한 것은, 그분이 누구랑 같이 달아난 건 아니라는 겁니다. 지금 누구에게 빠져 있는 게 아녜요. 그런 것과는 전혀 관계없는 생각을 하고 있습니다."

그들은 잠시 입을 다물고 내 말을 생각해 보는 듯했다.

"좋아요, 당신 말이 맞다면 사정이 생각보단 나쁜 건 아니네요." 이윽고 머캔드루 부인이 말했다.

스트릭랜드 부인은 언니를 힐끗 쳐다보았지만 아무 말도 꺼내지 않았다. 창백한 얼굴로 잘생긴 이마를 음울하게 찌푸리고 있었다. 왜 그런 표정을 짓고 있는지 알 수 없었다. 머캔드루 부인이 말을 이었다.

"그저 잠깐 변덕을 부리는 것이라면 곧 정신을 차리겠지."

"처제가 한번 만나 보지 그래요." 대령이 용기를 내어 말했다. "파리에 가서 한 일 년쯤 같이 살아도 안 될 것 없잖소. 아이들은 우리가 돌봐 줄 테니까. 그 사람 좀 따분해하는 것 같았어. 머잖아 다시 런던으로 돌아오고 싶어질 거요. 그래 봤자 해될 게 없을 테니."

"나라면 그러지 않겠어요." 머캔드루 부인이 말했다. "얼마든지 하고 싶은 대로 하게 두겠어요. 그럼 결국은 꼬리를 내리고 돌아와서 다시 아주 편안하게 주저앉고 싶을걸." 그렇게 말하고는 동생을 쌀쌀하게 바라보았다. "네가 그 사람에게 잘못 굴었는지도 모르겠다. 남자란 이상한 동물 아니냐. 다루는 법을 알아야지."

머캔드루 부인의 생각은 여자들이 흔히 하는 생각과 같았다. 남자란 늘 자기에게 매달리는 여자를 버리고 달아나는 못된 짐승이지만, 그렇다 하더라도 그런 경우 잘못은 대개 여자에게 있다는 것이었다. 그러면서 '마음이란 이성으로도 알지 못하는 이유를 가지는 법'이라는 말을 불어로 인용했다.

스트릭랜드 부인은 우리들을 한 사람 한 사람 천천히 바라보고는 말했다.

"그이는 절대 돌아오지 않아요."

"아니, 얘. 금방 우리가 뭐랬어. 그 사람, 편안하게 사는 데

길이 들어 옆에서 돌봐 줄 사람이 없으면 못 살 사람이야. 지저분한 싸구려 호텔 방에 살면서 얼마나 오래 버티겠니? 금방 싫증 내고 말지. 게다가 돈도 없다지 않아? 틀림없이 돌아올 거야."

"그이가 여자랑 달아났다면 가망이 있다고 생각했어요. 그런 일이 오래가리라고 생각진 않으니까요. 석 달만 지나면 여자에게 진절머리를 내고 말 거예요. 하지만 사랑 때문에 나간 게 아니라면 다 끝났어요."

"거참, 복잡하군." 대령은 자기네 직업 전통에서는 낯설기 짝이 없는 그런 사고 방식이 못마땅한지 그 말에 온갖 경멸감을 담아 대꾸했다. "못 믿겠단 말이오? 돌아온다니까. 도로시 말대로 바람을 좀 피웠다 해도 별 탈은 없을 거요."

"하지만 전 그이가 돌아오는 거 바라지 않아요."

"에이미!"

알고 보니 스트릭랜드 부인은 분노에 가득 차 있었다. 얼굴이 백짓장처럼 창백해진 것도 느닷없이 치솟는 싸늘한 노여움 때문이었다. 그녀는 약간 숨 가빠하면서 빠르게 말했다.

"여자에게 넋이 빠져 같이 달아났다면 용서할 수 있을 거예요. 그럴 수도 있으려니 하고 생각하니까. 그랬다면 내가 정말 그이를 탓해서는 안 되었죠. 그냥 꾐에 넘어갔다고 생각했어야 했어요. 남자란 원래 심지가 약하고, 여자는 워낙 뻔뻔하니 말예요. 하지만 이건 달라요. 난 그이가 미워졌어요. 절대로 용서하지 않겠어요."

머캔드루 대령 내외는 한꺼번에 그녀를 나무랐다. 그들은 기가 막힐 정도로 놀랐던 것이다. 그녀가 제정신이 아니라고 했다. 이해할 수가 없다고도 했다. 스트릭랜드 부인은 절망적으로 나를 돌아보았다.

"당신도 모르시겠나요?" 그녀가 소리쳤다.

"글쎄요. 부인 말씀은 그러니까, 그분이 여자 때문에 부인을 떠났다면 용서할 수 있지만 딴 생각이 있어 부인을 떠났다면 용서할 수 없다는 것인가요? 앞의 경우라면 어떻게 해 보겠는데, 나중의 경우라면 어떻게 해 볼 도리가 없다는 것이죠?"

스트릭랜드 부인은 나를 쳐다보았지만—별로 친근한 눈빛이 아니었다.—그 말에 대답하지는 않았다. 내 말이 정곡을 찔렀던 모양이다. 그녀는 나지막하고 떨리는 목소리로 말을 이었다.

"전에는 내가 이렇게까지 누구를 미워하게 될 줄 몰랐어요. 아세요? 그동안 전 말이죠, 시간이 얼마나 걸릴지는 모르겠지만 그이가 결국은 돌아오겠거니 생각하며 마음을 달랬어요. 그이가 죽어 가면서 나를 부르러 사람을 보내면 당장 달려가리라고 생각했죠. 그러고는 어머니처럼 간호해 주고, 마지막 순간에는 이렇게 말해 주리라고 생각했어요. 괜찮아요, 전 늘 당신을 사랑했어요, 다 용서하겠어요, 하고 말예요."

여자들은 사랑하는 사람이 죽어 가는 자리에서 아름답게 행동하고 싶어하는 강렬한 욕망을 가지고 있는데 그런 욕망을 볼 때마다 나는 좀 황당한 생각이 들었다. 때로 여자들은 그 멋진 장면을 보여 줄 기회를 갖지 못할까 봐 남자의 장수(長壽)를 오히려 못마땅하게 여기는 것 같기도 하다.

"하지만 이제는…… 다 끝났어요. 난 이제 그 사람에게 관심 없어요. 남이나 마찬가지예요. 난 그 사람이 아주 비참하게 죽었으면 좋겠어요. 가난해서 굶주리다가 친구 하나 없이 말예요. 몹쓸 병에 걸려서 몸이 다 망가졌으면 좋겠어요. 그 사람하고는 이제 다 끝났어요."

나는 스트릭랜드가 제안한 말을 하기에는 이때가 좋다는 생각이 들었다.

"부인께서 이혼을 원하시면 필요한 일은 뭐든지 하시겠다고 하더군요."

"아니, 제가 그 사람 좋은 일을 왜 해요?"

"그걸 바라신다는 것은 아니고요. 그게 부인을 위해서 더 나으리라고 생각하시는 것 같았습니다."

스트릭랜드 부인은 참을 수 없다는 듯이 어깨를 으쓱했다. 그때 나는 부인에게 약간 실망했던 것 같다. 그때만 해도 나는 사람의 인격이란 하나로 통일되어 있다고 생각했다. 그래서 그런 훌륭한 여자에게 그토록 깊은 앙심이 있는 것을 보고 가슴이 아팠다. 한 인간이 얼마나 다양한 특질로 형성되는지 아직 모르고 있었던 것이다. 이제는 한 인간의 마음 안에도 좀스러움과 위엄, 악의와 선의, 증오와 사랑이 나란히 자리 잡고 있음을 너무도 잘 안다.

아무튼 나는 스트릭랜드 부인이 그 순간 겪고 있을 쓰라린 굴욕감을 달래 줄 말이 없을까 생각했다. 그래서 뭔가 위로해 볼 생각으로 이렇게 말했다.

"사실 저는 그분이 본인의 행동에 정말 책임을 질 수 있는 상태인지 판단이 서지 않습니다. 제정신이 아닌 것 같아서요. 무슨 힘에 사로잡혀서 그 힘이 시키는 대로 하고 있는 것만 같습니다. 거미줄에 걸린 날파리처럼 꼼짝 못 하고 계세요. 누가 마법이라도 걸어 놓은 것 같습니다. 그래서 우리가 가끔 듣는 그 이상한 이야기들이 생각나는데요. 사람의 마음에 딴 인격이 들어가서 이전의 인격을 몰아낸다는 이야기 말입니다. 몸 안의 영혼은 워낙 불안정해서 이상야릇하게 변모할 수 있다고 하지 않습니까. 예전 같았으면 스트릭랜드 선생에게 귀신이 들었다고 했겠죠."

머캔드루 부인이 옷 앞자락을 쓰다듬었다. 그러자 금팔찌가 손목으로 흘러내렸다.

"내게는 다 터무니없는 말씀 같아요." 그녀가 쏘아붙이듯 말했다. "에이미가 남편을 너무 믿은 건 사실이에요. 제 할 일만 하느라고 정신을 팔지 않았다면, 무슨 낌새를 전혀 눈치채지 못했겠어요? 내 남편이 일 년 이상이나 무슨 꿍꿍이속을 가지고 있다면 전 틀림없이 눈치채고 말 거예요."

대령은 허공을 물끄러미 바라보았다. 나는 사람이 어쩌면 저렇게 양심에 조금도 거리낌 없는 표정을 지을 수 있을까 생각했다.

"그렇다고 찰스 스트릭랜드라는 인간이 몰인정한 작자가 아닌 건 아니에요." 그녀는 나를 매섭게 바라보았다. "그 사람이 왜 아내를 버렸는지 아세요? 순전히 이기심 때문이에요. 딴 이유는 없어요."

"그게 가장 간단한 설명이긴 합니다." 하고 나는 대꾸했지만 그것은 아무런 설명도 될 수 없음을 알고 있었다. 내가 좀 피곤하다고 하면서 자리에서 일어서자 스트릭랜드 부인은 전혀 붙잡으려고 하지 않았다.

16

그런 일이 있고 난 후에 보니 스트릭랜드 부인은 인격자였다. 괴로움이 적지 않았겠지만 그녀는 조금도 내색하지 않았다. 세상 사람들이란 남의 넋두리에 금방 싫증을 내고 남의 재난은 되도록 보지 않으려 한다는 걸, 영리한 그녀는 잘 알고 있었다. 그녀는 어디를 가나——친구들은 그녀의 불행을 측은하게 생각하여 그녀를 자꾸 초대하려고 했는데——조금도 나무랄 데 없는 태도를 보였다. 의연한 태도를 보이면서도 눈에 거슬리는 법이 없었고, 쾌활하게 처신하면서도 뻔뻔하게 굴지 않았다. 자기 이야기를 하기보다 남의 괴로움에 더 귀를 기울이고 싶어하는 듯했다. 남편 이야기를 하게 될 때에는 늘 연민을 보이며 말했다. 남편에 대한 그러한 태도 때문에 처음에 나는 어리둥절했다. 어느 날 그녀는 이렇게 말했다.

"저기 말이죠, 그 사람이 혼자라고 하셨지만 잘못 보신 게 틀림없어요. 어디에서 들었는지는 말씀드릴 수 없지만, 그이가 영국을 떠날 때는 혼자가 아니었어요."

"그렇다면 행적을 감추는 솜씨가 여간 천재적이 아니군요."

부인은 얼굴을 돌리면서 살짝 얼굴을 붉혔다.

"제가 말씀드리는 건, 누가 그런 얘기를 할 때 그이가 누구랑 달아났다고 하더라도 반박은 하지 마시라는 거예요."

"그야 그러지는 않습니다."

그러자 부인은 대수롭지 않은 일이었던 것처럼 이야기를 딴 화제로 바꾸었다. 얼마 뒤 나는 부인의 친구들 사이에 이상한 이야기가 떠돌고 있음을 알아차렸다. 내용인즉, 찰스 스트릭랜드가 엠파이어 극장의 발레 공연에서 처음 본 어느 프랑스 댄서에게 홀딱 반해 그 여자를 따라 파리로 가 버렸다는 것이다. 어떻게 해서 나온 이야기인지 알 수 없었지만 기이하게도 그 소문은 스트릭랜드 부인에 대해 적잖은 동정심을 불러일으켰고, 동시에 체면도 상당히 세워 주었다. 그뿐만 아니라 이 소문은 부인이 갖기로 결심한 직업에도 얼마간 도움이 되었다. 머캔드루 대령은 부인이 한 푼 없는 빈털터리가 되고 말았다고 했는데, 그 말은 과장이 아니었다. 따라서 부인은 한시라도 빨리 먹고살 길을 찾아야 했다. 그녀는 문인들을 많이 알고 있었기 때문에 그 덕을 보기로 마음먹고, 때를 놓칠세라 당장 속기와 타자를 배우기 시작했다. 원래 교육을 받은 사람이라 여느 타이피스트보다는 일을 잘하리라는 믿음을 주었고, 그녀의 사연 때문에 다들 관심을 가져 주었다. 친구들도 일거리를 보내 주겠다고 약속했고, 아는 사람들에게 그녀를 소개시켜 주기도 했다.

머캔드루 부부는 자식이 없는 데다 생활에 여유도 있어서 아이들을 맡아 돌봐 주기로 했다. 따라서 스트릭랜드 부인은 이제 자신의 문제만 해결하면 되었다. 그녀는 살던 아파트를 세놓고 가구들도 팔았다. 그러고는 웨스트민스터에 조그마한 방 두 개를 얻어 세상살이를 새롭게 시작했다. 워낙 재주가 있는 여자라 이 새로운 모험에서도 성공을 거둘 게 분명했다.

17

이런 일이 있고 나서 오 년쯤 지난 뒤, 나는 한동안 파리에 가서 살기로 마음먹었다. 런던에서 사는 일이 따분해졌던 것이다. 날이면 날마다 같은 일을 하는 게 싫증이 났다. 친구들도 단조롭고 판에 박힌 생활을 하고 있었다. 이제 그들은 전혀 신선한 자극을 주지 못했고, 만나면 하는 얘기도 늘 뻔했다. 연애 이야기라는 것도 지루할 만큼 진부했다. 우리는 종점과 종점을 오가는 전차와도 같아서, 이 전차를 타고 다니는 승객의 수를 거의 정확히 알아맞힐 수 있었다. 생활이 너무 편안하리만큼 정돈되어 있었던 것이다. 나는 끔찍한 생각이 들어서 내 작은 아파트를 비워 주고 얼마 안 되는 소유물을 처분한 뒤, 새로운 출발을 하기로 결심했다.

떠나기 전에 나는 스트릭랜드 부인을 만났다. 얼마간 보지 못했더니 그 사이 많이 달라져 있었다. 더 늙어 보였고 몸이 야위고 주름이 늘었을 뿐 아니라 성격까지도 변한 것 같았다. 사업은 잘되어 챈서리 레인에 사무실을 내고 있었다. 자기가 타자를 직접 치는 일은 별로 없었고, 젊은 여자들을 네 사람 고용해 일을 시키고 그들이 친 것을 다듬는 일을 주로 했다.

그 일을 좀 멋지게 하고 싶었는지 그녀는 파란 잉크와 빨간 잉크를 많이 썼다. 제본할 때는 여러 가지 엷은 빛깔의 물결 무늬 명주처럼 보이는, 결이 거친 종이를 사용했다. 그래서 일은 깔끔하고 정확하게 한다는 평을 받고 있었다. 돈을 꽤 벌고 있었다. 하지만 그렇게 사는 것은 아무래도 품위를 손상시킨다는 생각을 떨치지 못했는지 틈만 나면 자신이 괜찮은 집안 출신임을 일깨워 주려고 했다. 사람들과 이야기할 때면, 자기가 아직은 미천한 계층으로 떨어지지 않았다는 것을 납득시키려고 아는 사람들의 이름을 있는 대로 들먹거리지 않고서는 배기지 못했다. 또한 부인은 자신의 용기와 사업 수완을 오히려 부끄럽게 여겼고, 다음 날 밤 사우스 켄싱턴에 사는 어느 왕실 변호사와 저녁 약속이 있다는 사실을 더 기쁘게 생각했다. 아들이 케임브리지에 다닌다고 말하면서는 흐뭇해했고, 사교계에 나간 지 얼마 안 된 딸에게 무도회 초청이 밀려든다는 말을 할 때는 살짝 소리 내어 웃기까지 했다. 그때 나는 지금 생각하면 참 바보 같은 질문을 했다.

"따님도 부인이 하시는 일을 하게 할 건가요?"

"아니, 천만에요. 그 일은 절대 시키지 않겠어요." 부인은 대답했다. "예쁘게 생겼잖아요. 틀림없이 좋은 남자와 결혼할 거예요."

"따님도 같은 일을 하면 부인에게 도움이 되리라고 생각했습니다만."

"어떤 이들은 배우를 시키라고 하더군요. 하지만 전 생각이 달라요. 그야 내로라한 극작가는 다 알고 있으니 내일이라도 당장 배역을 얻어 줄 수야 있죠. 하지만 전 그 애가 이 사람 저 사람하고 아무렇게나 어울리는 게 싫어요."

스트릭랜드 부인의 배타적인 상류 의식에 나는 얼마간 흥이 가시고 말았다.

"남편분 소식은 혹 들으셨나요?"

"아뇨. 한마디도 듣지 못했어요. 죽었는지도 모르죠."

"제가 파리에 가면 만날지도 모르겠군요. 소식 들으면 알려 드릴까요?"

그녀는 잠시 망설였다.

"그이 형편이 정말 어렵다면 저도 좀 도울 생각이 있어요. 제가 얼마간 선생님께 돈을 보내 드리면 그이가 필요할 때마다 조금씩 전해 주셔도 되겠죠."

"참 너그러우시군요."

하지만 나는 그 제의가 친절한 마음에서 나온 것이 아님을 알고 있었다. 고통을 겪으면 인품이 고결해진다는 말은 사실이 아니다. 행복이 때로 사람을 고결하게 만드는 수는 있으나 고통은 대체로 사람을 좀스럽게 만들고 앙심을 품게 만들 뿐이다.

18

실은 파리에 가서 이 주일도 못 되어 나는 스트릭랜드를 만났다.

가자마자 나는 뤼데담 거리에 있는 어느 집 5층에 조그만 아파트를 하나 얻고, 중고상에 가서 이백 프랑을 들여 기거하기에 불편이 없을 만큼 가구를 사 넣었다. 아침에 커피를 끓이는 일과 집 안 청소를 하는 일은 관리인이 맡아 해 주도록 이야기가 되었다. 그런 다음 친구인 더크 스트로브를 만나러 나갔다.

더크 스트로브는, 사람에 따라 다르긴 하겠지만, 생각만 해도 비웃음을 자아내든가 아니면 저도 모르게 한심하다는 생각이 들게 만드는 그런 인간 가운데 하나였다. 어릿광대 같은 면을 타고난 사람이었다. 화가였지만 솜씨는 형편없었다. 로마에서 알게 된 사람인데, 나는 로마에서 보았던 그의 그림이 그때까지도 잊히지 않았다. 이 사람은 평범한 소재들에 끈덕진 열정을 가지고 있었다. 예술에 대한 사랑으로 두근대던 영혼을 가졌던 그는, 스페인 광장의 베르니니 돌계단[16]에서 서성이는 모델들을 줄기차게 그렸다. 그의 스튜디오에 가 보면 수염이 더부룩하고 눈이 커다란, 고깔을 쓴 농부들이며 누더기를 걸친 장난꾸러기들, 빛깔 선명한 치마를 입은 여자들을 그린 캔버스가 빼곡히 들어차 있었다. 그림 속 사람들은 교회

---

16) 로마의 스페인 광장에 있는 돌계단. 영화 〈로마의 휴일〉의 배경으로 나왔던 곳이다. 몸은 이 돌계단을 17세기의 조각가이자 건축가인 조반니 로렌초 베르니니(Giovanni Lorenzo Bernini, 1598~1680)가 설계한 것으로 말하고 있으나 착각했던 것 같다. 이 계단은 다른 두 건축가가 설계했다. 이 계단 아래에 있는 '바르카차 분수'를 로렌초 베르니니가 부친 피에트로 베르니니(Pietro Bernini, 1562~1629)와 함께 만들었는데 이와 혼동한 듯하다.

계단에서 어슬렁거리거나, 구름 한 점 없는 하늘을 뒤로 하고 사이프러스 나무 그늘에서 노닥거리거나, 르네상스식 우물가에서 사랑을 하거나, 우마차를 따라 캄파냐 들판을 헤매거나 했다. 꼼꼼하고 정성스레 색칠한 그림들이었다. 사진이라도 그보다 더 정확하게 재현할 수 없었을 것이다. 빌라 메디치[17]에 있던 어떤 화가는 그를 '초콜릿 상자의 대가'[18]라 부르기도 했다. 그의 그림을 보노라면 모네나 마네, 그 밖의 인상파 화가들은 세상에 나오지도 않았다는 생각이 들 정도였다.

"난 대단한 화가나 되는 것처럼 보이고 싶지는 않네." 하고 그는 말했다. "미켈란젤로 같은 사람은 못 되지. 하지만 내게도 뭔가는 있네. 내 그림이 팔리잖나. 난 누구에게든 그 사람의 집 안에 낭만을 심어 주네. 자네, 아나? 내 그림이 네덜란드에서만 팔리는 게 아닐세. 노르웨이, 스웨덴, 덴마크에서도 팔리지. 내 그림을 사는 사람들은 대개 장사하는 사람들이야. 돈 많은 상인들도 있어. 그런 사람들이 사는 나라의 겨울이 어떤지 자네는 잘 모를 거야. 아주 길고, 어둡고, 춥지. 그래서 그 사람들은 이탈리아라는 나라가 내 그림 같다고 생각한다네. 그 사람들은 그걸 원해. 나도 여기 오기 전에는 이탈리아를 그런 식으로 생각했거든."

지금 생각해 보니 그런 환상이 줄곧 그를 사로잡고 눈을 현

---

17) 이탈리아의 명문(名門)인 메디치 집안의 저택을 말한다. 메디치 가는 르네상스 시대부터 예술가들을 후원해 왔다.
18) 초콜릿 상자의 장식 그림들처럼 진부하고 감상적인 그림을 주로 그리는 화가를 이르는 말.

혹시켜 그로 하여금 진실을 보지 못하게 했던 모양이다. 현실은 무자비했지만, 그는 늘 영혼의 눈으로 낭만적인 도적 떼며 그림 같은 유적이 가득한 이탈리아를 보았던 것이다. 그가 그린 것은 하나의 이상(理想)이었다. 보잘것없고 평범하고 낡아빠진 것임에 틀림없었지만, 이상은 이상이었다. 그리고 그 이상을 향한 마음 덕분에 그의 성격은 특이한 매력을 띠게 되었던 것이다.

더크 스트로브가 적어도 내게 단순히 조롱의 대상만은 아니었던 것은 내가 바로 그러한 느낌을 가지고 있었기 때문이었다. 동료 화가들은 그의 그림을 두고 경멸감을 감추려들지 않았지만 그래도 그는 상당한 돈을 벌었다. 그리고 동료들은 그의 돈을 마치 제 돈이나 되듯이 마구 빌려다 썼다. 그는 마음이 너그러웠다. 그래서 궁한 친구들은, 우는 소리만 하면 순진하게 믿어 버리는 그를 비웃어 대면서도 뻔뻔스럽게 그에게서 돈을 빌려다 썼다. 그는 감정에 약한 사람이라 너무 쉽게 마음이 움직이는 바람에 어쩐지 좀 어수룩한 사람으로 여겨졌다. 그래서 친구들은 그의 친절을 받아들이긴 하면서도 고맙다는 생각은 하지 않았다. 그에게서 돈을 뜯어내는 건 어린애에게서 돈을 빼앗는 것처럼 쉬웠다. 그런 그가 너무 어리석어 경멸감마저 느껴질 정도였다. 하기야 손재주를 뽐내는 소매치기라면, 보석이 잔뜩 든 핸드백을 택시에 그대로 두고 내리는 얼빠진 여자가 너무 한심해서 분통이 터질 만도 하리라. 하지만 자연의 신이 그라는 인간을 사람들의 놀림감으로 만들어 놓기는 했지만, 눈치마저 없게 만든 것은 아니었다. 사람들이 자기를 제물로 삼아 이런저런 장난으로 끊임없이 놀려 델 때마다 그는 늘 괴로워했다. 그러면서도 마치 일부러 그러듯, 그는 놀림의 대상이 되는 것을 마다하지 않았다. 끊임없이 상처를 입으면서도 워낙 천성이 착해 앙심을 품는 법이 없었다. 그도 독사에 물리는 일이 있으련만 그런 체험도 소용이 없었다. 고통이 가시자마자 또다시 독사를 가슴에 다정히 껴안는 것이었다. 그의 인생은 익살극의 소란스러운 대사로 가득 찬 비극과 같았다. 나만은 그를 비웃지 않았기 때문에 그는 늘 내게 고마워했다. 내가 귀를 기울여 주고 이해해 주었기 때문에 그는 자신의 괴로운 심정을 내게 한없이 늘어놓곤 했다. 무엇보다 안쓰러웠던 점은 그 내용들이 하나같이 기괴하다는 것이었다. 사연이 애처로우면 애처로울수록 웃음이 터져 나왔다.

그는 엉터리 화가이면서도 미술에 대한 감각만은 아주 섬세해서 그와 함께 화랑에 가는 일은 큰 기쁨이었다. 미술에 대한 그의 열정은 진지했고 비평은 날카로웠다. 관심의 폭도 넓었다. 옛 대가들의 작품도 제대로 볼 줄 알았고 현대 화가들에 대해서도 공감할 줄 알았다. 재능 있는 작품을 판별할 줄 알았고 칭찬에도 인색하지 않았다. 내가 만나 본 사람 중에 그만큼 정확한 안목을 가진 사람도 없었던 듯하다. 게다가 그만큼 교육을 많이 받은 화가도 드물었다. 여느 화가들과 달리 그는 다른 예술에 대해서도 아는 바가 많았고, 특히 음악과 문학에 대한 조예는 그림에 대한 그의 감식안을 깊고 다양하게 만들어 주었다. 따라서 나같이 젊은 사람에게는 그의 조언과 지도가 그지없이 귀중했다.

로마를 떠난 뒤에도 나는 그와 편지를 주고받았다. 두 달에 한 번쯤 나는 그가 괴상한 영어로 쓴 장문의 편지를 받곤 했는데, 그 편지들을 읽을 때마다 침을 튀기며 손짓 발짓 열심히 이야기하는 그의 모습이 선하게 떠오르곤 했다. 내가 파리로 오기 얼마 전, 그는 어느 영국 여자와 결혼을 했고, 지금은 몽마르트르의 어떤 스튜디오에 자리 잡아 살고 있다고 했다. 그를 보지 못한 지가 사 년이 되었고, 그의 아내도 물론 만나본 적이 없었다.

19

간다고 미리 알리지 않았기 때문에 내가 그의 스튜디오 초인종을 눌렀을 때, 문을 열러 나온 스트로브는 잠시 나를 알아보지 못했다. 다음 순간 그는 환성을 지르고는 나를 끌고 안으로 들어갔다. 그처럼 열렬한 환영을 받고 보니 기분이 썩 좋았다. 난로 옆에 앉아 바느질을 하고 있던 그의 부인이 내가 들어서자 몸을 일으켰다. 그가 나를 소개했다.

"생각 안 나오? 내가 늘 말했잖소." 그렇게 말하고는 이번에는 나를 향해 말했다. "아니, 왜 소식도 없이 왔나? 그래, 언제 왔어? 얼마나 있을 작정인가? 한 시간만 빨리 오지 그랬어. 그랬으면 저녁 식사라도 같이 할 수 있었을 텐데."

그는 이것저것 정신없이 물어 댔다. 그러고는 나를 의자에 앉힌 다음, 무슨 쿠션을 두드리듯 내 등을 계속 토닥거리면서 시가며 과자며 포도주를 쉴 새 없이 권하는 것이었다. 그는 나를 가만히 두지 않으려 했다. 위스키가 없다고 안타까워하다가는 커피를 끓여 주겠다고 하는가 하면, 뭔가 나에게 해줄 일이 없을까 하고 머리를 쥐어짜기도 하다가, 만면에 미소를 띠면서 갑자기 웃음을 터뜨리기도 하고, 기쁨에 겨운 나머지 온몸에 땀을 뻘뻘 흘리기도 했다.

"자넨 여전하구먼." 나는 그를 보고 웃으면서 말했다.

그의 우스꽝스러운 모습은 여전했다. 다리가 짧아 키는 작은데 살은 통통하게 쪘다. 아직 젊었지만——서른도 채 못 되었을 것이다.——벌써 머리가 벗어지고 있었다. 얼굴은 공처럼 둥글고 혈색이 썩 좋았다. 살결은 하얗고 뺨과 입술은 붉었다. 눈은 파랗고 역시 둥글었다. 커다란 금테 안경을 썼고, 눈썹은 완전한 금발이라 잘 보이지 않았다. 그의 모습은 어쩐지 루벤스의 그림에 나오는 유쾌한 뚱보 상인들을 연상시켰다.

내가 한동안 파리에서 지낼 작정으로 아파트를 얻어 놓았다고 하자, 그는 왜 자기에게 미리 알려 주지 않았느냐고 몹시 나무랐다. 자기가 아파트도 구해 주고 가구도 빌려줄 수 있었을 거라고 했다. 정말 돈을 들여 가구를 샀단 말인가 하고 그는 물었다. 이사도 도와주었을 거라고 했다. 내가 그에게 도울 수 있는 기회를 주지 않아 정말 섭섭한 모양이었다. 그러는 동안 그의 아내는 잠자코 앉아 양말을 꿰매면서 입가에 조용히 미소를 띤 채 그가 하는 말을 죄다 듣고만 있었다.

"그리고 말일세, 보다시피 나 결혼했네." 그는 불쑥 말했다. "어떤가, 내 아내?"

그는 함박웃음을 띠고 아내를 바라보며 콧등의 안경을 밀어 올렸다. 땀 때문에 안경이 줄곧 흘러내리고 있었다.

"아니, 도대체 무슨 말을 듣고 싶어서 그러나." 나는 웃으며 말했다.

"그러니까요, 당신도 참." 스트로브 부인이 웃으면서 거든다.

"하여간 굉장하잖나? 이봐, 자네도 말일세. 공연히 시간 끌지 말고 얼른 결혼을 하게. 난 정말이지 세상에서 제일 행복한 남자일세. 저 사람 앉아 있는 것 좀 보게나. 한 폭의 그림 같지 않나? 샤르댕[19] 그림 말이야. 내가 세상의 미인이란 미인은 다 봤지만 더크 스트로브 부인만 한 미인은 아직 못 봤네."

"여보, 그만 입 다물고 있지 않으면 나가 버릴 거예요."

"몽 프티 슈.(귀여운 것.)" 그가 말했다.

남편의 뜨거운 표현이 민망했는지 부인은 살짝 얼굴을 붉혔다. 내게 보냈던 편지에서도 아내에 대한 열렬한 사랑을 숨기지 않았지만, 그는 지금도 아내에게서 좀처럼 눈을 뗄 줄 몰랐다. 그녀 역시 그를 사랑하고 있을까. 이 가엾은 어릿광대 같은 사람이 여인에게 사랑의 감정을 불러일으킬 수 있을 것 같지는 않았다. 하지만 여자의 눈에 어려 있는 미소에는 애정이 깃들어 있었다. 수줍어하긴 하지만 그 뒤에는 깊은 애정이 감추어져 있는지도 몰랐다. 그녀는 사랑의 열병에 걸린 남편이 생각하는 만큼 매혹적인 미인은 아니었지만, 수수한 매력

---

19) 장 바티스트 시메옹 샤르댕(Jean Baptiste Simon Chardin, 1699~1779). 프랑스의 화가. 파리 상류층의 일상 생활을 그린 그림들이 많다.

이 있었다. 키가 꽤 컸고, 검소하면서도 잘 재단된 회색 옷은 그녀의 아름다운 몸매를 잘 드러내 주고 있었다. 의상 디자이너보다 조각가가 더 좋아할 몸매였다. 풍성한 갈색 머리는 수수하게 꾸몄고 얼굴은 창백했으며, 용모는 눈에 띌 정도는 아니었지만 괜찮은 편이었다. 눈은 부드러운 잿빛이었다. 미인이 될 뻔했다가 되지 못한 얼굴이랄까. 그러다 보니 예쁜 편도 못 되었다. 하지만 스트로브가 샤르댕을 들먹인 것이 전혀 터무니없는 이야기는 아니었다. 이상하게도 그녀는 그 위대한 화가가 불후의 걸작으로 만든, 실내모를 쓰고 앞치마를 두른 그 명랑한 주부를 연상시켰던 것이다. 그녀가 솥이며 냄비 사이를 조용하게 바삐 움직이면서 집안일을 마치 하나의 의식처럼 수행하고, 그럼으로써 그 일들이 마침내 어떤 정신적인 의미까지 띠게 되는 광경이 상상되었다. 영리하다든가 재미있는 여자 같지는 않았다. 하지만 그녀의 진지한 태도에는 어딘지 흥미를 끄는 점이 있었다. 묵묵한 태도에 어떤 신비로움마저 없지 않았다. 나는 이 여자가 왜 더크 스트로브와 결혼하게 되었는지 궁금했다. 영국 여자라고는 했지만 어느 지방 출신이며, 어느 계급 출신인지, 어떤 환경에서 자랐는지, 결혼 전에는 무엇을 했는지 잘 알 수 없었다. 말이 없는 여자였지만 일단 입을 열면 목소리가 듣기 좋았고 이야기하는 태도도 자연스러웠다.

나는 스트로브에게 요즘도 그림을 그리느냐고 물었다.

"그림을 그리냐고? 요즘처럼 잘 그려지는 때가 없네."

우리는 스튜디오에 앉아 있었는데, 그는 손을 들어 이젤 위에 놓여 있는, 아직 덜 끝낸 그림 한 장을 가리켰다. 순간 나는 가볍게 놀랐다. 아직도 캉파냐식 옷을 입고 로마 성당의 계단 위에서 쉬고 있는 이탈리아 농부들을 그리고 있는 것이 아닌가.

"요즘 이걸 그리고 있단 말인가?"

"그래. 모델은 여기에서도 로마에서처럼 얼마든지 구할 수 있으니까."

"이 그림 참 아름답지 않아요?" 스트로브 부인이 말했다.

"이 사람은 바보같이, 내가 무슨 대단한 화가나 되는 줄 안다니까."

그는 변명하듯 웃었지만 마음속의 기쁨을 숨기지 못했다. 아직도 자기 그림에서 눈길을 떼지 못하고 있었다. 참으로 이상한 노릇이었다. 남의 그림을 논평할 때는 그처럼 정확하고 참신한 비평적 감각을 가지고 말하는 사람이, 자기 그림의 그처럼 믿을 수 없을 만큼 진부하고 통속적인 면에 대해서는 왜 그냥 그대로 만족해 버리고 마는 것일까.

"다른 것도 보여 드리지 그래요." 그의 아내가 말했다.

"그럴까?"

더크 스트로브는 친구들로부터 그처럼 놀림을 당하면서도 칭찬을 듣고 싶은 데다 순진하게도 자기 만족에 빠져 자신의 그림을 보여 주지 않고는 못 배겼다. 그는 곱슬머리를 한 이탈리아 아이 둘이 공깃돌 놀이를 하고 있는 그림을 꺼내 왔다.

"어때요, 좋지 않아요?" 스트로브 부인이 물었다.

그러자 그는 그림 몇 장을 더 보여 주었다. 보아하니 그는 로마에서 몇 해를 두고 그렸던, 그 진부하면서도 곱게만 보이는 소재들을 파리에서도 여전히 그려 댔던 모양이다. 하나같이 부정직하고, 불성실하고, 겉만 그럴싸했다. 하지만 더크 스트로브만큼 정직하고 성실하고 솔직한 인간도 없었다. 이 모순을 누가 풀어 줄 수 있단 말인가?

왜 그랬는지 모르지만 나는 문득 이렇게 물었다.

"자네 혹시 찰스 스트릭랜드라는 화가 만나 본 적 있나?"

"아니, 설마 자네가 그 사람을 알고 있단 말은 아니겠지?" 스트로브가 외쳤다.

"그 나쁜 사람!" 그의 아내가 소리쳤다.

스트로브가 소리 내어 웃었다.

"마 포브르 셰리.(이 딱한 사람.)" 그는 아내에게 다가가더니 그녀의 두 손에 입을 맞추었다. "이 사람은 그자를 아주 싫어한다네. 자네가 스트릭랜드를 안다니, 참 묘한 일이군."

"난 막돼먹은 사람들은 싫어요." 스트로브 부인이 말했다.

더크는 여전히 웃으면서 나에게 연유를 설명해 주었다.

"무슨 일이 있었느냐 하면 말일세. 내가 한번은 그 사람더러 우리 집에 와서 그림을 좀 봐 달라고 했네. 그래, 정말 왔기에 내가 가지고 있는 그림은 죄다 보여 주었지." 스트로브는 약간 민망한 듯 망설였다. 그가 왜 그때 자기에게 험담이 될 이야기를 꺼냈는지 모르겠다. 하여간 이야기를 마무리하려니 거북한 모양이었다. "그 사람이 내 그림을 보더니 말일세. 아무 말도 하지 않더라고. 그래서 논평은 그림을 다 보고 나서 하려나 보다 생각했지. 그래서 그림을 다 보여 주고 나서 내가

'이게 전부입니다.'라고 했네. 그랬더니 뭐랬는지 아나. 자기는 돈 이십 프랑을 빌리러 왔다는 거야."

"그런데 이 사람이 정말 돈을 빌려줬죠." 그의 아내가 분하다는 듯이 말했다.

"기가 막히더라구. 하지만 거절하고 싶지는 않았어. 그 사람, 돈을 주머니에 넣고 고개를 끄덕 하더니 '고마우이.' 하고는 나가 버리지 않겠나."

더크 스트로브는 이 이야기를 하면서, 공처럼 둥글고 어리숙한 얼굴에 기가 막혔다는 표정을 지었는데, 그 표정이 얼마나 가관이었는지 나는 웃음을 참기가 힘들었다.

"그림이 형편없다고 평했다면 상관없었을 거야. 그런데 말일세. 한마디도 하지 않더라구. 한마디도."

"그런데 여보, 당신은 뭐가 좋다고 자꾸 그 얘기를 꺼내요?" 그의 아내가 말했다.

안타까운 건, 사람들이 스트릭랜드의 무례한 행동에 분개하기보다 이 네덜란드인이 보이는 우스꽝스러운 꼴에 더 재미있어한다는 점이었다.

"난 이제 그 사람 다시는 보고 싶지 않아요." 스트로브 부인이 말했다.

스트로브는 빙긋 웃으며 어깨를 으쓱해 보였다. 벌써 다 잊어버리고 기분이 좋아진 것이다.

"그래도 그 사람이 훌륭한 화가인 건 틀림없소. 아주 대단한 화가요."

"스트릭랜드가 말인가?" 나는 놀라 소리쳤다. "그럼 내가 아는 사람이 아닌가 보네."

"수염이 붉고 키가 커다란 사람일세. 이름은 찰스 스트릭랜드이고, 영국인이네."

"내가 아는 사람은 수염을 기르지 않았는데. 하기야 수염을 길렀다면 붉은 수염일 거야. 내가 말하는 사람은 그림을 그린 지 오 년밖에 되지 않았네."

"그럼 맞아. 아주 대단한 화가일세."

"그럴 리가."

"내 말이 틀린 적 있던가?" 그가 물었다. "그 사람 정말 천재일세. 확실해. 지금부터 백 년 후에 말일세. 사람들이 자네나 나를 조금이라도 기억해 준다면 그건 전적으로 찰스 스트릭랜드와 알고 지낸 덕분일걸세."

나는 깜짝 놀랐다. 그러면서 한편으로는 적잖은 흥분을 느꼈다. 문득 그와 마지막으로 만나 얘기하던 기억이 떠올랐다.

"어딜 가면 그 사람 그림을 볼 수 있나?" 내가 물었다. "좀 성공했나? 지금 어디 살고 있지?"

"성공은 무슨 성공. 그림은 한 장도 못 팔았을걸세. 사람들에게 그 사람 얘기를 하면 다 웃을걸. 하지만 난 그 사람이 위대한 화가라는 걸 알아. 따지고 보면, 사람들이 마네도 비웃었잖나. 코로[20]는 그림을 한 장도 팔지 못했고. 그 사람이 어디 사는지는 모르겠네만 어디서 만날 수 있는지는 알고 있으니

---

20) 장 바티스트 카미유 코로(Jean Baptiste Camille Corot, 1796~1875). 프랑스 화가. 풍경화를 많이 그렸다.

원하면 데려다주겠네. 매일 저녁 일곱 시면 클리시 거리의 카페에 나오니까. 괜찮다면 내일 가 보세."

"그 사람이 날 만나고 싶어할지는 모르겠군. 나를 보면 잊어버리고 싶은 과거가 생각날지 모르니까. 아무튼 가 보기로 하세. 혹시 그 사람 그림을 보게 될 수 있을까?"

"그 사람한테 말해 봐야 소용없어. 절대 안 보여 주려고 하거든. 대신 내가 아는 화상이 하나 있는데 그 사람이 두세 장 가지고 있지. 하지만 나랑 같이 가지 않으면 안 돼. 자넨 봐도 모를 테니까. 내가 직접 보여 주면서 설명해 줘야지."

"여보. 당신 정말 못 참겠어요." 스트로브 부인이 끼어들었다. "그 사람한테 그런 대접을 받고도 어떻게 그 사람 그림을 그렇게 좋게 말해요?" 그러고는 나를 향해 이렇게 말했다. "네덜란드 사람들이 여기 와서 이 양반 그림을 사려고 하면 어떻게 하는 줄 아세요? 오히려 스트릭랜드 그림을 사라고 권한다니까요. 가져와서 꼭 보여 주겠다고 우긴다구요."

"부인께서는 어떻게 보셨나요?" 나는 웃으면서 물어보았다.

"망측했어요."

"아냐, 여보! 당신은 몰라요."

"뭘요. 당신네 네덜란드 사람들도 당신에게 잔뜩 성을 냈잖아요. 당신이 자기네를 놀린다고 생각했다고요."

더크 스트로브는 안경을 벗어 들고 안경알을 닦았다. 상기된 얼굴이 흥분으로 빛나고 있었다.

"당신은 이 세상에서 가장 소중한 아름다움이 해변가 조약돌처럼 그냥 놓여 있다고 생각해요? 무심한 행인이 아무 생각없이 주워 갈 수 있도록? 아름다움이란 예술가가 온갖 영혼의 고통을 겪어 가면서 이 세상의 혼돈에서 만들어 내는 경이롭고 신비한 것이오. 그리고 예술가가 그 아름다움을 만들어 냈다고 해서 아무나 그것을 알아보는 것도 아냐. 그것을 알아보자면 예술가가 겪은 과정을 똑같이 겪어 보아야 해요. 예술가가 들려주는 건 하나의 멜로디인데, 우리가 그것을 우리 가슴속에서 다시 들을 수 있으려면 지식과 감수성과 상상력을 가지고 있어야 한다고."

"그럼 난 왜 당신 그림이 늘 아름답게 느껴지죠? 난 처음 본 순간부터 감탄스럽던데."

스트로브의 입술이 약간 떨렸다.

"그만 들어가 자요, 여보. 나는 이분과 산보나 좀 하고 돌아오겠소."

20

더크 스트로브는 다음 날 저녁에 내게 와서 스트릭랜드가 잘 다닌다는 카페에 나를 데려다주겠다고 했다. 재미있게도 그 카페라는 곳은 알고 보니 전에 내가 스트릭랜드를 만나러 파리에 왔을 때 함께 압생트를 마셨던 곳이었다. 단골 카페 하나 바꾸지 못한 것을 보면 별나 보이던 그 게으른 버릇이 여전한 것 같았다.

"저기 있군." 카페에 이르자 스트로브가 말했다.

시월인데도 저녁 무렵까지 날이 푸근해 노변의 테이블은 만원이었다. 한 바퀴 둘러보았으나 내게는 스트릭랜드가 보이지 않았다.

"저기야. 저쪽 구석에서 체스를 하고 있잖아."

체스판 위에 몸을 구부리고 있는 사내가 눈에 띄긴 했지만 알아볼 수 있는 것은 커다란 중절모와 붉은 수염뿐이었다. 우리는 테이블 사이를 비집고 그에게로 갔다.

"스트릭랜드."

그가 얼굴을 들었다.

"여어, 뚱보 아냐. 웬일인가?"

"당신을 보고 싶어하는 옛 친구를 데리고 왔소."

스트릭랜드는 나를 힐끗 쳐다보았다. 하지만 나를 알아보지 못한 게 분명했다. 그는 다시 체스판을 들여다보기 시작했다.

"앉게나. 그리고 좀 조용히 있게." 그가 말했다.

그는 말을 하나 움직이더니 곧장 게임에 빠져들었다. 스트로브는 민망한 표정으로 나를 쳐다보았지만 나는 그만한 일쯤에는 조금도 놀라지 않았다. 마실 것을 주문해 놓고 스트릭랜드가 체스를 끝낼 때까지 잠자코 기다렸다. 오히려 마음 놓고 그를 관찰할 수 있어 좋았다. 혼자 왔더라면 나도 알아보지 못했을 게 틀림없었다. 무엇보다 손질도 하지 않아 덥수룩하게 자란 붉은 수염이 얼굴을 거의 가리고 있었을 뿐 아니라 머리도 잔뜩 길었다. 하지만 제일 놀라운 변화는 몸이 야윌 대로 야위었다는 점이었다. 그러다 보니 커다란 코가 더 오만스레 튀어나와 보였고, 광대뼈도 더 불거져 보였고, 눈도 더 커 보였다. 양쪽 관자놀이는 움푹 들어가서 흡사 시체를 보는 것 같았다. 옷차림도 오 년 전 그때와 똑같았는데 다 해지고 때에 절은 데다 너덜너덜했다. 남의 옷을 빌려 입은 것처럼 헐렁헐렁했다. 손은 더럽고 손톱도 길게 자라 있었다. 손은 뼈와 힘줄만이 앙상하게 남아 오히려 크고 억세 보였다. 한때는 우아한 손이었다는 사실을 알 수 없을 지경이었다. 게임에 온 정신이 팔려 앉아 있는 그의 모습은 예사롭지 않은 인상을 주었다. 엄청난 힘이 느껴졌다고나 할까. 뼈만 남은 그의 모습이 왜 더 강렬한 인상을 주는지 알 수 없었다.

이윽고 말을 움직인 스트릭랜드는 몸을 뒤로 비스듬히 젖히더니 야릇한 표정으로 물끄러미 상대방을 응시했다. 상대는 수염을 기른 뚱뚱한 프랑스인이었다. 이 프랑스인은 곰곰이 판을 들여다보더니 갑자기 뭐라고 쾌활한 탄성을 몇 마디 내뱉은 후 안타깝다는 시늉을 하며 말을 긁어모아 상자 속에 집어 던졌다. 그러고는 스트릭랜드에게 마구 욕지거리를 퍼붓고 나서 웨이터를 불러 술값을 치르고 일어나 가 버렸다. 스트로브가 의자를 테이블 쪽으로 끌어당기며 말했다.

"이제 이야기를 해도 되겠군그래."

스트릭랜드의 눈길이 스트로브에게 멎었다. 두 눈에 심술궂은 표정이 어려 있었다. 뭔가 놀려 줄 말을 찾다가 적당한 말이 떠오르지 않아 하는 수 없이 입을 다물고 있는 게 분명했다.

"당신을 보고 싶어하는 옛 친구를 데리고 왔단 말이오." 스트로브는 뭐가 즐거운지 벙글벙글 웃으며 아까 한 말을 되풀이했다.

스트릭랜드는 한참이나 나를 물끄러미 바라보았다. 나는 잠자코 있었다.

"생전 본 적이 없는 사람인걸." 그가 말했다.

그가 왜 그렇게 말했는지 알 수가 없다. 그의 두 눈에 확실히 나를 알아본 기색이 스쳤기 때문이다. 몇 년 전이라면 모르되 나도 이제 웬만해서는 무안을 타지 않았다.

"며칠 전에 부인을 뵈었습니다. 부인 소식을 듣고 싶어하실 것 같아서." 내가 입을 열었다.

그는 짤막하게 웃었다. 두 눈이 반짝 빛났다.

"그날 저녁엔 참 유쾌했소. 그때가 언제던가?" 그가 말했다.

"오 년 전이죠."

그는 압생트를 한 잔 더 시켰다. 구변 좋은 스트로브는 우리가 서로 알게 된 연유와, 우리 두 사람이 모두 스트릭랜드와 아는 사이임을 어떻게 해서 알게 되었는지 설명해 주었다. 그때 스트릭랜드가 이야기를 귀담아들었는지는 모르겠다. 그는 곰곰이 생각에 잠긴 표정으로 나를 한두 번 힐끗 쳐다보긴 했으나, 대체로 자기 생각에 빠져 있는 듯 보였다. 사실 스트로브가 떠벌려 주지 않았더라면 대화는 힘들었을 것이다. 반시간쯤 지났을까, 스트로브는 시계를 쳐다보더니 이제 가 봐야겠다며 나도 가겠느냐고 물었다. 단둘이 남게 되면 혹시 스트릭랜드에게서 뭔가 얻어듣는 이야기가 있지 않을까 해서 나는 더 있다 가겠노라고 했다.

뚱보 친구가 가 버리자 내가 말했다.

"더크 스트로브는 선생을 대단한 화가로 보고 있더군요."

"그러면 내가 좋아할 거 같소?"

"그림 좀 보여 주실 수 없습니까?"

"왜 보여 줘요?"

"제가 한 장쯤 살 맘이 날지도 모르잖습니까?"

"난 한 장도 팔 맘이 나지 않을지 모르오."

"먹고사는 데 지장은 없으십니까?" 나는 웃음을 띠고 물었다.

그는 킥 웃었다.

"그래 보이오?"

"굶기를 밥 먹듯 하는 것처럼 보이는데요."

"굶기를 밥 먹듯 하고 있소."

"그럼 가시죠. 저녁이나 하게."

"왜 이러는 거요?"

"선심은 아니에요." 나는 냉정하게 대답했다. "솔직히 말해서 당신이 굶거나 말거나 전혀 관심이 없으니까."

그의 눈이 다시 반짝 빛났다.

"그럼 가시지." 그는 벌떡 일어서며 말했다. "나도 좀 괜찮은 식사를 하고 싶소."

21

식당은 그가 알아서 고르게 하고 나는 따라갔다. 가는 길에 신문을 한 장 샀다. 그가 음식을 주문했고, 나는 생 갈미에 병에 신문을 기대어 놓고 읽기 시작했다. 우리들은 묵묵히 식사를 했다. 이따금 그가 나를 쳐다보는 것 같았지만 나는 모르는 척했다. 그가 먼저 이야기를 시작하게 할 작정이었다.

"신문에 뭐 특별한 거라도 났소?" 침묵의 식사가 다 끝나 갈 무렵 그가 입을 열었다.

어조에는 짜증 난 기색이 배어 있었다.

"전 언제나 연극 평을 즐겨 봅니다."

그러고는 신문을 접어 옆에 내려놓았다.

"잘 먹었소." 그가 말했다.

"여기서 아예 커피까지 마시는 게 어떻습니까?"

"그립시다."

우리는 시가에 불을 붙였다. 나는 잠자코 담배를 피웠다. 그가 가끔 재미있다는 듯 희미한 미소를 띠고 나를 바라보는 것을 느낄 수 있었다. 나는 꾹 참고 기다렸다.

"지난번 만난 뒤로는 뭘 하고 지냈소?" 마침내 그가 말을 꺼냈다.

나로서는 별 할 이야기가 없었다. 일은 부지런히 했지만, 모험은 별로 없었던 생활이었다. 이런저런 방향으로 실험을 해 보고 책과 인간에 대해 조금씩 더 알게 된 정도랄까. 나는 스트릭랜드 자신에 관해서는 아무것도 묻지 않으려고 조심했다. 그에 대해서는 눈곱만큼도 관심이 없다는 태도를 보였다. 그러자 역시 효과가 있었다. 그가 자기 이야기를 꺼내 놓기 시작했던 것이다. 하지만 말솜씨가 빈약해서 그동안 지낸 일을 그냥 두루뭉수리로 말해 주는 정도라, 빠진 곳은 내 상상력으로 메울 수밖에 없었다. 사실 나로서는 잔뜩 호기심이 당기는 인물인데 그 사정을 조금밖에 알 수 없어 정말 감질났다. 마치 훼손된 원고를 읽어 나가는 기분이었다. 하여간 듣고 보니 그동안 그는 온갖 고난과 쓰라린 투쟁을 하며 살아왔다는 느낌이 들었다. 하지만 보통 사람들이라면 끔찍하게 여겼을 일들을 겪고도 그는 눈 하나 깜짝하지 않았음을 알 수 있었다. 일상의 안락에 철저히 무관심하다는 점에서 스트릭랜드는 보통의 영국인과는 확실히 달랐다. 사시사철 꾀죄죄한 단칸방에 살면서도 전혀 지겨워하지 않았다. 주변을 아름다운 것들로 장식하고 싶어하지도 않았다. 내가 처음 그를 만나러 갔을 때 그가 살던 방의 벽지가 얼마나 더러웠는지도 그는 전혀 의식하지 못했던 것 같다. 안락의자도 원하지 않았다. 부엌 의자에 앉는 것을 정말 더 편하게 생각했다. 음식은 맛있게 먹었고, 종류를 가리는 법이 없었다. 음식이란 시장기를 달래기 위해 먹는 것에 불과했다. 음식을 구하지 못할 때에는 먹지 않고도 지낼 수 있는 것 같았다. 알고 보니 여섯 달 동안이나 매일 빵 한 조각에 우유 한 병만 먹고 지낸 적이 있었다. 관능적인 사람이면서도 관능적인 일에는 무관심했다. 궁핍을 고생이라 여기지 않았다. 오로지 정신적인 삶만을 사는 그의 생활 방식에는 어딘지 인상적인 데가 있었다.

런던에서 가지고 온 얼마 안 되는 돈이 다 떨어졌을 때도 그는 조금도 당황하지 않았다. 그림을 팔지도 않았다. 팔려고 해 보지도 않았을 것이다. 그는 푼돈이나마 벌 방도를 찾기 시작했다. 파리의 밤 생활을 구경하고 싶어하는 런던내기들의 안내인 노릇을 했던 때를, 그는 소름 끼칠 만큼 익살스럽게 이야기해 주었다. 그의 냉소적인 기질에 어울릴 만한 직업이었다. 하여간 그러는 가운데 그는 이 도시의 점잖치 못한 지역에 대해서 상당한 견문을 쌓기에 이르렀다. 법으로 금지된 것들을 보고 싶어하는 영국인들을 찾느라——술에 잔뜩 취한 사람이라면 더 좋았다.——마들렌 거리를 몇 시간이고 헤맨 적이 있노라고 했다. 운이 좋으면 짭짤하게 벌 때도 있었다. 하지만 그의 행색이 너무 남루하여 급기야는 관광객들이 겁을 집어먹게 되었고, 그런 다음부터는 그를 신용할 만큼 대담한 사람들을 찾지 못하게 되었다. 그다음에는 영국인 의사들을 상대로 특허 약품을 선전하는 광고 문안의 번역을 하기도 했다. 페인트공들의 파업 때에는 페인트칠도 해 보았다.

그러는 동안에도 그림 그리기는 한 번도 중단한 적이 없었다. 하지만 화실에 나가는 일엔 금방 싫증을 내서 결국에는 전적으로 혼자 그렸다. 캔버스와 물감을 사지 못할 만큼 궁해 본 적은 없었고, 사실 그 밖의 것은 별로 필요를 느끼지 못했다. 내가 이해하기로는, 그가 그림을 그리는 데 퍽 애를 먹었던 것 같다. 워낙 남의 도움을 받기 싫어 하는 성미라, 앞선 세대들이 이미 하나씩 발견해 놓은 기법적인 문제의 해결책을 죄다 혼자 힘으로 발견해 내느라고 많은 시간을 허비해야 했다. 무엇인가를 목표 삼고 있긴 했지만, 나로서는 도무지 알 수 없었고 자기 자신도 모르는 것 같았다. 그가 무엇인가에 홀린 사람 같다는 인상을 이번에는 더 강하게 받았다. 제정신이 아

닌 것 같았다. 그림을 보여 주지 않으려는 것은 자기 그림에
별 관심이 없기 때문인 것처럼 느껴졌다. 그는 꿈속에서 살고
있었고, 현실은 그에게 아무런 의미도 없었다. 오직 마음의 눈
에 보이는 것만을 붙잡으려는 일념에 다른 것은 다 잊고, 온
힘을 다해 자신의 격렬한 개성을 캔버스에 쏟아붓고 있다는
느낌이 들었다. 그러고 나서 그림 그리기를 마치면, 아니, 그리
기를 마친다기보다──그림을 완성시키는 일은 좀처럼 드물었
으니까.──자신을 불태운 열정을 소진시키고 나면, 그것에 관
해서는 깡그리 잊어버리고 말았다. 그는 자기가 한 일에 만족
하는 법이 없었다. 마음을 끊임없이 괴롭히는 환상에 비하면
일의 결과는 아무것도 아니었기 때문이다.

"왜 작품을 전람회에 출품해 보시지 않습니까?" 내가 물었
다. "남들의 생각을 듣고 싶어하실 줄 알았는데요."

"당신은 그렇소?"

그가 이 두 마디 말에 담았던 그 측량할 수 없는 경멸감을
나는 지금도 다 표현할 길이 없다.

"명성을 바라지 않나요? 명성이야말로 대개의 예술가들이
무관심할 수 없는 거 아닙니까?"

"어린애 같은 것들이지. 개인의 의견에도 아랑곳하지 않는
데 어찌 속된 무리들의 의견에 신경을 쓴단 말이오?"

"우리가 다 합리적인 존재는 아니지요." 나는 웃었다.

"명성은 누가 만드오? 비평가, 문인, 주식 중개인, 여자들
아니오?"

"알지도 못하고 보지도 못한 사람들이 당신의 작품을 보고

감동을 받는다고 생각해 보십시오. 미묘하고 격렬한 감동을 말예요. 기분이 썩 좋지 않겠어요? 누구나 힘을 행사하기를 좋아합니다. 사람의 혼을 움직여 연민이나 공포의 감정을 일으킨다면, 그보다 더 멋진 힘의 행사가 어디 있겠습니까?"

"멜로드라마 같은 소리."

"그럼, 왜 그림이 잘 됐나 못 됐나 신경을 쓰시죠?"

"난 신경 안 써요. 보이는 대로 그리고 싶을 뿐이지."

"전 이런 생각을 합니다. 무인도에서도 글을 쓸 수 있을까 하고요. 제가 쓴 글을 저밖에는 읽을 사람이 없는 게 확실하다면 말입니다."

스트릭랜드는 오랫동안 말이 없었다. 하지만 두 눈이 야릇하게 빛났다. 그의 영혼이 마치 뭔가를 보고 황홀경에 빠진 것처럼.

"나도 때로 생각해 보았소. 망망한 바다 한가운데에 떠 있는 외로운 섬, 그 섬의 아무도 모르는 골짜기에서 신비스러운 나무들에 둘러싸여 조용히 살아 볼 수 없을까 하고. 거기서는 내가 바라던 것을 찾을 수 있을 것만 같아서."

그가 꼭 그런 식으로 표현한 것은 아니었다. 적당한 형용사가 떠오르지 않으면 몸짓으로 대신했고, 도중에 말이 막히기도 했다. 그가 말하고 싶었다고 생각되는 것을 나의 말로 표현해 본 것뿐이다.

"지난 오 년을 돌아보면 그만한 보람이 있었다고 생각하십니까?"

그는 나를 쳐다보았다. 내 말뜻을 이해하지 못한 모양이었다. 나는 다시 설명했다.

"안락한 가정과 남부럽지 않은 행복을 버리지 않으셨습니까? 그때는 상당히 윤택하게 사셨죠. 그런데 파리에서 사시는 모습은 퍽 힘들어 보입니다. 다시 기회가 주어져도 역시 그처럼 하실 건가요?"

"물론이오."

"부인과 애들에 대해선 한마디도 묻지 않으셨어요. 조금도 생각나지 않습니까?"

"전혀."

"그렇게 한마디로 잘라 말씀하실 것까지는 없잖습니까. 가족을 그처럼 불행하게 만들어 놓고도 미안하다는 생각은 한 번도 해 보지 않았단 말입니까?"

그는 입가에 미소를 띠면서 고개를 절레절레 흔들었다.

"때론 옛날 생각이 안 날 수 없으리라고 생각했습니다만. 칠팔 년 전 이야기가 아니라 그보다 훨씬 전, 부인을 처음 만나 사랑하고 결혼하셨던 때 말입니다. 부인을 처음으로 껴안았을 때의 기쁨이 생각나지 않으십니까?"

"난 과거를 생각지 않소. 중요한 것은 영원한 현재뿐이지."

나는 이 대답을 잠시 곱씹어 보았다. 막연하기는 했지만 그 말뜻을 어렴풋이 알 수 있을 것 같았다.

"지금은 행복하십니까?" 내가 물었다.

"그렇소."

나는 입을 다물고 말았다. 그러고는 그를 찬찬히 바라보았다. 그는 내 눈길을 정면으로 마주 받았다. 이윽고 그의 두 눈에 냉소의 빛이 반짝 떠올랐다.

"내가 마땅치 않으신가?"

"천만에요." 나는 냉큼 대답했다. "구렁이에게 마땅하고 못 마땅할 게 있나요? 그런 인간의 정신 상태에 오히려 흥미가 당기는걸요."

"순전히 직업적인 흥미인가?"

"그래요."

"날 그렇게 나쁜 사람으로 몰아선 안 될 거요. 당신도 비열한 사람이니까."

"그래서 선생께서도 저를 만나면 마음이 편한 게 아닐까요?" 나는 그렇게 응수했다.

그는 무감한 미소를 띠었을 뿐 아무 말이 없었다. 내가 그 미소를 제대로 묘사할 수 있다면 좋겠다. 매력적인 미소였다고까지는 할 수 없으되, 아무튼 평소의 침울하던 표정을 사라지게 하고 얼굴을 환하게 만들어 놓는, 짓궂긴 해도 천성은 나쁘지 않다는 인상을 주는 그런 미소였다. 눈가위에서 시작해 때로는 눈가위에서 사라져 버리기도 하는, 그런 느릿느릿한 미소였다. 그것은 육감적이면서도, 잔인하다거나 다정하다는 느낌을 주기보다 인간이 아닌 목신(牧神)의 환락 같은 것을 연상시켰다. 그 미소가 떠올리는 것이 있어 나는 이렇게 물어보았다.

"파리에 오신 뒤로 연애 같은 걸 해 보신 적은 없나요?"

"그런 어리석은 짓을 할 시간이 어디 있소? 연애도 하고 예술도 할 만큼 인생이 길진 않소."

"겉보기에는 은자(隱者) 같아 보이진 않는데요."

"그런 건 생각만 해도 구역질 나오."

"사람의 본능을 쉽사리 떨쳐 버릴 수 있는 건 아니잖아요?"

"왜 그렇게 킬킬거리는 거요?"

"말씀이 믿기지 않으니까요."

"그렇다면 형편없는 바보인 게지."

나는 말을 멈추고 그를 찬찬히 살펴보았다.

"저를 속여서 무슨 이득이라도 있나요?" 나는 물었다.

"무슨 말인지 모르겠군."

나는 싱긋 웃었다.

"이런 말입니다. 몇 달 동안은 그런 생각이 나지 않을 수도 있겠죠. 그런 일과 영영 인연을 끊었다고 스스로 믿을 수도 있겠습니다. 그러면 자유를 만끽하면서 마침내 내 영혼이 내 것이 되었다고 느끼게 됩니다. 하늘의 별들 사이를 걷는 기분일 것입니다. 하지만 그러다가 어느 순간 갑자기 그것을 더 이상 견딜 수 없게 되고, 그동안 내내 진흙 구덩이를 걷고 있었다는 사실을 깨닫게 됩니다. 문득 그 진흙 구덩이에서 뒹굴고 싶은 욕망이 입니다. 그러다 어떤 여자를 만나는 거지요. 저속하고 천하고 상스럽고, 소름 끼칠 만큼 음탕한 짐승 같은 여자를 말입니다. 그래서 마치 야수처럼 여자를 덮칩니다. 그러고는 욕정으로 눈이 멀 때까지 그것에 취하는 겁니다."

그는 꼼짝하지 않고 나를 뚫어지게 바라보았다. 나는 그의 눈길을 정면으로 받았다. 그러면서 천천히 입을 열었다.

"이상하게 여겨질지 모르지만 이런 현상이 일어납니다. 그 일이 끝나면 말할 수 없이 순수해진 기분을 느끼게 된다는 것입니다. 육체를 벗어나 영혼만 남은 느낌 같은 것 말입니다. 그래서 아름다움이 마치 감촉할 수 있는 물건처럼 만질 수 있는 것으로 느껴집니다. 산들바람이며, 신록의 나무들, 오색 영롱한 강물과도 내밀하게 마음이 통할 수 있다고 느낍니다. 신(神)이 된 기분이랄까요. 그런 기분을 설명해 주실 수 있겠습니까?"

그는 줄곧 내 눈을 뚫어지게 응시하고 있다가 내가 이야기를 마치자 눈길을 딴 데로 돌려 버렸다. 그의 얼굴에 야릇한 표정이 떠올라 있었다. 고문을 당하고 죽어 버린 사람의 표정이 저렇지 않을까 하는 생각이 들었다. 그는 아무 말도 하지 않았다. 나는 우리들의 대화가 끝났음을 알았다.

22

나는 파리에 자리를 잡고 희곡을 쓰기 시작했다. 내 생활은 퍽 규칙적이었다. 오전에는 일을 하고, 오후에는 뤽상부르 공원을 어슬렁거리거나 거리를 산책했다. 루브르 박물관에는 몇 시간씩 머물기도 했다. 그곳은 어느 미술관보다 더 친근감이 들었고 명상을 위해서는 더없이 편리한 곳이었기 때문이다. 때로는 선창가 책방을 한가로이 돌아다니며 살 마음도 없는 헌책들을 뒤적거려 보기도 했다. 책들을 이곳저곳 들추어 읽어 보면서 많은 작가들을 알게 되었는데, 좀 산만하게 알게 되는 셈이었지만 그런 대로 만족스러웠다. 저녁에는 친구들을 만나러 나갔다. 가끔 스트로브네 집에도 들렀고, 때로는 거기서 조촐한 식사를 같이 하기도 했다. 더크 스트로브는 자기가 이탈리아 음식을 잘 만든다고 뽐냈다. 솔직히 말해서 그의 스파게티 솜씨가 그림 솜씨보다는 훨씬 나았다. 그가 토마토 소스를 듬뿍 뿌린 커다란 스파게티 접시를 들고 들어오면 왕의 식탁도 부럽지 않았다. 우리는 스파게티를 집에서 잘 구운 빵에 붉은 포도주를 곁들여 먹었다. 나는 블란치 스트로브와도 가까워졌다. 내가 영국 사람인 데다, 알고 지내는 영국인이 별로 없어서 나를 보면 반가웠던 듯하다. 그녀는 상냥하고 소박했지만 늘 말이 없는 편이었기 때문에 어쩐지 무슨 비밀을 간직하고 있는 듯한 인상을 주었다. 하지만 그러한 인상은, 그녀가 과묵함을 타고나기는 했지만 남편의 수다스럽고 솔직한 성격 때문에 더 과장되게 느껴진 것에 불과할지도 모른다고 생각되었다. 더크는 숨기는 것이 없었다. 아무리 사사로운 일이라도 남을 조금도 의식하지 않고 다 이야기했다. 그래서 때로는 아내를 민망하게 만들기도 했다. 한번은 그녀가 몹시 당황하는 것을 보았다. 더크가 변비약을 먹었다고 하면서 그 이야기를 아주 시시콜콜하게 지껄여 댔던 것이다. 그 일로 고생한 일을 정색하고 이야기하는 바람에 나는 배를 잡고 웃지 않을 수 없었다. 스트로브 부인은 그 때문에 더 화가 치밀었던 모양이다.

"당신은 망신스러운 얘기를 하는 게 그렇게 좋아요?" 그녀가 말했다.

아내가 화를 내자 그는 동그란 눈을 더 동그랗게 뜨면서 당황하여 미간을 찌푸렸다.

"여보, 나 때문에 화났소? 다시는 안 먹을게. 내 체질이 워낙 담즙질(膽汁質)이라서 말이야. 늘 앉아 있는 생활만 하잖소. 운동도 부족하고. 벌써 사흘간이나 한 번도……."

"제발, 그 입 좀 다무세요." 울화가 치미는지 그녀는 눈물까지 그렁거리며 말을 가로막았다.

풀이 죽은 더크는 야단맞은 아이처럼 입을 삐죽 내밀었다. 그러면서 나더러 어떻게 분위기 좀 바꿔 보라는 눈치를 보냈지만, 나는 그만 참지 못하고 웃음보를 터뜨리고 말았다.

어느 날 스트로브가 스트릭랜드의 그림을 두서너 장 보게 해 주겠다고 하여 우리는 함께 어느 화상(畵商)을 찾아갔다. 하지만 주인 말이 스트릭랜드가 그림을 다 찾아가 버렸다는 것이었다. 주인도 이유를 모르겠다고 했다.

"그렇다고 제가 서운하리라고 생각하실 건 없어요. 스트로브 선생의 얼굴을 봐서 받아 놓은 것뿐이니까요. 저도 팔 수 있으면 팔아 보겠다고 하지 않았습니까. 하지만 솔직히 말해서……." 하면서 그는 어깨를 으쓱했다. "저도 신인들에게 관심을 두고 있습니다만, 선생도 보세요. 재능이 있다고는 생각지 않으시잖습니까?"

"내 명예를 걸고 하는 말이지만, 요즘 그림 그리는 사람들 가운데 이만한 재능을 가진 사람은 없어요. 내 말을 믿으세요. 당신은 지금 아주 좋은 벌이를 놓치고 있는 거예요. 언젠가는 그 사람 그림 몇 장 값이 지금 이 가게에 있는 그림 값을 다 합친 것보다 더 나갈 겁니다. 모네를 봐요. 단돈 백 프랑에도 사겠다는 사람이 있었나요. 그런데 지금은 그 사람 그림 값이 어때요?"

"맞는 말입니다. 하지만 그때도 모네만 한 재능을 가졌으면서 그림을 팔지 못한 화가들이 얼마나 많았습니까. 그런데 그 사람들은 지금도 값이 나가지 않는단 말이에요. 누가 알겠습니까? 재능만 가지고 성공을 합니까? 안 되죠. 게다가 친구분이 정말 재능이 있는지는 더 두고 봐야죠. 스트로브 선생 말고는 아무도 칭찬하지 않으니까요."

"그럼, 당신은 재능이 있다는 걸 어떻게 알아볼 셈이오?" 골이 난 더크는 얼굴을 붉히며 물었다.

"그야 한 가지 방법뿐이죠. 잘 팔리는 거 말입니다."

"이런 속물을 봤나!" 더크는 소리를 질렀다.

"하지만 과거의 위대한 화가들을 생각해 보세요. 라파엘로, 미켈란젤로, 앵그르, 들라크루아, 다 잘 팔리지 않았습니까."

"가세나." 스트로브가 내게 말했다. "더 있다간 이자를 죽여 버릴 것 같아."

23

나는 스트릭랜드를 꽤 자주 만났다. 때로는 함께 체스를 두기도 했다. 그는 성격이 변덕스러운 편이었다. 옆에 누가 있건 말건 거들떠보지도 않고 혼자서 입을 꼭 다물고 멀거니 앉아 있는 때가 있는가 하면, 기분이 좋으면 시종 더듬거리면서도 곧잘 지껄여 대기도 했다. 근사한 말은 할 줄 몰랐지만 정곡을 찌르는 신랄한 야유를 할 줄 알았고, 자기 생각을 늘 정확하게 표현했다. 남의 감정은 도무지 고려할 줄 몰랐고, 상대방이 상처를 받으면 오히려 즐거워했다. 더크 스트로브를 만나기만 하면 번번이 그의 속을 얼마나 긁어 놓는지, 한번은 참지 못한 더크가 다시는 상종하지 않겠노라며 자리를 박차고 일어나 나가 버린 적도 있었다. 그래도 그런 스트릭랜드에게 자기도 모르게 끌리는 점이 있었던지, 이 뚱보 네덜란드인은 배알 없는 강아지처럼 꼬리를 치며 돌아오는 것이었다. 인사말이라곤 무서운 독설뿐이라는 걸 알면서도 그랬다.

스트릭랜드가 왜 나만은 참아 주었는지 모르겠다. 우리 두 사람의 관계는 좀 특이했다. 하루는 그가 내게 오십 프랑만 빌려 달라고 했다.

"그런 부탁을 하실 줄은 몰랐는데요." 내가 대꾸했다.

"모르다니?"

"저로선 달갑지 않으니까요."

"알다시피 난 지금 지독하게 어렵소."

"저야 무슨 상관인가요."

"내가 굶어 죽어도 상관없단 말인가?"

"그게 왜 저와 상관있나요?" 내가 오히려 되물었다.

그는 너저분한 수염을 잡아당기며 한동안 나를 지그시 바라보았다. 나는 빙긋 웃었다.

"뭐가 우스운가?" 그는 성난 눈빛으로 말했다.

"참 단순하시기는. 선생은 의리라고는 모르는 사람 아닙니까. 누가 선생께 의리를 지키겠습니까?"

"내가 방세를 내지 못해 쫓겨나서 목을 매고 죽는다 해도 아무렇지 않단 말이지?"

"전혀."

그가 킥킥 웃었다.

"허풍 떨지 말게. 내가 정말 그러면 자넨 미칠 듯이 후회할걸."

"그래 보시죠. 제가 어떻게 하나." 내가 응수했다.

그의 눈가에 슬쩍 웃음이 스쳐 갔다. 그는 잠자코 압생트를 휘저었다.

"체스 한 판 두시겠어요?" 내가 물었다.

"좋을 대로."

우리는 말을 세웠다. 판이 갖추어지자 그는 편안한 눈길로 체스 판을 내려다보았다. 전투 태세를 갖춘 부하들을 바라보노라면 누구나 흐뭇한 기분이 드는 법이다.

"제가 돈을 빌려줄 거라고 생각하셨나요?" 내가 물었다.

"안 빌려줄 이유도 없다고 생각했지."

"놀랍군요."

"뭐가 말인가?"

"실망했습니다. 선생께서도 속마음은 감상적이라니. 그처럼 순진하게 제 동정심에 호소하지 않았더라면 더 마음에 들었을 텐데요."

"당신이 내 말에 넘어갔다면 나도 당신을 경멸했을 거요."

"그게 더 마음에 드는군요." 나는 소리 내어 웃었다.

우리는 체스를 두기 시작했다. 둘 다 게임에 열중했다. 판이 끝나자 나는 이렇게 말했다.

"보세요. 생활이 어려우시면 제게 그림을 좀 보여 주시죠. 마음에 드는 게 있으면 제가 살 테니까요."

"빌어먹을!" 하고 그는 소리쳤다.

그는 벌떡 일어나 가려고 했다. 내가 붙잡았다.

"압생트 값을 내지 않으셨어요." 나는 빙긋 웃으며 말했다.

그는 무어라 욕설을 퍼부어 대더니, 돈을 홱 던지고 나가 버렸다.

그러고는 며칠 동안 나는 그를 만나지 못했다. 그러던 어느 날 저녁 카페에 앉아 신문을 보고 있는데 그가 들어와 내 옆에 와서 앉았다.

"결국 목을 매지는 않으셨군요." 내가 말을 건넸다.

"맞아. 일거리를 얻었으니까. 이백 프랑을 받기로 하고, 퇴직한 어떤 배관공의 초상화를 그려 주고 있지."[*]

"그 일은 어떻게 얻었는데요?"

"빵 가게 아줌마가 소개해 주더군. 초상화를 그려 줄 사람을 찾는다면서. 소개비 조로 그 여자에게 이십 프랑을 줘야 해."

"어떻게 생긴 사람입니까?"

"굉장해. 얼굴이 양의 넓적다리처럼 커다랗고 붉은 데다, 오

---

[*] 이 그림은 전에 릴의 어떤 부유한 공장주가 소유하고 있었는데, 독일군 진주 때 그대로 두고 도망가 버려 지금은 스톡홀름 국립 미술관에 소장되어 있다. 스웨덴 사람들은 혼란기에 슬쩍 횡재를 하는 데 비상하다.

른 뺨에는 커다란 사마귀가 났는데 거기에 털이 길게 나 있지."

스트릭랜드는 기분이 좋은 모양이었다. 더크 스트로브가 들어와 우리 곁에 앉자, 사정없이 놀려 대기 시작했다. 그는 이 불쌍한 네덜란드인의 아픈 데를 찾아내는 데, 나로서는 전혀 짐작하지 못했던 재주가 있었다. 그는 예리한 풍자의 칼을 찔러 댄다기보다 무지막지한 악담의 몽둥이를 휘둘러 댔다. 이쪽에서 건드리지도 않는데 느닷없이 공격을 해 오기 때문에 스트로브로서는 속수무책이었다. 마치 놀란 양이 어쩔 줄을 모르고 이리 뛰고 저리 뛰는 꼴을 연상시켰다. 황당한 모양이었다. 급기야는 눈물까지 쏟았다. 그런데 무엇보다 난처한 점은, 이런 경우에 스트릭랜드가 밉살스럽고 상황도 고약스럽지만 웃음을 참을 수 없다는 것이었다. 더크 스트로브가 아무리 정색을 해도 그것이 남들에겐 우스꽝스럽게만 보이니, 그는 참으로 불행한 인간이었다.

그래도 이제 와서 파리 시절의 그 겨울을 돌이켜 볼 때 가장 즐거웠던 기억은 다름 아닌 더크 스트로브에 관한 것이다. 그의 자그마한 가정에는 어딘가 매력적인 데가 있었다. 그와 그의 아내는 생각만 해도 마음이 훈훈해지는 그림과도 같은 한 쌍이었으며, 아내를 향한 그의 순박한 사랑에는 은은한 아취(雅趣)마저 있었다. 우습긴 했지만 그의 진심 어린 열정은 동정을 불러일으킬 만했다. 나는 그의 아내가 그에게 어떤 감정을 느낄지 알 수 있었다. 그래서 그녀가 퍽 다정하게 그를 대하는 것을 보고 기뻤다. 유머 감각이 있는 여자였다면 진짜 우상이라도 모시듯 남편이 자기를 떠받들어 주는 것이 우습

게 여겨졌을 것이다. 그녀도 웃긴 했지만, 그래도 기쁘고 감동
스럽게 여겨졌던 모양이다. 더크는 그녀의 영원한 애인이었다.
그래서 그녀가 비록 나이가 들어 지금의 팽팽한 선과 아름다
운 용모를 잃어버린다 해도 그에게는 여전히 같은 여자로 보
일 것이다. 또한 그녀는 변함없이 세상에서 가장 사랑스러운
여인일 것이다. 늘 질서 정연한 그들의 생활에는 기분 좋은 아
름다움이 깃들어 있었다. 그들이 가진 것이라고는 스튜디오와
침실 하나, 그리고 자그마한 부엌뿐이었다. 집안일은 죄다 스
트로브 부인이 혼자서 했다. 더크가 형편없는 그림을 그리는
동안, 그녀는 장을 보고, 점심을 짓고, 바느질을 하면서 하루
종일 개미처럼 부지런히 일했다. 또 저녁이면 스튜디오에 앉아
바느질을 했는데, 더크는 그동안 음악을 연주하곤 했다. 모르
긴 몰라도 그의 아내로서는 도저히 이해할 수 없는 음악이었
을 것이다. 그의 연주는 제법 풍취가 있었지만 늘 필요 이상의
감정을 불어넣었다. 주체할 수 없이 흘러넘치는, 진실하고 감
상적인 자신의 영혼을 온통 음악에 쏟아부었던 것이다.

그들의 생활은 나름대로 하나의 목가(牧歌)였으며, 그런 대
로 기이한 아름다움을 이룩해 내고 있었다. 더크 스트로브와
관련된 모든 일에 붙어 다니던 엉뚱함이 그들의 삶에 마치 해
소되지 않는 불협화음 같은 묘한 가락을 띠게 했다. 하지만 그
때문에 그들의 삶은 어쩐지 더 현대적이고 더 인간적으로 보
였다. 심각한 장면에 불쑥 던져진 거친 농담처럼, 그것은 모든
아름다움이 지니는 우수(憂愁)를 한결 깊게 해 주었다.

24

크리스마스를 며칠 앞둔 어느 날, 더크 스트로브가 내게 와 자기 집에서 함께 크리스마스를 지내자고 청했다. 크리스마스에 대해 유난히 감상적인 생각을 품고 있던 그는 이 날을 격식을 갖추어 친구들이랑 함께 보내고 싶어했다. 우리는 둘 다 스트릭랜드를 이삼 주일이나 보지 못했던 참이었다. 나는 그때 잠시 파리에 머물러 있던 친구들 때문에 바빴고, 스트로브는 스트릭랜드와 여느 때보다 훨씬 심하게 다툰 뒤, 더 이상 만나지 않겠다고 결심한 상태였기 때문이다. 스트릭랜드란 자는 도저히 참을 수 없는 자라고 하면서 앞으로 자기가 그에게 말을 걸면 사람이 아니라고 했다. 하지만 크리스마스가 되자 마음이 누그러졌는지 스트릭랜드가 크리스마스를 혼자서 보내리라는 생각이 들자 안쓰럽게 여기는 것이었다. 그는 자기 감정대로 생각하여, 우정을 다져야 할 날에 이 외로운 화가가 홀로 내버려져 얼마나 울적해할까, 안타까워 어쩔 줄을 몰랐다. 스트로브는 스튜디오에 벌써 크리스마스 트리를 세워 놓았다. 모르긴 몰라도 이 나뭇가지에 우리에게 줄 우스꽝스러운 선물들을 매달아 놓았을 것이다. 하지만 스트릭랜드를 다시 대면할 일이 아무래도 쑥스러운 모양이었다. 하기야 그처럼 심한 모욕을 그처럼 쉽게 용서해 준다는 것도 약간은 굴욕적일 것이다. 그래서 그는 화해하는 자리에 내가 함께 있어 주기를 바랐다.

우리는 클리시 거리에 가 보았지만 스트릭랜드는 카페에 없었다. 바깥에 앉아 있기에는 날이 너무 추워 우리는 안으로 들어가 가죽 의자에 자리를 잡았다. 안은 후텁지근하고 담배 연기로 가득 차 공기가 탁했다. 스트릭랜드는 오지 않고 대신 얼마 후에 그와 가끔 체스를 두던 프랑스 화가가 나타났다. 우리와 안면을 트고 지내는 사이였기 때문에 그는 우리 테이블에 와서 앉았다. 스트로브가 그에게 스트릭랜드를 봤느냐고 물었다.

"병이 났어요. 모르셨던가요?" 그가 말했다.

"심한가요?"

"예, 그렇게 알고 있습니다."

스트로브의 얼굴이 창백해졌다.

"왜 내게 편지라도 써서 알려 주지 않았지? 나도 참 한심해. 그 양반하고 싸움을 하다니. 당장 가 봐야겠네. 돌봐 주는 사람도 없을 텐데. 어디서 살죠?"

"글쎄요." 프랑스인이 대답했다.

그러고 보니 그가 사는 곳을 아는 사람은 우리 가운데 아무도 없었다. 스트로브는 점점 더 괴로워지는 모양이었다.

"죽을지도 몰라. 그래도 아무도 모를 거야. 끔찍해. 그걸 알고도 가만있을 수 있나. 당장 찾아내야 해."

나는 스트로브에게 막연히 파리 시내를 쏘다녀 봐야 부질없는 일이 아니냐고 간신히 알아듣게 말했다. 우선 계획이 있어야 했다.

"맞아. 하지만 그동안에도 죽어 가고 있는지 모르잖나? 찾아내고 나면 그때는 너무 늦어 손을 쓸 수 없을지 몰라."

"좀 가만히 앉아 생각을 해 보자고." 내가 참지 못하고 말했다.

내가 알고 있던 주소라고는 벨주 호텔 주소뿐인데, 스트릭랜드가 그곳을 나간 지 벌써 오래되어 호텔 사람들이 그를 기억하고 있을 리 없었다. 자기 거처를 밝히지 않으려는 묘한 생각이 있는 사람이라, 떠나면서도 어디로 간다고 알려 주었을 것 같지 않았다. 그것도 벌써 오 년이 넘은 일이다. 멀리 옮기지 않았으리라는 것만은 확실했다. 이전 호텔에 묵을 때처럼 여전히 같은 카페에 나타났다면 오가기 편했기 때문에 그랬을 것이다. 문득 기억나는 것이 있었다. 그가 다니는 빵 가게 아줌마를 통해 초상화를 그려 달라는 부탁을 받았다고 하지 않았던가. 그 빵 가게에 가면 그가 사는 곳을 알 수 있을지 모른다는 생각이 들었다. 나는 상점 안내서를 가져오게 하여 빵 가게들을 찾아보았다. 가까운 곳에 빵 가게가 다섯 군데 있었다. 하나하나 찾아가 물어보는 수밖에 딴 도리가 없었다. 스트로브는 내키지 않는 듯 나를 따라 나섰다. 그의 생각은 클리시가(街) 근처의 모든 거리를 돌아다니면서 집집마다 찾아가 스트릭랜드라는 사람이 살고 있는지 물어보자는 거였다. 하지만 역시 내 평범한 착상이 효과가 있었다. 우리가 들른 두 번째 빵 가게의 카운터를 지키고 있던 여자가 그를 안다는 것이었다. 어느 집인지는 확실히 모르겠지만, 어쨌든 길 건너편의 세 집 가운데 하나라고 했다. 운 좋게도 우리가 찾아간 첫 집의 수위 말이, 그가 꼭대기 층에 살고 있다고 했다.

"병이 난 모양이죠?" 스트로브가 말했다.

"그럴지도 몰라요." 수위가 무심하게 대꾸했다. "요 며칠 동안 얼굴을 통 보지 못했으니까."

스트로브가 먼저 계단을 뛰어 올라갔다. 맨 위층에 올라가 보니 스트로브는 벌써 속옷 바람의 어떤 노동자와 얘기를 하고 있었다. 아무 방문이나 두드려 불러낸 사람 같았다. 그 사람이 다른 방문 하나를 가리켜 보였다. 그 방에 사는 이가 화가인 것 같다고 했다. 그런데 최근 일주일 동안은 통 보지 못했다는 것이었다. 스트로브는 당장 문을 두드릴 것처럼 문 앞으로 걸어가다 돌연 나를 돌아보며 어쩌면 좋으냐는 듯한 시늉을 해 보였다. 그는 잔뜩 겁에 질려 있었다.

"죽었으면 어떡하지?"

"그럴 리 있겠나." 내가 대답했다.

내가 문을 두드렸다. 대답이 없었다. 손잡이를 돌려 보니 문은 잠겨 있지 않았다. 내가 먼저 걸어 들어갔고 뒤따라 스트로브가 들어왔다. 방 안은 캄캄했다. 천장이 경사진 지붕 밑 다락방이라는 것만을 겨우 알아볼 수 있었다. 어슴푸레한 빛이, 아니 빛이라기보다 덜 짙은 어둠이 채광창으로 흘러들고 있었다.

"스트릭랜드!" 내가 그를 불렀다.

대답이 없었다. 뭐랄까 정말 신비스럽다고 할 만한 분위기가 감돌았다. 바로 내 뒤에 선 스트로브는 덜덜 떠는 것 같았다. 불을 켤까 하다가 나는 잠시 망설였다. 한구석에 어렴풋이 침대가 보였던 것이다. 불을 켰다가 침대 위에 누워 있는 시체나 보게 되는 것이 아닐까 하는 생각이 들었다.

"성냥도 없나, 이 바보들아?"

어둠 속에서 불쑥 울려 나오는 스트릭랜드의 쉰 듯한 목소리에 나는 움찔 놀랐다.

스트로브가 소리 질렀다.

"아휴, 정말. 죽은 줄 알았지 뭡니까?"

나는 성냥을 켜고서 초를 찾아 둘러보았다. 침실 겸 스튜디오로 사용하는 조그만 방을 재빨리 훑어보니 물건이라고는 침대 하나와 벽 쪽을 향해 세워 둔 캔버스 몇 개, 이젤, 테이블, 의자 하나뿐이었다. 바닥에는 카펫도 깔려 있지 않았다. 난로도 없었다. 테이블 위에는 그림 물감, 팔레트 나이프, 그 밖의 온갖 잡동사니가 잔뜩 널려 있고 그 가운데에 초 한 토막이 보였다. 초에 불을 붙였다. 스트릭랜드는 자기 몸집에 비해 터무니없이 작아 보이는 침대에 불편스럽게 누워 있었다. 추웠던 모양인지 옷을 있는 대로 껴입고 있었다. 언뜻 보아도 몸에 열이 높다는 것을 알 수 있었다. 스트로브는 그에게 다가가며 감정이 복받치는 목소리로 말했다.

"아니, 이 딱한 양반. 도대체 어떻게 된 겁니까? 병이 난 줄은 꿈에도 몰랐네요. 왜 알리지 않으셨소? 선생 일이라면 뭐든 제가 다 돌봐 드렸을 텐데. 제 말이 마음에 걸렸나요? 진심이 아니었는데. 제가 나빴어요. 화까지 내고, 제가 바보였습니다."

"집어치워." 스트릭랜드가 소리 질렀다.

"자, 그러지 마시고요. 제가 이제 편하게 해 드릴 테니까. 돌봐줄 사람은 아무도 없지요?"

스트로브는 더러운 다락방을 참담한 표정으로 둘러봤다. 그러고는 이부자리를 고쳐 줬다. 그러는 동안 스트릭랜드는 괴롭게 숨을 내쉬면서 화가 치민 표정으로 침묵을 지키고 있었다. 그는 못마땅하다는 듯이 나를 슬쩍 보았다. 나는 잠자코 서서 그를 바라보았다.

"날 위해 뭘 해 주고 싶거든 우유나 좀 갖다 주시지." 이윽고 그가 입을 열었다. "이틀이나 나가지 못했거든."

침대 옆에 우유가 들었던 듯싶은 빈 병이 하나 놓여 있고, 신문지 위에는 빵 부스러기가 흩어져 있었다.

"그동안 무얼 먹었습니까?" 내가 물었다.

"아무것도 안 먹었네."

"얼마 동안이나 못 드셨소?" 스트로브가 소리 질렀다. "그래, 이틀 동안이나 아무것도 먹지도 않고 마시지도 않았단 말이오? 맙소사."

"물은 마셨지."

그의 눈길이 팔을 뻗으면 닿을 만한 곳에 놓여 있는 커다란 깡통 위에 잠깐 머물렀다.

"당장 나갔다 오겠소." 스트로브가 말했다. "뭐 또 필요한 것 없겠소?"

나는 체온계와 포도와 빵을 좀 사 오는 게 좋겠다고 말했다. 스트로브는 자기가 도움이 되는 게 그저 기쁜지 계단을 쿵쾅거리며 내려갔다.

"멍청한 친구 같으니라구." 스트릭랜드가 중얼거렸다.

나는 그의 맥을 짚어 보았다. 희미한 맥이 급하게 뛰었다.

한두 가지 물어보았지만 그는 그저 묵묵부답이었다. 자꾸 채근하자 그는 짜증난다는 듯이 얼굴을 벽 쪽으로 돌려 버렸다. 잠자코 기다리는 수밖에 없었다. 십 분쯤 지나니 스트로브가 헐레벌떡 돌아왔다. 그는 내가 말한 것 말고도 양초며 고기즙, 알코올 램프까지 사 들고 들어왔다. 자그마한 사람이 솜씨는 좋아서 그는 지체 없이 우유빵을 만들기 시작했다. 스트릭랜드의 체온을 재어 보니 40도 가까이 되었다. 분명 중태였다.

25

얼마 뒤 우리는 그를 남겨 두고 나왔다. 더크는 저녁을 먹으러 집에 가겠다고 했고 나는 의사를 데려다 스트릭랜드를 진찰시켜 보겠다고 했다. 그런데 갑갑한 다락방에 있다가 거리로 나와 신선한 공기를 들이마시게 되자, 이 네덜란드인 친구는 생각이 달라졌는지 함께 곧장 자기 스튜디오로 가자는 것이었다. 이유를 말하지 않았지만 무슨 속셈이 있었던 모양인지 나더러 꼭 같이 가야만 한다고 우겼다. 지금으로서는 의사가 오더라도 우리가 한 것 이상을 할 수 없을 터이기 때문에 나는 그러자고 했다. 가 보니 그의 아내 블란치 스트로브가 식탁을 차리고 있었다. 더크는 아내에게 다가가 그녀의 두 손을 꼭 쥐며 말했다.

"여보, 당신에게 청이 하나 있어요."

그녀는 진지하면서도 명랑한 표정으로──그것이 그녀의 매

력 가운데 하나였다.──남편을 쳐다보았다. 더크의 붉은 얼굴
은 땀으로 번들거리고, 흥분을 이기지 못한 희극적인 표정을
띠고 있었지만, 아직 놀라움이 가시지 않은 그의 동그란 눈은
진지하게 빛났다.

"스트릭랜드가 큰 병이 났어요. 죽을지도 모르겠어. 그런데
더러운 다락방에 혼자 누워 있소. 돌봐 줄 사람 하나 없이. 우
리 집으로 데려왔으면 하는데."

그의 아내는 두 손을 얼른 잡아 빼면서──그처럼 날쌘 동
작은 처음이었다.──얼굴을 붉혔다.

"싫어요."

"여보, 거절하지 말아 줘요. 난 그 사람을 도저히 그런 곳에
내버려 둘 수 없어. 그 사람 생각을 하면 한잠도 자지 못할
거요."

"당신이 돌보세요. 그건 반대하지 않을 테니."

그녀의 목소리는 싸늘했다.

"죽을지도 몰라요."

"죽으라죠, 뭐."

스트로브는 가벼운 한숨을 내쉬면서 얼굴의 땀을 닦았다.
그러고는 응원을 청하듯 나를 바라보았지만 나도 뭐라 말해
야 좋을지 몰랐다.

"그 사람은 훌륭한 화가요."

"그게 나하고 무슨 상관이에요. 난 그 사람 싫어요."

"아니, 당신, 설마 진심은 아니겠지? 제발 부탁이오. 그 사람
을 이리로 데리고 오도록 해 줘요. 여기 오면 편하게 지낼 수

있을 거요. 우리가 목숨을 건져 줄 수 있을지도 몰라요. 당신이 힘들지 않도록 하겠소. 내가 다 할 거요. 스튜디오에 침대를 마련해 줍시다. 개처럼 죽어 가도록 보고 있을 수는 없잖소. 그렇게 몰인정할 수는 없지."

"병원에 가면 되잖아요?"

"병원? 그 사람은 지금 아주 정성스럽게 돌봐 줘야 해요. 아주 정성껏 간호해 주어야 한다구."

이런 말을 주고받으면서 그녀가 얼마나 흥분하는지 나는 놀라지 않을 수 없었다. 그러는 가운데도 멈추지 않고 식탁을 차리고 있긴 했지만 두 손이 부들부들 떨리고 있었다.

"당신, 정말 못 말리겠어요. 당신이 아파 누우면 그 사람이 손가락 하나라도 까딱할 것 같아요?"

"그게 무슨 상관이오. 당신이 날 간호해 줄 텐데. 그 사람이 날 도울 필요가 뭐 있겠소. 게다가 난 그 사람하고는 다르지. 나야 대단한 화가라고 할 수 없으니까."

"당신은 그래, 똥개만 한 기개도 없어요? 땅바닥에 넙죽 엎드려 그저 날 밟아 줍쇼 하는 꼴이니 말예요."

스트로브는 푸풋 하고 웃었다. 아내가 왜 그렇게 나오는지 그제야 그 까닭을 알 만하다고 여겼던 모양이다.

"아니, 여보. 그러니까 당신은 언젠가 그 사람이 여기 와서 내 그림을 봤던 날을 생각하고 있는 모양이군. 그 사람이 내 그림을 좋게 보지 않은 게 뭐 어떻소? 그런 그림을 보여 준 내가 어리석었지. 내 그림이야 썩 훌륭한 그림은 못 되잖소."

그는 서글픈 표정으로 스튜디오를 한 바퀴 둘러보았다. 이젤 위에 반쯤 그리다 만 그림이 하나 있었는데, 한 이탈리아 농부가 웃으면서 눈동자가 까만 소녀의 머리 위로 포도 송이를 들어 올리는 모습을 그린 것이었다.

"그림이 맘에 들든 안 들든 예의는 지켜야 할 것 아녜요. 왜 모욕까지 줘야 해요. 그 사람은 당신을 노골적으로 멸시하는데, 당신은 그 사람 손을 핥는 격이에요. 정말이지, 난 그 사람 싫어요."

"여보, 어린애처럼 굴지 말아요. 그 사람은 천재라니까. 당신은 설마 나를 천재로 생각지는 않겠지. 나도 내가 천재였으면 좋겠소. 천재를 볼 줄은 알지. 천재를 정말 진심으로 존경해요. 세상에서 천재보다 굉장한 건 없으니까. 천재들에게야 그게 큰 짐이 되겠지. 천재들에게는 너그럽게 대해 주고 참을성 있게 대해 주어야 해요."

집안 싸움에 약간 당황해서 한쪽으로 비켜서 있던 나는, 스트로브가 왜 굳이 나더러 같이 오자고 졸랐을까 의아스러웠다. 그의 아내는 금방이라도 눈물을 쏟을 것만 같았다.

"하지만 내가 그 사람을 우리 집에 데려오자는 것은 그 사람이 천재라서만은 아니오. 그 사람도 사람 아니오. 병들고 가난한 사람 아닌가 말이오."

"난 그 사람을 절대로 내 집에 들여놓지 않겠어요. 절대로."

스트로브는 나를 돌아보았다.

"자네가 말 좀 해 주게. 이건 생사가 걸린 문제라고 말야. 그 사람을 그런 비참한 골방에 팽개쳐 놓을 수는 없잖나."

"이리로 데려와서 돌보면 간호가 훨씬 수월하리라는 것은 확실합니다." 내가 말했다. "그야 무척 불편하겠지요. 누구든 옆에 밤낮으로 붙어 있어야 할 테니까요."

"여보, 당신이 그만한 수고를 마다할 사람은 아니잖소."

"그 사람이 오면, 내가 나가겠어요." 스트로브 부인은 격한 목소리로 말했다.

"당신 영 딴사람 같군. 그렇게 친절하고 다정하던 사람이."

"제발 날 좀 그냥 놔둬요. 당신 때문에 미칠 것 같아요."

그러더니 그녀는 마침내 눈물을 흘리고야 만다. 그녀는 의자에 털썩 주저앉아 두 손에 얼굴을 파묻었다. 어깨가 격심하게 들썩거렸다. 더크는 당장 아내 곁에 무릎을 꿇고, 그녀를 감싸 안고 입을 맞추면서, 온갖 듣기 좋은 애칭을 동원하여 그녀를 불러 댔다. 어느 사이에 그의 볼에도 눈물이 흘러내리고 있었다. 이윽고 그녀는 그로부터 몸을 빼 내고 눈물을 닦았다.

"혼자 있고 싶어요." 그녀는 꽤 누그러진 목소리로 말했다. 그러고는 나를 돌아보고 미소를 지으려고 하면서 이렇게 말하는 것이었다. "이런 꼴을 보여 어떻게 생각하실지 모르겠네요."

스트로브는 어리벙벙한 표정으로 아내를 바라보며 머뭇거렸다. 이마에 주름이 잔뜩 잡히고 붉은 입술은 비죽이 튀어나와 있었다. 그런 꼴이 야릇하게도, 흥분 상태에 있는 실험실의 흰 쥐를 연상시켰다.

"그럼, 안 되겠단 말이오, 여보?" 마침내 그가 말했다.

그녀는 기운이 하나도 없다는 몸짓을 했다. 탈진해 버린 것 같았다.

"여긴 당신 집 아녜요? 물건도 다 당신 거고. 당신이 그 사람을 데려오고 싶다면, 내가 어찌 막을 수 있겠어요?"

갑자기 스트로브의 둥그런 얼굴에 환한 미소가 피어올랐다.

"그럼 동의한단 말이지? 그럴 줄 알았소. 아, 여보."

그러자 그녀는 갑자기 정색을 하더니 퀭한 눈으로 남편을 쳐다보았다. 그러면서 심장의 고동을 견딜 수 없다는 듯 가슴 위에서 두 손을 꼭 맞잡았다.

"여보, 내가 당신을 만난 뒤로, 날 위해 뭘 해 달라고 부탁한 적이 한 번이라도 있던가요?"

"당신을 위해서라면 내가 무슨 일을 못 하겠소. 당신도 알잖소."

"그럼 부탁이에요. 스트릭랜드만은 데려오지 마세요. 딴 사람이라면 누구라도 좋아요. 도둑이든 술꾼이든 길거리의 비렁뱅이든 상관없어요. 무슨 일이든 기꺼이 하겠다고 약속할게요. 하지만 제발 스트릭랜드만은 데려오지 마세요."

"아니, 왜 그러는 거요?"

"그 사람은 무서워요. 이유는 모르겠지만, 그 사람한테는 무서운 데가 있어요. 우리에게 큰 해를 끼칠 사람 같아요. 전 알아요. 느낌이 그래요. 그 사람을 데려오면, 반드시 끝이 좋지 않을 거예요."

"원, 그런 터무니없는 말이 어디 있소?"

"아녜요. 이건 내 말이 맞아요. 끔찍한 일이 일어나고 말 거예요."

"왜? 우리가 착한 일을 하니까?"

그녀는 이제 숨을 헐떡거리고 있었다. 얼굴에는 형언할 수 없는 공포의 빛이 떠올랐다. 그녀가 이때 무슨 생각을 했는지 나는 모른다. 그녀는 알 수 없는 어떤 두려움에 사로잡혀 자제력을 모조리 빼앗기고 만 것 같았다. 보통 때는 퍽 침착한 사람이었다. 그런 사람이 그토록 격심하게 흥분하는 것을 보니 놀랍지 않을 수 없었다. 스트로브도 영문을 모른 채 크게 놀란 듯 아내를 한참 동안 물끄러미 쳐다보았다.

"당신은 내 아내요. 내게는 이 세상 누구보다도 더 소중한 사람이오. 당신이 조금이라도 싫어하면 아무도 데려오지 않겠소."

그녀는 잠시 눈을 감았다. 현기증이 나는 모양이었다. 나는 그녀에게 약간 짜증이 났다. 그처럼 신경질적인 여자인 줄은 몰랐던 것이다. 그때 스트로브의 목소리가 다시 들려왔다. 그의 목소리가 이상한 방식으로 침묵을 깨뜨렸다.

"당신도 딱한 처지에 빠진 적이 있었지 않소. 누군가가 도움의 손길을 내밀어 주었기에 망정이지. 당신도 그러한 도움이 얼마나 고마운 것인지 알겠지. 이제 당신에게도 기회가 왔으니 이번에는 누군가를 도와주고 싶지 않소?"

평범한 말이었지만 내게는 어쩐지 설교조로 들려 하마터면 웃음이 나올 뻔했다. 그런데 그 말에 돌연 블란치 스트로브의 태도가 변하는 것을 보고 나는 깜짝 놀랐다. 그녀는 움찔하더니 남편을 한참이나 뚫어지게 바라보는 것이었다. 스트로브는 방바닥에 눈길을 떨어뜨린 채 꼼짝 않고 서 있었다. 민망해하는 기색이었지만 이유를 알 수 없었다. 그녀의 볼에 희미한 홍

조가 도는 것 같더니 이내 얼굴이 해쓱해졌다. 아니 해쓱해졌다기보다 시체처럼 창백해졌다. 온몸의 핏기가 깡그리 사라져 버린 것만 같았다. 두 손까지도 새하얗게 변했다. 그녀는 온몸을 부르르 떨었다. 스튜디오 안을 가득 채운 침묵이 점점 응고되는 듯하더니 이윽고 그것은 만질 수 있을 정도가 되어 버렸다. 나는 당황했다.

"데리고 오세요. 힘껏 보살피겠어요."

"여보, 정말 고맙소." 그는 웃음 지었다.

그는 아내를 껴안으려 했으나 그녀는 그를 피했다.

"남 앞에서 이러시면 어떡해요. 내가 바보 같아지잖아요."

그녀의 태도는 어느 사이에 다시 평소 상태로 돌아와 있었다. 조금 전까지만 해도 격렬한 감정에 빠졌던 여자라고는 믿을 수 없을 지경이었다.

26

이튿날 우리는 스트릭랜드를 데려왔다. 그를 설득하여 거처를 옮기도록 하는 데는 여간 단단한 마음가짐이 필요한 게 아니었고, 거기에다 엄청난 참을성까지 필요했다. 하지만 병이 워낙 심각했기 때문에 스트릭랜드는 스트로브의 애원과 내 단호한 태도에 제대로 저항하지 못했다. 우리는 맥없는 소리로 욕설을 퍼붓는 그에게 옷을 입힌 다음, 아래층으로 부축해 내려와 택시에 태우고, 마침내 그를 스트로브의 스튜디오로 데려올 수 있었다. 스튜디오에 도착했을 즈음에는 그도 지칠 대로 지쳐 우리가 침대에 눕힐 때도 아무 말 없이 몸을 내맡겼다. 그는 여섯 주일을 꼬박 앓았다. 몇 시간을 더 살지 못할 것 같았던 순간도 있었다. 지금 돌이켜 보면 그가 목숨을 부지하게 된 것은, 순전히 그 네덜란드인의 끈질긴 정성 덕분이었다고 생각할 수밖에 없다. 나는 그보다 더 다루기 힘든 환자를 본 적이 없었다. 까다롭고 성마른 성격이어서가 아니었다. 그는 아무런 불평도 하지 않았고, 무엇을 요구하는 일도 없었으며, 철저하게 입을 다물고 있을 뿐이었다. 누군가로부터 돌봄을 받는 것 자체가 분하다는 태도였다. 이쪽에서 기분이 어떠냐, 필요한 건 없느냐고 물을라치면 그때마다 그는 어김없이 조롱이나 냉소나 욕설로 응수했다. 그러한 그가 얼마나 밉살스러웠는지, 나는 그가 위중한 상태를 벗어나자마자 망설임 없이 욕을 해 주었다.

"집어치워." 그는 짧게 대꾸했다.

더크 스트로브는 제 일을 다 팽개치고 정성을 다해 스트릭랜드를 간호했다. 그는 환자를 편하게 해 주는 재주가 있었고, 환자에게 의사가 처방한 약을 먹일 때에는 언제 저런 재주가 있었나 싶게 비상한 솜씨를 발휘했다. 그에게는 어려운 일이라고는 없어 보였다. 생활 형편은 부부가 살기에 크게 부족함이 없었지만 그렇다고 낭비할 수 있을 만큼 여유가 있었던 것도 아니었다. 그런데 스트릭랜드의 변덕스러운 입맛을 맞추느라고 제철도 아닌 값비싼 먹거리를 사들이는 데 돈을 마구잡이로 썼다. 영양가 있는 음식을 먹이려고 스트릭랜드를 달래던 그의 사려 깊은 참을성을 나는 두고두고 잊지 못할 것이다. 스트릭랜드가 무례하게 굴어도 그는 화를 내는 법이 없었다. 상대가 시무룩해 있을 때는 모르는 척했다. 성깔을 부리면 킬킬웃고 말았다. 스트릭랜드가 얼마간 회복된 뒤 기분이 좋을 때 재미 삼아 자기를 놀리려고 하면 그는 일부러 바보 같은 짓을 하여 그의 놀림을 받으려고 했다. 그런 때면 그는 내게 흐뭇한 눈길을 던지곤 했다. 마치 나더러 환자의 건강이 얼마나 좋아졌는지 보라는 투였다. 스트로브는 정말이지 대단한 사람이었다.

하지만 무엇보다 놀라웠던 것은 그의 아내 블란치였다. 그녀는 유능할 뿐 아니라 헌신적인 간호사 역할을 해냈다. 어디를 보아도, 스트릭랜드를 데리고 오겠다는 남편의 뜻을 그처럼 맹렬하게 반대했던 흔적을 발견할 수 없었다. 환자에게 필요한 일로 자기가 할 수 있는 일이면 무엇이든 하겠다고 고집을 부렸다. 침대의 위치를 조정하여 환자가 불편하지 않게 시트를 갈 수 있도록 했다. 환자의 몸도 씻겨 주었다. 내가 그녀에게 솜씨를 칭찬하는 말을 했더니 명랑한 미소를 띠면서 한때 병원에 근무한 적이 있었노라고 했다. 스트릭랜드를 맹렬하게 싫어했던 흔적은 정말이지 어디에서도 찾아볼 수 없었다. 환자와 말을 많이 주고받지는 않았지만 환자가 원하는 것을 미리 재빠르게 알아차렸다. 첫 보름간은 환자 곁에 사람이 밤새도록 붙어 있어야 했는데, 그녀는 남편과 번갈아 그 일을 맡았다. 나는 그녀가 캄캄한 어둠 속에서 밤새도록 환자 곁에 앉아 도대체 무슨 생각을 했을까 궁금했다. 스트릭랜드는 무시무시한 모습으로 침대에 누워 있었다. 전보다 훨씬 수척해진 채 붉은 턱수염을 더부룩하게 기르고 벌겋게 열이 오른 눈으로 허공을 노려보고 있었다. 병 때문에 더 커진 두 눈이 이상한 광채까지 띠고 있었다.

"그 사람, 밤에 무슨 얘기라도 걸던가요?" 한번은 내가 그녀에게 물어보았다.

"아뇨, 전혀요."

"지금도 그 사람이 전처럼 싫으신가요?"

"그래요. 지금은 더 싫어요."

그녀는 차분한 회색 눈으로 나를 바라보았다. 그 표정이 얼마나 평온한지 이 여자가 내가 보았던 그 엄청나게 격정적인 여자라는 게 좀처럼 믿기지 않았다.

"돌봐 주어 고맙다는 말이라도 하던가요?"

"천만에요." 그녀는 미소 지었다.

"정말 매정한 사람이군요."

"정말 지긋지긋한 사람이에요."

물론 스트로브는 아내의 태도에 무척 흐뭇해했다. 자기가 떠맡긴 힘든 일에 온 정성을 쏟아붓는 아내에게 그는 고마움을 다 표현하지 못하고 있었다. 다만 아내와 스트릭랜드의 행동에 대해서는 약간 어리둥절해했다.

"자네 아나? 이 사람들은 몇 시간이고 같이 앉아 있으면서도 서로 말 한마디 하지 않는다니까."

한번은 이런 일이 있었다. 스트릭랜드도 상태가 퍽 좋아져서 하루 이틀이면 일어날 수 있을 것 같았다. 나는 그들과 함께 스튜디오에 앉아 있었다. 더크와 나는 이야기를 나누고, 스트로브 부인은 바느질을 했다. 그녀가 깁는 것은 아무래도 스트릭랜드의 셔츠 같았다. 스트릭랜드는 드러누워 있었는데 아무 말도 하지 않았다. 우연히 보니 블란치를 빤히 응시하고 있었다. 눈길에 묘한 냉소가 담겨 있었다. 시선을 느꼈는지 여자는 얼굴을 들었다. 한동안 두 사람은 서로를 물끄러미 바라보았다. 그때 그녀의 표정을 나는 정말 이해할 수 없었다. 야릇한 당혹스러움이랄까, 아니면—이유는 알 수 없으나—두려움 같은 것이 두 눈에 배어 있었다. 스트릭랜드는 곧 고개를 돌리고 천장을 이곳저곳 멀거니 바라보았다. 여자는 마냥 그를 빤히 바라보았다. 그 눈길에는 참으로 설명하기 힘든 표정이 담겨 있었다.

그러고 난 지 이삼일 후에 스트릭랜드는 겨우 자리에서 일어났다. 남아 있는 것이라고는 뼈와 살가죽뿐이었다. 옷을 입은 모습이 허수아비에 누더기를 걸쳐 놓은 꼴이었다. 덥수룩한 턱수염에 길게 자란 머리칼, 늘 실제보다 커 보이던 이목구비가 앓고 난 뒤엔 더욱 두드러져 기이해 보였다. 어찌나 기이한지 못나 보이지도 않을 지경이었다. 그는 못생겼지만 어쩐지 범상치 않은 데가 있었다. 그가 주는 인상을 뭐라고 표현해야 정확할지 모르겠다. 육체의 휘장은 속이 비쳐 보일듯이 투명했지만, 분명하게 보이는 그것이 딱히 영성(靈性)이라고 할 수 있는 것은 아니었다. 얼굴에는 야수적인 관능이 어려 있었다. 하지만, 말이 안 되는 것 같기는 해도, 그의 관능성에는 야릇하게 영성이 어려 있는 듯했다. 그에게는 어딘지 원시성 같은 것이 있었다. 그리스인들이 목신(牧神) 사티로스처럼 반인반수(半人半獸)의 형상으로 의인화했던 자연의 불가해한 힘들을 그도 함께 나누어 가지고 있었던 것일까. 감히 신과 대적하여 노래 실력을 겨루려고 했다가 신으로부터 산 채로 껍질이 벗겨지는 벌을 받은 마르시아스[21]가 떠올랐다. 스트릭랜드도 신비로운 화음과 아무도 시도해 본 적 없는 양식(樣式)을 가슴에 품었던 것일까. 이 사람도 고통과 절망의 종말을 맞이할 것 같은 예감이 들었다. 또다시 귀신에 홀린 사람이라는 생각이 들었다. 하지만 악귀에 씌었다고는 할 수 없었다. 그를 홀린 귀신은 선악이 존재하기 이전에 있었던 원시적인 힘이었을 테니까.

그는 아직 기운을 회복하지 못해 그림을 그리지 못했다. 그래서 스튜디오에 그냥 말없이 앉아 무언가를 골똘히 생각하거나 책을 읽었다. 그는 이상한 책들만 좋아했다. 가끔 말라르메의 시집을 열심히 읽는 모습이 눈에 띄었는데, 마치 어린애들이 책을 읽을 때처럼 입으로 단어들을 우물거렸다. 그 섬세한 운율과 난해한 구절에서 그가 도대체 어떤 신기한 감정을 느꼈던 것일까. 때로는 가보리오의 탐정 소설에 빠진 모습이 눈에 띄기도 했다. 책을 선택하는 데서도 그의 환상적인 성격이 가진 부조화스러운 면이 재미있게 드러났는데, 내게는 그 점이 흥미로웠다. 몸이 몹시 허약한 상태였음에도 조금도 편하

---

21) 그리스 신화에 나오는 목신의 하나. 뛰어난 음악가로, 아폴론 신과 내기 연주를 했으나 져서 살 껍질이 벗겨지는 벌을 받는다.

게 있지 않으려고 한다는 점도 기이했다. 스트로브는 편한 것을 좋아해서 스튜디오에 푹신한 안락의자 두 개와 커다란 소파 하나를 두고 있었다. 스트릭랜드는 그것들 근처에는 가려고 하지도 않았다. 그렇다고 금욕적인 것을 좋아해서 그러는 것도 아니었다. 한번은 내가 스튜디오에 들어가니 그는 다른 사람이 없는데도 세 발 달린 등 없는 의자에 앉아 있었다. 아무튼 안락의자에는 앉기 싫다는 것뿐이었다. 앉아야 할 일이 있으면, 한사코 팔걸이 없는 부엌 의자에 앉으려고 했다. 그것을 보면 분통이 터지기도 했다. 자신의 주변에 대해 그처럼 철저히 무관심한 사람이 있을 수 있을까.

27

이삼 주일이 지났다. 어느 날 아침, 나는 하던 일이 잘 안 풀려 아무래도 하루쯤 쉬어야겠다고 생각하고 루브르 박물관에 갔다. 나는 이 방 저 방을 돌아다니며 이미 잘 알고 있는 그림들을 구경하면서 그림들이 일으키는 감정에 따라 멋대로 공상에 빠져 보았다. 그렇게 긴 화랑을 어슬렁거리는데 문득 스토로브가 눈에 띄었다. 그의 모습에 절로 웃음이 나왔다. 살찐 사람이 깜짝 놀란 표정을 짓는 것을 보니 웃음을 참을 수 없었다. 가까이 다가가니 얼굴에 수심이 가득한데 그 표정이 기이했다. 슬픔에 차 있으면서도 한편으론 우스꽝스러웠다. 마치 옷을 입은 채 물에 빠져 죽을 뻔했다가 간신히 구조

된 사람이 아직도 무서움에 떨면서 자기 꼴이 바보처럼 보이리라 생각할 때의 표정 같다고나 할까. 그는 돌아서서 나를 빤히 바라보았는데, 보긴 보면서도 나를 알아보지 못했다. 안경 너머로 그의 둥글고 푸른 눈에 괴로운 표정이 어려 있었다.

"스트로브!" 내가 그를 불렀다.

그는 움찔 놀라더니 미소를 지어 보였다. 하지만 미소에는 슬픔이 깃들어 있었다.

"왜 그렇게 처량한 꼴로 어슬렁거리고 있나그래?" 나는 명랑하게 물었다.

"루브르에 와 본 지도 오래되어서. 뭐 새로운 거라도 없나 하고 와 봤지."

"이번 주에 그림 하나 완성해야 한다고 하지 않았나?"

"스트릭랜드가 내 스튜디오를 쓰고 있거든."

"그래?"

"내가 그러라고 했네. 그 사람이 아직 기력이 없어 자기 집에 돌아가지 못할 형편이라서. 내 스튜디오 정도면 두 사람이 작업할 수 있을 것 같아서 말일세. 스튜디오를 같이 쓰는 사람들이 라탱 구²²⁾에 어디 한두 명인가. 같이 작업하면 재미있을 것 같았지. 평소에도 그런 생각을 했었네. 일하다 지루할 때 옆에 누가 있어 말을 나눌 수 있다면 좋겠다고 말이야."

그는 아주 느릿느릿하게 말했다. 한 마디씩 말할 때마다 어색하게 말을 중단했다가 다시 잇곤 했는데 그러면서도 줄곧

---

22) 파리의 센 강 좌안 쪽 지역으로 학생들과 예술가들이 많이 사는 곳이다.

그는 다정하고 바보 같은 눈으로 나를 빤히 바라보았다. 두 눈에는 눈물이 가득 어려 있었다.

"난 자네 말이 무슨 뜻인지 모르겠는걸."

"스트릭랜드는 옆에 누가 있으면 일을 못 하는 사람 아닌가."

"제길, 그건 자네 화실 아냐. 신경 쓸 사람은 그 사람이지."

그는 애처로운 표정으로 나를 바라보았다. 입술이 파르르 떨렸다.

"무슨 일이 있었나?" 내가 좀 날카롭게 물었다.

그는 머뭇거리며 얼굴을 붉혔다. 그러면서 슬픈 표정으로 벽에 걸린 그림을 힐끗 쳐다보았다.

"내가 옆에서 그림 그리는 걸 보고 있지 못하겠대. 나더러 나가라는 거야."

"아니, 그럼 욕이라도 해 주지 그랬나."

"나를 막무가내로 쫓아내는 거야. 내가 어디 힘으로 상대나 되나. 밖으로 내 모자를 집어 던지면서 문을 잠가 버리더군."

나는 스트릭랜드에게 불같이 화가 났다. 그리고 나 자신에게도 분통이 치밀었다. 더크 스트로브가 그처럼 종잡을 수 없게 생겨 먹은 것이 자꾸만 웃음을 자아냈기 때문이다.

"그래 자네 부인은 뭐라고 하시던가?"

"시장 보러 나가고 없었지."

"그자가 자네 부인은 집 안에 들어오게 할까?"

"글쎄."

나는 영문을 알 수 없어 더크 스트로브를 멀거니 바라보았다. 그는 마치 선생에게 꾸중 듣는 학생처럼 서 있었다.

"내가 자네 대신 스트릭랜드를 쫓아내 줄까?"

그는 흠칫 놀랐다. 그러면서 번들번들한 얼굴이 빨개지는 것이었다.

"아냐, 자넨 가만있는 게 나아."

그러고는 고개를 끄덕이고 가 버렸다. 무슨 까닭인지 모르지만 이야기를 더 하고 싶지 않은 게 분명했다. 이해할 수 없는 일이었다.

28

일주일 뒤에야 비로소 영문을 알 수 있었다. 밤 열 시쯤이나 되었을까. 식당에서 혼자 저녁을 먹고 내 조그만 아파트로 돌아와 거실에서 책을 읽고 있었는데 초인종이 요란하게 울렸다. 복도로 나가 문을 열었더니 스트로브가 서 있었다.

"들어가도 되겠나?" 그가 물었다.

층계가 침침하여 모습을 잘 볼 수는 없었지만 목소리가 어쩐지 심상치 않았다. 그가 원래 술을 마시지 않는 사람임을 알았기에 망정이지, 그렇지 않았더라면 술을 마셨다고 생각했을 것이다. 그를 거실로 들어오게 하여 앉으라고 권했다.

"자네를 만나 천만다행일세." 그가 말했다.

"아니, 무슨 일이 났나?" 나는 흥분해 있는 그의 태도에 놀라 물었다.

이제 그의 모습을 자세히 볼 수 있었다. 평소에 말끔하던 사람이 옷 입은 꼴이 말이 아니었다. 갑자기 거지꼴이 되어 있었다. 아무래도 술을 마신 게 틀림없다고 생각하고 나는 빙긋 웃었다. 그러고는 그의 행색을 놀려 줄 셈으로 막 입을 열 참이었다.

"갈 데가 있어야지." 그가 불쑥 말했다. "아까 왔다 갔는데 자네가 없더군."

"저녁을 늦게 먹고 들어왔네."

내 짐작이 틀렸다는 생각이 들었다. 이 사람을 이처럼 다 죽어 가는 꼴로 만들어 놓은 것은 술이 아니었다. 늘 불그레하던 얼굴이 그날은 이상한 색으로 변해 있었다. 손마저 부들부들 떨었다.

"무슨 일이 있었나?"

"아내가 나가 버렸네."

그는 간신히 그 말을 했다. 숨을 헐떡거리는가 싶더니 그의 통통한 볼 위로 눈물이 주르르 흘러내렸다. 나는 뭐라고 해야 좋을지 알 수 없었다. 퍼뜩 이런 생각이 떠올랐다. 그의 아내가 스트릭랜드에게 죽자사자 빠져 있는 남편의 꼴을 더 이상 참지 못한 데다 스트릭랜드의 냉소적인 행동을 더는 견딜 수 없게 되자, 당장 그 사람을 내보내자고 떼를 쓰지 않았을까 하는 것이었다. 평소에는 침착하지만 그녀도 성깔이 있는 여자라, 남편이 말을 들어주지 않았다면 다시는 돌아오지 않겠노라고 소리치면서 얼마든지 화실을 뛰쳐나가고도 남았을 것이다. 하지만 이 자그마한 사내가 너무 침통해하는 바람에 나는 차마 웃기도 어려웠다.

"여보게, 너무 상심 말게. 돌아올 거야. 여자가 홧김에 한 말을 곧이곧대로 알아들으면 되나."

"자넨 몰라. 이 여자가 스트릭랜드를 좋아한단 말야."

"뭐라구?" 나는 깜짝 놀랐다. 하지만 다시 생각해 보니 그건 말도 안 되는 소리임을 금방 알 수 있었다. "이런 어리석은 친구. 설마 그자에게 질투가 나서 그러는 건 아니겠지?" 나는 웃음이 나올 뻔했다. "자네도 잘 알잖나. 부인이 그자를 꼴도 보기 싫어한다는 걸."

"자넨 몰라." 그는 신음하듯 말했다.

"이 친구 돌아도 아주 단단히 돌았군." 나는 약간 짜증이 났다. "위스키 소다를 한 잔 주지. 좀 나아질 걸세."

인간은 자신을 괴롭히려고 별의별 재간을 다 부린다는 생각이 들었다. 무슨 이유에서인지 모르지만 더크는 아내가 스트릭랜드를 좋아한다고 착각한 나머지, 아내에게 기분 상하는 말을 했을 것이다. 그런 실수를 얼마나 잘 하는 사람인가. 그러자 여자는 남편의 화를 돋우려고 일부러 더 의심 살 만한 말을 했을 게 틀림없다.

"이봐." 내가 말했다. "자네 스튜디오로 가 보세. 자네가 또 바보 같은 억측을 했다면, 자넨 내게 망신을 당할 줄 알아. 내가 보기에 자네 부인은 그런 나쁜 생각을 품을 사람이 아냐."

"내가 어찌 돌아간단 말인가?" 그는 지친 듯이 말했다. "두 사람이 거기에 있는데. 내가 두 사람한테 스튜디오를 넘겨주고 왔단 말야."

"그럼 부인이 도망간 게 아니로군. 자네가 부인을 버린 게 아닌가."

"제발, 그런 식으로 말하지 말게."

그래도 나는 그를 진지하게 받아들일 수 없었다. 잠시 그의 말이 곧이 들리지 않았기 때문이다. 하지만 그의 모습이 비참한 건 사실이었다.

"좋아. 아무튼 그 이야기를 하러 왔을 테니 자초지종을 자세히 이야기해 보게."

"오늘 오후에는 정말 더는 참을 수가 없어서 스트릭랜드에게 가서 말했네. 이제 웬만큼 나은 것 같으니 집으로 돌아가라고 말야. 내가 스튜디오를 사용해야겠다고 했어."

"스트릭랜드 같은 사람이 아니라면 그런 말은 할 필요도 없었겠지. 그래 뭐라던가?"

"잠깐 웃더군. 자네도 그자가 어떻게 웃는지 알잖나. 좋아서 웃는 게 아니고, 상대방을 완전히 깔보면서 웃는 거 말이야. 당장 나가겠다고 하더군. 그러고는 짐을 싸기 시작하더라고. 자네도 기억하겠지만 그 사람을 데려올 때 필요하겠다 싶은 물건들을 우리 집으로 가져오지 않았나. 이 친구가 아내에게 물건을 싸겠다고 종이와 끈을 좀 달라고 하더라고."

스트로브는 말을 멈추고 가쁘게 숨을 몰아쉬었다. 나는 이 친구가 금방이라도 기절할 것 같다는 생각이 들었다. 그에게서 이런 이야기를 들으리라고는 꿈에도 생각지 못한 일이었다.

"아내의 얼굴이 하얗게 질려 있지 않았겠나. 아무튼 포장지와 끈을 가지고 왔어. 그 작자는 아무 말도 하지 않더군. 짐을 다 꾸리고 나서는 휘파람까지 한 곡조 불더라고. 우리 따위는 안중에도 없다는 식이야. 눈에는 잔뜩 이죽거리는 웃음기를 담고 말이지. 참 마음이 무겁더군. 꼭 무슨 일이 벌어질 것만 같았네. 내가 공연한 말을 했다 싶은 생각이 들기까지 했어. 그자가 모자를 찾는 중이었지. 아내가 불쑥 이렇게 말하지 않겠나. '더크, 난 이분을 따라갈 거예요. 당신과는 이제 더 이상 같이 못 살겠어요.'라고 말야. 나는 무슨 말을 해 보려 했지만 도무지 입이 떨어지지 않았네. 스트릭랜드라는 작자는 자기와는 상관없는 일이라는 듯 계속 휘파람만 불고 있고 말야."

스트로브는 다시 말을 끊고 얼굴을 닦았다. 나는 잠자코 듣고 있었다. 이제 그의 말을 의심할 수 없었다. 나는 놀라 자빠질 지경이었다. 그러면서도 도무지 이해가 안 되었다.

그는 이제 떨리는 목소리로 말하면서 눈물까지 주룩주룩 쏟았다. 아내에게 다가가 껴안으려고 하니까, 물러나면서 손대지 말라 하더라고 했다. 그래서 아내에게 제발 자기를 떠나지 말라고 간청하면서 자기가 그녀를 얼마나 열렬히 사랑하는지 아느냐, 지금까지 그녀를 위해 얼마나 헌신해 왔는지 한번 생각해 보라고 했다는 것이다. 자기들 생활이 그동안 얼마나 행복했느냐고 말했다고도 했다. 그는 화를 내지도 않았고 그녀를 나무라지도 않았다고 했다.

"제발 날 조용히 보내 줘요, 더크." 마침내 그녀가 말했다. "모르겠어요? 내가 스트릭랜드 씨를 사랑한다는 걸? 저이가 어디로 가든 난 저이를 따라갈 거예요."

"하지만 당신도 알지 않소. 저 사람은 당신을 절대 행복하게 해 주지 못해요. 당신 자신을 위해서라도 따라가선 안 돼.

당신 앞날이 어찌 되려고 그래요."

"다 당신 잘못이에요. 당신이 저이를 데려오자고 우기지 않았나요?"

스트로브는 스트릭랜드에게 돌아섰다.

"저 사람을 불쌍하게 생각해 줘요. 미친 짓을 하도록 그냥 둬서는 안 됩니다." 그는 애원했다.

"그거야 자기 하고 싶은 대로 해야지. 누가 강요하는 것도 아닌데."

"내 맘은 정해졌어요." 그녀가 억양 없는 목소리로 말했다.

스트릭랜드의 천연덕스러운 태도가 얼마나 모욕적이던지 스트로브는 그나마 남아 있던 자제력마저 잃고 말았다. 걷잡을 수 없는 분노에 사로잡힌 나머지 그는 자기도 모르게 스트릭랜드에게 달려들었다. 갑작스러운 공격을 받고 잠시 비틀거렸지만, 병을 앓긴 했어도 스트릭랜드는 워낙 억센 사람이었다. 스트로브는 뭐가 어떻게 된 것인지도 모른 채 금세 방바닥에 나가떨어졌다.

"이 사람 웃기는군!" 스트릭랜드가 말했다.

스트로브는 몸을 일으켰다. 그동안 아내가 꼼짝도 않고 지켜보고 있었다는 것을 알았다. 그녀 앞에서 망신을 당했다고 생각하자 굴욕감을 더욱 견딜 수 없었다. 난투를 벌이는 사이에 안경이 어디론가 날아가 버렸는데 금방 눈에 띄지도 않았다. 아내가 주워다가 아무 말 없이 그에게 건네주었다. 그는 문득 자신이 한없이 불행한 사람 같았다. 그래서 그는, 더 망신스러운 꼴이 되리라는 걸 알면서도, 두 손에 얼굴을 파묻고

엉엉 울기 시작했다. 두 사람은 말없이 그를 바라볼 뿐, 조금도 움직이려고 하지 않았다.

"여보." 마침내 그가 신음하듯 말했다. "어쩌면 그리 잔인할 수 있소?"

"나도 어쩔 수 없어요." 그녀가 대답했다.

"내가 당신만큼 사랑했던 여자는 이 세상에 없었소. 내가 당신에게 혹 서운하게 한 일이 있다면, 왜 말해 주지 않았소? 내가 곧 고쳤을 것 아니오. 난 당신을 위한 일이라면 뭐든 다 해 왔소."

그녀는 대답하지 않았다. 얼굴 표정도 그대로였다. 그는 자기가 아내를 오히려 지겹게 만들고 있을 뿐임을 알았다. 그녀는 코트를 걸치고 모자를 썼다. 그러고는 문을 향해 걸어가는 것이었다. 이제 잠시 뒤면 그녀는 문밖으로 나가 버리고 말리라. 그는 재빨리 다가가 그녀의 두 손을 부여잡고 꿇어앉았다. 자존심이고 뭐고 다 던져 버렸다.

"여보, 제발 가지 마오. 당신 없이는 한시도 못 살아. 난 죽어 버릴 거야. 내가 당신 마음을 상하게 한 일이 있거든 이렇게 용서를 빌겠소. 한 번만 더 기회를 줘요. 당신이 행복할 수 있도록 더 힘껏 노력할 테니까."

"더크, 일어나요. 정말 바보같이 구네요."

그 말에 그는 비틀비틀 일어섰지만 아직 그녀를 붙잡고 놓아주지 않았다.

"도대체 어딜 가겠다는 거요?" 그가 다급하게 물었다. "저 사람 사는 데가 어떤 곳인지 알기나 하오? 당신은 그런 데서

도저히 살지 못해요. 정말 못 살 데야."

"내가 괜찮다는데 당신이 왜 그래요."

"잠깐만 기다려요. 할 말이 있소. 설마 그것조차 싫다는 건 아니겠지?"

"무슨 소용이에요. 난 이미 마음을 정했어요. 당신이 무슨 얘기를 해도 바뀌지 않아요."

그는 침을 꿀꺽 삼키며, 고통스럽게 뛰고 있는 심장을 진정시키려고 가슴에 손을 얹었다.

"마음을 바꿔 달라고 하려는 게 아니오. 그냥 잠깐만 내 얘기를 들어 줘요. 마지막 부탁이오. 그건 거절하지 않겠지."

그녀는 멈추어 서서 생각에 잠긴 눈을 들어 그를 바라보았다. 이제는 그 눈도 그지없이 냉담해져 있었다. 그녀는 다시 스튜디오 안으로 들어와 테이블에 기대어 섰다.

"말해 봐요."

스트로브는 냉정을 되찾으려고 안간힘을 썼다.

"좀 이성적으로 생각해 봐요. 공기만 마시고는 살지 못하잖소. 스트릭랜드는 빈털터리요."

"나도 알아요."

"찢어지게 가난하게 살아야 할 거요. 저 사람이 왜 그렇게 오랫동안 회복을 못 했는지 아오? 거의 굶고 지내서 그래."

"내가 대신 돈을 벌면 되죠."

"어떻게 번단 말이오?"

"글쎄요. 길을 찾아봐야죠."

순간 이 네덜란드인의 마음에 소름 끼치는 생각이 스치고 지나갔다. 그는 몸을 부르르 떨었다.

"당신 아무래도 정신이 나갔나 봐. 무엇에 홀렸는지 모르겠소."

그녀는 어깨를 으쓱했다.

"이제 가도 되죠?"

"아니 잠깐만."

그는 지친 눈길로 자신의 스튜디오를 한 바퀴 둘러보았다. 그가 좋아했던 방이었다. 아내가 거기 있었기에 그 방은 즐거움과 가정의 포근함이 가득했었다. 그는 잠시 눈을 감았다. 그런 다음 아내의 모습을 마음속에 새겨 두기라도 하려는 듯 오랫동안 물끄러미 그녀를 바라보았다. 그러고는 일어서서 모자를 집어 들었다.

"내가 나가겠소."

"당신이요?"

그녀는 깜짝 놀랐다. 무슨 말인지 알아듣지 못했던 것이다.

"당신이 그 끔찍하고 더러운 다락에서 살 걸 생각하니 견딜수 없소. 그리고 따지고 보면 이 집은 당신 집이라고도 할 수 있으니까. 여기서 살면 불편은 없을 거요. 적어도 최악의 고생은 면하겠지."

그는 돈을 넣어 둔 서랍으로 가서 지폐를 몇 장 꺼냈다.

"이게 내가 가진 돈인데 반은 당신에게 주고 싶소."

그는 지폐를 테이블 위에 놓았다. 스트릭랜드와 그의 아내는 둘 다 입을 다물고 있었다.

스트로브는 다른 것이 또 생각났다.

"내 옷가지를 좀 싸서 관리인에게 맡겨 놓지 않겠소? 내일 와서 찾아갈 테니." 그는 억지로 미소를 지으려고 했다. "그럼 잘 있어요, 여보. 그동안 나를 행복하게 해 주어 고맙게 생각하오."

그러고는 뚜벅뚜벅 걸어 나가 문을 닫고 와 버렸던 것이다. 내 눈앞에는 모자를 테이블에 던지고 털썩 주저앉아 담배를 피우기 시작하는 스트릭랜드의 모습이 떠올랐다.

29

나는 스트로브가 한 말을 생각하면서 잠시 침묵을 지켰다. 그의 나약한 성미를 도저히 참을 수 없었다. 그도 내가 못마땅하게 여기는 것을 알아차린 모양이었다.

"자네도 스트릭랜드가 어떤 생활을 했는지 잘 알잖나." 그는 떨리는 목소리로 말했다. "그런 데로 아내를 보낼 수는 없더란 말일세. 도저히 그럴 수가 없었어."

"그건 자네 사정이지."

"그럼 자네라면 어떻게 했겠나?"

"자네 처는 뻔히 알고도 가겠다고 했잖나. 불편을 감수해야 하더라도 그건 자기 책임 아닌가."

"그래, 하지만, 여보게, 자네는 그 사람을 사랑하지 않으니까 그래."

"자네는 아직도 사랑하나?"

"아, 오히려 더 사랑하게 됐네. 스트릭랜드 같은 사람은 여자를 행복하게 해 주지 못해. 오래가지 못할 거야. 난 아내에게 알려 주고 싶네. 내가 절대로 버리지 않겠다는 걸."

"그렇다면 자넨 그 사람을 언제라도 다시 받아들일 수 있단 말인가?"

"암, 언제라도. 이제 그 사람은 앞으로 내가 더 필요하게 될 거야. 버림받고 혼자 돈 한 푼 없이 살면서 갈 데도 없다고 해 봐. 얼마나 처량하겠나."

그는 아무런 원한도 품고 있지 않은 듯했다. 나는 이 정신 나간 친구에게 화가 치밀었다. 보통 사람이라면 누구라도 그럴 것이다. 내 감정을 알아차렸는지 그가 이렇게 말했다.

"그야, 내가 그 사람을 사랑하는 만큼 그 사람이 나를 사랑해 주기를 기대하지는 않았네. 나야 어릿광대 아닌가. 여자의 사랑을 받을 만한 위인은 못 되네. 나도 그걸 알고 있어. 그러니 스트릭랜드를 좋아하게 되었다고 해서 그 사람을 탓할 수야 없지."

"이봐, 정말 자네처럼 자존심 없는 사람은 처음 보네."

"난 나보다 그 사람을 더 사랑하네. 내가 보기엔, 사랑에 자존심이 개입하면 그건 상대방보다 자기 자신을 더 사랑하기 때문이야. 생각해 보게. 결혼한 남자가 딴 여자를 사랑하게 되는 일이 흔히 있지 않나. 하지만 그 고비가 지나면 결국 아내에게 돌아오지. 아내가 남자를 되찾게 된단 말야. 누구나 그게 순리라고 생각하고. 여자에게 그런 일이 일어났다고 해서 왜 다르겠는가?"

"논리적으로야 그렇지." 나는 빙긋이 웃으며 말했다. "하지만 대부분의 남자들이 어디 그런가. 그런 여자는 용납 못 하지."

하지만 스트로브와 이야기하는 동안에도 나는 이 일들이 왜 이렇게 갑작스럽게 일어났는지 이해할 수 없었다. 그동안 전혀 낌새를 눈치채지 못했더란 말인가. 언젠가 블란치의 눈길에서 보았던 야릇한 표정이 문득 떠올랐다. 그런 야릇한 표정을 지었던 까닭은 그때 그녀가 자신의 가슴에서 움트고 있던 어떤 감정을 희미하게 의식하기 시작했기 때문이 아니었을까. 그래서 놀라 긴장했기 때문이 아니었을까.

"그래, 두 사람 사이에 무슨 일이 있다는 걸 전혀 의심해 보지 않았단 말인가?" 내가 물었다.

그는 잠시 아무 대답도 하지 않았다. 딴생각을 하고 있는지 테이블 위에 놓여 있던 연필을 무심히 집어 들어 압지(押紙)에 사람 머리를 그려 대고 있었다.

"내가 자꾸 묻는 게 싫다면 싫다고 하게." 내가 말했다.

"아무래도 털어놓는 게 맘이 편할 것 같군. 아, 자네가 이 괴로운 심정을 알기나 한다면." 그는 연필을 탁 내려놓았다. "그래, 사실은 보름 전부터 알고 있었네. 본인보다도 내가 먼저 알아차렸지."

"그럼 왜 스트릭랜드를 내보내지 않았단 말인가?"

"믿기지 않았거든. 설마 그러기야 하겠나 하는 생각이 들었네. 아내는 그 사람이라면 꼴도 보기 싫어했잖나. 그러니 그런 일이 있을 수 없다고 생각했지. 상상할 수도 없는 일 아닌가. 그래서 이건 단순한 질투심 때문일 거라고 생각했네. 나는 말이지, 항상 질투심을 느끼면서도 그런 내색은 절대 안 하려고 애써 왔거든. 하지만 아내가 아는 남자면 누구에게나 질투심을 느꼈네. 자네도 예외가 아니고 말일세. 난 알고 있었네. 내가 아내를 사랑하는 것만큼 아내는 나를 사랑하지 않는다는 것을 말야. 그야 그럴 수도 있는 것 아니겠나. 아무튼 아내는 내 사랑을 받아들였고 나는 그것만으로도 행복했지. 나는 그 두 사람만 있도록 밖에 나가 일부러 몇 시간이고 들어가지 않았네. 온당치 않게 두 사람 사이를 의심한 데 대해 스스로 벌이라도 내리는 심정으로 말일세. 그런데 집에 돌아가 보면 그들이 나를 좋아하지 않는 눈치였어. 스트릭랜드가 그랬다는 것이 아니네. 그 사람이야 내가 있건 없건 상관하지 않았으니까. 블란치가 날 반기지 않더란 말일세. 내가 입을 맞추려고 다가서니까 몸을 부르르 떨지 않겠나. 이제 더 이상 의심할 나위가 없다는 생각이 들면서 갑자기 난감해지더라고. 내가 소란을 피우면 두 사람 앞에서 나만 바보가 될 게 뻔하고. 그래서 그냥 모른 척 입을 꾹 다물고 있으면 혹시 모든 게 잘 풀릴지도 모른다는 생각이 들었네. 싸우지 않고 그를 조용히 돌려보내기로 작정했단 말일세. 아, 정말 내가 당한 괴로움을 자네가 알기나 한다면."

그러고는 스트릭랜드에게 이제 그만 떠나 달라고 말했다는 얘기로 다시 돌아갔다. 기회를 신중하게 골라서 지나가는 투로 이야기를 했다는 것이었다. 하지만 목소리가 떨리는 것만은 어찌할 수 없었던 모양이다. 짐짓 명랑하고 다정하게 하느라고 한 말이었지만, 자기도 모르게 쓰라린 질투심이 배어든 것 같았다고 했다. 스트릭랜드가 그 말을 듣자마자 당장 그 자리에서 나갈 채비를 하리라고는 생각하지 못했다. 더욱이 아내가 그를 따라나서겠다고 할 줄은 전혀 예상하지 못했다. 일이 그렇게 되자 그는 공연한 말을 꺼냈다는 생각에 몹시 후회됐다. 아내와 헤어지는 괴로움보다는 질투심에서 오는 괴로움이 차라리 더 견딜 만했던 모양이다.

"그 작자를 죽여 버리고 싶었는데 오히려 나만 바보가 되었어."

그는 한참 동안 입을 열지 않더니 이윽고 자신의 속마음을 털어놓았다. 짐작했던 대로였다.

"내가 그냥 잠자코 있었더라면 괜찮았을 거야. 그렇게 성급하게 굴지 말았어야 했는데. 아, 가엾은 사람, 내가 아내를 그 지경으로 몰아넣고 말다니."

나는 어깨만 으쓱했을 뿐 아무 말도 하지 않았다. 나로서는 블란치 스트로브에게 전혀 동정이 가지 않았다. 그렇다고 나의 그런 심정을 솔직히 털어놓을 수도 없었다. 그러면 더크가 더욱 고통스러워할 것임이 분명했다.

그는 이제 탈진한 상태가 되어 있었음에도 좀처럼 말을 그치려 하지 않았다. 싸울 때 주고받았던 말을 한마디도 빼놓지 않고 되풀이했다. 그러다 보니 그 자리에서 하지 못했던 말도 생각나는 모양이었다. 그 말보다는 이 말을 했어야 했을 텐데 하는 말까지 했다. 그런 다음 자신의 어리석음을 또 한탄하는 것이었다. 왜 이렇게 하지 않았을까 속상해하고, 왜 그 말은 빠뜨렸을까 자신을 탓하기도 했다. 그러다 보니 밤이 깊어져 결국은 나까지 피곤해졌다.

"그래 이제 어떻게 할 텐가?" 마침내 내가 물었다.

"내가 어떻게 하겠나. 아내가 나를 찾을 때까지 기다려야지."

"어디로 잠시 떠나 있지 그러나?"

"아냐, 아냐. 가까운 데 있어야지. 아내가 언제 찾을지 모르는데."

당장은 그도 어찌해야 좋을지 모르는 듯했다. 아무런 계획도 가지고 있지 않았다. 내가 그만 자자고 하자 그는 잠이 오지 않는다고 했다. 밖에 나가 날이 샐 때까지 거리를 쏘다니고 싶다고 했다. 하지만 아무래도 혼자 있게 내버려 둘 수는 없는 일이었다. 오늘 밤은 나랑 지내자고 설득해서 그를 내 침대에 들게 했다. 나는 거실에 소파가 있어 거기에서도 충분히 잘 수 있었다. 그도 이제 지칠 대로 지쳤는지 내가 단호하게 말하자 더 이상 고집을 부리지 않았다. 나는 그가 몇 시간 동안은 세상 모르고 잘 수 있도록 베로날[23]을 충분히 주었다. 그게 내가 그에게 베풀 수 있는 최선의 배려였다.

30

하지만 소파 잠자리가 워낙 불편해 좀처럼 잠이 오지 않았기 때문에 나는 이 불행한 네덜란드인이 들려준 이야기를 다

---

23) 진통·수면제의 한 종류.

시 곰곰이 생각해 보았다. 블란치 스트로브의 행동이 전혀 이해가 안 되는 것은 아니었다. 이 일은 남자의 육체적 매력에 끌린 데서 비롯한 일에 지나지 않았다. 나는 그녀가 남편을 진심으로 좋아한 적이 있었다고는 생각지 않는다. 애무와 육체적 위안에 대한 여성적 반응, 대개의 여자는 마음속으로 그것을 사랑이라고 생각하는데 나도 사랑이라는 것을 그 이상으로 치지는 않았다. 그것은 포도 넝쿨이 아무 나무나 타고 자라듯, 어떤 대상을 통해서도 일어날 수 있는 수동적인 감정이다. 세상의 지혜는 그런 감정의 힘을 알기 때문에, 남자가 여자를 원하면 여자에게 그 남자와 결혼하라고 부추긴다. 사랑은 나중에 절로 생기게 마련이라고 장담하면서. 그것은 안정에서 오는 만족, 재산에 대한 자랑스러움, 누군가가 자신을 원하고 있다는 느낌에서 오는 즐거움, 가정을 가졌다는 데서 오는 만족감 등이 어우러진 감정이라고 할 수 있다. 그 감정은 사람을 기분 좋게 하는 허영심에서 비롯된 것에 지나지 않는데, 여자들은 거기에 무슨 정신적 가치가 있으리라 생각한다. 하지만 이 감정도 열정을 막아 낼 방비책은 없다. 나는 블란치 스트로브가 스트릭랜드를 격렬하게 싫어했던 이유는 처음부터 자기도 모르게 그에게 성적으로 끌리는 데가 있었기 때문이 아닌가 하는 생각이 들었다. 하기야 나 같은 사람이 그 불가해하게 얽히고설킨 성의 문제를 어찌 풀 수 있으랴. 하여간 스트로브의 열정은 그녀의 그런 본성을 만족시켜 주지 못했는지 모른다. 그녀가 스트릭랜드를 싫어했던 것은 자신의 욕구를 만족시킬 수 있는 힘이 그에게 있음을 느꼈기 때문이 아닐까. 남편이 스트릭랜드를 데려오겠다는 것을 격렬히 반대했을 때만 해도 아마 그것은 진심이었을 것이다. 그녀는 왠지 그가 무서웠던 것이다. 그녀가 이 일의 결과가 불행하리라는 것을 미리 내다보고 있었다는 생각이 든다. 방식은 기이하지만 어쨌든 그녀가 스트릭랜드에게 가졌던 공포감은, 스트릭랜드가 아주 기묘한 방식으로 그녀를 어지럽혔기 때문에 자신에 대한 두려움을 상대방에게 전이한 것이었다고 생각된다. 스트릭랜드는 거칠고 투박하게 생겼다. 눈의 표정은 초연하고 입은 육감적이며 몸집은 크고 건장했다. 그는 야성적인 열정을 가진 사람이라는 인상을 주었다. 그녀도 아마 나처럼 그에게서, 물질이 대지와 맺었던 처음의 관계를 잃지 않고 그 자체의 혼을 아직 지니고 있던 때의, 그러니까 역사 초창기의 야성적 존재를 연상시키는 어떤 사악한 요소를 느꼈는지 모른다. 그가 그녀에게 어떤 영향을 미쳤다면, 그녀는 어쩔 수 없이 그를 사랑하거나 증오할 수밖에 없었을 것이다. 그녀는 그를 증오했다.

그러던 것이 환자를 돌보느라 매일 가까이 접촉하다 보니 그녀에게 야릇한 변화가 일어난 것이리라. 음식을 주려면 그의 머리를 들어 올려야 했다. 손으로 떠받치는 그의 머리가 묵직하게 느껴졌을 것이다. 음식을 먹일 때는 그의 육감적인 입과 붉은 수염을 닦아 주어야 했다. 몸도 씻겨 주었다. 온몸이 털투성이였다. 손을 닦아 줄 때면, 쇠약해지긴 했지만 단단한 근육질의 손을 볼 수 있었다. 손가락은 길었다. 무엇이든 만들어 낼 수 있을 것 같은 유능한 화가의 손가락이었다. 그러한 것들이 그녀의 마음을 어떻게 괴롭혔는지는 나도 모르겠다.

그는 꼼짝도 하지 않고 아주 조용히 잤다. 죽은 듯이 보이기도 했다. 숲속에 사는 짐승이 하루 종일 사냥을 하고 나서 휴식을 취하는 것 같다고 할까. 그녀는 그가 무슨 꿈을 꿀까 궁금했다. 사티로스의 열띤 추적에 쫓겨 그리스의 숲속을 달려 달아나는 요정의 꿈을 꾸고 있는 것일까? 요정은 죽을힘을 다해 날렵하게 달아나건만 사티로스가 한 걸음 한 걸음씩 가까이 뒤쫓아와, 급기야 요정은 그의 뜨거운 입김이 목덜미에 훅 끼쳐 옴을 느낀다. 하지만 요정은 한사코 말없이 달아나고 사티로스는 말없이 쫓아오는데, 그처럼 쫓고 쫓기다 요정은 마침내 붙잡히고 만다. 그때 요정의 심장이 그처럼 거세게 뛰었던 것은 공포감 때문이었을까, 황홀감 때문이었을까?

블란치 스트로브는 무자비한 정욕의 손아귀에 사로잡히고 말았다. 스트릭랜드를 미워하는 감정은 아마 여전하였을 것이다. 하지만 그녀는 그를 강렬하게 원했다. 지금까지의 생활이 죄다 허망하게만 여겨졌다. 지금까지 그녀는 다정하면서도 성마르고, 생각이 깊으면서도 분별이 없던 복잡한 여자였지만 이제는 딴사람이 되어 버렸다. 바쿠스 신(神)의 무녀(巫女)[24]가 되어 버린 것이다. 욕망 덩어리가 되어 버렸다.

아니 이것은 나의 지나친 공상일지도 모른다. 그녀는 남편에게 싫증이 난 나머지 스트릭랜드에게 그저 냉정한 호기심을 두기 시작했던 것인지도 모를 일이다. 다시 말해 별 이렇다 할

---

24) 주신(酒神) 바쿠스를 섬기는 무녀들은 광기에 사로잡힌 여자들로 알려져 있다.

감정을 느끼진 않았지만 서로 가까이 있었던 탓에, 아니면 무료한 김에 사내가 원하는 대로 하다 보니 그만 제 덫에 갇혀 꼼짝 못 하는 처지에 빠져 버렸는지도 모른다. 하지만 그 평온한 이마와 차가운 회색 눈 뒤에 숨겨진 생각과 감정을 내가 어찌 다 알 수 있으랴.

그야 인간이라는 예측불능의 존재를 두고 얘기할 때는 아무것도 장담할 수 없는 일이긴 하나, 어쨌든 블란치 스트로브의 행동에 대해서는 그럴싸한 설명이 가능했다. 하지만 스트릭랜드의 경우는 도무지 이해가 안 됐다. 아무리 생각해 보아도 내가 생각했던 인간과는 전혀 어울리지 않는 행동을 했기 때문에 도무지 납득이 안 됐던 것이다. 친구의 신뢰를 비정하게 저버린 행위는 이상할 것이 없다. 남의 불행이야 어찌 됐든 제 기분만 만족된다면 무슨 일이든 서슴지 않는 것, 그것은 그라는 인간에게는 이상한 일이 아니었다. 그는 그렇게 생겨먹은 사람이었다. 고마움이라고는 전혀 몰랐고 동정심도 없었다. 보통 사람이면 으레 갖기 마련인 감정들도 그에게는 없었다. 그에게 왜 그런 감정이 없느냐고 탓한다면 우스운 일이 되고 만다. 야수더러 왜 그렇게 사납고 잔혹하냐고 탓하는 것이나 마찬가지이기 때문이다. 하지만 내가 이해가 안 되는 것은 바로 그 변덕이다.

나는 스트릭랜드가 블란치 스트로브와 사랑에 빠졌다고는 믿을 수 없었다. 도대체 그가 사랑을 할 수 있는 사람이라는 게 믿기지 않았다. 사랑의 감정에는 다정함이란 요소가 있게 마련 아닌가. 하지만 스트릭랜드는 자신에게든 남에게든,

도대체 다정하게 대하는 법이 없었다. 사랑에는 또한 약한 것을 알아차리는 마음, 보호해 주고 싶은 마음, 잘해 주고 싶고 기쁨을 주고 싶은 마음이 있게 마련이다. 말하자면, 이기심을 다 떨쳐 버리지 못한다고 하더라도 어쨌든 그걸 몹시 숨기고 싶은 마음이 들어 있는 것이다. 거기에는 어떤 겸양이 존재한다. 스트릭랜드에게서는 그런 성향을 상상할 수 없었다. 사랑은 몰입하게 한다. 사랑하는 사람은 자기를 잊어버린다. 사랑에 빠진 사람은, 제아무리 똑똑한 사람도——머리로는 알지 모르나——자기의 사랑이 끝날 것임을 깨닫지 못한다. 환상임을 알지만 사랑은 환상에 구체성을 부여해 준다. 사랑하는 이는 사랑이 아무것도 아님을 알면서도 사랑을 현실보다 더 사랑한다. 사랑은 사람을 실제보다 약간 더 훌륭한 존재로, 동시에 약간 열등한 존재로 만들어 준다. 사랑에 빠진 사람은 이미 자기가 아니다. 더 이상 한 개인이 아니고 하나의 사물, 말하자면 자기 자아에게는 낯선, 어떤 목적의 도구가 되고 만다. 사랑에 결코 감상이 배제된다고는 할 수 없다. 하지만 스트릭랜드는 어느 누구보다 그런 약점에 빠질 위인이 아니었다. 사랑이란 무엇에 사로잡혀 꼼짝 못 하는 상태라고 할 수 있는데 그가 그런 상태를 견뎌 낼 수 있으리라고는 상상할 수 없었다. 그는 그런 외부의 낯선 속박을 견딜 사람이 아니었다. 그는, 자신을 끊임없이 미지의 어떤 것으로 몰아 가는 그 불가해한 갈망을 방해하는 것이 혹시 자기 안에 들어와 있다면, 어떠한 괴로움이 있다 하더라도, 그러니까 결국은 만신창이가 되고 피투성이가 된다 하더라도 그 방해물을 가슴속에서 뿌리째

뽑아 낼 수 있는 인간 같았다. 내가 스트릭랜드에게서 받은 그 복잡한 인상을 이제까지 조금이라도 성공적으로 설명했다면, 내게는 그가 사랑하기에는 너무 위대한 사람이면서 동시에 너무 부족한 사람처럼 느껴졌다고 말한다 해도 터무니없는 말은 아닐 것이다.

하지만 열정에 대한 생각은 개성에 따라 형성되기 마련이라 사람마다 다를 수 있다. 스트릭랜드 같은 사람에게도 자기 나름의 사랑법이 있을 것이다. 나는 그의 감정을 분석해 보려 했으나 쓸데없는 일이었다.

31

이튿날 한사코 말렸는데도 스트로브는 기어이 집을 나서고 말았다. 짐은 내가 가지고 오겠다고 해 보았지만 그는 막무가내로 자기가 가겠다고 우겼다. 두 사람이 아직 짐 꾸릴 생각도 안 했을지 모르고, 그렇다면 아내를 다시 한번 볼 기회가 생길지도 모른다, 그래서 어쩌면 아내를 달래 다시 돌아오도록 할 수 있을지 모른다고 생각했던 모양이다. 하지만 이미 꾸려 놓은 그의 짐이 관리실에서 그를 기다리고 있었고, 관리실 아주머니는 블란치가 나가고 없다고 했다. 모르긴 몰라도 스트로브는 이 아주머니에게 자신의 신세한탄을 하고 싶은 유혹을 이기지 못했을 것이다. 알고 보니, 그는 아는 사람만 보면 붙들고 자기 얘기를 떠벌리며 다녔다. 그는 동정심을 사고 싶었지만 되레 비웃음만 샀다.

그는 아주 점잖지 못하게 처신했다. 어느 날은 아내를 보지 않고는 더 이상 참을 수 없었는지 그녀가 장 보러 나오는 시간에 맞추어 길에서 기다렸다. 여자 쪽에서 말을 하려고 하지 않았지만 그는 끈질기게 말을 걸었다. 잘못한 일이 있다면 용서를 빌겠다는 말을 재빠르게 쏟아 내고 나서는 자기가 그녀를 얼마나 사랑하는지 아느냐, 제발 돌아와 달라고 애걸하기 시작했다. 그녀는 대꾸하지 않았다. 고개를 획 돌리고 재빨리 걸어가 버렸다. 그가 그 짧고 통통한 다리로 허겁지겁 여자를 뒤쫓는 모습이 내 눈에 선했다. 급하게 따라가느라 숨까지 약간 헐떡거리면서 그는 사정도 하고 다짐도 했다. 자기가 지금 얼마나 비참한 심경인 줄 아느냐, 제발 불쌍히 여겨 달라, 용서만 해 주면 하라는 대로 하겠다, 함께 여행을 가 보자, 스트릭랜드가 금방 그녀에게 싫증을 낼 것이다, 라고도 했다. 이 추태를 그는 내게 그대로 되풀이했다. 나는 울화통이 터졌다. 이건 도대체 분별도 배알도 없는 짓이었다. 멸시받을 만한 짓은 하나도 빼놓지 않았다. 사랑하지 않는 남자가 와서 죽도록 사랑한다고 매달릴 때처럼 여자가 잔인하게 구는 경우가 없다. 이런 때 여자는 다정하게 굴기는커녕 너그럽게 대하지도 않고 오히려 미친 듯이 화만 낸다. 블란치 스트로브는 걸음을 뚝 멈추더니 느닷없이 남편의 뺨을 힘껏 후려갈겼다. 그러고는 남편이 당황해서 어쩔 줄 모르는 사이 재빨리 몸을 피해 계단을 뛰어 올라가 스튜디오 안으로 들어가 버렸다. 결국 그녀의 입에서는 한마디 말도 나오지 않았다.

이런 얘기를 하면서 그는 지금도 맞은 자리가 얼얼하다는 듯이 볼을 쓰다듬었다. 눈에 어린 고통의 표정은 마음을 안쓰럽게 했지만 황당해하는 표정은 우스워 보이기만 했다. 그 꼴이 마치 잔뜩 야단맞은 학생 같아서 측은한 생각이 들면서도 웃음을 참을 수 없었다.

그 일이 있고 나서 그는 아내가 가게에 갈 때 지나가는 거리를 어슬렁거리는 버릇이 생겼다. 그녀가 지나가면 건너편 길모퉁이에 서서 우두커니 바라보는 것이었다. 다시 말을 붙일 엄두는 못 내었지만 그래도 그 둥그런 눈에 간절한 호소의 표정을 담으려고 애썼다. 측은한 모습을 보이면 혹 아내가 마음을 움직이지 않을까 생각했던 모양이다. 하지만 여자는 그를 본 척도 하지 않았다. 일 보러 나가는 시간을 바꾸지도 않았을 뿐 아니라 다른 길로 돌아가려고 하지도 않았다. 그런 무관심에는 좀 잔인한 데가 있지 않았나 하는 생각이 든다. 상대방에게 고통을 주면서 즐거움을 느꼈을까. 남편을 왜 그처럼 미워하는지 알 수 없었다.

나는 스트로브더러 제발 좀 더 현명하게 굴라고 빌었다. 기가 꺾인 그의 태도를 보면 자꾸만 분통이 터졌다.

"이런다고 자네에게 뭐가 이롭나." 나는 말했다. "차라리 아내 머리를 지팡이로 후려갈겨 주지 그랬어. 그랬다면 지금처럼 자네를 멸시하지는 않을 것이네."

나는 그에게 한동안 고향으로 돌아가 있는 게 어떻겠느냐고 했다. 그는 전에 가끔 자신의 조용한 고향 마을에 대해 얘기한 적이 있었다. 네덜란드 북부 어디엔가 있는데, 그곳에 아직 부모가 살고 있다고 했다. 부모는 가난했다. 아버지는 목수였고, 느릿느릿 흘러가는 어느 운하 곁, 작고 오래되긴 했지만 아담한 벽돌집에 살고 있다고 했다. 고향 마을의 거리는 넓고 한산했다. 이백 년 동안 점점 쇠퇴해 왔기 때문이다. 그래도 집들은 소박한 대로나마 옛날의 위엄을 갖추고 있다고 했다. 멀리 서인도 제도까지 물건을 보내는 돈 많은 상인들이 그런 집에서 평온하고 부유한 생활을 하고 있었는데, 지금은 우아하게 쇠망하고 말았지만 아직도 화려했던 지난날의 풍취가 남아 있다고 했다. 운하를 따라 걸으면 널따란 푸른 들판이 나오는데 여기저기 풍차가 서 있고 얼룩소들이 한가로이 풀을 뜯고 있다고 했다. 나는 스트로브가 그런 환경으로 돌아가 어린 시절을 회상하면 지금의 불행을 잊을 수 있지 않을까 생각했던 것이다. 스트로브는 가고 싶지 않다고 했다.

"아내가 언제 나를 찾을지 모르니 여기 있어야 해." 그는 같은 말을 되풀이했다. "좋지 않은 일이 일어났는데 내가 가까이 없다면 큰일 아니겠나."

"무슨 일이 일어날 거란 말인가?"

"글쎄, 하지만 걱정이 되네."

나는 어깨를 으쓱하고 말았다.

더크 스트로브는 엄청난 고통을 겪고 있었음에도 여전히 꼴은 우스꽝스러웠다. 좀 초췌하고 여위기라도 했더라면 동정을 살 수도 있었으련만 전혀 그렇지 않았다. 몸은 여전히 뚱뚱한 데다 불룩한 뺨은 잘 익은 사과처럼 불그레했다. 늘 말끔하게 차리고 다니는 사람이라 여전히 말쑥한 검은 재킷에 언제나 약간 작아 보이는 중절모를 멋쟁이처럼 쓰고 다녔다. 게다가 배까지 나오는 중이어서, 슬픔의 흔적이라곤 도무지 찾아볼 수 없었다. 어느 때보다 더 돈 많은 장사꾼처럼 보였다. 때로 그처럼 사람의 외형이 정신과 잘 맞아떨어지지 않는다는 건 고약한 일이 아닐 수 없다. 더크 스트로브는 말하자면, 뚱뚱보 토비 벨치 경(卿)의 몸뚱이에 로미오의 열정을 지닌 격이었다.[25] 착하고 너그러운 성품을 가진 사람이었지만 늘 실수투성이였다. 아름다움에 대한 감각은 진짜 훌륭했지만 평범한 그림밖엔 그려 내지 못했다. 감성은 유별나게 섬세하면서도 행동은 투박했다. 남의 일에는 뛰어난 수완을 발휘하면서도 정작 자기 일에는 그렇지 못했다. 그처럼 허다한 모순을 안겨 주고선 이 사내로 하여금 당혹스럽고 냉엄한 세상에 맞서게 한 걸 보면, 조물주의 장난도 잔인하기만 하다.

32

나는 몇 주일 동안 스트릭랜드를 만나지 않았다. 그가 역겨웠다. 기회만 있었다면 역겹다고 말해 주고 싶었지만, 그 말을 해 주겠다고 일부러 찾아 나설 수는 없는 일이었다. 나로서는 도덕적인 문제로 분개하는 일이 어쩐지 쑥스럽게 여겨진다. 그

---

25) 둘 다 셰익스피어의 극에 나오는 인물이다. 토비 벨치 경은 『십이야』에 나오는 뚱뚱하고 떠들썩한 인물이고, 로미오는 『로미오와 줄리엣』에 나오는 사랑에 빠진 소년이다.

런 일은 어쩐지 자기 만족을 위한 일 같아서 유머 감각을 가진 이에게는 어색하게 여겨지는 것이다. 냉정하게 남을 비웃을 수 있으려면 여간 적극적인 성격이 필요한 게 아니다. 스트릭랜드에게는 냉소적이면서도 진실한 데가 있어, 나는 그 앞에서는 무슨 일이든 허세처럼 보이는 일은 좀처럼 하기가 어려웠다.

그러던 어느 날 저녁, 클리시 거리를 지나다 스트릭랜드가 늘 다니는 카페 앞을 지나치던 참이었다. 그즈음엔 그곳을 피하고 있었는데 거기에서 그만 그와 맞닥뜨리고 말았다. 그는 블란치 스트로브와 같이 와서 자기가 좋아하는 구석 자리로 막 들어가려던 참이었다.

"아니 그동안 도대체 어디 있었소? 난 또 어디로 가 버린 줄 알았지." 그가 말했다.

그렇게 친절하게 구는 품이 아무래도 내가 그와 말하길 원치 않는다는 것을 알았던 것 같다. 그라는 사람에게는 굳이 예의를 차릴 필요가 없었다.

"아뇨. 아무 데도 안 갔어요."

"그럼 왜 여기에 나오지 않았소?"

"한가한 시간 죽일 수 있는 카페가 어디 파리에 여기뿐인가요?"

그때 블란치가 손을 내밀면서 인사를 했다. 왠지 모르지만 나는 그녀가 어딘가 변해 있을 것이라 생각하고 있었다. 그러나 그녀는 평소에 자주 입던 단정하고 잘 어울리는 회색 드레스를 입고 있었고, 이마도 여전히 솔직해 보였으며, 눈빛도 여전히 차분했다. 스튜디오에서 열심히 집안일을 하고 있을 때와 하나도 다를 바 없었다.

"자, 이리 오시오. 체스나 한 판 두게." 스트릭랜드가 말했다.

그때 왜 적절한 평계가 떠오르지 않았는지 모르겠다. 나는 좀 떨떠름한 기분으로 그들을 따라 스트릭랜드가 늘 앉는 자리로 갔다. 그는 체스 판과 말을 청했다. 두 사람 모두 어찌나 자연스럽게 행동하는지 그렇지 않은 내가 되레 우습게 여겨질 지경이었다. 스트로브 부인은 좀처럼 본심을 읽어 낼 수 없는 표정으로 게임을 구경하고 있었다. 줄곧 조용히 입을 다물고 있었다. 하기야 전에도 조용한 여자이긴 했다. 나는 그녀의 속마음을 알 수 있는 무슨 단서라도 붙잡을 수 있을까 하여 입가의 표정을 살펴보았다. 무심결에 마음을 드러내 당혹감이나 괴로움의 표시를 내비치지 않을까 하여 눈빛을 살펴보기도 했다. 어쩌다 이맛살을 찌푸리기라도 하면 흉중의 감정이 드러난 것이 아닌가 하여 찬찬히 뜯어보기도 했다. 하지만 가면이라도 둘러쓴 듯 그녀의 얼굴은 아무것도 말해 주지 않았다. 그녀는 무릎 위에 두 손을 다소곳이 올려놓고 한 손으로 다른 손을 살며시 쥐고 있었다. 듣기로는 격렬한 열정을 가진 여자였다. 자기를 헌신적으로 사랑한 남자를 그처럼 호되게 후려갈긴 것을 보아도 성격이 급하고 무섭게 잔인한 여자임을 알 수 있었다. 남편이 보호해 주는 안전한 피난처와 남부러울 것 없는 안락한 가정을 버리고 누가 봐도 위험하기 짝이 없는 생활을 택하고 말지 않았던가. 이것이야말로 모험에 대한 갈망, 궁핍한 생활쯤 얼마든지 하겠다는 각오가 아니고 무엇이겠는가? 그러고 보니 그것은, 그녀가 집안일과 주부의 일을 그처럼 잘하고 좋아했던 것과 상당히 두드러진 대조를 이루고 있었다. 하여간 성격이 복잡한 여자임에는 틀림없었다. 그 복잡한 성격과 차분한 겉모습 사이에는 어딘지 극적인 차이가 있었다.

이 사람들을 만나 자못 흥분해 있던 나는 체스 판에 정신을 집중하려고 애쓰면서도 머릿속은 갖가지 공상으로 바빴다. 나는 스트릭랜드와 체스를 두면 항상 이기려고 최선을 다했다. 스트릭랜드는 자기에게 진 사람은 늘 멸시했기 때문이다. 이기면 얼마나 좋아하는지 진 편은 참을 수가 없다. 그런가 하면, 자기가 질 경우에는 아주 넉살 좋게 웃어넘기고 만다. 이길 때는 형편없고, 지면 훌륭한 사람이었다. 사람의 성격은 내기를 해 보면 알 수 있다고 생각하는 사람들이 있는데, 그런 사람들이라면 스트릭랜드의 이런 태도를 통해 뭔가 미묘한 비밀을 추론해 낼 수 있을지 모르겠다.

체스가 끝나자 나는 웨이터를 불러 돈을 치르고 그들과 헤어졌다. 만나기는 했지만 별다른 사건은 일어나지 않은 셈이다. 생각해 볼 건더기가 있는 이렇다 할 말이 나온 것도 없었다. 그렇다고 나 혼자서 이런저런 짐작을 해 본다 한들 그게 맞다는 보장도 없었다. 궁금하기 짝이 없었다. 그들이 지금 어떻게 살고 있는지도 알 수 없었다. 내가 무슨 보이지 않는 귀신이라도 되어 스튜디오 안에서 두 사람의 생활을 몰래 엿보고, 주고받는 말도 몰래 엿들을 수 있다면 당장이라도 그러고 싶었다. 상상력을 동원하고 싶어도 그럴 수 있는 꼬투리가 눈곱만큼도 잡히지 않았다.

33

이삼 일 뒤에 더크 스트로브가 나를 찾아왔다.

"블란치를 보았다면서?" 그가 물었다.

"아니, 자네가 그걸 어떻게 아나."

"누가 보았다고 하던데. 자네가 두 사람하고 같이 있더라고. 왜 내게 말하지 않았나."

"공연히 마음 아프게 하고 싶지 않아서."

"그게 무슨 상관이야. 아내 일이라면 아무리 사소한 것이라도 내가 알고 싶어한다는 걸 모르나."

나는 질문이 나오기를 기다렸다.

"그래 행색은 어떻던가?"

"전혀 변하지 않았더군."

"좋아 보이던가?"

나는 어깨를 으쓱하면서 말했다.

"내가 어찌 아나. 그저 카페에서 체스만 두었는걸. 통 말을 붙일 기회가 없었네."

"아니, 얼굴만 보아도 알 거 아닌가?"

나는 머리를 저었다. 아무리 물어도 내가 대답할 수 있는 것은 그녀가 감정을 내보이는 말이나 제스처를 전혀 하지 않더라는 것뿐이었다. 여자의 자제력이 얼마나 대단한지는 그가 나보다 더 잘 알 터이다. 그는 안절부절못하며 두 손을 꼭 마주 쥐었다.

"아, 난 정말 무섭네. 꼭 무슨 일이 벌어질 것만 같아. 끔찍한 일이. 그런데도 난 속수무책이라니."

"아니 무슨 일이 벌어진단 말인가?"

"아, 모르겠어." 그는 두 손으로 머리를 움켜쥐며 신음하듯 내뱉었다. "끔찍한 재앙이 닥칠 것만 같아."

스트로브는 걸핏하면 흥분하는 성격이었지만 이번에는 정말 제정신이 아니었다. 도저히 말이 통하지 않았다. 하기야 나 자신도 블란치 스트로브가 지금처럼 스트릭랜드와 함께 사는 생활을 오래 견뎌 내지는 못할 거라고 생각했다. 하지만 세상에 '자업자득(自業自得)'이란 속담처럼 틀린 말도 없다. 살다 보면, 사람들은 재앙을 몰고 올 짓을 늘 저지르지만 그러면서도 제 우행(愚行)의 결과를 그럭저럭 피하는 수가 많다는 것을 알게 된다. 블란치의 경우는 스트릭랜드와 다투게 되면 그와 그냥 헤어지기만 하면 된다. 남편이 이렇게 다 잊고 용서하겠다고 기다리고 있으니까 말이다. 그러니 나로서는 그녀에게 별 동정이 가지 않았다.

"자네야 그 사람을 사랑하지 않으니 그렇겠지." 스트로브가 말했다.

"따지고 보면 그 사람이 불행하다는 증거도 없지 않나. 우리가 아는 게 뭐 있나. 잘 자리 잡고 오붓한 생활을 꾸리고 있는지도 모르지."

스트로브는 침통한 눈길로 나를 쳐다보았다.

"물론 자네에게는 별로 중요한 일이 아니겠지. 하지만 내게
는 정말 중요한 일이야. 아주 중요해."

내가 좀 성급했거나 경솔하게 보인 것 같아 미안한 생각이
들었다.

"부탁 좀 들어주겠나?" 스트로브가 물었다.

"말만 하게."

"나 대신 블란치에게 편지 좀 써 주겠나?"

"아니 왜 자네가 직접 못 쓰나?"

"나야 한두 번 쓴 게 아니네. 답장은 기대하지도 않았지만,
편지를 뜯어 보지도 않는 것 같네."

"자네는 여자의 호기심이라는 것을 모르는군. 안 읽고 배길
것 같나?"

"내 편지라면 안 읽을 거야."

나는 그를 힐끗 쳐다보았다. 그는 눈을 내리깔았다. 그의 대
답은 이상하리만큼 굴욕적으로 여겨졌다. 아내가 자기에 대해
서는 조금도 관심이 없기 때문에 그의 필적을 보아도 눈 하나
깜짝하지 않으리라는 것을 그는 잘 알고 있었다.

"자넨 정말 그 사람이 언젠가 돌아오리라고 믿고 있는 거
야?"

"아내에게 이걸 알리고 싶네. 정말 불행한 일이 닥치면 내게
도움을 받아도 된다고 말야. 그 말을 자네가 나 대신 좀 해 달
라는 거야."

나는 종이를 한 장 꺼냈다.

"그래 자네가 전하고 싶은 말이 정확하게 뭔가?"

그때 내가 썼던 것은 이런 내용이었다.

친애하는 스트로브 부인,

더크의 부탁을 받고 말씀을 전합니다. 부인께서 혹시 그가 필요할 경우가 생기면 언제라도 기꺼이 부인의 도움이 되겠다고 합니다. 그 사람은 이제까지 있었던 일에 대해서 부인에게 조금도 나쁜 감정을 품고 있지 않습니다. 부인에 대한 사랑도 변함이 없습니다. 그는 늘 아래 주소에 있으니 필요하시면 언제라도 찾아 주십시오.

34

스트릭랜드와 블란치의 관계가 결국은 불행하게 끝나리라는 것은 나도 스트로브 못지않게 확신하고 있었지만, 그 일이 그처럼 비극적인 형식을 취할 줄은 조금도 예상하지 못했다. 여름이 왔다. 바람 한 점 없이 날은 찌는 듯이 덥고, 밤이 되어도 지친 신경을 달래 줄 서늘한 기운을 조금도 느낄 수 없었다. 햇볕에 바짝 달구어진 거리가 하루 종일 받았던 열기를 다시 그대로 토해 내는 것 같았다. 거리를 지나가는 사람들의 발걸음은 무겁고 피곤해 보였다. 나는 스트릭랜드를 몇 주일째 보지 못했다. 딴 일로 바빠서 그에 관한 일은 다 잊고 있었다. 더크가 또 그 소용없는 푸념으로 나를 지겹게 만들기 시작해서 나는 그와 만나는 것도 피했다. 일의 성격 자체가 지저분해서 그 일에 더 이상 골머리를 앓고 싶은 마음이 없었다.

어느 날 아침이었다. 나는 파자마 바람으로 자리에 앉아 일하고 있었다. 내 생각은 방황 중이었다. 해가 내리쬐는 브르타뉴 해변가와 상쾌한 바다를 머릿속에 그리고 있었다. 내 곁에는 관리실 아주머니가 가져다준 카페오레를 마시고 비운 잔과 구미가 당기지 않아 먹다 남긴 크루아상 한 조각이 놓여 있었다. 옆방에서 아주머니가 내 욕조의 물을 비우는 소리가 들렸다. 그때 초인종이 울렸다. 나는 아주머니가 문을 열어 주도록 그냥 내버려 두었다. 잠시 후, 내가 집에 있느냐고 묻는 스트로브의 목소리가 들렸다. 나는 자리에서 움직이지 않은 채 그에게 들어오라고 소리쳤다. 스트로브는 허겁지겁 방으로 들어와서 내가 앉아 있는 책상을 향해 다가왔다.

"자살해 버렸네." 그가 쉰 목소리로 말했다.

"무슨 소리야?" 내가 놀라 부르짖었다.

그는 뭔가 말하려고 입을 움찔거렸지만 입에서는 아무 소리도 나오지 않았다. 알아들을 수 없는 웅얼거림만이 새어 나올 뿐이었다. 나는 가슴이 쿵쿵 뛰었다. 왜 그랬는지 모르겠지만 나는 벌컥 화를 냈다.

"이 사람아, 제발 좀 침착해. 도대체 무슨 이야기를 하고 있는 거야?"

그는 손을 절망적으로 허우적거렸을 뿐 말을 입 밖에 내지 못했다. 갑자기 말문이 막혀 버린 것 같았다. 나는 그만 나도 모르게 울컥 흥분하여 그의 어깨를 붙잡고 마구 흔들어 댔다. 지금 생각해 보면 내가 왜 그런 어리석은 짓을 했는지 가슴이 아프다. 며칠 동안 밤잠을 자지 못해 나도 모르게 신경이 날카로워져 있었던 모양이다.

"좀 앉겠네." 이윽고 그가 헐떡이며 말했다.

나는 그에게 생 갈미에를 한 잔 따라 주었다. 어린애에게 먹이듯 잔을 입에 대 주었다. 그는 한 모금 꿀꺽 삼켰다. 물이 약간 쏟아져 앞가슴을 적셨다.

"누가 자살했단 말인가?"

이미 알아들었으면서도 왜 그렇게 물었는지 모르겠다. 그는 마음을 가다듬으려고 애썼다.

"둘이서 어젯밤에 한바탕 싸운 모양이야. 그 작자가 나가 버렸어."

"그래 자네 아내가 죽었다고?"

"아냐. 사람들이 병원으로 실어 갔네."

"그럼 지금 무슨 소리를 하는 거야!" 나는 참지 못하고 소리쳤다. "왜 자살했다고 했나?"

"그렇게 화내지 말게. 그런 식으로 말하면 내가 무슨 말을 할 수 있겠나."

나는 주먹을 부르쥐고 화를 참으면서 억지로 웃음을 지어 보려고 했다.

"미안하네. 서둘지 말고 천천히 말해 보게."

안경 너머로 그의 커다란 푸른 눈이 공포에 질려 있었다. 돋보기 안경 때문에 두 눈이 더 기괴하게 보였다.

"관리실 여자가 아침에 편지를 갖다주러 올라가서 벨을 누르니 아무 대답도 없더라는 거야. 무슨 신음 소리 같은 것이

들리더래. 문이 잠겨 있지 않아 들어가 보았대. 블란치가 침대에 누워 있는데 글쎄 다 죽어 가고 있더라지 않나. 테이블 위에는 수산(蓚酸) 병이 놓여 있고.'

스트로브는 얼굴을 두 손에 파묻고 앞뒤로 흔들면서 신음 소리를 냈다.

"의식은 있었나?"

"아, 그래. 자넨 모를 거야. 지금 아내가 얼마나 고통스러워하는지. 난 못 견디겠어. 정말 못 견디겠어."

그는 거의 비명에 가까운 소리를 냈다.

"빌어먹을. 자네가 왜 못 견딘단 말인가?" 나는 참지 못하고 소리를 질렀다. "자네 아내가 못 견뎌야지."

"자넨 어쩌면 그렇게 무정하나?"

"그래 자넨 어떻게 했나?"

"사람들이 의사를 부르고 내게도 연락을 했어. 경찰에도 알리고. 내가 전에 관리실 여자에게 이십 프랑을 쥐여 준 적이 있거든. 무슨 일이 있으면 알려 달라고."

그는 잠시 말을 멈추었다. 말을 하긴 해야 했으나 막상 꺼내기가 무척 힘이 드는 모양이었다.

"내가 찾아갔는데도 아내가 나와는 말을 하려 하지 않았어. 되레 사람들더러 나를 내보내라는 거야. 내가 다 용서해 주겠다고 해도 말을 들으려 하지 않더라구. 자꾸만 머리를 벽에 짓찧으려 야단이고. 의사가 그러더군. 내가 옆에 있으면 안 되겠다고. 그러는 동안에도 아내는 계속 날 내보내라고 소리 소리 지르고. 하는 수 없이 방에서 나와 스튜디오에서 기다렸네. 얼마 있으니 구급차가 와서 아내를 들것에 실어 갔는데 사람들이 나더러 아내가 보면 안 되니까 부엌에 들어가 있으라고 하더라고."

내가 옷을 갈아입는 동안——스트로브가 당장 같이 병원에 가 보자고 했기 때문에——그는 아내가 독방을 쓸 수 있도록 해 놓았다고 했다. 아무하고나 뒤섞여 지내야 하는 지저분한 병실에 들게 할 수는 없었다는 것이다. 병원에 가는 길에 그는 나를 데려가는 이유를 말했다. 아내가 자기를 만나려고 하지 않을지 모르지만 나라면 만날지 모른다는 것이었다. 그러면서 자기가 여전히 아내를 사랑하고 있다는 사실을 다시 한번 전해 달라고 했다. 아무것도 탓하지 않겠다, 그저 돕고만 싶을 뿐이다, 무슨 권리 따위를 주장하지도 않겠다, 회복된 후 자기에게 다시 돌아오라고 구슬릴 생각도 없다, 얼마든지 하고 싶은 대로 하라고 전해 달라는 것이었다.

그런데 막상 병원에 도착해서, 보기만 해도 메스껍고 음산한 건물 안으로 들어가, 이 직원 저 직원을 따라 끝없는 계단을 올라간 다음, 장식 없는 기나긴 복도를 지나 간신히 담당 의사를 만나 보니, 환자가 중태라 오늘은 아무도 면회가 안 된다는 것이었다. 흰 가운을 입은 의사는 수염을 기른 자그마한 사람이었는데 더없이 무뚝뚝했다. 환자를 환자 이상으로 보지 않았고, 옆에서 조바심치는 친지들은 방해가 되니 엄격하게 대해야 한다고 생각했다. 더구나 그 의사에게는 이런 사건이 흔해 빠진 일이었다. 히스테릭한 여자가 남자와 한바탕 다투고 음독한 일에 지나지 않았다. 늘 벌어지는 일이었다. 의사는 처음에 더크를 문제의 당사자라고 생각했는지 그에게 필요 이상으로 퉁명스럽게 대했다. 내가, 이 사람이 실은 남편이고 모든 것을 용서해 주려 한다고 설명해 주자 의사는 갑자기 기이하다는 듯이 그를 훑어보았다. 눈길에 조롱기가 들어 있는 것 같았다. 하기야 스트로브의 얼굴을 보면 영락없이 아내로부터 배신당할 남편의 상이었다. 의사는 보일 듯 말 듯 어깨를 으쓱해 보였다.

"당장 위험할 것은 없습니다." 우리의 물음에 의사는 그렇게 대답했다. "얼마나 먹었는지는 알 수 없어요. 겁이 나서 먹다 그만두는 수도 있으니까요. 여자들은 노상 사랑 때문에 자살하려고 하지만, 보통은 정말 죽지 않도록 조심을 해요. 대개는 애인에게 동정심이나 공포심을 불러일으키려는 일종의 제스처죠."

그의 어조에는 싸늘한 경멸이 들어 있었다. 그에게는 분명 블란치 스트로브가 그해 파리 시의 자살 미수자 통계 수치에 숫자를 하나 더 늘리는 경우에 지나지 않았다. 의사는 바빠서 우리에게 시간을 더 낭비할 수 없는 것 같았다. 그는 우리더러 다음 날 몇 시쯤 다시 와 보라며, 블란치의 상태가 나아졌다면 남편은 면회가 가능하지 않겠느냐고 했다.

35

그날 하루를 어떻게 보냈는지 잘 생각이 안 난다. 스트로브

는 혼자 있는 걸 견디지 못했고 나는 나대로 그의 마음을 딴
데로 돌리느라 기력이 다 빠져 버렸다. 그를 데리고 루브르에
갔다. 그는 그림 보는 시늉을 했지만 마음이 줄곧 아내에게
가 있는 게 빤했다. 억지로 점심을 먹이고 난 다음, 들어가 자
리에 눕게 해 보았지만 잠이 오지 않는 모양이었다. 며칠간 내
아파트에서 지내겠느냐고 묻자 그는 얼른 그러겠다고 했다. 책
을 줘 보았으나 한두 장 넘기다 말고 애처로운 표정으로 허공
을 응시하곤 했다. 저녁에는 피켓²⁶⁾ 게임을 수없이 했다. 그도
딴에는 내 기분을 의식했는지 짐짓 재미있는 척하려고 애썼
다. 결국 내가 준 약을 한 모금 마시고 나서야 그는 불안스러
운 선잠에 빠져들었다.

우리는 다시 병원에 가서 간호사를 만났다. 간호사는 블란
치가 좀 좋아진 것 같다고 말한 후, 환자에게 남편을 만나겠
냐고 묻기 위해 안으로 들어갔다. 병실 안에서 뭐라고 말하는
소리가 들리더니 이윽고 간호사가 나왔다. 환자가 지금은 아
무도 만나고 싶어하지 않는다는 것이었다. 그녀가 남편을 만
나지 않겠다고 하거든 나는 만나 줄 건지 물어보라고 했는데
나도 만나기를 거절했다고 전했다. 더크의 입술이 파르르 떨
렸다.

"어쩔 수 없네요." 간호사가 말했다. "몸이 너무 안 좋으니.
하루 이틀 지나면 마음이 달라지겠죠."

"누구 다른 사람, 보고 싶다는 사람이 없던가요?" 더크가

---

26) 프랑스 사람들이 좋아하는 트럼프 놀이의 일종.

거의 속삭이듯이 목소리를 낮추어 물었다.

"그저 가만히 혼자 있게 해 달래요."

그때 더크의 두 손이 야릇하게 움직였다. 마치 몸뚱이에 붙어 있지 않고 저 혼자 움직이는 것처럼.

"이렇게 좀 전해 주겠습니까? 혹시 만나 보고 싶은 사람이 있으면 내가 데려오겠다고요. 그저 아내 마음을 기쁘게 해 주고 싶어서 그럽니다."

간호사는 조용하고 다정한 눈길로 그를 바라보았다. 지금까지 세상의 온갖 끔찍한 일과 고통스러운 일을 다 보아 왔지만 죄 없는 세상을 꿈꾸며 여전히 평온함을 잃지 않고 있는 눈길이었다.

"환자가 조금 진정이 되면 가서 물어보죠."

더크는 아내가 불쌍해서 못 견디겠는지 지금 당장 가서 말을 전해 달라고 간청했다.

"그 말을 들으면 병이 나을지도 몰라요. 제발 지금 가서 물어봐 주지 않겠습니까?"

연민이 어린 희미한 미소를 지으며 간호사는 다시 안으로 들어갔다. 간호사가 두런두런 말하는 소리가 들렸고 이어 그 말에 대답하는 다른 목소리도 들렸다. 그런데 처음 듣는 목소리였다.

"싫어요, 싫어, 싫다니까요!"

간호사가 다시 나와 머리를 저었다.

"이 사람 아내가 맞습니까?" 내가 물었다. "목소리가 아주 이상한데요."

"독으로 성대가 타 버린 모양이에요."

더크는 나지막하게 괴로운 신음 소리를 토했다. 나는 그더러 먼저 나가 입구에서 기다리라고 했다. 간호사에게 따로 할 말이 있다고 했다. 무슨 말이냐고 묻지도 않고 그는 묵묵히 나가 버렸다. 이제 자신의 의지를 죄다 잃어버린 것 같았다. 말 잘 듣는 어린애처럼 고분고분했다.

"왜 그런 짓을 했는지 말하던가요?" 내가 물었다.

"아뇨. 통 말을 하지 않아요. 그저 말없이 누워 있기만 해요. 그렇게 누워서 몇 시간이고 꼼짝도 하지 않네요. 하염없이 울기만 하고. 베개가 다 젖었어요. 기운이 없어 손수건으로 닦지도 못하고요. 얼굴이 눈물 범벅이에요."

그 말을 들으니 갑자기 가슴이 미어질 것만 같았다. 스트릭랜드가 눈앞에 있으면 죽여 버릴 수도 있었을 것이다. 간호사에게 작별 인사를 건네는 내 목소리가 나도 모르게 떨려 나왔다.

더크가 계단에서 기다리고 있었다. 눈앞에 아무것도 보이지 않는 듯, 내가 가서 팔을 잡을 때까지도 알아차리지 못했다. 우리는 묵묵히 함께 걸었다. 나는 도대체 무슨 일이 있었기에 이 가엾은 여자가 그토록 끔찍한 짓을 저질렀을까 하고 곰곰이 생각해 보았다. 스트릭랜드라면 무슨 일이 있었는지 알고 있을 것이다. 경찰에서 누군가가 그를 만나 보았을 터이고 스트릭랜드도 무슨 이야기를 했을 것이다. 하지만 나는 지금 그가 어디에 사는지도 모른다. 전에 화실로 사용하던 그 허름한 다락방으로 돌아갔을까. 여자가 그를 만나려 하지 않는 것도 이상했다. 불러도 오지 않을 게 뻔해서 부르러 보내지 말라고 했을까. 도대체 얼마나 잔인한 꼴을 당했기에 무서워 목숨까지 끊으려고 했던 것일까.

36

그다음 일주일은 정말 끔찍했다. 스트로브는 하루에 두 번씩 병원에 가서 아내의 상태를 물었고 그녀는 여전히 남편 만나기를 거부했다. 스트로브는 처음에는 아내의 상태가 좋아지는 것 같다는 말을 듣고 안심하여 좋아하면서 돌아왔다가, 나중에는 우려했던 합병증이 생겨 회복이 불가능하다는 소리를 듣고는 절망에 빠져 버렸다. 간호사는 그의 불행을 측은하게 여겼지만 별로 위로해 줄 말을 찾지 못했다. 가엾은 블란치는 다가오는 죽음을 지켜보기라도 하듯 허공만을 뚫어지게 바라보며 말하기를 거부하고 묵묵히 누워 있었다. 이제는 하루냐 이틀이냐 하는 문제밖에 남지 않았다. 그러던 어느 날 저녁 스트로브가 나를 보러 왔다. 아내의 죽음을 알리러 왔음은 묻지 않아도 알 수 있었다. 그는 완전히 탈진해 있었다. 그 많던 말도 사라지고 없었다. 그는 지친 듯 소파에 털썩 주저앉았다. 어설픈 애도의 말을 해 봐야 소용없을 것 같아 나는 그가 그냥 조용히 누워 있도록 두었다. 책을 읽고 있으면 너무 무심하다고 여길까 봐 나는 창가에 앉아 파이프를 피우면서 그가 말하고 싶어할 때까지 잠자코 기다렸다.

"그동안 내게 잘해 주어 고맙네." 이윽고 그가 입을 열었다. "다들 잘해 주었어."

"무슨 말을 하는 거야." 나는 약간 당황하여 말했다.

"병원에 갔더니 나더러 좀 기다려 보라고 하더군. 의자를 내주어서 병실 밖에서 기다렸네. 얼마 있으니 아내가 혼수 상태라고 들어와도 좋다고 하더군. 들어가 보니 입이며 턱이며 할 것 없이 온통 독물에 타 버렸어. 그 곱던 살결이 만신창이가 되어 버린 걸 보니 정말 끔찍했네. 세상을 떠날 때는 아주 평온했어. 얼마나 평온하게 떠났는지 간호사가 말해 줄 때까지도 몰랐네."

너무 지쳐 울음도 안 나오는 모양이었다. 사지의 힘이 다 빠져나가 버린 듯 그는 맥없이 드러누웠고, 얼마 후에 보니 잠들어 있었다. 일주일 만에 처음으로 절로 든 잠이었다. 자연이란 그처럼 잔인하면서도 때로는 자비스럽기도 한가 보다. 나는 담요를 덮어 주고 불을 껐다. 아침이 되어 일어나 보니 그는 여전히 잠들어 있었다. 꼼짝도 하지 않았다. 금테 안경이 코 위에 그대로 얹혀 있었다.

37

블란치 스트로브의 죽음은 단순 사망이 아니었기 때문에 온갖 골치 아픈 수속과 절차를 거치고 나서야 겨우 매장 허가를 받을 수 있었다. 묘지까지 영구를 따라간 사람은 더크와 나뿐이었다. 갈 때는 걷는 속도로 갔지만, 올 때는 달리다시피 돌아왔다. 영구 마차 마부가 말들에게 채찍을 휘두르는 걸 보노라니 어쩐지 오만 정이 떨어졌다. 그냥 어깨를 한 번 으쓱하는 것으로 망인(亡人)을 잊어버리겠다는 것만 같았다. 앞에 가는 영구 마차가 흔들거리며 속도를 낼 때마다 우리 마부도 뒤처지지 않으려고 말들을 거세게 몰아 댔다. 하기야 나 자신도 속으로는 이 사건을 죄다 마음 밖으로 털어 내고 싶었다. 나와는 별 관계없는 비극에 진절머리가 나기 시작했던 것이다. 나는 짐짓 스트로브를 위하는 척 화제를 딴 데로 돌리고 나서 마음이 놓였다.

"잠시 어디라도 다녀오는 게 좋지 않겠나?" 내가 입을 열었다. "이제 굳이 파리에 있을 이유도 없을 텐데."

그는 대답이 없었다. 나는 잔인하게 계속 물었다.

"당장의 계획은 세워 두었나?"

"아니."

"이제 좀 어질러진 것들을 정돈해야지. 이탈리아에라도 가서 일을 좀 시작해 보지 그래."

이번에도 대답이 없다. 이 어색한 순간을 마부가 구해 주었다. 잠시 속도를 늦추더니 우리를 들여다보고 뭐라고 말을 걸었던 것이다. 잘 알아들을 수가 없어 나는 고개를 내밀었다. 마부는 우리더러 어디에서 내릴 거냐고 물었다. 나는 잠시 기다리라 하고는 더크에게 말했다.

"나랑 같이 가서 점심이나 하지 그래. 피갈 광장에 내려 달라고 하겠네."

"아닐세. 난 스튜디오에 가 보고 싶네."

나는 잠시 머뭇거렸다.

"같이 가 줄까?" 내가 물었다.

"아냐. 혼자 가고 싶네."

"알았네."

나는 마부에게 행선지를 말해 주었다. 그런 다음 우리는 다시 묵묵히 길을 달렸다. 더크는 블란치가 병원에 실려 갔던 그 비극적인 날 아침 이후로 스튜디오에 한 번도 간 적이 없었다. 그가 같이 가자고 하지 않아서 나는 마음이 놓였다. 문간에서 그와 헤어진 다음 홀가분한 기분으로 거리로 나왔다. 파리의 거리가 새삼 유쾌하게 느껴졌다. 바쁘게 오가는 행인들을 바라보노라니 절로 웃음이 나왔다. 날씨는 맑고 햇빛은 밝았다. 한결 짜릿한 삶의 기쁨을 느낄 수 있었다. 어찌할 수 없는 느낌이었다. 나는 스트로브와 그의 슬픔을 내 마음에서 털어 버렸다. 삶을 즐기고 싶었다.

38

나는 거의 일주일 동안이나 스트로브를 보지 못했다. 그러던 어느 날 저녁 일곱 시가 조금 넘은 시각에 그가 불쑥 나타나 저녁을 먹으러 가자면서 나를 끌고 나갔다. 그는 머리에서 발끝까지 온통 상복 차림을 하고, 중절모에도 넓적한 검은 테를 둘렀다. 손수건마저 가장자리가 검은 것이었다. 그의 상복을 보면 그가 단 한 번의 재앙을 통해 세상과의 모든 인연, 심지어 처가 쪽 먼 친척들과의 관계까지도 다 잃고 말았음을 짐작할 수 있었다. 하지만 통통한 몸집과 붉고 살찐 뺨은 상복과는 좀처럼 어울리지 않았다. 잔인하게도 그 처절한 불행을 겪고 있는 스트로브의 모습에는 어딘가 해학적인 데가 있었다.

그는 떠나기로 작정했다고 했다. 하지만 가려는 데는 내가 제안한 이탈리아가 아니고 네덜란드였다.

"내일 떠날 참일세. 자네와는 이게 마지막이 될 것 같네."

나는 적당한 말로 대답을 했고 그는 힘없이 미소를 지었다.

"고향에 가 본 지 벌써 오 년이 되었네. 죄다 잊어버린 것 같아. 고향 집에서 너무 멀리 떨어져 살다가 이제 다시 찾아가려니 왠지 쑥스러운 생각이 드네. 그래도 지금으로선 편하게 쉴 만한 곳이 거기뿐이니까."

멍들고 상처받은 그의 마음은 다시 다정한 어머니의 사랑을 찾고 있었다. 오랫동안 견뎌 왔던 세상의 놀림을 그는 더 이상 버틸 수 없는 것 같았다. 블란치의 배신이라는 마지막 일격이 그로부터 만사를 쾌활하게 받아들일 수 있게 해 주었던 회복력을 앗아 가고 말았다. 그는 이제 자기를 비웃는 사람들과 함께 웃어 댈 수 없었다. 이제 홀로 버림받은 몸이 되어 버렸다. 그는 아담한 벽돌집에서 보냈던 유년 시절과, 뭐든지 정돈되어 있지 않으면 견디지 못했던 모친의 이야기를 해 주었다. 부엌은 티 하나 없이 반짝거렸다. 모든 것이 늘 제자리에 있었고 어디를 보아도 먼지 하나 보이지 않았다. 그의 어머니는 진짜 청결광이었다. 나는 오랜 세월 날이면 날마다 집 안을 깨끗하고 말끔하게 유지하느라 아침부터 밤까지 쉬지 않고 일하는 단정하고 자그마한 능금빛 뺨의 노부인을 눈앞에 그려 볼 수 있었다. 그의 부친은 평생 묵묵하고 꿋꿋하게 일하며 살아온 탓에 손에 굳은살이 박인 홀쭉한 노인이었다. 저녁이면 이 노인은 소리 내어 신문을 읽고, 아내와 딸(지금은 조그만 어선의 선장과 결혼해 사는)은 한시를 아까워하며 허리를 구부리고 바느질을 했다. 앞서가는 문명에 한참 뒤떨어진 이 조그만 마을에서는 아무런 일도 일어나지 않았다. 한 해가 가면 또 다음 해가 찾아오고, 그러다가 이윽고 부지런히 일하면서 평생을 보낸 사람들에게 죽음이 휴식을 주기 위해 친구처럼 찾아왔다.

"아버지는 내가 당신처럼 목수가 되기를 바라셨네. 우리 집안은 오 대째 같은 직업을 이어 왔지. 하기야 그게 인생의 지혜일지도 몰라. 다른 곳에는 눈길을 돌리지 않고 그저 아버지가 간 길을 밟는 것 말야. 어렸을 적에 나는 마구(馬具) 만들던 옆집 딸과 결혼을 하겠다고 했지. 눈이 푸르고 아마색 머리칼을 곱게 땋아 내린 조그만 여자아이였어. 그 애와 결혼했더라면 아마 집을 아주 깔끔하게 정돈하고 살면서, 나도 가업을 이을 아들 하나쯤 두었을지도 몰라."

스트로브는 가볍게 한숨을 내쉬고서는 입을 다물고 말았다. 다른 길을 택했더라면 지금쯤 어떻게 살고 있을 것인가를 생각해 보면서, 자기가 선택하지 않았던 그 안전한 삶이 못내 아쉬워지는 모양이었다.

"세상은 참 매정해. 우리는 이유도 모르고 이 세상에 태어

나서 이제 어디로 가야 하는지도 몰라. 그러니 겸손하게 살아야지. 조용히 사는 게 아름답다는 걸 알아야 해. 운명의 신의 눈에 띄지 않게 얌전히 살아야지. 그리고 소박하고 무지한 사람들의 사랑을 구해야 하는 거야. 그런 사람들의 무지가 우리네 지식을 다 합친 것보다 나아. 구석진 데서 사는 삶이나마 그냥 만족하면서 조용하게, 그 사람들처럼 양순하게 살아가야 한단 말이야. 그게 살아가는 지혜야."

상심한 나머지 그렇게 말하는 것이겠지만 나는 그런 식의 체념이 적이 못마땅했다. 하지만 잠자코 입을 다물고 있었다.

"어떻게 화가가 될 생각을 했나?" 내가 물었다.

그는 어깨를 으쓱했다.

"어쩌다 그림에 소질이 있다는 걸 알게 되었지. 학교에서 상도 타고. 어머니가 내 소질을 대견하게 여겨 선물로 그림 물감을 사 주셨네. 그리고 내가 스케치한 것을 목사며 의사며 판사 들에게 보여 주었지. 다들 나더러 장학금을 신청해 보라며 암스테르담에 보내더군. 장학금을 받게 되었지. 딱하게도 우리 어머니는 그걸 얼마나 자랑스럽게 생각하셨는지 몰라. 나를 떠나보내면서 가슴이 아프셨을 텐데도 그냥 웃으시면서 슬픈 내색을 조금도 하지 않으셨네. 아들이 화가가 된다는 게 그저 좋으셨던 거야. 양친은 내 생활비를 부족하지 않게 보내시느라 늘 쪼들리며 사셨지. 내가 처음으로 전람회에 그림을 출품했을 때는 아버지, 어머니, 누이가 다 암스테르담까지 구경을 왔어. 어머니는 그림을 보고 우시더군." 그의 순진한 눈에 눈물이 글썽거렸다. "지금 우리 집에 가 보면 내 그림이 근사한 금박 액자 속에 끼워져 벽 사방에 하나씩 걸려 있다네."

그의 얼굴은 자랑스러움으로 붉게 상기되었다. 내 머릿속에
는 농부들이며 삼나무, 올리브 나무 들을 곱게만 그려 놓은
그 차가운 색조의 풍경들이 떠올랐다. 그 그림들이 번쩍이는
액자 속에 넣어져 농가의 벽에 걸려 있으면 얼마나 기이하게
보일까.

"우리 어머니는 나를 화가로 만들면서, 아들을 위해 아주
잘하는 일이라고 생각하셨어. 하지만 아버지 뜻을 따라 그냥
소박한 목수가 되었더라면 결국 더 나았을지도 모르지."

"이제 예술이 뭔지 알았으니 생활을 바꾸겠다는 건가? 지금
까지 예술을 하면서 얻었던 기쁨을 그리워하게 되지 않을까?"

"예술은 세상에서 가장 위대한 것이지." 그는 잠시 생각한
뒤에 말했다.

그는 한동안 생각에 잠겨 나를 바라보았다. 뭔가 말을 하고
싶으나 머뭇거리는 것 같더니 이윽고 입을 열었다.

"내가 스트릭랜드를 만났던 걸 아나?"

"뭐라고?"

나는 깜짝 놀랐다. 스트릭랜드라면 그가 다시는 보고 싶어
하지 않던 사람 아니던가. 스트로브는 힘없이 웃었다.

"자네도 알다시피 나야 원래 자존심이라곤 없는 사람 아
닌가."

"그게 도대체 무슨 소린가?"

그는 기이한 이야기를 해 주었다.

39

블란치를 묻고 돌아와서 나와 헤어진 뒤 스트로브는 무거운 마음으로 집 안으로 들어갔다고 한다. 어떤 알 수 없는 자학의 욕망 같은 것이 그로 하여금 스튜디오로 가게끔 충동질했던 것이다. 그러면서도 뻔히 예견되는 고통이 두려웠다. 그는 무거운 몸을 이끌고 층계를 올랐다. 그의 발도 마냥 내키지 않는 듯했다. 들어갈 용기를 내느라고 그는 문밖에서 오랫동안 서성거렸다. 기분이 몹시 언짢았다. 층계를 내려가 나를 불러서 함께 들어가 달라고 사정하고 싶은 충동이 일었다고 한다. 스튜디오 안에 누군가가 있을 것만 같았다. 전에도 층계를 오르고 나면 층계참에서 잠시 걸음을 멈추고 숨을 골랐던 적이 한두 번이 아니었다. 하지만 우습게도 블란치를 어서 보고 싶다는 마음 때문에 숨이 다시 가빠졌다. 그녀는 언제 보아도 늘 새로운 기쁨을 주었다. 한 시간만 외출을 해도 한 달이나 헤어져 있던 사람처럼 다시 보고 싶은 마음에 가슴이 들떴다. 갑자기 블란치가 죽었다는 사실이 믿기지 않았다. 여태까지 일어난 일이 한낱 꿈, 한낱 악몽이었을지도 모른다는 생각이 들었다. 열쇠를 돌려 문을 열고 들어가면 그녀가 거기 테이블에 몸을 살며시 굽히고 뭔가를 하고 있으리라. 늘 그지없이 아름다웠던 샤르댕의 저 「식전의 기도」 속의 여인처럼 우아한 자태로 말이다. 그는 허둥지둥 주머니에서 열쇠를 꺼내 문을 열고 안으로 걸어 들어갔다.

아파트는 비워 두었던 집처럼 보이지 않았다. 그가 흡족하게 생각했던 아내의 특징 가운데 하나는 그녀의 청결성이었다. 자신도 워낙 그런 분위기에서 자라서인지 정돈된 것을 좋아하는 아내와 금방 마음이 통했다. 아내가 천성적으로 모든 물건을 제자리에 챙기고 싶어하는 여자임을 알고 그의 마음에 슬며시 따뜻한 감정이 일었었다. 침실을 보니 그녀가 금방 거기에 있었던 것만 같다. 화장대 위에는 브러시 두 개가 빗 양쪽에 가지런히 놓여 있었다. 그녀가 마지막 밤을 지냈던 침대는 누군가가 만져 정돈해 놓았고, 잠옷도 조그만 상자 속에 넣어 베갯머리에 놓여 있었다. 그녀가 다시는 이 방으로 돌아오지 못한다는 사실이 도저히 믿기지 않았다.

그러다 목이 말라 물을 마시러 부엌으로 들어갔다. 부엌도 역시 잘 정돈되어 있었다. 선반에는 스트릭랜드와 다투었던 날 밤, 저녁 식사에 사용했던 그릇들이 아주 깨끗하게 설거지되어 있었다. 나이프와 포크는 서랍에 들어 있었다. 먹다 남은 치즈는 보자기에 덮여 있고, 빵 껍질은 깡통 안에 들어 있었다. 그녀는 매일 장에 나가 그날그날 꼭 필요한 것만 샀기 때문에 음식이 다음 날까지 남아 있는 일이 없었다. 스트로브는 경찰의 조사를 통해 스트릭랜드가 저녁을 먹은 뒤 집을 곧장 나갔다는 사실을 들어 알고 있었다. 그럼에도 블란치가 여느 때처럼 설거지를 깨끗하게 해 놓았다고 생각하니 어쩐지 소름이 끼쳤다. 성격이 그토록 철저하니 자살도 오죽 꼼꼼하게 계획했겠는가. 그 침착성이 무서울 지경이었다. 갑자기 고통이 엄습해 오면서 무릎이 후들거리고 금방이라도 쓰러질 것만 같았다. 그는 다시 침실로 돌아와 침대 위에 몸을 던지고 아내의 이름을 큰 소리로 불러 댔다.

"블란치, 블란치!"

아내가 겪었을 고통을 생각하니 견딜 수가 없었다. 그가 아내의 환상을 본 것은 그 순간이었다. 그녀는 부엌에 서서——부엌이라야 찬장을 겨우 놓을 수 있는 정도였지만——접시며 유리잔이며 포크며 스푼을 씻은 다음, 부엌칼들을 도마 위에서 빠르게 벼렸다. 그러고는 물건을 제자리에 다 정돈한 다음, 이번에는 싱크대를 문질러 닦고, 행주를 걸어 말렸다. 회색의 낡은 헝겊 조각이 아직 그대로 걸려 있었다. 그런 다음 이제 정돈이 다 말끔히 되었나 한 바퀴 빙 둘러봤다. 그는 그녀가 소매를 내리고 앞치마를 벗는 모습을 보았다.——그 앞치마가 문 뒤의 고리에 걸려 있다.——그녀가 수산(蓚酸) 병을 집어 들고 침실로 들어간다.

그는 괴로움을 이기지 못하고 침대에서 벌떡 일어나 방을 뛰쳐나오고 말았다. 스튜디오로 들어갔다. 커다란 창문 앞에 커튼이 드리워 있어 방은 어두웠다. 얼른 커튼을 열어젖혔다. 한때 행복이 가득했던 그곳을 한 바퀴 재빨리 둘러보고 있는데 갑자기 흑 하고 흐느낌이 터져 나왔다. 이 방도 달라진 게 아무것도 없었다. 스트릭랜드는 워낙 자기 주변에 무관심한 사람이라 남의 화실에 살면서도 무엇 하나 바꿔 놓을 생각을 하지 않았다. 정말 세심하게 예술적 분위기를 살린 방이었다. 스트로브가 생각하는 이상적인 예술가의 환경을 구현한 방이라고 할까. 벽에는 수놓은 벽걸이 장식들이 걸려 있고 피아노에는 색이 고상하게 바랜 실크 천이 덮여 있었다. 방의 이

쪽 한구석에는 밀로의 비너스 모조품이, 저쪽 한구석에는 메디치의 비너스 모조품이 놓여 있었다. 이탈리아제 장 위에는 여기저기 델프트 산(産) 도자기들이 놓여 있고, 얕은 부조(浮彫) 장식품들도 이곳 저곳에 놓여 있었다. 그가 로마에서 그렸던 벨라스케스의 작품 「교황 이노센트 10세」의 복제화가 멋진 금박 액자에 들어 있고, 그 밖에 그가 그린 다른 그림 여러 점이 화려한 액자에 끼워져 장식 효과를 최대로 내는 자리에 놓여 있었다. 스트로브는 늘 자신의 안목이 자랑스러웠다. 화실은 모름지기 로맨틱한 분위기가 나야 한다는 것이 그의 지론이었다. 이제 와서는 방의 풍경 자체가 비수처럼 가슴을 찔러 댔지만 그러는 가운데에도 그는 자기가 애지중지했던 루이 15세 시대의 테이블 위치를 살짝 옆으로 옮길 생각이 났다. 그때, 벽 쪽을 바라보게 세워 둔 캔버스 하나가 눈에 띄었다. 보통 때 그가 사용하는 캔버스보다 훨씬 큰 것이었다. 무엇일까. 그는 그 캔버스 앞으로 가서 무슨 그림인가 보려고 그것을 자기 쪽으로 젖혀보았다. 누드 그림이었다. 돌연 가슴이 뛰기 시작했다. 곧바로 스트릭랜드의 그림임을 알아볼 수 있었다. 갑자기 분통이 터져 벽을 향해 그림을 도로 거칠게 밀쳐 버렸다. 도대체 무슨 속셈으로 두고 갔단 말인가? 그 바람에 그림이 바닥으로 엎어지고 말았다. 누구 그림이 됐든 먼지 바닥에 넘어진 채로 둘 수는 없는 일이라 그는 다시 그림을 들어 세웠다. 그러다가 문득 호기심이 생겼다. 한번 제대로 보자는 생각이 들어 그림을 집어들고 가서 이젤 위에 올려놓았다. 그러고는 좀 더 차분히 보기 위해 뒤로 물러섰다.

숨이 멎을 것 같았다. 소파 위에 누워 있는 여자의 그림이었다. 여자는 한 손으로 머리를 받치고 다른 한 손은 몸 위에 살며시 얹어 놓고 있었다. 한 무릎은 세우고 다른 다리는 뻗고 있다. 고전적인 자세였다. 스트로브는 눈앞이 아찔했다. 블란치였다. 슬픔과 질투와 분노가 그를 사로잡았다. 그는 쉰 소리로 울부짖었다. 알아들을 수 없는 소리였다. 그는 주먹을 불끈 쥐고 보이지 않는 적을 후려갈길 듯 손을 들어 올렸다. 목이 터지라고 소리를 질렀다. 이미 제정신이 아니었다. 도저히 참을 수 없었다. 이건 너무한 일이다. 뭐든 손에 잡히는 게 없나 하고 주변을 휘둘러보았다. 그림을 갈가리 찢어 버리고 싶었다. 한순간도 눈앞에 더 두고 있을 수 없었다. 마땅한 물건이 눈에 띄지 않았다. 그림 도구들 사이를 샅샅이 뒤져 보았다. 묘하게 아무것도 찾아낼 수 없었다. 미칠 것 같았다. 그러다 이윽고 찾던 것을 발견했다. 커다란 그림 주걱이었다. 그는 옳거니 하고 그것을 덥석 집어 들었다. 그러고는 비수처럼 움켜쥐고 그림 앞으로 달려갔다.

그렇게 이야기하면서 스트로브는 다시 흥분이 되는지 식사를 하다 말고 나이프를 움켜쥐고 흔들어 댔다. 그러면서 내려칠 것처럼 팔을 들어 올리더니 다음 순간 힘없이 손을 놓아 버리는 것이었다. 나이프가 소리를 내며 마룻바닥에 떨어졌다. 울상에 가까운 웃음을 지으며 그는 나를 바라보았다. 그러나 입을 열지 않았다.

"계속해 보게." 내가 말했다.

"나도 모르겠어. 그때 어떻게 되었는지. 아무튼 그림에다 커다란 구멍을 내 줄 작정으로 팔을 막 치켜든 참이었지. 그 순간 그걸 보았던 것 같아."

"그거라니?"

"그림을 봤네. 진짜 예술 작품 말일세. 나는 감히 손댈 수가 없었네. 겁이 났어."

스트로브는 다시 말을 멈추고는 입을 멍하니 벌린 채 물끄러미 나를 바라보았다. 얼마나 뚫어지게 보는지 푸른 퉁방울 눈이 금방이라도 튀어나올 것만 같았다.

"정말 대단한, 정말 굉장한 그림이었네. 경외심마저 느껴질 정도였어. 하마터면 무서운 범죄를 저지를 뻔했네. 나는 그림을 좀 더 잘 보려고 몸을 옮겼네. 그때 뭔가가 발에 걸려서 보니 내가 떨어뜨린 그림 주걱이었네. 소름이 쫙 끼치더군."

나 역시 그를 사로잡았던 감정을 얼마간 느낄 수 있었다. 기묘한 감동이었다. 갑자기 가치 관념이 다른 세계로 들어선 듯한 기분이었다. 일상의 사물들에 대한 반응이 전혀 다른 나라에 온 외국인처럼 어리둥절하여 서 있었다. 스트로브는 그림에 대해 얘기해 주려고 애썼으나 도무지 앞뒤가 맞지 않았다. 나는 그가 말하려는 것을 짐작해 볼 도리밖에 없었다. 스트릭랜드는 그때까지 자신을 얽매어 왔던 굴레를 과감히 깨뜨려 버렸던 것이다. 자기 자신이 아닌, 뭐랄까, 전혀 생각지 못했던 힘으로 넘치는 새로운 혼을 발견했던 것이다. 강렬하고 특이한 개성을 대담하고 단순하게 묘사한 것만은 아니었다. 살결은 열정에 가득한 어떤 관능, 불가해한 어떤 것을 품고 있는 관능으로 채색되어 있었는데, 그렇다고 채색에 그치는 것만은 아니었다. 그리고 중량감, 그러니까 육체의 무게를 뚜렷하게 느끼게 해 주는 그런 중량감에 그치는 것만도 역시 아니었다. 거기에는 어떤 영적인 것, 혼을 어지럽히는 전혀 새로운 어떤 영성(靈性)이 깃들어 있어 생각지 못한 방향으로 상상을 이끌어 가면서, 영원한 별들만이 빛나는 어둡고 텅 빈 우주를——벌거벗은 영혼이 두려움에 떨면서 새로운 신비를 찾아 모험의 여정을 나선 그런 우주를——암시하는 것만 같았다.

이 설명이 수사적으로 여겨진다면 그건 스트로브가 수사적이었기 때문이다.(사람이 감정에 빠지면 자기도 모르게 소설을 쓰듯이 이야기한다지 않는가.) 스트로브는 여태까지 한 번도 가져 보지 못했던 어떤 느낌을 표현하려고 애썼지만 그것을 보통의 어휘로 표현해 낼 줄 몰랐다. 그는 마치 언어로는 기술할 수 없는 어떤 것을 말로 설명해 보려고 애쓰는 신비주의자 같았다. 하지만 다음과 같은 한 가지 사실만은 분명하게 표현했다. 이런 것이었다. 사람들은 아름다움이라는 말을 너무 가볍게 사용한다. 말에 대한 감각이 없어 말을 너무 쉽게 사용함으로써 그 말의 힘을 잃어버리고 있다. 별것 아닌 것들을 기술하면서 온갖 것에 그 말을 갖다 쓰기 때문에 그 이름에 값하는 진정한 대상은 위엄을 상실하고 만다. 그저 아무것이나 아름답다고 말한다. 옷도 아름답고, 강아지도 아름답고, 설교도 아름답다는 것이다. 그래서 정작 아름다움 자체를 만나게 되면 그것을 알아보지 못한다. 사람들은 쓸데없는 생각을 돼먹지 않은 과장된 수사로 장식하려는 버릇이 있어 그 때문에 감수성이 무뎌지고 만다. 신령한 힘을 어쩌다 한번 체험하고선 그것을 늘 체험할 수 있는 것처럼 속이는 돌팔이 의사처럼, 사람들은 가진 것을 남용함으로써 힘을 잃고 마는 것이다. 그래도 스트로브는 구제할 길 없는 어릿광대이면서도, 아름다움에 대해서만은 자신의 영혼처럼 성실하고 정직한 사랑과 이해를 가지고 있었다. 그에게 아름다움이란 신자들이 경외하는 신과 같아서 그것을 볼 때에는 외경심을 느꼈다.

"그래 스트릭랜드를 만나 뭐라고 했나?"

"나랑 같이 네덜란드에 가자고 했네."

나는 기가 막혀 말이 나오지 않았다. 그저 놀라 멍청하게 바라볼 수밖에 없었다.

"우린 결국 둘 다 블란치를 사랑한 셈이 아닌가. 고향 집에 가면 그가 머물 만한 여유는 있을 테고. 가난하고 소박한 사람들을 사귀면 그 사람 영혼에도 큰 득이 될 거라는 생각이 들었네. 뭔가 자기에게 도움이 되는 것을 배우게 될지도 모르고."

"그래 뭐라든가?"

"그냥 애매하게 웃고 말더군. 돼먹지 않은 소리를 한다고 생각했나 봐. 자신에겐 더 중요한 일이 있다고 하지 않겠나."

거절을 하더라도 다른 표현을 썼으면 좋지 않았겠냐는 생각이 들었다.

"블란치 그림은 나더러 가지라고 하더군."

스트릭랜드가 왜 그랬는지 의아스러웠다. 하지만 난 잠자코 있었다. 잠시 우리 사이에 침묵이 흘렀다.

"자네 물건들은 다 어떻게 했나?" 이윽고 내가 물었다.

"어떤 유대인에게 팔았네. 죄다 가지는 걸로 해서 꽤 톡톡히 쳐 주더군. 그림은 집으로 가져갈 작정이네. 이제 이 세상에서 내게 남은 것은 옷 한 상자와 책 몇 권뿐일세."

"하여간 고향에 돌아가게 되어 잘됐네."

고향에 돌아가게 되면 이제 지난 일은 죄다 잊어버리는 편이 좋으리라는 생각이 들었다. 지금이야 슬픔을 견딜 수 없을 것 같아도 시간이 지나면 차차 누그러질 것이고, 결국은 자비로운 망각의 도움을 받아 인생의 짐을 다시 질 수 있게 될 것이다. 나는 부디 그러길 바랐다. 아직 젊은 사람이니 그도 몇 해가 지나면 이 모든 불행을 돌아보며 쓴웃음을 지을지도 모른다. 얼마 있으면 고향의 마음 착한 여자와 결혼을 할 것이고, 틀림없이 행복하게 살 것이다. 하지만 죽기 전까지 형편없는 그림들을 무수하게 그려 댈 것이라고 생각하니 나는 절로 웃음이 나왔다.

이튿날 나는 암스테르담으로 떠나는 그를 전송해 주었다.

40

다음 한 달은 내 일에 바빠서 그 슬픈 일과 관련된 사람은 아무도 만나지 못했을뿐더러 내 마음은 이제 그 일을 떠나 있었다. 그러던 어느 날 뭔가를 골똘히 생각하면서 길을 걷다가 우연히 찰스 스트릭랜드와 마주치게 되었다. 그를 보는 순간 잊어버리고 싶었던 끔찍한 일들이 한꺼번에 떠올랐다. 그러면서 그런 기억을 불러일으킨 그에게 울컥 역겨움이 솟구쳤다. 그렇다고 모르는 체 지나치기도 유치한 짓 같아서 그냥 고개만 끄덕하고는 걸음을 빨리 하여 지나가 버렸다. 그런데 곧 누가 뒤에서 어깨를 치는 것이었다.

"굉장히 바쁘신가 보군." 그가 친근하게 말을 걸었다.

자기를 피하려는 사람에게는 다정하게 구는 것이 그의 특징이었다. 내가 쌀쌀하게 대해서 좀 꺼림칙했던 모양이다.

"예." 나는 짤막하게 대꾸했다.

"그럼 내가 당신이랑 같이 좀 걷지."

"왜요?" 내가 물었다.

"당신과 어울리면 즐거우니까."

이 말에 나는 대꾸하지 않았다. 그가 내 옆을 묵묵히 따라왔다. 그렇게 사오백 미터쯤 걸었을까, 나는 그 꼴이 좀 우습게 여겨졌다. 마침 어느 문방구 앞을 지나가던 참이어서 나는 종이를 좀 사면 되겠다는 생각을 했다. 그를 따돌릴 구실이 되겠다 싶었다.

"여기 좀 들러야겠어요. 잘 가세요."

"기다리고 있겠소."

나는 어깨를 으쓱하고 가게 안으로 들어갔다. 들어가서 생각하니 프랑스 종이는 질이 좋지 않다는 게 생각났고, 이왕 계획도 틀어졌는데 굳이 필요 없는 물건을 살 필요가 있겠느냐는 생각이 들었다. 그래서 그 가게에 뻔히 없을 물건이 있느냐고 물어보고 나서, 잠시 후에 그냥 빈손으로 가게를 나왔다.

"필요한 건 샀소?" 그가 물었다.

"아뇨."

우리는 다시 묵묵히 걸었다. 그러다 길이 여러 갈래로 나뉘는 곳에 이르렀다. 나는 걸음을 멈추었다.

"어느 쪽으로 가십니까?" 내가 물었다.

"당신 가는 방향으로 가겠소." 그가 빙긋 웃으며 말했다.

"난 집에 갈 건데요."

"그럼 나도 같이 가서 담배나 한 대 피울까."

"제가 청할 때 오시지 그래요." 나는 냉담하게 쏘듯이 말했다.

"당신이 청해 주기만 한다면야 그러지."

"저기 담벼락이 보이나요?" 나는 손으로 가리키며 말했다.

"그래, 그렇소만."

"그게 보인다면 내가 댁과는 상종하고 싶지 않다는 것도 알아야 할 것 아닙니까."

"어쩐지 그런 것 같았지. 솔직히 말하면."

나는 참지 못하고 픽 웃고 말았다. 내 결점 가운데 하나는 나를 웃기는 사람을 마냥 싫어하진 못하는 성격이라는 점이다. 그래도 마음을 단단히 먹기로 했다.

"당신한테는 정나미가 떨어져요. 당신같이 역겨운 사람은 본 적이 없단 말입니다. 당신 같은 인간을 만난 건 정말 불행이었어요. 그런데 왜 당신은 자길 그렇게 싫어하고 경멸하는 사람하고 자꾸 어울리려고 하는 거죠?"

"이보게나, 자네가 날 어떻게 생각하든 내가 눈 하나 깜짝할 줄 아나?"

"집어치워요." 나는 어렴풋이 내 속마음이 그리 칭찬할 만한 것이 못 된다는 걸 깨닫고 나도 모르게 더 거칠게 말했다. "당신하고는 알고 지내고 싶지 않아요."

"내가 타락시킬까 봐 두렵소?"

막상 그런 식으로 말하니 내 꼴이 적잖이 우습게 여겨졌다. 그가 냉소를 지으며 곁눈질로 나를 보고 있음을 알 수 있었다.

"아마 생활이 좀 궁하신가 보군요." 나는 불쑥 무례한 말로 응수했다.

"나도 영 바보는 아니오. 설마 내가 당신에게 돈을 빌릴 생각을 했겠소?"

"이제 알랑거릴 줄도 아시니 갈 데까지 갔군요."

그는 빙긋 웃었다.

"그래도 당신은 날 진짜로 미워하지는 못할걸. 내게서 가끔은 좋은 걸 배울 수 있는 한은 말야."

나는 웃음이 터지려는 것을 입술을 꽉 깨물고 간신히 참았다. 얄미운 말이기는 했지만 전혀 틀린 말도 아니었던 것이다. 나의 또 하나의 결점은 아무리 돼먹지 않은 인간이라도 말로 맞수가 될 만한 사람과는 어울리기 좋아한다는 점이다. 스트릭랜드라는 인간은 내 쪽에서 아주 애를 써야 겨우 증오할 수 있다는 사실을 나는 깨닫기 시작하고 있었다. 그런 내게 도덕적인 약점이 있기는 하지만 그를 비난한 내 말에도 어딘가 허세가 들어 있음을 나도 알고 있었다. 내가 그렇게 느꼈다면 그의 날카로운 직관은 벌써 그 점을 알아차렸을 것이다. 나를 속으로 비웃고 있을 게 분명했다. 나는 그의 마지막 말에 대꾸하

지 않고, 그저 어깨만 으쓱해 보이고 입을 닫음으로써 얼버무
려 버렸다.

41

이윽고 내가 사는 집 앞까지 왔다. 그를 들어오라고 할 생
각까지는 없어 나는 그냥 아무 말 없이 층계를 올라갔다. 그
가 곧 뒤따라 아파트 안으로 들어왔다. 이전에 한 번도 와 본
적이 없으면서도 그는 내가 힘들여 멋지게 꾸민 방 따위는 거
들떠보려고도 하지 않았다. 그는 테이블 위에 놓여 있는 담배
통을 보자 파이프를 꺼내어 담배를 채웠다. 그러고는 방에 하
나뿐인 팔걸이 없는 의자에 털썩 주저앉더니 의자 앞다리를
들어 올리면서 몸을 뒤로 젖혔다. 내가 짜증 난다는 투로 물
었다.

"좀 편히 쉬려면 안락의자 하나쯤은 가지고 있어야 하지 않
나요?"

"왜 내 편한 것까지 신경을 쓰나?"

"당신 생각해서 하는 말이 아니에요. 내 기분 때문에 그렇
지. 난 남이 불편한 의자에 앉아 있는 걸 보면 마음이 편치 않
단 말이에요."

그는 낄낄 웃었지만 자리를 옮기지는 않았다. 그러고는 내
게 더 이상 관심을 두지 않고 잠자코 담배를 피웠는데 무슨
생각에 골똘히 잠겨 있는 듯했다. 그가 왜 나를 따라왔을까

궁금했다.

습관이 오래되면 감각도 무뎌지게 마련이지만 그러기 전까지 작가는 자신의 작가적 본능이 인간성의 기이한 특성들에 너무 몰두하는 나머지 때로 도덕 의식까지 마비됨을 깨닫고 당혹스러운 기분을 느끼는 때가 있다. 악을 관조하면서 예술적 만족감을 느끼는 자신을 발견하고 약간 놀라기도 한다. 하지만 정직한 작가라면, 특정한 행위들에 대해서는 반감을 느끼기보다 그 행위의 동기를 알고 싶은 마음이 더욱 강렬하다는 것을 고백할 것이다. 작가는 논리를 갖춘 철저한 악한을 창조해 놓고 그 악한에게 매혹당한다. 비록 그것이 법과 질서를 능멸하는 일이 될지라도 말이다. 셰익스피어도 이아고를 고안해 냈을 때, 달빛과 상상의 실을 엮어 짜 데스데모나를 상상해 냈을 때는 결코 느끼지 못했던 감흥을 느꼈을 것이다.[27] 작가는 악당을 만들어 내면서 자기 안에 깊이 뿌리박고 있는 본능——문명 세계의 법도와 관습이 잠재 의식이라는 저 신비로운 구석으로 몰아넣은——을 만족시키고 있는 것이 아닐까. 자기가 창조해 낸 인물에 살과 뼈를 부여함으로써 작가는 다른 식으로는 방출될 수 없는 자신의 본능에 생명을 부여하고 있는 셈이다. 작가의 만족이란 일종의 해방감인 것이다.

작가는 판단하기보다 알고자 하는 데 관심이 더 많은 사람이다.

---

27) 셰익스피어의 극 『오셀로』에 대한 언급이다. 이 작품에서 오셀로와 데스데모나를 파멸시키는 이아고는 셰익스피어가 창조한 인물 가운데 가장 철저한 악한이다.

내 마음속에는 스트릭랜드에 대한 분명한 혐오감이 있었다. 그러면서 동시에 그의 동기를 알고 싶은 냉정한 호기심도 없지 않았다. 나는 그가 어떤 인물인지 알 수 없었다. 나는 그가 자기에게 더없이 친절하게 대해 준 사람들에게 비극을 가져다준 일을 어떻게 생각하는지 몹시 궁금했다. 나는 과감하게 메스를 갖다 댔다.

"스트로브 말로는 당신 그림 가운데에서 자기 부인을 그린 그림이 제일 잘된 거라고 하던데."

스트릭랜드는 물고 있던 파이프를 입에서 떼었다. 두 눈에 미소가 어려 있었다.

"그걸 그릴 때는 참 재미있었소."

"그걸 왜 그에게 주었죠?"

"다 끝냈으니까. 나한테는 별 소용도 없고."

"스트로브가 그걸 찢어 버리려다 그만둔 것을 알고 있나요?"

"내게도 썩 맘에 드는 건 아니었소."

그는 잠시 입을 다물었다가 다시 파이프를 입에서 떼고 키득키득 웃었다.

"당신 그 조그만 친구가 날 만나러 왔던 걸 알고 있소?"

"그 친구가 하는 말에 감동 같은 것 좀 받지 않았어요?"

"천만에. 어리석은 데다 감상적이더구먼."

"당신이 그 사람 인생을 망친 일은 생각나지 않던가 보죠." 내가 말했다.

그는 생각에 잠긴 채 수염이 난 턱을 천천히 문질렀다.

"그 친구 그림 솜씨는 엉망이야."

"하지만 사람은 좋아요."

"음식 솜씨도 좋지." 스트릭랜드는 조롱하듯 덧붙였다.

얼마나 냉혹한지 인정이라고는 전혀 없는 사람 같았다. 나는 화가 치밀어 말을 조심하고 싶은 생각이 사라져 버렸다.

"이건 단순히 호기심으로 알고 싶은 건데, 당신은 블란치 스트로브의 죽음에 대해 눈곱만큼이라도 가책 같은 것을 느낀 적이 있나요?"

나는 그의 표정에 무슨 변화가 없나 하여 지켜보았지만 전혀 반응이 없었다.

"내가 왜 가책을 느껴야 한단 말이오?"

"한번 사실대로 말해 볼까요? 당신은 다 죽어 가고 있었어요. 그래서 더크 스트로브가 당신을 자기 집에 데려다 놓고 어머니처럼 간호했습니다. 시간과 안락과 돈을 희생해 가면서 말예요. 그래서 죽음의 아가리로 막 들어가려던 당신을 구해 냈어요."

스트릭랜드는 어깨를 으쓱했다.

"그 이상한 친구는 남을 돕는 걸 즐기는 사람이오. 그게 그 친구 생활이지."

"그럼 그 친구에게 고마워할 것 없다고 칩시다. 굳이 그 친구에게서 아내를 뺏을 이유는 또 뭔가요? 당신이 나타나기 전까지는 그 사람들, 아주 행복했어요. 왜 그냥 두지 못했죠?"

"왜 그 사람들이 행복했다고 생각하오?"

"그거야 보면 알잖습니까?"

"당신 참 똑똑한 친구로군. 그자가 한 짓을 그 여자가 한순간이라도 용서했으리라고 생각하오?"

"그건 또 무슨 말입니까?"

"당신은 두 사람이 어떻게 결혼하게 됐는지 모르오?"

나는 고개를 저었다.

"그 여자는 어느 로마 왕족 집안의 가정교사였소. 그 집 아들이 그 여자를 유혹했지. 여자는 남자가 자기와 결혼해 줄 거라고 믿고 있었소. 그런데 갑자기 거리로 내쫓겨 버리고 말았다지 뭐요. 애를 가지고 있던 몸이라 죽어 버리려고 했다는구면. 그때 스트로브를 우연히 만나게 되었던 거고. 그래서 두 사람이 결혼을 하게 된 거요."

"그 친구답군요. 정말이지 그처럼 인정 많은 사람은 보지 못했어요."

나도 가끔, 좀처럼 어울리지 않는 그 두 사람이 어떻게 결혼하게 되었을까 궁금하게 여긴 적이 있었다. 하지만 그런 사연이 있으리라고는 꿈에도 생각지 못했다. 더크가 아내에 대해 유별난 정을 품었던 것도 이제 보니 그런 사연 때문이었던가. 하긴 거기에 애정 이상의 무엇이 있다는 걸 나도 눈치채긴 했었다. 지금 돌이켜 보니, 여자가 통 말이 없어 뭔가 감추고 있는 게 아닌가 하는 생각을 늘 했다. 이제 보니 부끄러운 비밀을 감추겠다는 생각 이상의 무엇이 있었다. 그녀의 고요함은 해일이 휩쓸고 간 섬을 내리덮은 음울한 고요함 같았다. 그녀의 쾌활함은 절망에서 오는 쾌활함이었다. 나의 상념은 스트릭랜드의 말로 중단되고 말았다. 그는 참으로 냉소적인 말로 나를 놀라게 했다.

"여자는 말이오. 자기에게 해를 입힌 사람은 용서하지. 하지만 자기를 위해 희생한 사람은 용서하지 못해."

"당신은 여자를 만나 한을 품게 할 만한 모험은 하지 않을 테니 그 점은 안심이 되겠군요." 나는 대꾸했다.

그의 입가에 엷은 미소가 스쳤다.

"당신은 재치 있는 대꾸를 위해서라면 언제든 원칙을 희생하는 사람이군." 그가 말했다.

"그 아이는 어떻게 되었나요?"

"아, 그 아이는 사산했소. 결혼한 지 서너 달 지나서."

그러고 나서 나는 그동안 가장 궁금하게 여겼던 것을 물어보았다.

"그런데 왜 그렇게 블란치 스트로브에게 관심을 가지게 됐죠?"

이 물음에 너무 오랫동안 대답이 없어 나는 되풀이해 물어보려고 했다.

"난들 어찌 알겠소?" 이윽고 그가 입을 열었다. "그 여자는 내 꼴만 봐도 참을 수 없다고 했지 않소. 그게 재미있게 여겨지더군."

"그랬군요."

그는 돌연 분통을 터뜨렸다.

"빌어먹을. 그 여자가 마음에 들었던 게지."

하지만 곧 흥분을 가라앉히고 미소를 띤 채 나를 바라보았다.

"처음엔 질겁하더군."

"그런 말을 그 여자에게 했나요?"

"그럴 필요는 없었소. 여자도 알고 있었으니까. 난 한마디도 안 했소. 그 여자는 잔뜩 겁을 집어먹고 있었고. 결국 여자를 가져 버렸지."

그런 식으로 말하면서 그는 특이한 방식으로 자신의 격렬한 욕망을 암시했던 것일까. 내게는 혼란스럽고 끔찍스럽기까지 한 일이었다. 이상하게도 그의 삶은 물질적인 것들과 단절되어 있었다. 그래서 때로 육체가 정신에 무서운 복수를 하는 모양이었다. 자기 안에 들어 있는 사티로스가 갑자기 그를 사로잡으면 그는 자연의 모든 원시적인 힘을 가진 본능의 손아귀에 잡혀 무력한 상태가 되고 말았다. 그 강박적인 상태가 너무 완전하여 그의 정신에 신중함이라든가 고마움이라든가 하는 마음이 깃들 여지가 없었다.

"하지만 그 여자를 왜 데려가고 싶어했지요?" 내가 물었다.

"그게 아니오." 그는 얼굴을 찌푸리며 대답했다. "여자가 날 따라오겠다고 했을 때 실은 나도 스트로브만큼 놀랐으니까. 난 여자에게 이렇게 말했지. 내가 나중에 싫증이 나면 그땐 당신이 떠나 줘야 할 거라고. 그래도 괜찮다고 하더군." 여기에서 그는 잠깐 말을 멈추었다. "그 여자는 몸이 아주 근사했소. 그래서 난 그 여자 누드를 그리고 싶었지. 그런데 다 그리고 나니까 여자에게 흥미가 없어지더군."

"그래도 그 여자는 당신을 진심으로 사랑했죠."

그는 자리에서 벌떡 일어나 비좁은 방 안을 이리저리 거닐었다.

"난 사랑 같은 건 원치 않아. 그럴 시간이 없소. 그건 약점이지. 나도 남자니까 때론 여자가 필요해요. 하지만 욕구가 해소되면 곧 딴 일이 많아. 난 그 욕망을 이겨 내지는 못하지만 그걸 좋아하진 않아요. 그게 내 정신을 구속하니까 말야. 나는 언젠가 모든 욕정에서 벗어나 아무런 방해도 받지 않고 내 일에 온 마음을 쏟을 수 있는 때가 있었으면 하오. 여자들이란 사랑밖에 할 줄 아는 게 없으니까 사랑을 터무니없이 중요하게 생각한단 말야. 그래서 우리더러 그게 인생의 전부인 양 믿게 하고 싶어해요. 하지만 그건 하찮은 부분이야. 나도 관능은 알지. 그건 정상적이고 건강해요. 하지만 사랑은 병이야. 내게 여자들이란 쾌락을 충족시키는 수단에 지나지 않아. 나는 여자들이 인생의 내조자니, 동반자니, 반려자니 하는 식으로 우기는 것을 보면 참을 수가 없소."

스트릭랜드가 한번에 그처럼 말을 많이 한 것은 처음이었다. 그는 분노에 찬 어조로 말했다. 하지만 여기서든 어디서든 내가 그의 말을 정확히 옮겨 놓을 자신은 없다. 그는 어휘가 빈약한 데다 문장 구성력도 없어, 듣는 사람은 그가 내뱉는 감탄사, 얼굴 표정, 제스처, 상투적인 어구 등을 조합하여 그가 말하려는 바를 짐작해 내야 한다.

"시대를 잘못 타고났군요. 여자가 가재도구이고 남자가 노예를 거느리던 시대에 태어났어야 하는데." 내가 말했다.

"이래 봬도 난 아무런 문제가 없는 정상적인 인간일세."

정색을 하고 그 말을 하는 바람에 나는 웃지 않을 수 없었다. 그는 여전히 울에 갇힌 짐승처럼 방을 오락가락하며 말을 이었다. 자기가 느낀 감정을 제대로 표현하고 싶으나 조리가 닿게 이야기하기가 힘든 모양이었다.

"여자는 사랑을 하게 되면 상대의 정신을 소유하기 전까지는 만족할 줄 몰라. 약해서 지배욕이 강하지. 지배하지 않고서는 만족하지 못해. 여자는 마음이 좁아요. 그래서 자기가 모르는 추상적인 것에는 화를 내는 버릇이 있어. 마음을 쓰는 건 물질적인 것뿐이야. 관념적인 것은 시기나 하고. 남자의 정신은 우주의 저 머나먼 곳에서 방황하는데 여자는 그걸 자기 가계부 안에다 가둬 두려고 하는 거요. 내 아내 생각나오? 블란치도 차츰 같은 수작을 부리려고 하더란 말야. 자기 딴엔 무한한 참을성을 발휘해서 나를 함정에 몰아넣고 올가미를 씌울 작정을 하고 있었어. 나를 자기 수준으로 끌어내리고 싶었던 거지. 나 자신에게는 전혀 관심이 없었어. 내가 자기 것이 되어 주기만 바랐지. 하기야 나를 위해서라면 무슨 일이든 하려고 했어요. 내가 원하는 것 한 가지만 빼놓고 말이오. 난 혼자 있기를 바랐거든."

나는 잠시 묵묵히 있었다.

"당신이 떠나면 그 여자가 어떻게 할 것이라고 생각했습니까?"

"스트로브에게 돌아갈 수도 있었잖소." 그는 짜증 내듯 말했다. "언제든 받아들이겠다고 했으니까."

"당신은 인간 같지도 않아요." 내가 말했다. "이런 문제로 당신하고 왈가왈부하는 게 무슨 소용 있겠습니까. 눈먼 사람더러 문고리를 찾으라는 게 차라리 낫지."

그는 내 의자 앞에서 걸음을 멈추더니 놀랍고 경멸스럽다는 표정으로 나를 물끄러미 내려다보았다.

"당신이 정말 블란치 스트로브의 생사에 조금이라도 관심을 두고 있긴 하오?"

나는 이 물음을 곰곰이 생각해 보았다. 무엇보다 내 양심에 충실한 대답을 하고 싶었기 때문이다.

"그 여자가 죽었는데 별다른 느낌이 없다면 내게도 동정심이 부족한 거지요. 그 여자는 앞으로도 인생이 창창했어요. 그런 인생을 참혹하게 빼앗기고 말았으니 딱하죠. 그렇다고 진심으로 관심을 가지고 있다고는 생각되지 않으니 부끄러울 따름입니다."

"당신은 자신의 확신에 용기가 없군. 목숨이란 아무런 가치도 없어요. 블란치 스트로브는 나한테 버림을 받아서 자살한 게 아냐. 어리석고 균형 잡히지 않은 인간이라 그랬지. 자, 이제 그만하면 그 여자 이야기는 충분하오. 전혀 중요할 것 없는 사람이니까. 갑시다. 내 그림을 보여 줄 테니."

그는 마치 관심을 딴 데로 돌려 어린애를 달래려는 사람처럼 말했다. 나는 기분이 언짢았다. 그 때문이라기보다 나 자신 때문이었다. 스트로브 내외가 몽마르트르의 아늑한 스튜디오에서 행복하게 지내던 시절, 그리고 그들 내외의 소박하고 친절한 심성, 그들이 사람을 늘 따뜻하게 맞아 주던 모습이 떠올랐다. 그런 사람들의 삶이 비정한 우연으로 산산조각 나고 말았다는 게 한없이 잔혹하게 여겨졌다. 하지만 더 잔혹한 것은 그러한 사실에도 불구하고 달라진 점이 별로 없다는 것이었다. 세상은 그대로 돌아가고, 그 참혹한 일이 있고 나서도 더 불행해졌다는 사람은 없다. 더크도, 감정의 깊이보다 표현이 더 요란한 인간인지라, 얼마 가지 않아 다 잊고 말지 않겠는가. 아무도 모르는 화려한 희망과 꿈을 안고 시작했을 블란치의 인생, 그것은 차라리 시작하지 않았던 것만도 못하지 않았을까. 죄다 소용없고 공허하게만 여겨진다.

스트릭랜드는 모자를 찾아 들고 나를 바라보며 서 있었다.

"안 갈 거요?"

"왜 자꾸 나를 가까이하려고 하죠?" 내가 물었다. "내가 댁을 싫어하고 경멸하는 줄 알잖아요."

그는 너그러운 태도로 히죽 웃었다.

"당신이 내게 가진 불만은 딱 하나, 당신이 날 어떻게 생각하든 내가 그걸 눈곱만치도 신경 쓰지 않는 것이지?"

나는 갑자기 분노가 치밀면서 볼이 뜨겁게 달아올랐다. 그의 냉담한 이기주의가 남을 얼마나 격분시킬 수 있는지를 그에게 도저히 이해시킬 수 없었다. 나는 철갑 같은 그의 철저한 무관심을 깨뜨려 버리고 싶었다. 하기야 따지고 보면 그의 말에도 일리가 있음을 나도 잘 알고 있었다. 우리는 무의식적으로, 상대방에 대한 나의 의견을 상대방이 얼마나 존중해 주느냐에 따라 상대방에게 미치는 나의 힘을 측정하는 경향이 있다. 우리는 자신의 힘이 미치지 못하는 사람들은 싫어한다. 그처럼 사람의 자존심에 아픈 상처를 주는 것은 없을 테니까. 하지만 나는 기분이 상했다는 기색을 조금도 내보이고 싶지 않았다.

"남을 완전히 무시해 버린다는 일이 가능할까요?" 나는 그에게라기보다 나 자신에게 물었다. "당신은 살아가면서 필요한 모든 일을 남에게 의지하고 있어요. 혼자 힘으로, 홀로 살아가려고 하는 건 가당치 않은 일이에요. 이제 얼마 있으면 병들고 지치고 늙겠죠. 그러면 사람들이 모여 사는 곳으로 엉금엉금 찾아오게 됩니다. 그때 가서 마음속에 안락과 동정을 구하고 싶은 마음이 생기면 부끄럽지 않겠어요? 당신은 지금 불가능한 일을 하려는 거예요. 머잖아 당신 안에 있는 인간적인 요소가 함께 얽혀 사는 삶을 갈망하게 될 거란 말입니다."

"자, 가서 내 그림 구경이나 합시다."

"죽음에 대해 생각해 본 적이 있나요?"

"내가 왜? 그게 왜 중요하단 말인가?"

나는 그를 노려보았다. 그는 눈에 비웃음을 담고 내 앞에 서서 꼼짝도 하지 않았다. 하지만 그럼에도 불구하고, 한순간 나는 언뜻 본 것이 있었다. 육체와 결부된 존재로서는 도저히 생각할 수 없는, 위대한 무엇인가를 향해 뜨겁게 타오르는, 고뇌하는 영혼이 그것이었다. 나는 표현할 수 없는 뭔가를 추구하는 혼을 언뜻 보았던 것이다. 나는 내 앞에 서 있는 이 사내, 남루한 옷차림에 코는 커다랗고 눈은 번쩍이며 수염은 붉고 머리칼은 더부룩한 사내를 바라보았다. 이건 겉껍질에 지나지 않는다는 느낌이 들었다. 나는 육체를 벗어난 하나의 혼과 대면하고 있었던 것이다.

"좋아요, 가서 당신 그림이나 구경하죠." 내가 말했다.

42

스트릭랜드가 왜 갑자기 그림을 보여 주겠다고 했는지 알 수 없었다. 잘됐다 싶었다. 작품은 사람을 드러내는 법이다. 사람이란 사교적인 관계를 통해서는 세상에 내보이고 싶은 외양만을 보여 준다. 따라서 사람을 진짜로 알기 위해서는 자기도 의식하지 못하는 사소한 행동이라든가, 자기도 모르게 얼굴을 스치는 순간적인 표정을 통해 추론하는 수밖에 없다. 때로는 가면을 너무 철저히 쓰고 다니다가 정말 그 가면과 같은 인격이 되어 버리는 일도 있다. 하지만 책이나 그림은 진짜 모습을 꼼짝없이 드러내고 만다. 겉만 그럴싸한 것은 곧 속이 텅 비어 있음을 나타낼 뿐이다. 윗가지를 쇳조각처럼 칠한다 해도 쇳조각처럼 보일 리는 없다. 아무리 특이하게 꾸민다 해도 평범한 정신을 감출 수는 없다. 그냥 우연히 만들어진 작품에서도 날카로운 관찰자는 영혼의 깊은 비밀을 읽어 내고 만다.

스트릭랜드가 사는 집의 끝도 없는 계단을 올라가면서 나는 약간 들떠 있었음을 고백하지 않을 수 없다. 놀라운 모험의 문턱을 넘어서는 듯한 기분이었다. 나는 호기심에 가득 차서 방을 둘러보았다. 기억했던 것보다 훨씬 작은 방이었고 가구도 적었다. 화실이란 넓지 않으면 안 된다든가, 모든 조건이 마음에 들지 않으면 도무지 일을 할 수 없다고 말하는 내 친구들이 이것을 보면 과연 뭐라고 할 것인지 궁금했다.

"거기 서는 게 좋겠소." 하고 그는 한 곳을 가리켰다. 자기가 보여 주려는 그림을 가장 잘 볼 수 있는 곳이라고 생각한 것 같았다.

"제 감상을 듣고 싶은 건 아니겠죠." 나는 말했다.

"두말하면 잔소리요. 입은 닥치고 있어요."

그는 그림 한 점을 이젤에 올려놓고 잠시 나에게 보여 주었다. 그런 다음 그것을 내려놓고 다른 그림을 올려놓았다. 그렇게 서른 점가량을 보여 주었던 것 같다. 그것이 그가 그림을 그린 여섯 해 동안의 결과였다. 그는 한 점도 팔지 않았다. 캔버스는 크기가 다 달랐다. 작은 것에는 정물을 그렸고 큰 것에는 풍경을 그렸다. 인물은 대여섯 점쯤 되었다.

"이게 전부요." 이윽고 그가 말했다.

그때 내가 당장 그것들의 아름다움과 위대한 독창성을 알아보았더라면 좋았으련만, 유감스럽게도 그러지 못했다. 이제 그것들의 대부분을 훗날 다시 보았고, 그렇지 못한 것은 복제화로 익숙하게 되었지만, 그의 그림을 처음 보았을 때 몹시 실망스러웠다는 사실이 지금 생각하면 놀랍다. 나는 예술의 속성이 주는 특이한 전율을 조금도 느낄 수 없었다. 스트릭랜드의 그림이 내게 주었던 인상은 혼란스럽기만 했다. 어느 그림하나 사고 싶은 생각이 들지 않았다. 그 때문에 항상 후회하고 있지만 말이다. 아주 좋은 기회를 놓치고 만 셈이다. 이제 그 그림들의 대부분은 박물관에 들어가 있고 나머지는 돈 많은 아마추어 소장가들의 애장품이 되어 있다. 나도 변명은 하고 싶다. 내 취향이 천박하다고는 생각지 않으나 독창성이 없음을 나 자신도 알고 있다. 그림에 대해서는 잘 모를뿐더러, 대개는 다른 사람들이 닦아 놓은 길을 그저 멋모르고 따라왔다고 해야 할 것이다. 그 당시 나는 인상파들을 최고로 숭배하고 있었다. 시슬리와 드가의 그림을 가지고 싶었고 마네를 경배했다. 마네의 「올랭피아」가 최고의 현대화 같았고, 「풀밭 위의 점심」에는 깊은 감동을 받았다. 그것들이 내게는 회화의 결정판 같았다.

여기서 스트릭랜드가 보여 주었던 그림들을 설명하려고 하지는 않겠다. 그림 설명이란 언제나 따분한 일인 데다 이 방면에 관심을 가진 이들은 이미 그 그림들에 대해 잘 알고 있기 때문이다. 그가 현대 회화에 끼친 영향이 엄청났고, 그를 비롯한 첫 개척자들이 탐험한 그 영역도 다른 이들이 이미 자세히 답사한 뒤이기 때문에 이제는 스트릭랜드의 그림을 처음 보는 사람도 전보다는 상당히 마음의 준비를 갖추고 있다고 볼 수 있다. 하지만 나로서는 그런 유의 그림을 전혀 보지 못했음을 고려해야 할 것이다. 무엇보다 그 그림들의 기교가 서툴러 보여 나는 깜짝 놀랐다. 르네상스 거장들의 그림에 익숙해 있었고, 앵그르를 최근의 가장 훌륭한 묘사가로 확신하고 있던 나로서는 스트릭랜드의 그림이 졸렬해 보이기만 했던 것이다. 나는 그가 추구하던 단순화 기법에 대해서는 아무것도 몰랐다. 쟁반에 놓인 오렌지 정물이 기억나는데 쟁반이 둥글지 않고 오렌지가 한쪽으로 기울어 있는 게 마음에 걸렸다. 인물들은 실물보다 약간 크게 그려져 있었는데 커서 흉해 보였다. 내 눈에는 인물의 얼굴이 죄다 과장된 희화처럼 보였다. 나로서는 처음 대하는 기법이었다. 풍경화는 나를 훨씬 더 어리벙벙하게 만들었다. 퐁텐블로 숲을 그린 그림이 두셋, 파리의 시가 풍경이 너덧 점 있었다. 술 취한 마부가 그린 게 아닌가 하는 느낌부터 들었다. 나는 완전히 당황하고 말았다. 색채는 너무나 조잡해 보였다. 이것들이 죄다 이해할 수 없는 엄청난 장난이 아닌가 하는 생각이 머리를 스쳤다. 이제 돌이켜 생각해 보니 스트로브의 날카로운 감식안이 새삼 놀랍기만 하다. 그는 처음부터 거기에 예술의 혁명이 있음을 알아보았고, 이제 세상 모두가 인정하는 천재성을 초기에 벌써 알아차렸던 것이다.

어리벙벙하고 당황스럽기는 했지만 감명을 받지 않은 건 아니다. 나는 그림에 더없이 무지했지만, 거기에는 뭔가 자신을 표현하고자 하는 진정한 힘이 있음을 느끼지 않을 수 없었다. 긴장이 되면서 흥미가 일었다. 이 그림들은 내가 알아야 할 뭔가 중요한 것을 말하고 있는 것 같았다. 그러면서도 그게 뭔지는 알 수 없었다. 그림들은 추하게 보이면서도 어떤 중대한 의미가 있는 비밀을 곧바로 드러내지 않고 은근히 암시만 하고 있는 것 같았다. 그 비밀은 잡힐 듯 잡힐 듯하면서도 이상하게 끝내 잡히지 않았다. 그것들은 어떤 감흥을 불러일으켰지만 나는 그것을 분석할 수 없었다. 뭔가를 말하고 있지만 말로써 나타내기는 불가능했다. 스트릭랜드는 물질적인 것에서 어렴풋이 어떤 정신적인 의미를 발견했던 모양이나 그것이 너무 이상스러워서 불완전한 상징으로 암시할 수밖에 없었던 것이 아니었을까. 우주의 혼돈에서 어떤 새 양식을 발견하고 온 영혼으로 괴로워하면서 그것을 서투르게나마 표현하려고 했던 것이 아닌지. 나는 표현의 출구를 찾아 애타게 고뇌하는 정신을 보았던 것이다. 나는 그를 돌아보고 말했다.

"표현 수단을 잘못 선택하지 않았나 싶군요."

"그건 무슨 뚱딴지 같은 소리요?"

"뭔가를 말하려 하고 있다는 생각은 드는데 그게 뭔지 잘 모르겠어요. 그걸 그림으로 표현하는 것이 가장 적합한 방법이냐 하는 생각이 든다는 거죠."

그림을 보게 되면 그의 기이한 성격을 이해할 수 있는 실마리를 얻을 수 있을지 모른다고 생각했지만 그건 잘못 생각한 것이었다. 그림을 보고 나니 그 사람이 불러일으켰던 놀라움이 더욱 커질 뿐이었다. 그의 실체로부터 더 멀어진 느낌이었다. 한 가지 분명한 것은——하기야 그것도 상상에 지나지 않을지 모르겠지만——그는 지금 자신을 사로잡고 있는 힘에서 벗어나려고 몸부림치고 있다는 점이었다. 하지만 그것이 무슨 힘이며, 어떤 방식으로 벗어나려고 하는 것인지는 불투명했다. 사람은 누구나 세상에서 홀로이다. 각자가 일종의 청동탑[28]에 갇혀 신호로만 다른 이들과 교신할 수 있다. 그런데 그 신호들이 공통된 의미 가치를 가지고 있지 않아서 그 뜻은 모호하고 불확실하기만 하다. 우리는 마음속에 품은 소중한 생각을 다른 이들에게 전하려고 안타까이 애쓰지만 다른 이들은 그것을 받아들일 능력이 없다. 그래서 우리는 함께 나란히 살고 있으면서도, 나는 남을 이해하지 못하고 남도 나를 이해하지 못

---

28) 세인과의 접촉이 단절된 장소를 상징한다. 그리스 신화에서 아르고스의 왕 아크리시오스가 외손자에게 죽임을 당할 것이라는 신탁의 예언을 듣고 딸 다나에가 아이를 낳지 못하도록 청동탑에 가두어 버린다.

한 채로 서로 어울리지 못하고 외롭게 살아갈 수밖에 없다. 우리는 마치 이국 땅에 사는 사람들처럼 그 나라 말을 잘 모르기 때문에 온갖 아름답고 심오한 생각을 말하고 싶어도 기초 회화책의 진부한 문장으로밖에는 표현할 길이 없는 사람들과 똑같다. 머릿속에는 전하고 싶은 생각들이 들끓고 있음에도 기껏 할 수 있는 말이라고는 '정원사 아주머니 우산은 집 안에 있습니다.' 따위인 것이다.

결국 내가 받은 인상이란 정신의 어떤 상태를 표현하고자 하는 거대한 안간힘이 거기에 있었다는 점이었다. 나를 그처럼 당황하게 만든 원인도 바로 그러한 면에 있는 것 같았다. 스트릭랜드에게는 색채와 형태들이 어떤 특유한 의미가 있음이 분명했다. 그는 자기가 느낀 어떤 것을 전달하지 않고서는 배길 수 없었고, 오직 그것을 전달해야겠다는 생각만을 가지고 그림들을 그려 냈던 것이다. 그는 자신이 찾는 미지의 그것에 좀 더 가까이 가기 위해 망설임 없이 대상을 단순화하고 뒤틀었다. 사실(事實)이란 그에게 중요하지 않았다. 자기와는 관계없는 무수한 사실들 사이에서 그는 자신에게 의미 있는 것만을 찾았다. 우주의 혼을 발견하고 그것을 표현해 내지 않고서는 견딜 수 없었던 것이다. 나는 그 그림들에 혼란과 당혹감을 느꼈지만 한편으로 너무나 뚜렷이 드러나 있는 정서에 감동을 받지 않을 수 없었다. 왠지 모르게 나는 스트릭랜드에게 꿈에도 기대하지 않았던 어떤 감정을 느끼고 있었다. 그것은 억누를 수 없는 어떤 공감이었다.

"당신이 왜 블란치 스트로브에게 가졌던 감정에 굴복했는지 이제 알 수 있을 것 같아요." 내가 말했다.

"왜지?"

"용기가 꺾였던 것 같아요. 육체가 허약해지자 정신까지 허약해졌던 거지요. 당신을 사로잡고 있는 그 끝없는 갈망이 무엇인지는 모르겠어요. 어쨌든 당신은 자신을 괴롭히는 정신으로부터 벗어나기 위해 어딘가를 향해 위험하고 고독한 모색의 길을 나서지 않을 수 없었던 겁니다. 당신은 존재하지도 않는 어떤 신전을 찾아 나선 영원한 순례자 같아 보여요. 당신이 무슨 불가사의한 열반(涅槃)을 찾고 있는지 모르겠어요. 당신은 알고 있습니까? 진리와 자유를 찾고 있는지도 모르죠. 그런데 한순간 사랑에서 해방을 찾을 수 있다고 생각했던 겁니다. 지친 영혼이 여자의 팔 안에서 휴식을 찾으려 했던 것 같아요. 그런데 거기에도 휴식이 없음을 깨닫고 여자를 미워한 거죠. 여자에게는 연민을 느끼지 않았습니다. 당신은 자신에게도 연민을 느끼지 않으니까요. 그리고 두려움 때문에 여자를 죽였어요. 위험에서 간신히 빠져나오긴 했지만 아직 두려움을 떨쳐 버리지 못했으니까 말입니다."

그는 무표정한 미소를 지으며 수염을 쓸어내렸다.

"당신은 못 말리는 감상주의자로군. 가엾은 친구."

일주일 뒤 나는 우연히 스트릭랜드가 마르세유로 떠났다는 소문을 들었다. 그 뒤로 나는 다시 그를 보지 못했다.

43

지금까지 쓴 것을 돌아보니, 찰스 스트릭랜드를 묘사한다고는 했지만 그것들이 독자의 맘에 별로 들지 않을지 모른다는 생각이 든다. 내가 알게 된 사건들을 나름대로 설명한다고는 했지만 그 사건들의 원인을 모르니 여전히 모호한 느낌이 가시지 않는다. 가장 이해하기 힘든 부분은 스트릭랜드가 돌연 화가가 되겠다고 결심한 부분인데, 참으로 느닷없는 일로 여겨진다. 그 까닭이 분명 그 사람 인생의 여러 곡절 속에 들어 있겠지만 나는 그것을 알지 못한다. 그와 주고받은 대화에서는 아무런 단서도 건져 내지 못했다. 내가 지금 어떤 기인한 사람에 대해 아는 사실을 그대로 적는 게 아니고, 한 편의 소설을 쓰고 있다면 그와 같은 심경 변화가 일어난 이유를 얼마든지 그럴듯하게 꾸며 낼 수 있었을 것이다. 가령, 소년 시절에 품었던 장래의 직업에 대한 강렬한 소망이 아버지의 뜻에 꺾이고 말았다든가, 또는 먹고살아야 할 필요 때문에 그 소망을 어쩔 수 없이 포기하고 말았다고 설명할 수 있었을 것이다. 그렇게 살다 보니 제약을 받는 일이 많아 견딜 수 없었노라고 설명했을 것이다. 예술을 향한 열정과 가정에 대한 책무 사이에서 갈등하는 그를 묘사함으로써 나는 독자의 동정심을 얼마든지 불러일으킬 수 있었을 것이다. 그럼으로써 그를 한결 위대한 인물로 만들어 놓을 수 있었을지 모른다. 새로운 프로메테우스[29]의 모습을 발견했을 수도 있다. 인류의 이익을 위해 저주받은 고통을 감수한 영웅 프로메테우스의 현대판을 발견할 수도 있었다는 것이다. 이야말로 언제나 감동적인 주제가 아니겠는가.

아니면 결혼 생활에서 그 동기를 찾아낼 수도 있다. 이런 문제를 다룰 수 있는 방법은 열 가지도 넘는다. 아내가 교제하고 있던 화가나 작가들을 그도 함께 알고 지내는 사이에 자기 안에 숨어 있던 재능을 깨닫게 되었을 수 있다. 또는 부부 사이의 상반된 성격 때문에 자기 관심사에만 몰두하는 사람이 되었다고도 볼 수 있을 것이다. 가슴 안에 희미하게 숨어 있던 정열의 불씨가 어떤 연애 사건을 경험하면서 거센 불길로 타올랐던 것으로 그릴 수도 있다. 하기야 그런 경우라면 스트릭랜드 부인을 전혀 다르게 묘사해야 했을 것이다. 사실은 묻어 두고, 잔소리가 많고 바가지를 긁는 여자로 만들거나 정신적 욕구를 이해할 줄 모르는 고리타분한 여자로 그려야 할 것이다. 스트릭랜드의 결혼 생활이 긴긴 고통의 세월이었으며 그 생활에서 생각할 수 있는 일이라고는 오직 탈출밖에는 없었던 것처럼 만들었을 것이다. 또 이 어울리지 않는 아내에 대해 그가 엄청난 참을성을 발휘했다는 점, 그리고 연민의 정이 강해 자신을 옥죄었던 그 멍에를 차마 떨쳐 버리지 못했다는 점을 부각했을 것이다. 아이들 문제는 꺼내지도 않았을 것이다.

이런 이야기를 그럴싸하게 덧붙일 수도 있다. 어쩌다 한 늙

---

29) 하늘에서 불을 훔쳐다 인간에게 가져다준 티탄족의 영웅. 이 때문에 제우스의 노여움을 사서 바위에 사슬로 묶인 채 독수리에게 간을 파먹히는 벌을 받다가 헤라클레스의 도움으로 풀려난다. 많은 문학 작품의 소재가 되고 있다.

은 화가를 알게 된다. 이 화가는 생활이 빈곤하여, 아니면 상업적인 출세욕이 강하여 젊은 시절의 천재성을 잘못 사용하고 만 사람인데, 자기가 낭비해 버린 가능성을 스트릭랜드에게서 발견하고 그로 하여금 모든 것을 버리고 오직 신성한 예술의 욕구가 명령하는 대로만 따르도록 영향을 준다는 이야기 같은 것 말이다. 부와 명예를 가진 성공한 노인이 더 나은 인생인 줄 알면서도 자신은 용기가 없어 추구하지 못했던 인생을 다른 이를 통해 살고자 하는 모습을 그려 냈다면, 뭔가 아이러니를 지닌 이야기가 되지 않았을까.

이에 비해 사실들은 훨씬 따분하다. 학교를 갓 졸업한 소년 스트릭랜드는 조금도 주저하는 마음 없이 증권 중개업소에 들어갔다. 결혼을 할 때까지 남들과 똑같이 평범한 생활을 하며 증권거래소에서 얼마간의 투기를 하기도 하고, 더비 경마[30]나 옥스퍼드와 케임브리지 대학의 조정(漕艇) 경기 같은 것에도 금화 한두 잎을 걸고 도박을 해 볼 정도의 관심은 있었다. 남는 시간에는 권투도 좀 했을 것이다. 벽난로 선반 위에는 랭트리와 메리 앤더슨 같은 여배우 사진도 얹어 놓았다. 《펀치》와 《스포팅 타임스》[31]도 읽었다. 햄스테드에 춤추러 가기도 했다.

---

30) 잉글랜드의 엡섬(Epsom)에서 해마다 5~6월경에 벌어지는 유명한 경마. 이 경마가 벌어지는 날을 '더비 데이'라고 한다.
31) 《펀치》는 재미있는 기사들과 문예 평론을 실었던 유명한 주간지였다 (1841~1992). 《스포팅 타임스》는 경마 등의 화제를 다루는 스포츠 신문이었다.

내가 오랜 기간 그를 통 보지 못했다 해도 그리 문제 될 것은 없다. 그가 어려운 예술의 기교를 습득하느라 애쓰고 있던 기간은 매우 단조로운 기간이었다. 그도 먹고살려고 이런저런 변통수를 쓰기도 했지만 거기에 의미 있는 대목이 있으리라고는 생각지 않는다. 그런 일을 설명하다 보면 다른 사람들에게도 늘 일어나는 일을 반복해 말하는 셈이 된다. 그런 일들이 그의 성격에 어떤 영향을 미쳤으리라고는 생각지 않는다. 그는 틀림없이 현대 파리를 무대로 한 악동 소설[32]에 넉넉한 소재를 제공할 만큼은 경험을 쌓았겠지만 늘 초연한 태도를 지니고 있었고, 그의 말로 미루어 보아도 그 당시 어떤 것에 특별한 감명을 받은 일이 없었다. 파리에 도착했을 때는 이미 너무 나이가 들어 주변 세계의 매력에 별로 현혹되지 않았는지도 모른다. 이상하게 들릴지 모르지만, 그는 내가 보기에 늘 실제적일 뿐만 아니라 아주 현실적인 사람이었다. 나는 이 시기에 그가 로맨틱하게 살았다고 보지만, 그 자신은 낭만이라고는 전혀 몰랐던 게 분명하다. 인생의 낭만을 깨달으려면 무엇보다 배우 기질이 있어야 하지 않겠는가. 또한 자신으로부터 벗어나 초연하면서 동시에 몰입하여 자신의 행위를 관찰할 수 있어야 한다. 하지만 스트릭랜드보다 더 단일한 정신을 가진 사람이 어디 있을까. 그처럼 자의식이 없는 사람을 나는 본 적이 없다. 그러나 자기 예술을 그만한 숙달의 경지에 이르게 하

---

32) 악동으로 취급받지만 바탕은 착한 등장인물의 모험과 여행을 다룬 이야기. 피카레스크 소설이라고도 한다.

기까지 그가 거쳐야 했던 힘든 과정을 내가 여기에서 묘사할 수 없음은 유감스러운 일이 아닐 수 없다. 실패에도 결코 꺾이지 않고 불굴의 용기로 절망을 이겨 내며, 예술가의 가장 힘겨운 적이라 할 수 있는 자기 회의에 부닥쳐도 완고하고 끈질긴 정신을 잃지 않는 인물로 그를 그릴 수만 있다면, 매력이라고는 어지간히도 없어 보이는 개성에 대해서도——이 점은 내가 너무 잘 알고 있다.——나는 독자들에게 얼마간 공감을 불러일으킬 수 있을지 모른다. 하지만 내게는 더 이상 말할 게 없다. 나 자신 스트릭랜드가 작업하는 모습을 본 적이 없을뿐더러 어느 누가 보았는지도 알지 못한다. 그는 그 힘든 과정의 비밀을 아무에게도 드러내지 않았다. 비록 그가 외로운 화실에서 야곱처럼 천사와 맞붙어 필사적인 싸움을 벌였다 해도[33] 그는 아무에게도 자신의 고뇌를 내보이지 않았다.

　그와 블란치 스트로브의 관계에 대해서 말하자면, 내가 다룰 수 있는 사실들이 너무 단편적이라 분통이 터진다. 내 이야기를 일관성 있게 하자면 그들이 같이 살게 된 비극적인 과정을 기술해야 마땅하지만, 나는 두 사람이 같이 살았던 그 석 달의 기간에 대해서는 아무것도 모른다. 그들이 어떻게 지냈는지, 무슨 이야기를 했는지 알 수가 없다. 하기야 하루는 스물네 시간이고 감정이 고조되는 순간이 그리 자주 있는 것도 아니다. 나는 그런 순간들이 아닌 나머지 시간을 보낸 방식만

---

33) 구약의 '창세기' 32장 22~29절의 이야기 참조. 야곱은 하느님의 축복을 얻기 위해 천사를 붙들고 놓지 않는다.

을 짐작해 볼 수 있을 따름이다. 해가 있는 한, 그리고 블란치의 체력이 버텨 낼 수 있는 한, 스트릭랜드는 줄곧 그림만 그렸을 것이다. 그가 너무 그림에만 몰두해 그녀는 틀림없이 화가 났을 것이다. 그럴 때면 그녀는 그의 애인이라기보다 모델에 지나지 않았다. 그림이 끝나면 두 사람은 나머지 긴 시간을 서로 마주 보며 묵묵히 보냈다. 그녀는 그게 무서웠을 것이다. 스트릭랜드가 은근히 이런 뜻의 말을 한 적이 있었다. 더크 스트로브는 곤경에 처한 여자를 도와줌으로써 그녀를 얻었다. 그런데 그 여자가 이제 자기에게 굴복하고 말자 더크 스트로브에 대해 어떤 승리감이 느껴지더라는 것이다. 그것은 여러 가지로 막연한 짐작을 하게 만드는 말이었다. 나는 그 말이 진실이 아니기를 바란다. 그 말이 내게는 상당히 무섭게 여겨진다. 하지만 복잡한 사람 속을 누가 다 헤아릴 수 있겠는가? 인간의 마음에는 점잖은 감상과 정상적인 감정만이 있다고 보는 사람은 도저히 짐작할 길이 없을 것이다. 블란치는 스트릭랜드가 어떤 순간 열정을 보여 주기도 하지만 대개는 무심한 사람임을 알고 그만 낙담하고 말았을 것임에 틀림없으며, 그가 열정을 보이는 순간에도 자기는 그에게 한 인간이 아니라 쾌락의 도구에 지나지 않음을 깨달았으리라고 짐작된다. 그는 여전히 낯선 사람이었다. 그래서 그녀는 이런저런 애처로운 기교를 부려 그를 자기에게 붙잡아 두려고 애썼다. 안락한 생활로 그를 사로잡으려 안간힘을 쓰면서도 그에게는 안락이 아무런 의미를 갖지 못한다는 사실을 직시하지 않으려 했다. 좋아하는 음식을 장만해 주느라고 애쓰면서도 그가 음식에는 무관심한 사람이라는 사실을 보지 않으려 했다. 그를 혼자 두는 것을 두려워했다. 온 신경을 세워 그를 뒤쫓아 다녔고, 그의 열정이 잠들어 있으면 그것을 불러일으키려고 애썼다. 적어도 그런 때만은 자기가 그를 사로잡고 있다는 생각이 들었기 때문이다. 하기야 그녀도 똑똑한 여자인지라 자기가 애써 매어 놓은 사슬이 오직 그의 파괴 본능만을 자극한다는 사실을—유리창을 보면 벽돌 조각을 집어 던지고 싶어지듯이—알고 있었을지도 모른다. 하지만 감정이 어찌 이성대로만 되랴. 그녀는 파국에 이르는 길인 줄 빤히 알면서도 계속 그 길로 나아갔던 것이다. 틀림없이 그녀는 아주 불행하다는 느낌을 받았을 것이다. 하지만 사랑에 눈이 멀어 버린 그녀는 자기가 진실이라고 여기고 싶은 바를 믿었고, 자신의 사랑이 너무 깊기 때문에 그 사랑이 상대방에게도 똑같은 사랑을 불러일으키지 않을 리 없다고만 생각했다.

하지만 사실을 많이 모르기도 하려니와 나의 스트릭랜드 성격 연구에는 그보다 더 중대한 결함 하나가 있다. 워낙 분명하게 눈에 띄는 사실이라 여자 관계를 다루기는 했지만 그건 그의 삶에서 별 의미 없는 부분에 지나지 않는다. 그런데도 그 일이 다른 이들에게 그처럼 비극적인 영향을 미쳤다는 것은 아이러니가 아닐 수 없다. 그의 진짜 생활은 꿈과 잠시도 쉬지 않는 그림 작업, 이 두 가지로만 이루어져 있었다.

이래서 소설은 비현실적이 된다. 남자에게 사랑이란 일상적인 여러 일의 한 에피소드에 지나지 않는데도 소설이 그것을 강조하다 보니 실제와는 다른 중요성을 갖게 되는 것이다. 사랑을 세상에서 제일 중요한 것으로 여기는 남자란 거의 없다. 있다 해도 그런 남자들은 별 재미가 없다. 사랑을 지상(至上)의 관심사로 삼는 여자들도 그런 남자를 경멸한다. 하기야 그런 남자들 덕분에 여자들은 기분이 우쭐해지고 자극을 받기도 하지만, 그들이 좀 덜떨어진 인간이 아닌가 하는 불안감을 갖는 것이다. 사랑에 빠진 짧은 기간에도 남자는 다른 일들을 하며 그것들에 신경을 쓴다. 직업을 갖고 먹고살아야 하니 응당 그에도 정신을 빼앗긴다. 스포츠에 빠지기도 하고 예술에 관심을 갖기도 한다. 남자들은 대체로 여러 방면의 활동을 하며, 한 가지 활동을 할 때는 다른 일들은 일시적으로 미루어 둔다. 그때그때 하는 일에 정신을 집중할 수가 있어, 한 가지 일이 다른 일을 침범하면 못마땅해한다. 남녀가 똑같이 사랑에 빠져 있다 하더라도 다른 점은, 여자가 하루 온종일 사랑할 수 있는 데 비해 남자는 이따금씩밖에 하지 못한다는 데에 있다.

스트릭랜드에게 성욕이 차지하는 부분은 아주 작았다. 그것은 중요하지 않았다. 귀찮은 일이었다. 그의 정신은 다른 곳을 향해 있었다. 워낙 격렬한 열정을 가진 사람이라 때로 몸이 욕정에 사로잡히면 광란 상태에 빠지기도 했지만 그는 침착성을 앗아 가는 그런 본능을 싫어했다. 도락을 즐기려면 불가피하게 상대방이 있어야 하는데 그는 이 상대방 여자마저 싫어했던 것 같다. 일을 끝내고 자제력을 회복하고 나면, 방금 즐겼던 여자의 모습을 보고도 치를 떠는 것이었다. 고요히 천상을 떠돌고 있었던 그의 상념이, 마치 꽃 사이를 날던 오색영롱한 나비가 문득 얼마 전에 의기양양하게 벗어 버렸던 자신의 추잡한 유충 껍데기를 발견하고는 몸서리를 치듯이, 여자를 보고 몸서리를 치는 것이었다. 나는 예술이란 성적 본능이 구현된 것이라고 본다. 아름다운 여인의 모습이나 밝은 달빛을 받은 나폴리 항구, 티치아노가 그린 「매장(埋葬)」이 사람의 마음에 불러일으키는 감정은 다 한가지이다. 어떻게 생각하면, 스트릭랜드가 보통 방식으로 성욕을 방출하기 싫어했던 것은 예술적 창조에서 얻을 수 있는 만족감에 비해 그것이 야비하게 여겨졌기 때문인지도 모른다. 지금까지 나 스스로 스트릭랜드를 잔인하고 이기적이고 야비하고 관능적인 인간인 것처럼 그려 놓고, 이제 와서 새삼스레 대단한 이상주의자인 것처럼 말하고 있으니 나마저 이상한 느낌이 든다. 하지만 사실이 그러하니 어쩌랴.

그는 기능공이나 공예인들보다 더 가난하게 살았다. 일은 더 열심히 했다. 대개의 사람들이 생활을 품위 있고 아름답게 해 준다고 생각하는 그런 것들에는 전혀 관심이 없었다. 돈에도 무관심했다. 명성도 안중에 없었다. 우리들 같으면 대체로 세상일에 적당히 타협하고 말지만 그는 그러한 유혹에 조금도 꺾이지 않았는데, 그렇다고 그를 칭찬할 수는 없다. 그는 그런 유혹조차 느끼지 못했다. 타협이란 것이 가능하다는 사실조차 생각하지 못했다. 파리에 살면서도 그는 테베 사막에 사는 은자(隱者)보다 더 고독했다. 그가 친구들에게 바란 것은 오직 자기를 혼자 있게 내버려 두라는 것이었다. 그는 자신이 지향하는 것에 온 마음을 쏟아부었다. 그것을 추구하기 위해 그는 자신뿐만 아니라 남들까지 희생시켰다.(자기 희생쯤이야 많은 사람들이 하지만.) 그에게는 비전이 있었다.

스트릭랜드는 불쾌감을 주는 사람이긴 했지만, 나는 지금도 그가 위대한 인간이었다고 생각한다.

44

화가의 예술론에도 무시하지 못할 데가 있다. 스트릭랜드도 과거의 거장들에 대해 나름의 견해를 가지고 있었는데 이 기회에 내가 들은 대로 그의 견해를 적어 두는 게 좋을 듯하다. 하지만 나도 대단한 것은 알고 있지 않다. 스트릭랜드는 원래 대화를 즐기는 사람이 아니었고, 듣는 이가 잘 기억할 수 있도록 인상 깊은 어구로 자기가 할 말을 표현하는 재주도 없었다. 재치도 없었다. 유머는 냉소적이었다. 내가 지금까지 그의 어투를 재현하는 데 얼마간이나마 성공했다면 그의 유머가 냉소적이었다는 점은 여러분도 짐작할 수 있을 것이다. 그의 대꾸는 늘 거칠었다. 맞는 말을 해서 사람을 웃길 때도 있었다. 하지만 그런 익살은 어쩌다 한 번씩 부려야 효과가 있는 법 아닌가. 입을 벌릴 때마다 그런 익살이 튀어나온다면 곧 식상하고 말 것이다.

스트릭랜드가 뛰어난 지성을 가진 사람이라고는 말하지 못하겠다. 회화에 관한 그의 견해는 보통 이상의 수준은 아니었다. 자기와 얼마간 유사성을 갖는 화가들, 이를테면 세잔이라든가 반 고흐 같은 이들의 작품을 언급하는 것을 들어 본 적이 없다. 그들의 그림을 보기라도 했는지조차 모르겠다. 인상파에 별 관심이 없었다. 인상파들의 기법에는 감명을 받았지만 그들의 태도는 상투적이라고 생각했던 것 같다. 스트로브가 마네의 뛰어난 점을 장황하게 늘어놓을 때도 그는 '나는 빈터할터[34]가 더 좋네.' 하고 말할 뿐이었다. 스트로브의 약을 올리려고 했던 말이었던 것 같은데 그랬다면 제대로 성공을 거둔 셈이었다.

르네상스 거장들에 대한 그의 터무니없는 견해를 소개할 수 없어 서운하다. 워낙 성격이 이상한 사람이라 옛 거장들에 대해서도 황당한 견해를 가졌더라면 그를 오히려 통일성 있는 인간으로 그릴 수 있으리라 느껴진다. 선배 화가들에 대해서 아주 엉뚱한 이론을 가지고 있더라고 말해 주고 싶지만, 사실은 고작해야 남들과 비슷한 생각이더라고 털어놓자니 어쩐지 맥이 빠진다. 그는 아마 엘 그레코를 몰랐을 것이다. 벨라스케스는 극구 찬양했지만 거기에는 약간 짜증이 섞여 있었다. 샤르댕은 좋아했고, 램브란트에는 열광하고 있었다. 한번은 램브란트에게서 받은 인상을 조잡한 표현으로 설명해 준 적이 있는데 너무 조잡한 말이라 차마 여기에 옮겨 적을 수가 없다. 그가 흥미를 가졌던 화가가 딱 하나 있었는데, 뜻밖에 피터르 브뤼헐[35]이었다. 그때만 해도 나는 그 화가를 거의 모르고 있

---

34) 프란츠 자버 빈터할터(Franz Xaver Winterhalter, 1805~1873). 독일 화가. 왕족의 초상화를 많이 그렸다.
35) Pieter Brueghel(1525~1569). 16세기 플랑드르의 대표적 화가. 농민 생

었다. 그런데 스트릭랜드는 도대체 자기 생각을 설명할 줄을 몰랐다. 그의 말을 내가 지금도 기억하고 있는 것은 순전히 그의 설명이 너무나 서툴렀기 때문이다.

"이 사람은 괜찮아. 틀림없이 이 사람은 그림 그리는 일이 아주 끔찍했을걸."

후에 나는 비엔나에서 피터르 브뤼헐의 그림을 몇 점 보았는데, 그제야 스트릭랜드가 왜 그에게 끌렸는지 이해할 수 있을 것 같았다. 거기에 또한 자기만의 세계에 대한 비전을 품은 인간이 있었다. 그때 나는 브뤼헐에 대해 뭔가 써 볼까 하고 기록을 꽤 해 두었는데 다 잃어버리고 남아 있는 것이라고는 어떤 감정에 대한 기억뿐이다. 그는 인간을 그로테스크하게 보는 듯했다. 인간이 그로테스크했기 때문에 인간에 대해 분노를 느꼈다. 인생은 우스꽝스럽고 지저분한 일들의 뒤범벅이고 웃기에 적절한 소재였다. 하지만 웃으려니 슬펐다. 내가 브뤼헐에게서 받았던 인상은, 그가 다른 매체로 표현하면 더 나았을 감정을 자신의 매체로 표현하고자 안간힘을 쓰는 인간이라는 점이었다. 스트릭랜드가 그에게 공감했던 것도 바로 그 점을 어렴풋이 의식했기 때문이었으리라. 두 사람은 모두가 문학에 더 적합한 관념을 그림으로 표현하려 애쓰고 있었던 것 같다.

모르긴 몰라도 그때 스트릭랜드의 나이는 마흔일곱에 가까웠을 것이다.

활과 농촌 풍경을 탁월하게 묘사했다.

45

앞서 말한 대로 내가 우연히 타히티[36]를 여행하지 않았던들, 결코 이 책을 쓰지 못했을 것이다. 이곳이 바로 찰스 스트릭랜드가 오랜 방랑 끝에 이른 곳이었으며, 이곳이 바로 그가 자신의 명성을 확립시켜 준 그림들을 그려 낸 곳이었다. 자신을 사로잡고 있는 꿈을 완벽하게 실현시킨 예술가는 어디에도 없을 것이다. 기교와 싸우느라 끊임없이 괴로워했던 스트릭랜드로서는 마음의 눈이 본 비전을 표현하는 일이 다른 이들보다 더 어려웠을지 모른다. 하지만 타히티에서는 사정이 그에게 유리했다. 그는 자신의 영감을 효과적으로 표현하는 데 필요한 소재들을 사방에서 어렵지 않게 발견할 수 있었다. 그래서 후기 작품들은 적어도 그가 무엇을 찾아 헤맸던가를 암시해 주고 있다. 그것들은 우리의 상상력으로 하여금 새롭고 신기한 어떤 것을 보게 해 준다. 마치 육체를 벗어나 머무를 곳을 찾아 방황하던 영혼이 마침내 머나먼 이곳 이국 땅에서 다시 육체의 옷을 걸칠 수 있게 되었던 것 같다. 진부한 표현을 사용하자면, 그는 여기서 자신을 발견했던 것이다.

이 외딴 섬을 방문하는 대로 곧 스트릭랜드에 대한 관심이 되살아났어야 자연스러웠으련만, 나는 그때 내 용무에 온통 정신을 빼앗겨 딴 일에는 전혀 마음을 쓸 여유가 없었다. 며칠이 지나고 나서야 겨우 이 섬과 그의 관계를 기억해 냈을 정도

---

36) 남태평양에 있는 프랑스령 폴리네시아에 속한 섬.

였다. 따지고 보면 그를 마지막으로 본 것이 십오 년 전이었고, 그가 죽은 지도 벌써 구 년이나 되었다. 그런데 타히티에 도착하여 당장 급한 일들도 훌훌 떨쳐 버릴 수 있었을 텐데도 웬일인지 나는 일주일이 지나도 좀처럼 마음이 맑게 정리되지 않았다. 섬에 도착한 이튿날 아침, 나는 일찍 일어났던 것을 기억한다. 호텔의 테라스에 나가 보니 일어난 사람이 아무도 없었다. 어슬렁어슬렁 취사장 쪽으로 가 보니, 거기도 문이 잠겨 있고 바깥의 벤치 위에는 토박이 아이 하나가 자고 있었다. 당장은 아침 식사를 기대할 수 없을 것 같아 어슬렁거리며 선창가로 내려가 보았다. 중국인들이 벌써 부산스럽게 가게 문을 열고 있었다. 하늘에는 아직 새벽 여명이 흐릿했고 초호(礁湖)에는 으스스한 고요가 깃들어 있었다. 십 마일 저 건너에 무레아 섬이 성배(聖杯)[37]를 수호하는 높은 성채처럼 섬의 신비를 지키고 있었다.

나는 내 눈을 다 믿을 수 없었다. 웰링턴[38]을 떠난 이후의 시간들이 내게는 예사롭지 않고 특별하게 여겨졌다. 웰링턴은 말끔하고 아담한 영국적인 도시로 영국의 남해안에 있는 항구를 떠올려 주는 곳이다. 그곳을 떠난 뒤로 사흘 동안은 내내 바다가 거칠었다. 회색 구름장이 잇따라 하늘을 빠르게 달렸다. 그러더니 어느 사이에 바람이 뚝 그치고 바다는 고요와 푸르름을 되찾았다. 태평양은 어느 바다보다 더 황량하다. 공

---

37) 그리스도가 최후의 만찬에 사용했고, 십자가에 매달려 창에 찔렸을 때 그의 피를 받았다는 전설적인 잔이다.
38) 뉴질랜드의 수도. 북섬에 있는 항구 도시이다.

간이 훨씬 더 광막해 보이며 평범한 항해조차 여기에서는 모험의 기분을 느끼게 해 준다. 여기에서 숨쉬는 공기는 마치 신비한 영약(靈藥)처럼 예기치 못한 사건을 차분하게 맞이하도록 해 준다. 육신을 가진 인간이라면 타히티에 가까이 갈 때야말로 그 어느 때보다도 공상 속의 황금 왕국으로 가고 있다는 느낌을 받을 것이다. 타히티의 자매 섬인 무레아 섬은 마법 지팡이가 만들어 낸 허깨비처럼, 장엄한 바위섬의 모습을 망망한 바다 위에 신비롭게 드러낸다. 들쭉날쭉한 윤곽이 태평양의 몬트세랫 섬[39]이라 할 만하다. 거기에서는 폴리네시아 기사(騎士)들이 기이한 의식을 올리며 사람들이 알아서는 안 되는 신성한 비밀을 수호하고 있을 것만 같다. 거리가 가까워질수록 멋진 봉우리들이 점점 뚜렷해지면서 섬의 아름다움은 그 베일을 벗는다. 하지만 배가 곁을 지날 때에도 섬은 아직 비밀을 드러내지 않은 채, 침범을 허용치 않으려는 듯 다가가기 힘든 험준한 바위들로 자신을 엄중히 감싸고 있는 듯하다. 산호초 사이로 겨우 통로를 찾았다 싶으면 그것은 어느새 시야에서 사라져 버리고, 다시 가없이 외로운 푸른 태평양만이 눈앞을 가득 채우지만 여기서는 그것이 조금도 놀라운 일이 아니다.

타히티는 높이 솟은 푸른 섬이다. 깊게 패인 짙은 초록색의 주름은 거기에 고요한 골짜기가 있음을 짐작하게 한다. 그곳 침침한 유곡(幽谷)에 신비가 깃들어 있고, 골을 따라 서늘한

---

39) 몬트세랫 섬은 카리브해에 있는 섬이다.

시냇물이 졸졸거리며 혹은 찰랑거리면서 흘러내린다. 이들 무성한 나무 그늘 아래 태고의 삶이 아직까지 태곳적 그대로 영위되고 있음을 느낄 수 있다. 여기라고 슬픔과 두려움이 없을까. 하지만 그 느낌은 금방 사라져 버리고 오히려 현재의 즐거움만이 더 뚜렷이 느껴질 뿐이다. 마치 사람들이 광대의 재담에 웃음을 터뜨릴 때, 광대의 눈에 어리는 슬픔을 닮았다. 다들 한바탕 웃음을 나눌 때 광대는 더욱 견딜 수 없는 외로움에 사무쳐 입가에 더 명랑한 미소를 띠고 재담에 더욱 신명을 돋운다. 타히티는 늘 미소 짓는 모습으로 정답기만 하다. 우아한 맵시로 자신의 아름다움과 매력을 아낌없이 나눠 주는 매력적인 여인과 같다. 그리고 파페에테의 항구에 들어설 때만큼 마음이 푸근해지는 때가 또 있을까. 부두에 정박한 아담하고 말끔한 범선들. 하얗고 세련된 집들이 늘어서 있는 바닷가의 작은 타운. 푸른 하늘을 배경으로 빨갛게 타오르는 불꽃나무들이 정열의 외침인 양 제 빛깔을 마음껏 뽐낸다. 그들의 부끄러움 없는 격렬한 관능에 보는 이들은 숨이 막힐 것만 같다. 그뿐인가. 증기선이 닿을 때마다 부두를 가득 채우는 사람들의 무리는 즐겁고 쾌활하기만 하다. 떠들썩하고 유쾌하고 몸짓 요란한 사람들이 구릿빛 얼굴의 물결을 이룬다. 푸르게 타오르는 하늘을 배경으로 색깔이 움직이는 듯한 느낌을 받는다. 모든 것이 엄청난 북새통 가운데에서 이루어진다. 짐의 하역이며 세관 검사 같은 것들이 다 그렇다. 모든 사람이 당신에게 미소를 짓는 것 같다. 날은 뜨겁고 색채는 현기증을 일으킨다.

46

타히티에 온 지 얼마 안 되었을 때 나는 니콜스 선장을 만났다. 어느 날 아침 호텔 테라스에서 아침을 먹고 있는데, 그가 와서 자기 소개를 했다. 내가 찰스 스트릭랜드에게 관심을 갖고 있다는 말을 들었다면서 그에 관해 이야기하고 싶어 왔다는 것이다. 타히티 역시 영국 시골처럼 소문을 좋아하는지 내가 스트릭랜드의 그림에 관해 한두 마디 물었던 게 금세 사방에 퍼져 버린 모양이었다. 나는 이 낯선 이에게 아침 식사는 했느냐고 물었다.

"아, 예. 난 일찌감치 커피를 마십니다." 그는 대답했다. "하지만 위스키 한 모금쯤이야 괜찮겠죠."

나는 중국인 종업원을 불렀다.

"이거 너무 이르지 않나요?" 그가 말했다.

"그건 선생께서 선생의 간(肝)과 상의해서 결정할 문제 아닌가요." 내가 대꾸했다.

"실은 거의 금주하는 편이죠." 그렇게 말하면서 그는 캐나디안 클럽 위스키를 반 잔이 넘게 직접 따랐다.

그는 웃을 때마다 부러진 누런 이빨을 내보였다. 사내는 말라 빠진 몸에 키는 보통을 넘지 않았고 반백의 머리를 짧게 깎았으며, 역시 반백의 짧고 억센 콧수염을 기르고 있었다. 이삼 일은 면도를 하지 않은 듯했다. 얼굴에 깊은 주름이 패었고, 오랫동안 햇볕 아래에서 생활했는지 얼굴이 갈색으로 그을려 있었다. 조그맣고 푸른 두 눈은 정신을 차릴 수 없을 만큼 쉴 새 없이 움직였다. 그의 눈길이 재빠르게 움직이면서 나의 사소한 동작까지도 쫓아다녔다. 그러고 보니 영락없이 천하의 악당 같은 인상이었다. 하지만 이 순간만은 아주 소탈하고 친근한 사내였다. 허름한 카키색 옷을 입고 있었는데, 손은 어찌나 지저분한지 씻었으면 좋겠다는 생각이 들 지경이었다.

"스트릭랜드는 내가 잘 압니다." 그는 의자 등받이에 기대 몸을 뒤로 젖히고 내가 권한 시가에 불을 붙이면서 말했다. "실은 내가 소개해서 이 섬에 오게 되었죠."

"어디서 만났는데요?"

"마르세유에서 만났어요."

"선생은 거기서 뭘 하셨습니까?"

그는 환심을 사려는 미소를 지었다.

"글쎄. 그저 부둣가에서 떠돌았던 것 같소이다."

이자의 행색으로 보면 지금도 당시의 궁한 처지를 조금도 벗어난 것 같지 않았다. 그래서 나는 되레 마음 편하게 알고 지낼 만하다는 느낌이 들었다. 부두의 떠돌이들과 어울리면 늘 뭔가 부담되는 점이 없지 않지만 그래도 즐거운 데가 있다. 가까이하기가 수월하고 말 상대로서도 서글서글하다. 좀처럼 거드름 피우는 일이 없고, 술 한잔 권하기만 하면 속마음을 다 털어놓는다. 이들과 친해지는 데 번거로운 절차 같은 건 필요 없다. 그저 이야기를 귀담아 들어 주기만 하면 그들은 금방 상대를 신뢰할 뿐 아니라 고마워하기까지 한다. 그들은 얘기하는 즐거움을 인생의 커다란 낙으로 삼고 있는데, 얘기 솜씨로 보면 이들 세계의 문명이 뛰어남을 알 수 있다. 이들은 대부분 얘기를 재미있게 한다. 이들에게는 폭넓은 경험과 풍부한 상상력이 멋지게 조화를 이루고 있다. 교활한 점이 없다고야 할 수 없겠지만 법이 힘을 가지고 행사될 때에는 이들도 법을 꽤 참을성 있게 존중하는 편이다. 이들과 포커를 하는 것은 위험하지만, 그들의 솜씨가 이 노름——세상에서 제일 재미있는——에 특이한 재미를 더해 주는 면도 없지 않다. 나는 타히티를 떠나기 전에 이 니콜스 선장을 아주 잘 알게 되었다. 그를 알게 된 덕분에 얻은 게 많다. 내가 그에게 시가와 위스키 값을 대고(거의 금주하는 편이라면서 칵테일은 한사코 거절했다), 그가 때로 내게 무슨 호의나 베풀 듯 점잖게 돈을 빌려 갈 때면 몇 달러의 돈이 내 주머니에서 그의 주머니 속으로 들어가기는 했지만, 그것들은 그가 나를 즐겁게 해 준 일에 비하면 아무것도 아니었다. 아직도 나는 그 빚을 다 갚지 못하고 있다. 따라서 주제에서 벗어나서는 안 된다는 이유로 그에 관한 얘기를 한두 줄로 끝내고 만다면 양심상 미안한 일이 아닐 수 없다.

니콜스 선장이 처음에 무슨 이유로 영국을 떠났는지는 모른다. 그 일에 관해서는 좀처럼 입을 열지 않았고, 그와 같은 기질의 사람에게 내놓고 묻는 것도 별로 신중한 일은 아니다. 억울한 화를 입었다는 말을 슬쩍 비친 일이 있었다. 하여간 그가 자신을 부당한 희생자로 여기고 있었던 것만은 틀림없다. 나는 이런저런 형태의 사기나 폭력 같은 것을 상상해 보기도 했는데, 그가 고국의 관리들이 지나치게 형식만 따진다고 말했을 때에는 맞장구를 치지 않을 수 없었다. 하지만 고국에서 기분 나쁜 일을 당했으면서도 애국심만은 변함없이 열렬한 것을 보고 나는 기분이 좋았다. 그는 번번이, 영국이 세계에서 가장 훌륭한 나라 아닙니까, 하는 식으로 말했고, 미국인이나 식민지인, 남유럽인, 네덜란드인, 남양군도의 원주민들에 대해서도 대단한 우월감을 가지고 있었다.

하지만 나는 그가 행복한 인간이었다고는 생각지 않는다. 그는 소화 불량으로 고생하고 있었다. 위장약인 펩신 정제를 빨아 먹는 모습을 자주 볼 수 있었다. 아침에는 입맛이 없었다. 하지만 괴로움이 그것 한 가지뿐이었다면 그렇게까지 풀이 죽지는 않았을 것이다. 인생이 만족스럽지 못한 데에는 그보다 큰 원인이 있었다. 팔 년 전에 급하게 아내를 얻었던 모양이다. 세상에는 자비로운 섭리에 따라 분명 독신으로 살게끔 운명지어졌으면서도 고집이 세거나 또는 불가피한 사연으로 그 천명을 거스르는 사내들이 있다. 결혼한 독신주의자처럼 가엾은 사람이 어디 있겠는가. 니콜스 선장도 그런 사람 가운데 하나였다. 나도 그의 아내를 만나 본 적이 있는데 스물여덟 살 정도로 보이는 여자였다. 하기야 이런 타입의 여자는 언제 봐도 나이를 짐작하기가 힘들다. 스무 살 적에도 지금과 다르지 않았을 것이고 마흔 살이 되어도 나이가 더 들어 보이지 않을 것이다. 그녀는 아주 단단하고 야무진 여자라는 인상을 주었다. 얼굴은 별로 곱지 못하고 입술은 작았는데 단단하고 야무져 보였고, 피부도 뼈에 단단하고 야무지게 달라붙어 있었으며, 미소며 머리칼이며 입은 옷이며 죄다 단단하고 야무지게 보였다. 몸에 걸친 흰 무명 옷은 검은 상복처럼 보였다.

나는 도무지 이해가 안 갔다. 왜 니콜스 선장이 이런 여자와 결혼했을까, 결혼을 했더라도 왜 버리지 못했을까. 하기야 버린 적이 있을지도 모른다. 한두 번뿐이었겠는가. 하지만 결국은 제대로 성공을 거두지 못해서 저렇게 우울증이 생긴 것일 게다. 제아무리 멀리 도망쳐 보아도, 제아무리 아무도 모르는 곳에 꼭꼭 숨어 버려도 니콜스 부인은 숙명처럼 냉혹하고 양심처럼 무자비하게 그를 찾아내어 이내 다시 재결합하고 말았던 것임에 틀림없다. 원인이 결과를 피하지 못하듯, 그도 그녀로부터 도망칠 수 없었던 것이다.

건달은, 예술가도 그렇고 아마 신사도 그렇겠지만, 어느 계급에도 속하지 않는다. 건달은 부랑자들이 함부로 구는 태도에도 당황하지 않고 황태자의 에티켓에도 당혹해하지 않는다. 그런데 니콜스 부인은 확실한 계급, 그러니까 최근에 목소리가 커진 이른바 중하류 계급에 속한다. 그녀의 부친은 사실 경찰이었다. 모르긴 몰라도 유능한 경찰이었을 것이다. 이 여자가 선장을 왜 꼭 붙들고 있었는지는 알 수 없지만, 어쨌든 사랑 때문은 아니었다고 생각된다. 그녀가 말하는 것을 들어 본 적은 없지만, 두 사람만 있을 때에는 말발이 대단했을 것으로 짐작된다. 아무튼 선장은 그녀를 엄청나게 무서워했다. 때로 호텔 테라스에 나랑 함께 앉아 있다가도, 그녀가 호텔 앞 거리를 지나가고 있다는 걸 알아차리는 때가 있었다. 그녀는 그를 부르지도 않았고 그가 거기 있다는 것을 아는 척하지도 않았으며 그저 태연스럽게 길을 오르락내리락했다. 그럴 때마다 선장은 이상한 불안에 사로잡혀 시계를 보며 한숨을 내쉬곤하는 것이었다.

"그럼, 난 가 봐야겠습니다." 그는 말했다.

이럴 때면 어떤 재미있는 얘기나 위스키로도 그를 붙잡아 둘 수 없었다. 험난한 태풍에도 겁 없이 맞서고, 상대가 무기만 지니지 않았으면 여남은 명의 흑인쯤은 권총 한 자루만 가지고도 대적하기를 주저하지 않을 사나이가, 부인 앞에선 그런 꼴이었다. 때로는 니콜스 부인이 딸을 호텔로 보내기도 했다. 창백한 얼굴에 뚱한 표정의 일곱 살 난 아이였다.

"어머니가 오시래요." 아이는 거의 우는 소리로 말했다.

"알았다, 얘야." 니콜스 선장이 대답한다.

그는 곧장 자리에서 일어나 딸을 따라 집으로 향했다. 이것이 바로 물질에 대한 정신의 승리를 보여 주는 아주 좋은 본보기가 아닐까. 이야기가 다른 데로 흐르긴 했지만 적어도 한 가지 교훈을 얻었다는 소득은 있다.

47

나는 니콜스 선장이 해 준 스트릭랜드에 관한 여러 토막의 이야기를 한데 이어 붙여 보았다. 그것을 되도록 앞뒤가 맞게 여기에 적어 본다. 두 사람이 서로 알게 된 것은 내가 파리에서 스트릭랜드를 마지막으로 만난 그해 겨울이 저물던 무렵이었다. 그 전 몇 달 동안 그가 어떻게 지냈는지는 모르겠다. 하지만 사는 게 아주 어려웠던 것만은 틀림없다. 니콜스 선장이 그를 처음 본 게 '무료 숙박소'에서였다니 말이다. 그 당시 마르세유에 파업이 있어 가진 것을 다 써 버린 스트릭랜드는 입에 풀칠할 정도의 벌이도 할 수 없었던 모양이다.

'무료 숙박소'는 커다란 석조 건물인데, 거지나 떠돌이도 서류를 갖추어 담당 수사(修士)들에게 자기가 노동자임을 믿게할 수만 있으면 일주일 동안 잠자리를 얻을 수 있는 곳이었다. 그곳의 문이 열리기를 기다리며 서 있던 사람들 가운데 몸집이 크고 생김새가 특이하여 선장의 눈에 띈 사람이 있었는데, 그가 바로 스트릭랜드였다. 다들 맥없이 기다리고 있었다. 개중에는 이러저리 왔다 갔다 하는 자도 있었고, 벽에 몸을 기대고 있는 자도 있었으며, 갓돌 위에 앉아 길가 고랑에 다리를 뻗고 있는 자도 있었다. 이윽고 문이 열려 사람들이 사무실로 줄줄이 들어갔는데, 그때 선장은 스트릭랜드의 서류를 본 수도사가 그에게 영어로 말하는 소리를 들었다. 하지만 이때는 그에게 말을 걸어 볼 기회가 없었다. 왜냐하면 휴게실로 들어서자 한 수도사가 커다란 성경책을 옆구리에 끼고 들어와, 방 한 끝에 있는 설교단으로 올라가서 예배를 시작했기 때문이다. 가련한 떠돌이들은 잠자리를 얻는 대가로 이 예배를 감수하지 않으면 안 되었다. 그와 스트릭랜드는 서로 다른방을 할당받았는데, 이튿날 아침 다섯 시에 억센 수도사가 하나 와서 다짜고짜 침대에서 끌어내리는 바람에 하는 수 없이일어나 잠자리를 정돈한 다음 세수를 하고 보니, 스트릭랜드는 벌써 어디론가 사라져 버리고 없었다. 니콜스 선장은 살을에듯 추운 거리를 한 시간이나 헤매다가 뱃사람들이 잘 모이

는 빅토르 젤뤼 광장으로 걸음을 옮겼다. 가다가 그는 스트릭
랜드가 어느 동상 밑둥에 기대앉아 꾸벅꾸벅 졸고 있는 것을
발견했다. 선장은 그를 발로 차서 깨웠다.

"여보쇼, 가서 아침이나 합시다." 그가 말을 걸었다.

"저리 꺼져." 스트릭랜드가 대꾸했다.

그건 워낙 어휘가 적은 그의 말투임이 틀림없어 나는 니콜
스 선장의 증언을 믿어도 될 만하다고 생각했다.

"쪽박 찼수?" 선장이 물었다.

"집어치워!" 스트릭랜드의 대답이었다.

"따라오슈. 아침을 먹여 줄 테니."

스트릭랜드는 잠시 머뭇거리는 듯하더니 엉기적거리며 일
어났고 두 사람은 '빵 급식소'로 갔다. 이곳에 가면 허기진 사
람들에게 빵 한 조각씩을 나눠준다. 다만 그 자리에서 먹어야
지, 가지고 나가면 안 되게 되어 있다. 그들은 이곳을 거쳐 '수
프 급식소'로 갔다. 여기서도 일주일 동안, 열한 시와 네 시에
멀겋고 짠 수프를 한 사발씩 얻어먹을 수 있다. 하지만 이 두
건물은 서로 멀리 떨어져 있어 정말 굶주린 사람이 아니면 두
곳을 다 이용하고 싶은 마음이 나지 않는다. 하여간 그렇게
두 사람은 아침을 먹었고, 그렇게 찰스 스트릭랜드와 니콜스
선장의 기이한 교우가 시작되었다.

그렇게 두 사람은 마르세유에서 넉 달가량을 같이 어울려
살았던 모양이다. 그 생활에는 예기치 않은 사건이나 스릴 있
는 사건이 터지는 모험적인 요소가 전혀 없었다. 그도 그럴 것
이 하루하루가 하룻밤 잠자리와 고통스러운 허기를 면할 음

식을 얻는 일로 다 가고 말았기 때문이다. 하지만 나는 여기서 니콜스 선장이 생생한 얘기 솜씨로 내 상상력을 자극시킨, 그 다채롭고 걸쭉한 회고담을 다시 옮길 수 있었으면 한다. 그들이 항구의 밑바닥 생활을 하면서 보고 겪은 얘기만으로도 재미있는 책 한 권이 될 것이고, 그들이 만난 온갖 인간 무리들은 이 방면의 연구자가 하나의 완벽한 건달패 사전을 만들기에 충분한 자료가 될 것이다. 그러나 나는 그냥 몇 문단으로 만족할 수밖에 없다. 내가 받은 인상은 그들의 삶이 강렬하고, 거칠고, 야만적이고, 다채로우며, 쾌활하다는 것이었다. 거기에 비하면 내가 알고 있던 마르세유, 감정 표현이 유난스럽고 명랑하며, 부자들로 바글거리는 안락한 호텔과 레스토랑으로 가득 찬 마르세유는 그저 단조롭고 평범한 도시로 여겨졌다. 나는 니콜스 선장이 묘사한 광경을 직접 자기 눈으로 볼 수 있었던 사람들이 부럽기까지 했다.

'무료 숙박소'에 더 머물 수 없게 되자, 스트릭랜드와 니콜스 선장은 터프 빌의 신세를 지게 되었다. 이자는 뱃사람들을 상대로 하숙집을 운영하는 사람인데, 우람한 주먹을 가진 거구의 혼혈로 일자리를 잃은 선원이 다시 배에서 일을 얻을 때까지 숙식을 제공하고 있었다. 두 사람은 그곳에서 한 달을 살면서 다른 여남은 명의 스웨덴인, 흑인, 브라질인들과 함께 터프 빌이 관리하는 두 개의 방——가구라고는 하나도 없는——의 마룻바닥 위에서 기거했다. 그리고 날마다 빌과 함께 선장들이 선원을 구하려고 모여드는 빅토르 젤뤼 광장으로 나갔다. 빌의 아내는 비대한 몸집에 몸가짐이 헤픈 여자였는데 어쩌다 그 지경으로 타락했는지는 아무도 몰랐다. 하숙인들이 날마다 번갈아 가며 그녀를 거들어 집안일을 해 주었다. 스트릭랜드는 터프 빌의 초상화를 그려 준다고 그 일에서 빠졌는데, 니콜스 선장은 스트릭랜드가 아주 머리를 잘 썼다고 생각했다. 터프 빌은 스트릭랜드에게 캔버스며 물감이며 붓 값을 대 주었을 뿐만 아니라 밀수한 담배 한 봉지까지 선물로 주었다. 내가 알기로, 이때 그린 그 초상화는 아마 지금도 졸리에트 부두 근처 어딘가에 있는 다 쓰러져 가는 조그만 집의 응접실을 장식하고 있을 터인데, 지금 그 그림을 팔면 천오백 파운드는 나갈 것이다. 스트릭랜드는 오스트레일리아나 뉴질랜드행 배를 탄 다음, 거기서 사모아나 타히티로 갈 생각을 하고 있었다. 그가 왜 남태평양으로 갈 생각을 하게 되었는지는 모르겠다. 다만 오래전부터 그가 북쪽 바다보다 더 푸른 바다에 둘러싸인, 온통 푸르고 햇볕 가득한 섬을 꿈꾸고 있었다는 것만은 기억한다. 그런데 니콜스 선장이 그런 곳을 알고 있었기 때문에 그를 떠나지 않고 따라다녔을 것이다. 타히티에 가면 살기가 더 좋을 것이라고 설득한 사람은 니콜스 선장이었다.

"타히티는 프랑스 땅 아닙니까." 선장은 나에게 설명했다. "프랑스 사람들은 그렇게 까다롭게 따지고 들지 않아요."

나도 무슨 말인지 대충 짐작할 수 있었다.

스트릭랜드에게는 증명서라는 것이 하나도 없었다. 하지만 생기는 것만 있으면 무슨 일이든 마다하지 않는 터프 빌에게는(그는 뱃사람 일자리를 하나 소개해 주고 그 대가로 첫 달 봉급은 자기가 챙겼다.) 증명서 구하는 일 따위는 별로 까다로운 일도 아니어서, 때마침 자기 신세를 지다가 죽어 버린 어느 영국인 화부의 서류를 스트릭랜드에게 건네주었다. 하지만 니콜스와 스트릭랜드는 동쪽으로 갈 작정이었는데 공교롭게도 일자리를 얻을 수 있는 배는 서쪽으로 가는 것들뿐이었다. 스트릭랜드는 미국행 부정기 화물선의 일자리를 두 번이나 거절하고 뉴캐슬행 석탄선도 거절해 버렸다. 터프 빌은 손해만 끼치는 이런 고집통을 참을 수 없어, 그가 또 한 차례 거절을 하자 더볼 것도 없이 스트릭랜드와 니콜스 선장을 모두 자기 집에서 쫓아내 버렸다. 두 사람은 다시 떠돌이 신세가 되고 말았다.

터프 빌네 하숙집 식사는 좀처럼 푸짐해 본 적이 없어 먹고나서도 허기가 제대로 가시지 않았지만 그래도 며칠 동안은 그나마도 아쉬웠다. 그들은 배고픔이 무엇인가를 알게 되었다.

'수프 급식소'와 '무료 숙박소'도 그들에게는 출입을 허가하지 않아서 이제 목숨을 연명해 주는 유일한 것은 '빵 급식소'에서 주는 한 조각의 빵뿐이었다. 잠은 아무 데서나 잤다. 때로는 역 근처 대피선로 위에 세워 놓은 빈 무개화차(無蓋貨車)에서 자기도 하고, 때로는 창고 뒤의 달구지에서 자기도 했다. 하지만 날이 워낙 추웠기 때문에 한두 시간 불편하게 꾸벅거리며 졸다가 다시 거리를 헤매곤 했다. 무엇보다 궁한 것은 담배였다. 특히 니콜스 선장은 담배 없이는 못 사는 사람이라 그는 결국 간밤에 산보객들이 던지고 간 꽁초나 시가 동강이를 찾아 쓰레기통을 뒤지는 신세가 되었다.

"파이프에 이것저것 섞어 넣고 피워 보니 그것 참 맛이 고약하더군요." 그는 그렇게 덧붙이면서 세상만사 달관한 듯이 어깨를 으쓱해 보였다. 그러면서 내가 권한 케이스에서 시가 두 개를 꺼내어 하나는 입에 물고 하나는 호주머니에 집어넣는 것이었다.

이따금 그들도 몇 푼이나마 돈벌이를 했다. 때로 우편선이 들어오기도 했는데 그럴 때면 니콜스 선장은 무슨 수를 써서든지 작업 감독과 아는 사이가 되어 두 사람 몫의 뱃짐 부리는 일을 얻어 오곤 했다. 영국 배일 때면 두 사람은 수부실(水夫室)까지 숨어들어 선원들로부터 아침을 푸짐하게 얻어먹곤 했다. 그러자면 위험을 감수해야 했다. 재수 없이 고급 선원을 맞닥뜨리면 장화 발끝에 채이면서 허둥지둥 쫓겨 배의 널판다리를 내려오는 수도 있기 때문이다.

"배만 부르면 엉덩이쯤 채이는 건 별거 아니죠." 니콜스 선장이 말했다. "그런 일 가지고 기분 나쁘게 생각진 않아요. 책임 있는 선원이면 규율도 생각해야 하지 않겠습니까."

나는 성난 항해사로부터 발길질을 당하며 배의 좁은 널판다리를 곤두박질하듯 내려오면서도, 그래도 영국인이랍시고 영국 상선의 규율 정신에 감탄하는 니콜스 선장의 모습이 눈앞에 선했다.

생선 시장에 가면 허드렛일은 곧잘 얻을 수 있었다. 한번은 부두에 하역되어 있던 엄청나게 많은 오렌지 상자를 화물차에 실어 주고, 각자 일 프랑씩 번 적도 있었다. 어느 날은 재수가 좋았다. 한 하숙집 주인이 마다가스카르에서 희망봉을 돌아 들어온 어느 화물선의 페인트칠 일거리를 계약하고 왔던 것이다. 덕분에 두 사람은 며칠 동안 뱃전에 매단 널판지에 앉아 녹슨 선체에 페인트칠을 하면서 보냈다. 그런 일이야말로 냉소적인 스트릭랜드의 기질로서는 한번 해 보고 싶은 일이었을 것이다. 나는 니콜스 선장에게 그가 그때 어려움을 어떻게 견디더냐고 물어보았다.

"불평 한마디 하는 걸 본 적이 없어요." 선장이 대답했다. "어쩌다 좀 시무룩해지는 때가 있긴 했죠. 하지만 아침부터 빵 한 입 먹지 못하고 그 중국놈의 집에서 하룻밤 묵을 숙박비가 없어도 당나귀처럼 팔팔하더라구요."

이 말에 나는 놀라지 않았다. 스트릭랜드라면 대개의 사람들이 기가 꺾이고 말 상황에서도 끄떡없이 견딜 수 있는 사내였다. 그게 마음의 평정 덕분인지, 성격의 모순 때문인지는 말하기 어렵지만.

부둣가 떠돌이들이 '칭크스 헤드'라고 부르는 허름한 여인숙은 부테리 거리 근처에 있었는데, 한쪽 눈을 잃은 중국인이 운영하고 있었다. 거기에 가서 육 수[40]를 내면 간이 침대에서 잘 수 있고, 삼 수를 내면 마룻바닥에서 잘 수 있었다. 여기서 두 사람은 자기들처럼 비참한 처지에 빠진 사람들과 사귀게 되었다. 이들은 가진 돈이 한푼도 없고 바깥 날씨가 모질게 추운 밤이면, 낮에 단돈 일 프랑이나마 벌이를 한 친구에게 하룻밤 지붕 아래 유숙할 돈을 빌리곤 했다. 이들 떠돌이들은 인색하지 않았다. 돈이 있는 친구는 서슴없이 다른 사람들과 나누어 썼다. 온갖 나라에서 모인 사람들이긴 했지만 국

_____

40) 수(sou)는 5상팀(centime)에 해당하는 동전이다.

적이 우정을 방해하지는 않았다. 왜냐하면 그들은 자기네를 모두 똑같이 포용하는, 저 위대한 코케인[41] 왕국의 자유 시민처럼 느끼고 있었기 때문이다.

"그래도 스트릭랜드라는 친구는 한번 화를 내면 아주 고약했어요." 니콜스 선장은 생각에 잠기면서 말했다. "하루는 광장에서 우연히 터프 빌과 마주쳤죠. 이 친구가 찰리더러 전에 준 증명서를 돌려 달라고 하는 거예요."

"그러니까 찰리가 '정 필요하면 와서 가져가라.' 하더군요."

"그 터프 빌이라는 친구, 힘깨나 쓰는 친구였는데 찰리의 인상을 별로 좋아하지 않았어요. 냅다 욕지거리를 해 대더라구요. 자기가 아는 욕이란 욕은 거의 다 퍼부어 대는 것 같았어요. 이 터프 빌이라는 친구가 욕지거리를 하면 들을 만해요. 그런데 말예요, 찰리가 잠시 듣고 있는 것 같더니 바짝 다가서서 '꺼져, 이 자식아.'라고 일갈하는 게 아니겠어요. 말보다도 그 기세가 아주 대단했어요. 터프 빌이 글쎄 찍소리도 못 하더라니까요. 그냥 누렇게 질려서 마치 볼일이 생각난 사람처럼 주춤주춤 가 버리고 말더군요."

니콜스 선장의 말을 그대로 따르자면, 그때 스트릭랜드는 내가 여기에 적은 대로 말했던 것은 아니다. 하지만 나는 이 책이 가정에서 읽힐 것을 염두에 두고 있기 때문에, 진실을 희생시키는 면이 있더라도 집 안에서 익히 사용하는 표현을 쓰는 게 더 낫다고 생각한다.

---

41) 중세 유럽의 유토피아상의 하나. 안락과 풍요가 넘치는 가상의 나라.

그런데 터프 빌은 별것 아닌 뱃놈에게 당한 굴욕을 그대로 참고 있을 인간이 아니었다. 체통이 서야 힘을 행사할 수 있을 게 아닌가. 그가 스트릭랜드에게 본때를 보여 주겠다고 단단히 벼르더라는 말을 그의 집에 하숙하는 선원 하나가 이야기해 주었는데 뒤이어 또 다른 선원이 같은 이야기를 했다.

어느 날 밤, 니콜스 선장과 스트릭랜드는 부테리 거리의 한 술집에 앉아 있었다. 부테리 거리는 방이 한 개씩밖에 없는 단층집들이 죽 늘어서 있는 좁은 거리이다. 이 집들은 마치 사람들로 북적대는 장터의 노점이나 서커스의 짐승 우리처럼 보인다. 그리고 문간마다 여자가 하나씩 서 있다. 기둥에 나른하게 몸을 기대고 저 혼자 콧노래를 부르고 있는 여자, 쉰 목소리로 지나가는 사람을 부르는 여자, 축 늘어져 책을 보고 있는 여자, 가지각색이다. 프랑스인, 이탈리아인, 스페인인, 일본인, 유색인 등 국적도 다양하다. 뚱뚱한 여자도 있고, 마른 여자도 있다. 분을 덕지덕지 바른 얼굴, 짙게 그린 눈썹, 새빨간 입술에서 세월이 새긴 주름과 방탕한 삶이 남긴 상처가 엿보인다. 검은 슈미즈에 살색 스타킹을 신고 있는 여자들도 있고, 노랗게 물들인 곱슬머리에 짧은 모슬린 원피스를 입고 있어 소녀처럼 보이는 여자도 있다. 열린 문을 통해 안을 들여다보면, 붉은 타일을 깐 바닥과 커다란 나무 침대, 그리고 물주전자와 대야가 놓여 있는 전나무 테이블이 보인다. 이 부테리 거리에는 온갖 종류의 사람들이 어슬렁거린다. 반도·동방 정기선의 인도인 선원들, 스웨덴 범선의 금발 머리 북구인, 일본 군함의 수병, 영국인 선원, 스페인 사람, 프랑스 순양함의 쾌활한 수병, 미국 부정기 화물선의 흑인 등등. 낮이면 지저분해 보일 따름이지만, 밤이면 오두막들의 불빛만으로도 거리는 사악한 아름다움을 띤다. 대기에 가득한 욕정이 숨을 막히게 하고 소름 끼치게 한다. 하지만 이곳의 풍경에는 사람을 쫓아다니며 마음을 어지럽히는 뭔가 신비로운 것이 있다. 어떤 원시적인 힘 같은 것이 있어 그것이 역겨움을 일으키면서 동시에 매혹하는 것만 같다. 여기에는 문명의 점잖음 따위는 죄다 내팽겨쳐지고 없다. 그래서 사람들은 음울한 현실과 대면하고 있다는 느낌을 갖게 된다. 강렬하면서 동시에 비극적인 분위기가 감돌고 있는 것이다.

스트릭랜드와 니콜스가 앉아 있던 술집에서는 자동 피아노가 댄스 음악을 요란하게 울려 대고 있었다. 방을 빙 둘러 사람들이 테이블에 앉아 있다. 이쪽에는 예닐곱의 선원들이 술에 취해 왁자하게 떠들고 있고, 저쪽에는 한 떼의 군인들이 앉아 있었다. 방 가운데에서는 많은 사람들이 어울려 쌍쌍이 춤을 추고 있다. 구릿빛 얼굴에 수염을 기른 뱃사람들이 커다랗고 단단한 손으로 상대방을 꽉 껴안고 있다. 여자들은 슈미즈하나밖에 걸치지 않았다. 이따금 선원들이 일어나 자기들끼리 춤을 추기도 했다. 얼마나 시끄러운지 귀가 멍멍할 지경이다. 사람들은 노래 부르고, 소리치고, 웃음을 터뜨렸다. 사내 하나가 자기 무릎에 앉힌 여자에게 한참 동안 입을 맞추자 영국 선원들 사이에서 야유하는 소리가 터져 나와 소음은 한결 더 커졌다. 사내들이 묵직한 장화로 바닥을 두들겨 일어나는 먼지와 담배 연기로 공기는 탁하고 흐릿했다. 실내는 후덥지근하다. 목로판 너머에는 한 여자가 아이를 안고 앉아 있다. 넓적한 얼굴에 여드름이 난 자그마한 웨이터가 맥주잔을 얹은 쟁반을 들고 이리저리 바쁘게 왔다 갔다 했다.

그러는 가운데 얼마 있으려니, 터프 빌이 덩치가 커다란 흑인 둘과 함께 들어왔다. 누가 보아도 알 만큼 벌써 잔뜩 취해 있다. 그는 공연히 시빗거리를 찾고 있었다. 그가 군인 셋이 앉아 있는 테이블 쪽으로 비틀비틀 걸어가더니 맥주잔을 엎어 버렸다. 당장 거친 말다툼이 벌어졌다. 그러자 술집 주인이 나서서 터프 빌에게 나가라고 했다. 주인은 덩치가 크고 억센 사람으로 손님이 허튼짓을 하면 워낙 참지 못하는 성미였는데 그래서인지 터프 빌은 약간 주춤했다. 주인과는 한판 벌리고 싶은 마음이 없었다. 경찰이 그의 편이었기 때문이다. 그는 뭐라고 욕설을 퍼붓더니 발길을 돌렸다. 그런데 마침 스트릭랜드가 눈에 띄었다. 빌은 그를 향해 다가갔다. 아무 말도 하지 않았다. 그는 입안에서 침을 그러모아 스트릭랜드의 얼굴에다 냅다 내뱉었다. 그러자 스트릭랜드가 잔을 집어 들어 빌에게 내던졌다. 춤을 추던 사람들이 일제히 움직임을 멈췄다. 한순간 쥐 죽은 듯한 침묵이 흘렀다. 돌연 터프 빌이 스트릭랜드에게 달려들었고, 그 순간 한바탕 싸움을 벌이고 싶은 욕망이 술집 안의 모든 사람을 사로잡았다. 순식간에 난장판이 벌어졌다. 테이블이 뒤집히고 유리잔이 바닥에 떨어져 깨졌다. 아수라장이었다. 여자들은 문간으로, 목로판 뒤로 뿔뿔이 흩어져 버린다. 길을 지나가던 사람들이 몰려들었다. 온갖 나라 말의 욕지거리, 치고받는 소리, 고함들이 들려오고, 방 한가운데서 여남은 사람이 죽자사자 싸우고 있었다. 그때 갑자기 경관이 들이닥치자 정신이 있는 사람들은 죄다 문간으로 달아나고 만다. 사람들이 물러나 주점이 얼마간 정리되고 보니, 터프 빌이 머리가 크게 찢어진 채 인사불성으로 바닥에 쓰러져 있었다. 니콜스 선장은 팔에 상처를 입어 피를 흘리고 옷은 넝마가 되어 버린 스트릭랜드를 질질 끌다시피 하여 거리로 데리고 나왔다. 그 역시 코를 얻어맞아 얼굴이 피범벅이다.

"터프 빌이 퇴원하기 전에 자네가 마르세유를 뜨는 게 좋겠네." '칭크스 헤드'에 들어와 몸을 씻으면서 니콜스 선장이 스트릭랜드에게 말했다.

"닭싸움은 저리 가라군." 스트릭랜드가 말했다.

나는 그의 냉소적인 웃음이 눈에 선했다.

니콜스 선장은 걱정이 되었다. 터프 빌이 앙갚음하려고 벼르고 있음을 알고 있었다. 스트릭랜드가 그 혼혈을 두 번이나 쓰러뜨렸지만, 술이 깨었을 때는 만만한 상대가 아니었다. 몰래 기회가 오기를 참고 기다릴 것이다. 그가 서두르지는 않겠지만 어느 날 밤 스트릭랜드는 뒤에서 등을 찔릴 것이고, 하루 이틀 뒤에는 이름 모를 떠돌이의 시체 하나가 부두의 더러운 물에서 그물에 걸려 나올 것이다. 니콜스는 다음 날 저녁에 터프 빌의 집에 가서 염탐해 보았다. 그는 아직 입원 중이었지만 그를 만나고 온 아내의 말로는 퇴원만 하면 스트릭랜드를 죽여 버리겠다고 이를 갈더라는 것이었다.

일주일이 지났다.

"내가 늘 하는 말이 이겁니다." 니콜스 선장은 그때를 회상하듯 말했다. "남을 손봐 주려면 단단히 봐 주어야 한다구요. 그래야 좀 돌아보고 그다음에 어떻게 할 것인가 생각할 여유가 있을 것 아닙니까."

그때 스트릭랜드에게 운이 좀 따라 주었다. 오스트레일리아행 배 한 척이 화부 한 사람을 구한다고 선원회관에 연락을 해 왔던 것이다. 어떤 화부 하나가 알코올 중독 섬망 발작을 일으켜 지브롤터 근해에서 투신해 버렸는데 그를 대신할 사람을 찾고 있었다.

"자네 당장 부두로 나가 보게." 선장이 스트릭랜드에게 말했다. "가서 계약해. 증명서는 가지고 있지?"

스트릭랜드는 당장 나섰다. 그때가 니콜스 선장으로서는 그를 마지막으로 본 때였다. 배는 항구에 여섯 시간밖에 정박하지 않았다. 그날 저녁, 배가 겨울 바다를 헤치고 동쪽을 향해 출항할 때 니콜스 선장은 굴뚝의 연기가 가물가물 사라지는 것을 지켜보고 있었다.

여기까지의 모든 이야기는 내가 최선을 다해 기술해 본 것이다. 스트릭랜드가 증권과 주식에 몰두하여 애슐리 가든스에서 살던 때 내가 보았던 생활과, 여기에 적은 에피소드들을 비교해 보면 대조가 뚜렷한데 그 점이 흥미로워 나는 최선을 다했다. 하기야 나는 니콜스 선장이란 자가 터무니없는 거짓말쟁이였음을 알고 있다. 그러고 보면 그가 해 준 이야기 가운데 진실은 한마디도 없었을지 모르겠다. 그가 스트릭랜드를 한 번도 본 적이 없고, 마르세유에 관한 지식도 어느 잡지 나부랭이에서 얻은 것이라 해도 나는 놀라지 않을 것이다.

48

원래 나는 이쯤에서 이 책을 끝내려고 했다. 애초의 계획은 스트릭랜드가 보낸 타히티에서의 말년과 그의 끔찍한 죽음에 대한 이야기로부터 시작하여, 다시 앞으로 돌아가 내가 알고 있는 그의 초기 시절을 이야기해 볼 생각이었다. 그저 내 취향에 따라 그렇게 하려고 했던 것은 아니다. 그보다는 스트릭랜드가, 나로서는 알 수 없는 공상들을 외로운 영혼에 담고 자신의 상상력에 불을 지핀 미지의 섬을 향해 떠나는 데서 이야기를 마치고 싶었기 때문이었다. 대개의 사람들이 틀에 박힌 생활의 궤도에 편안하게 정착하는 마흔일곱 살의 나이에 새로운 세계를 향해 출발할 수 있었던 그가 나는 마음에 들었다. 나는 지중해의 북서풍으로 물거품이 인 잿빛 바다와 가물가물 사라져 가는 프랑스 해안을 바라보고 있는 그의 모습이 눈앞에 선했다. 이 해안을 다시 보지 못하리라는 것을 그는 알았을까. 그의 태도와 정신에는 어딘지 용감하고 담대한 면이 있었다. 나는 이 책을 희망의 분위기로 끝내고 싶었다. 그럼으로써 꺾이지 않는 인간 정신을 강조할 수 있을 것 같았다. 하지만 그게 잘 안 됐다. 어찌된 일인지 이야기가 제대로 만들어지지 않았다. 한두 번 해 보다가 포기하는 수밖에 없었다. 보통 방식으로 처음부터 다시 시작했고, 결국은 스트릭랜드의 생애에 대해 내가 알게 된 사실을 순서대로 쓸 수밖에 없다고 결론지었다.

내가 알고 있는 사실은 단편적인 것들뿐이다. 나는 이미 소멸해 버린 동물을 뼈 하나만 가지고 그 형상뿐 아니라 습성까지 재구성하지 않으면 안 되는 생물학자와도 같은 입장에 있다. 스트릭랜드는 타히티에서 접촉한 사람들에게 별다른 인상을 주지 못했다. 그들이 보기에 그는 늘 돈에 쪼들린 부둣가의 떠돌이에 지나지 않았다. 특별한 점이 있다면 그림을 그린다는 것뿐이었는데, 그 그림이라는 게 그들에게는 돼먹지 않아 보였다. 그가 죽고 나서 몇 해가 지나, 파리와 베를린 화상의 대리인들이 이 섬에 그림이 좀 남아 있지 않나 하고 찾아다녔을 때에야 그들은 비로소 자기들 가까이에 대단한 인물이 살았다는 사실을 깨달았다. 그리고 그제야 이제 엄청난 값이 나가는 그림들을 자기들은 헐값으로 살 수 있었음을 깨닫고 안타까워했다. 코언이라는 유대계 장사꾼이 하나 있었는데, 이 사람은 기이한 방식으로 스트릭랜드의 그림 하나를 손에 넣었다. 그는 프랑스인으로 눈이 부드럽고 상냥한 데다 미소가 보기 좋은 조그만 노인이었다. 그는 작은 돛단배 한 척을 갖고 장사꾼 겸 선원 노릇을 하면서 포모투와 마르케사스 제도를 대담하게 돌아다니며 가지고 나간 물건으로 코프라,[42] 조개, 진주 등을 들여왔다. 내가 이자를 찾아간 것은 그가 큼직한 흑진주 한 개를 싼값에 팔려 한다는 말을 들었기 때문이다. 하지만 알고 보니 그것도 나로서는 감당하기 힘든 가격이어서 사는 건 포기하고 그냥 스트릭랜드에 관한 이야기나 꺼내 보았다. 그는 스트릭랜드를 잘 알고 있었다.

---

42) 야자의 과육을 말린 것으로, 야자유의 원료가 된다.

"그래, 난 그 사람이 화가라서 관심이 갔소." 그가 말했다. "이런 섬에 어디 화가가 많겠소. 형편없는 화가라 유감이었지만. 맨 처음 일거리를 준 것도 나였어요. 반도 쪽에 농장을 하나 가지고 있었는데 마침 백인 감독이 필요하던 참이었죠. 백인 감독을 세우지 않고서는 원주민들을 절대 부려 먹을 수 없거든요. 내가 그랬죠. '그림 그릴 시간도 넉넉하고, 돈도 좀 벌수 있다.'고 말입니다. 보아 하니 다 굶어 죽어 갈 지경이라 얼마를 주어도 좋았겠지만 보수를 후하게 주겠다고 했어요."

"그 사람이 감독 노릇을 제대로 했을 것 같지 않은데요." 내가 웃으면서 말했다.

"사정을 봐준 셈이죠. 나는 예술가들에 대해서는 늘 이해가 있는 편이었으니까. 우리 핏속에 바로 그런 기질이 있어서 말입니다. 한데 고작 두어 달밖에는 눌러 있지 못했어요. 물감이랑 캔버스를 살 만한 돈을 손에 쥐자, 그만두겠다고 하지 뭡니까. 그런데 그 사이에 그곳이 마음에 들었는지 오지(奧地)로 들어가고 싶다고 하더라고요. 하지만 그 뒤로도 이따금씩은 봤어요. 두어 달에 한 번은 파페에테에 나와서 잠시 머물렀으니까. 하지만 어디선가 돈을 구하면 또 사라져 버렸어요. 한번은 내게 와서 이백 프랑만 융통해 달라고 하더군요. 보니 일주일은 굶은 것 같아 차마 거절할 수 없었습니다. 물론 돈을 돌려받을 생각은 아예 하지 않았죠. 그런데 말이에요, 일 년쯤 뒤에 이 사람이 다시 찾아오지 않았겠습니까. 그림을 하나 들고 왔어요. 빌려 간 돈 얘기는 꺼내지도 않고 대뜸 '이건 노인네 농장을 그린 건데, 당신 주려고 일부러 그린 거요.' 하지 않겠습니까. 그림을 봤지요. 뭐라고 말해 주어야 좋을지 모르겠더군요. 그야 물론 고맙다고는 했죠. 그 사람이 가고 난 뒤에 마누라에게 보여 주었어요."

"어떤 그림이었습니까?" 내가 물었다.

"그건 묻지 말아요. 도대체 뭐가 뭔지 종잡을 수 없었으니까. 그런 건 생전 처음 봤어요. 아내에게 '이걸 어떻게 하지?' 하고 물어보니, 아내 말이 '그걸 어떻게 걸어요. 사람들이 웃겠어요.' 하지 않겠어요. 그러고서 그림을 다락으로 가지고 가 다른 잡동사니랑 같이 처박아 놓더군요. 워낙 물건을 버리지 못하는 성미라서요. 그게 아내의 병이죠. 그러고서는 말이오. 이런 일을 생각이나 했겠소. 전쟁이 나기 바로 전에 파리에서 내 형이 편지를 보냈는데, 뭐라고 했느냐면 '타히티에 살았다는 영국인 화가를 혹시 모르는가? 천재였던 모양이라 그림 값이 엄청나게 나간다. 뭐든 구할 수만 있다면 있는 대로 구해서 내게 보내 달라. 돈이 좀 될 것 같다.'는 거였습니다. 그래, 아내한테 '스트릭랜드가 준 그림 어떻게 됐소? 아직 다락에 있을까?' 하고 물어봤죠. 그러니까 아내가 '말이라고 해요. 내가 뭘 버리지 못하는 거 당신도 알잖우. 그게 내 병인걸.' 하더군요. 당장 같이 다락으로 올라가 봤어요. 아니나 다를까. 그 집에 삼십 년을 사는 동안 쌓일 대로 쌓인 온갖 잡동사니 가운데 그 그림이 처박혀 있더군요. 그걸 새삼스레 다시 봤죠. 그러고는 내가 아내더러 '그 반도 쪽의 농장 감독하던 친구, 내가 이백 프랑 빌려준 그 친구를 누가 천재라고 생각했겠나? 당신은 이 그림을 좀 알겠소?' 하고 물었더니, 아내가 '내가 뭘

알아요. 이게 어디 농장 같아요? 잎사귀가 퍼런 코코넛 나무
는 또 처음 보네. 파리 사람들은 미쳤나 봐. 당신 형한테 보내
면 당신이 빌려준 이백 프랑을 건질 만한 값으로나 팔 수 있
으려나.' 하더군요. 어쨌든 그걸 꾸려서 형에게 보냈죠. 그러고
는 얼마 뒤에 편지가 왔어요. 형이 뭐라고 했을 것 같습니까?
이렇게 썼더라구요. '그림을 받았는데 솔직히 말해 나는 네가
나에게 장난을 치지 않았나 생각했다. 네게 우송료도 물어 주
지 못하는 게 아닌가 했지. 내게 그 그림 이야기를 해 준 사람
에게 보이기가 은근히 겁이 났어. 그런데 그 사람이 뭐라고 했
겠니. 이건 걸작이니 삼만 프랑을 주겠다지 뭐야. 내가 얼마나
놀랐겠는지 생각해 봐라. 더 달라면 더 줄 수도 있겠더라만 솔
직히 너무 놀라 정신이 없었다. 그래 제대로 마음을 가다듬지
못한 채로 그냥 그러자고 해 버렸다.' 그런 내용이었어요."

그런 다음 코언 씨는 멋진 말을 한마디 덧붙였다.

"그 가엾은 친구가 그때 살아 있었더라면 좋았을 텐데. 내가
그림 값으로 이만 구천팔백 프랑을 내줬다면 뭐라고 했을까."

49

그때 플뢰르 호텔에 묵고 있던 나는 이 호텔 주인인 존슨 부
인에게도 좋은 기회를 놓친 안타까운 사연이 있음을 알게 되
었다. 스트릭랜드가 죽은 뒤, 그의 소유물 일부가 파페에테 시
장에서 경매로 처분되던 날 그녀도 시장에 나갔다고 한다. 그

잡동사니 가운데 미제 난로가 하나 끼어 있었는데 그걸 사려고 나갔다는 것이다. 그녀는 이십칠 프랑을 주고 난로를 샀다.

"그림이 열두어 점가량 있습디다." 그녀가 말했다. "하지만 액자에 들어 있지 않아 사려는 사람은 아무도 없었어요. 몇 점은 십 프랑까지 나가기도 했지만 대개는 오 프랑이 고작이었죠. 생각 좀 해 보우. 내가 그것들을 사 놓았더라면 지금쯤 얼마나 부자가 되었겠수?"

하지만 티아레 존슨은 뭘 해도 부자가 될 만한 여자는 아니었다. 도대체 손안에 돈을 지니고 있질 못했다. 그녀는 타히티에 주저앉은 어느 영국인 선장과 토박이 여자 사이에서 태어났는데, 내가 만났을 때 쉰 살의(더 늙어 보였지만) 거대한 몸집을 가진 여자였다. 키도 큰 데다 살이 이만저만 찐 게 아니어서, 사람 좋은 얼굴이 지을 수 밖에 없는 마냥 다정한 표정만 아니었더라면 위압적인 여자로 보였을지 모른다. 두 팔이 양의 넓적다리만 했고, 젖가슴은 거대한 양배추만 했다. 살이 잔뜩 찐 넓적한 얼굴은 음란하게 여겨질 만큼 발가벗겨진 인상을 주었다. 턱에는 몇 겹인지 알 수 없는 살 주름이 겹겹으로 포개져 있었다. 그 살집들은 곧장 질펀한 가슴으로 이어졌다. 보통 때는 헐렁한 분홍색 마더 허버드 가운[43]을 걸쳐 입고, 하루 종일 커다란 밀짚모자를 쓰고 있었다. 그래도 머리를 풀어 늘어뜨릴 때 보면──자랑 삼아 이따금 그렇게 했는데──검

---

43) 자락이 길고 헐렁한 여성용 가운. 마더 허버드는 옛 자장가에 나오는 여자 주인공 이름이다.

은색의 길고 곱슬곱슬한 머리카락이 고왔다. 눈은 아직 젊음을 잃지 않고 활기가 넘쳤다. 웃음소리로 말하자면 나는 그렇게 매력적인 웃음소리를 처음 들어 보았다. 처음에는 목구멍에서 나직하게 울려 나와 차츰 커지면서 마침내는 그 거대한 몸을 온통 뒤흔들어 놓는 그런 웃음이었다. 그녀가 좋아하는 것은 세 가지였다. 농담, 한 잔의 술, 미남자. 그러고 보면 내가 그녀를 알게 된 건 일종의 특혜였다.

그녀는 음식 만드는 솜씨가 섬에서 최고였다. 맛있는 음식이라면 자기가 먼저 사족을 못 썼다. 그녀는 아침부터 밤까지 중국인 요리사와 두세 명의 토박이 여자아이가 일하는 주방의 낮은 의자에 걸터앉아 이것저것 지시를 하기도 하고, 이 사람 저 사람과——누구 하나 빼놓지 않고——소탈한 수다를 떨기도 하는가 하면, 자기가 생각해 낸 별미 음식의 맛을 직접 보기도 했다. 각별한 친구를 대접할 때는 제 손으로 음식을 준비했다. 손님 접대하는 일이라면 무엇보다 좋아해서 이 플뢰르 호텔에 먹을 것이 있는 한, 이 섬에 들른 사람치고 거기서 한 끼쯤 먹지 않고 가는 사람이 없었다. 그녀는 손님이 돈 계산을 하지 않는다 해서 제집에서 쫓아내는 법이 없었다. 사정이 되면 언젠가는 치르려니 하고 늘 태평이었다. 형편이 아주 어려워진 사람이 하나 있었는데, 그 사람을 몇 달이나 먹이고 재워 주었다. 중국인 세탁소에서 돈을 내지 않으면 그 사람 옷을 세탁해 주지 못하겠다 했을 때에도, 그녀는 그의 빨랫감을 자기 것과 함께 보내 세탁을 시켜 주었다. 그 딱한 사람이 더러운 셔츠를 입고 돌아다니는 걸 보고 있을 수 있느냐

는 것이었다. 또 남자는 모름지기 담배를 피워야 한다며 담뱃
값으로 매일 일 프랑씩 쥐여 주기도 했다. 그녀는 매주 꼬박꼬
박 숙박비를 치르는 손님들과 조금도 다름없이 이 남자에게
도 아주 싹싹하게 대했다.

나이도 먹고 몸도 뚱뚱해서 이제 사랑을 하기에는 곤란하
게 되었지만, 그래도 그녀는 젊은이들의 연애 사건에 대단한
흥미를 보였다. 그녀는 호색(好色)을 남녀간의 자연스러운 일
로 보았고, 이런 일에 관해서라면 자신의 풍부한 경험에서 나
온 가르침과 실례를 얼마든지 가지고 있었다.

"열다섯 살도 안 되었을 때였지요. 아버지가 내게 애인이 있
다는 걸 알게 된 건." 그녀는 말했다. "'열대조(熱帶鳥)'라는 배
의 삼등 항해사였다우. 미남이었지."

그녀는 가벼운 한숨을 내쉬었다. 여자는 첫사랑의 남자를
잊지 못한다고 하지만, 그렇다고 그녀가 첫사랑만을 생각하는
것은 아닐 것이다.

"아버지는 세상을 아셨어요."

"어떻게 하셨는데요?" 내가 물었다.

"날 죽지 않을 만큼 두들겨 팬 다음 존슨 선장에게 시집을
보내 버렸다우. 별로 나쁘진 않았수. 나이야 더 들었지만 그
사람도 미남이었으니깐."

티아레—이것은 아버지가 그녀에게 붙여 준 이름인데 원
래는 향기가 있는 흰 꽃의 이름으로, 이 꽃 냄새를 한번 맡은
사람은 아무리 먼 곳을 떠돌아다녀도 결국은 이 향기를 못 잊
어 다시 타히티로 돌아오고 만다고들 한다.—역시 스트릭랜

드를 잘 기억하고 있었다.

"그 사람 이따금 이곳에 왔지요. 파페에테를 돌아다니던 것을 나도 자주 봤어요. 참 안됐습니다. 바짝 마른 데다 돈 한 푼 가진 게 없고. 그래 시내에 나왔다는 이야기가 들리면, 아이를 보내 데려오라고 해서 같이 저녁을 먹었어요. 일자리도 한두 번 구해 주긴 했지만, 워낙 한 군데 오래 붙어 있질 못했다우. 조금만 지나면 숲으로 다시 들어가고 싶어 안달을 했는데 그러다간 어느 날 아침에 보면 가 버리고 없는 거예요."

스트릭랜드가 타히티에 도착한 것은 마르세유를 떠난 지 육 개월쯤 뒤였다. 오클랜드[44]에서 출발해 샌프란시스코로 가는 범선에서 뱃삯 대신 일을 해 주며 이곳에 도착한 그는 그림 물감 한 곽, 이젤 하나, 그리고 여남은 개의 캔버스를 가지고 있었다. 호주머니에는 시드니에 있을 때 일해서 번 몇 파운드도 들어 있었다. 그는 마을 밖에 있는 원주민의 집에 조그만 방 하나를 빌렸다. 타히티에 오자마자 그는 편안한 기분이 들었던 모양이다. 한번은 티아레에게 이런 말을 한 적이 있다고 한다.

"갑판 청소를 하고 있는데, 갑자기 누가 '야, 저것 좀 봐.' 하지 않겠소. 그래 고개를 들어 보니 섬이 어렴풋이 보이더란 말이오. 그 순간 내가 평생 찾아다녔던 곳이 바로 이곳이로구나 하는 생각이 들었소. 섬이 가까워질수록 어쩐지 처음 오는 곳이 아닌 것 같았소. 지금도 가끔 이곳을 걷고 있으면 죄다 낯

---

44) 뉴질랜드의 북섬에 있는 가장 큰 항구 도시.

익게 느껴져요. 틀림없이 내가 전에 여기서 살았던 것만 같아."

"그런 경우가 가끔 있다우." 티아레가 말했다. "배에 짐을 싣는 동안 한두 시간 둘러볼 생각으로 섬에 올라왔다가 그만 눌러앉고 만 사람들도 있고. 또 이런 사람들도 있어요. 일 년간 근무 명령을 받고 와서 온갖 욕지거리를 해 대면서 살다가 근무 끝내고 돌아가면서 다시 오게 되면 목을 매고 말겠다고 맹세한 사람이 여섯 달 만에 다시 나타나 하는 말이, 다른 곳에서는 도저히 못 살겠더라는 거예요."

50

나는 이런 생각이 든다. 어떤 사람들은 자기가 태어날 곳이 아닌 데서 태어나기도 한다고. 그런 사람들은 비록 우연에 의해 엉뚱한 환경에 던져지긴 했지만 늘 어딘지 모를 고향에 대한 그리움을 가지고 산다. 태어난 곳에서도 마냥 낯선 곳에 온 사람처럼 살고, 어린 시절부터 늘 다녔던 나무 우거진 샛길도, 어린 시절 뛰어 놀았던 바글대는 길거리도 한갓 지나가는 장소에 지나지 않는다. 어쩌면 가족들 사이에서도 평생을 이방인처럼 살고, 살아오면서 유일하게 보아 온 주변 풍경에도 늘 서먹서먹한 기분을 느끼며 지낼지 모른다. 낯선 곳에 있다는 느낌, 바로 그러한 느낌 때문에 그들은 사랑을 느낄 수 있는 뭔가 영원한 것을 찾아 멀리 사방을 헤매는 것이 아닐까. 또는 격세유전(隔世遺傳)으로 내려온 어떤 뿌리 깊은 본능이 이 방랑자를 자꾸 충동질하여 그네의 조상이 역사의 저 희미한 여명기에 떠났던 그 땅으로 다시 돌아가게 하는 것이 아닐까. 그러다가 때로 어떤 사람은 정말 신비스럽게도 바로 여기가 내가 살 곳이라 느껴지는 장소를 우연히 발견하기도 한다. 그곳이 바로 그처럼 애타게 찾아 헤맸던 고향인 것이다. 그리하여 그는 여태껏 한 번도 보지 못한 풍경, 여태껏 한 번도 보지 못한 사람들 사이에, 그들이 죄다 태어날 때부터 낯익었던 풍경과 사람들이었던 것처럼 정착하고 만다. 마침내 그는 그곳에서 휴식을 발견하는 것이다.

나는 티아레에게 성 토머스 병원에서 알게 된 어떤 사람 이야기를 해 주었다. 이름이 아브라함이라는 유대인인데 꽤 건장한 금발 청년으로, 수줍음이 많고 퍽 겸손한 사람이었다. 그런데 그는 대단한 재능을 지니고 있었다. 장학금을 받고 의학교에 들어갔을 뿐 아니라 오 년간의 과정을 다니면서 탈 수 있는 상은 모조리 탔다. 나중에는 병원에 상주하는 내외과 겸직 의사가 되었다. 모두가 그의 능력을 인정했다. 마침내 그는 병원의 정식 의사로 뽑혔고 그에 따라 장래도 보장되었다. 인간사가 예측대로만 된다면, 그가 의학계의 최고 자리까지 오르게 되리라는 것은 틀림없었다. 명예와 부가 그를 기다리고 있었다. 그러던 그가 새 직책을 맡기에 앞서 잠시 휴가를 원했다. 워낙 가진 재산이 없는 사람이라 그는 휴가 여행을 위해 레반트행 화물선의 선의(船醫)가 되었다. 이 화물선은 보통 때 의사를 두지 않았지만, 병원의 원로 외과 의사 한 사람이 그 정기선의 중역을 알고 있어, 아브라함을 특별히 채용했던 것이다.

그 뒤 몇 주일이 지났을까, 병원 당국은 그로부터 사직서를 받았다. 모두가 탐내고 있던 그 지위를 포기하겠다는 것이었다. 사람들은 엄청나게 놀랐고 온갖 소문이 나돌았다. 누군가가 뜻하지 않은 행동을 하면 주위 사람들은 아주 망측한 동기를 찾아내는 법이다. 하지만 마침 아브라함의 자리를 채워 줄 사람이 있었기 때문에 그의 일은 곧 잊히고 말았다. 그 뒤로 아무도 그의 소식을 듣지 못했다. 그는 홀연히 사라져 버린 것이다.

그 일이 있은 지 아마 십 년쯤 지난 뒤였을 것이다. 어느 날 아침, 알렉산드리아행 배를 탔던 나는 항구에 상륙할 무렵 검역이 있으니 다른 선객들과 함께 줄을 서라는 지시를 받았다. 의사는 허름한 옷을 입은 건장한 남자였는데 모자를 벗을 때 보니 머리가 잔뜩 벗겨진 대머리였다. 전에 어디선가 본 적이 있는 듯한 느낌이 들었다. 퍼뜩 기억이 났다.

"아브라함!" 내가 그를 불렀다.

의사는 의아한 표정으로 나를 돌아보았다. 그는 이내 나를 알아보고 내 손을 덥석 부여잡았다. 서로 반가운 인사말을 나눈 뒤, 그는 내가 알렉산드리아에서 하룻밤 묵을 작정이라는 말을 듣고, 그렇다면 '영국인 클럽'에서 저녁이나 함께하지 않겠느냐고 했다. 저녁에 다시 만났을 때 나는 그를 여기서 만나 정말 놀랐다고 했다. 그가 하는 일은 아주 소박한 일이었고 형편도 궁색해 보였다. 이윽고 그가 자기 이야기를 해 주었다. 휴가를 얻어 지중해로 나갔을 때만 해도 그는 런던으로 돌아와 성 토머스 병원의 직책을 맡을 생각 말고는 딴 생각이 없었다고 한다. 어느 날 아침, 화물선이 알렉산드리아에 정박했다. 그는 갑판 위에서 아침 햇살에 하얗게 빛나는 도시와 부두에 모인 사람들을 내려다보았다. 허름한 옷차림의 토박이들, 수단에서 온 흑인들, 시끌벅적한 그리스인과 이탈리아인 무리, 회교도 모자를 쓴 엄숙한 터키인들, 햇빛과 푸른 하늘이 눈에 들어왔다. 그때 그에게 어떤 변화가 일어났다는 것이었다. 뭐라고 표현하기가 힘들다고 했다. 천둥 벼락 같은 것이었다고 할까. 하지만 그는 그렇게 말해 놓고는 마음에 들지 않았는지, 그건 하나의 계시와 같았네, 하고 고쳐 말했다. 무엇인가가 가슴을 뒤트는 것 같더니 돌연 어떤 환희의 느낌, 벅찬 자유의 느낌이 가득 차오르더라는 것이었다. 내 집처럼 편안한 기분을 느낀 그는 그 자리에서 단 한순간에, 나머지 인생을 알렉산드리아에서 보내겠노라고 결심하고 말았다고 했다. 선의(船醫)직을 그만두는 데는 큰 어려움이 없었고, 이십사 시간 뒤에는 가진 물건을 다 챙겨 그곳에 상륙해 있었다.

"선장은 자네를 영락없이 미친 사람으로 생각했겠군." 나는 웃으며 말했다.

"남이야 어떻게 생각하든 신경 쓰지 않았네. 내가 그렇게 행동했다기보다 내 속에 있는 어떤 강한 충동이 그렇게 한 거지. 묵을 곳을 찾으면서 그리스 사람이 하는 조그만 여관에라도 갈까 생각했는데, 어딜 가면 그런 집이 있는지 알 것 같은 느낌이 들지 않겠나. 그래서 말일세. 마음이 짚이는 곳으로 곧장 갔지. 아니나 다를까 가서 보니 당장 바로 이 집이라는 걸 알겠더란 말야."

"전에 알렉산드리아에 와 본 적이 있나?"

"아냐, 평생 한 번도 영국 바깥을 나가 본 적이 없었네."

얼마 지나지 않아 그는 정부 관리로 들어갔고, 지금까지 그 직을 맡고 있다고 했다.

"후회해 본 적은 없었나?"

"아니, 단 한 번도 없었네. 먹고살 만큼은 버니까. 난 만족일세. 죽을 때까지 지금처럼만 살 수 있다면 더 이상 바라지 않겠어. 지금까지 아주 잘 살아왔네."

이튿날 나는 알렉산드리아를 떠났다. 그리고 아브라함에 대해선 얼마 전까지 까맣게 잊어버리고 있었다. 그가 다시 생각났던 것은 얼마 전 의사로 일하는 또 하나의 옛 친구 알렉 카마이클과 식사를 같이하면서였다. 그는 잠시 휴가를 얻어 잉글랜드에 와 있었다. 그를 거리에서 우연히 만난 나는 그가 전쟁 때의 공훈으로 기사 작위를 받은 것을 축하해 주었다. 옛정을 기리기 위해 우리는 저녁 시간을 같이 보내기로 했다. 그가 저녁 식사에 초대했고 내가 좋다고 하자, 그는 우리끼리만 오붓하게 얘기할 수 있도록 딴 사람은 부르지 말자고 했다. 그는 퀸앤가(街)에 아름답고 고풍스러운 저택을 가지고 있었다. 안목이 높은 사람답게 집을 멋지게 꾸며 놓고 있었다. 식당 벽에는 우아한 벨로토[45]의 그림이 걸려 있었다. 조파

45) 베르나르도 벨로토(Bernardo Bellotto, 1720~1780). 이탈리아 화가. 도시 풍경을 많이 그렸다.

니[46]의 그림도 두 점이나 걸려 있어 부러움을 자아냈다. 그의 아내가——금실을 넣어 짠 옷을 입은 날씬하고 예쁜 여자였는데——자리를 떠나자 나는 웃으면서 그에게 의학생 시절에 비하면 처지가 참 좋아졌노라고 말했다. 그때만 해도 우리는 웨스트민스터브리지 로드의 허름한 이탈리아인 식당에서 식사를 하는 것만도 사치로 여겼던 것이다. 이제 알렉 카마이클은 대여섯 개 병원에서 직무를 맡고 있었다. 모르긴 몰라도 일 년에 만 파운드는 족히 벌 것이다. 기사 작위만 해도 그가 앞으로 줄줄이 얻을 갖가지 명예의 첫 번째 것에 지나지 않았다.

"그동안 괜찮았던 셈이지." 그는 말했다. "그런데 이상한 건 말야. 이게 순전히 한 가지 행운 덕분이었다는 점이야."

"그건 무슨 소린가?"

"그게 말이지. 자네 아브라함 생각나나? 장래가 유망했던 그 친구 말일세. 학생 시절에 나는 무슨 일에서나 번번이 그 친구에게 졌지. 나하고 같이 경쟁이 붙은 상이나 장학금은 모조리 그 친구가 차지했네. 나는 늘 그 친구 뒷전에서 북이나 친 셈이었어. 그 친구가 병원에 그냥 눌러 있었더라면 아마 지금 내 자리에는 그 친구가 앉아 있을 걸세. 그 친구, 외과에는 천재였으니까. 그 친구하고 붙으면 아무도 승산이 없었지. 그 친구가 성 토머스 병원의 서무 의사 발령을 받았을 때, 나는 정식 의사 자리가 영 가망이 없었네. 천상 일반 개업의나 할

---

46) 요한 조파니(Johan Zoffany, 1733~1780). 독일 태생의 초상화가. 영국에 건너와 활동했다.

수밖에 없었지. 자네도 알잖나. 일반 개업의가 되어 일단 그 길에 들어서면 거기서 빠져나오기가 얼마나 어려운지. 그런데 마침 아브라함이 도중에 그만두는 바람에 그 자리가 내게 돌아왔단 말이야. 나에게는 그게 기회가 되었지."

"틀린 말은 아닌 것 같군."

"운이 좋았던 거지. 아브라함에게는 좀 별스러운 데가 있었던 같아. 그 가엾은 친구, 이제 완전히 천덕꾸러기가 되어 버렸지. 알렉산드리아에서 보건국 관리인가 뭔가 하는 하찮은 일을 하고 있다네. 들리는 말로는 지지리도 못나고 늙은 그리스 여자하고 살면서 병치레하는 애들을 대여섯이나 거느리고 있다더군. 그러니 말일세, 머리만 좋다고 되는 게 아닌가 봐. 결기가 중요하지. 아브라함에게는 결기가 없었어."

결기가 없었다? 다른 길의 삶에서 더욱 강렬한 의미를 발견하고, 반 시간의 숙고 끝에 출세가 보장된 길을 내동댕이치자면 아무래도 적잖은 결기가 필요했을 것이다. 게다가 그 갑작스러운 결정을 후회하지 않으려면 결기만이 아닌 더욱 큰 인격이 필요했을 테고. 하지만 나는 아무 말도 하지 않았다. 알렉 카마이클은 생각에 잠기며 말을 이었다.

"그야 아브라함을 안타깝게 생각하는 척한다면, 그건 물론 나로서는 위선이겠지. 결국 내가 덕을 보았으니까." 그는 피우고 있던 기다란 코로나 담배 연기를 호사스럽게 내뿜었다. "하지만 내가 덕을 보지만 않았다면 그런 식의 인생 낭비를 아주 안타깝게 생각했을 거야. 사람이 자기 인생을 그렇게 망쳐 버린다면 어처구니없는 일 아닌가."

정말 아브라함이 인생을 망쳐 놓고 말았을까? 자기가 바라는 일을 한다는 것, 자기가 좋아하는 조건에서 마음 편히 산다는 것, 그것이 인생을 망치는 일일까? 그리고 연수입 일만 파운드에 예쁜 아내를 얻은 저명한 외과의가 되는 것이 성공인 것일까? 그것은 인생에 부여하는 의미, 사회로부터 받아들이는 요구, 그리고 개인의 권리를 어떻게 생각하느냐에 따라 저마다 다를 것이다. 하지만 이번에도 나는 대꾸하지 않았다. 기사 작위를 가진 사람에게 내가 어찌 감히 말대꾸를 하겠는가.

51

티아레는 이야기를 듣고 나서 나의 신중한 태도를 칭찬해 주었다. 그리고 우리는 잠시 잠자코 앉아 완두콩을 깠다. 그때 주방 일이라면 늘 신경을 곤두세우고 있는 그녀의 눈길이 중국인 요리사에게 멎었다. 무슨 일을 아주 못마땅하게 하고 있는 모양이었다. 그녀는 그를 향해 마구 욕설을 퍼부어 대기 시작했다. 이에 중국인도 지지 않고 말대꾸를 하자 아주 요란한 싸움이 벌어졌다. 두 사람은 내가 대여섯 마디밖에 모르는 그곳 토박이 말로 싸움을 벌였는데 얼마나 요란한지 세상이 금방이라도 끝장날 것 같았다. 하지만 이내 다시 평화가 회복되었고, 티아레가 요리사에게 담배를 한 대 건넸다. 두 사람은 기분 좋게 담배를 피웠다.

"아시우? 마누라를 얻어 준 게 나라는 걸?" 티아레가 느닷없이 말했다. 넓적한 얼굴에 웃음이 가득 번졌다.

"저 요리사 말입니까?"

"아니, 스트릭랜드 말이오."

"부인은 있었는데요."

"아닌 게 아니라 그렇다고 합디다. 하지만 내가 그랬지요. 아내는 영국에 있고, 영국이라면 세상 저쪽 끝이 아니냐고."

"그건 그래요." 내가 대답했다.

"그 사람, 물감이나 담배나 돈이 떨어지면 두세 달 만에 한 번은 꼭 파페에테에 나왔어요. 그러고는 갈 데 없는 개처럼 떠돌아다녔지요. 어찌나 딱한 생각이 들던지. 그때 내가 마침 방 청소하는 아타라는 여자애를 하나 두고 있었어요. 나와는 친척뻘되는 아이였는데, 부모가 다 죽어 내 집에 살게 했지요. 스트릭랜드는 이따금 푸짐한 한 끼 음식이 생각나거나 애들 가운데 누구 하나 붙들고 체스를 두고 싶을 땐 우리 집에 들렀어요. 그런데 올 때마다 이 계집아이가 그이를 훔쳐보는 게 아니겠어요? 그래, 좋아하는 거 아니냐고 물어보았더니 아주 마음에 든다고 하더란 말이오. 여기 여자들이 뭘 좋아하는지 알죠? 백인들하고 어울리는 걸 아주 좋아한다우."

"이곳 토박이였나요?"

"그래요. 백인 피는 한 방울도 섞이지 않았어요. 하여간, 아이에게 확인한 다음 내가 스트릭랜드를 좀 보자고 불렀지요. 불러 놓고 이렇게 말했어요. '당신도 이제 자리를 잡을 때가 됐어요. 당신 나이 되어 가지고 아직도 부둣가 여자들하고 어울려서야 되겠소. 그것들이 얼마나 형편없는 것들인데. 그런 애들하고 어울려서 당신에게 득 될 게 아무것도 없어요. 당신에게 돈이 있수, 뭐가 있수. 일자리를 얻어도 한두 달을 버텨 내지 못하는 성미고. 이제 당신 써 줄 사람은 아무도 없어요. 당신이야 언제든 숲에 들어가 아무 토박이하고나 어울려 살면 된다고 하겠지. 토박이들도 당신이 백인이라 같이 사는 걸 좋아하기야 하겠고. 하지만 점잖은 백인이 되어서 그렇게 살아서야 되겠수? 그러니 말이오. 스트릭랜드 씨, 내 말 좀 들어 보우."

티아레는 프랑스어와 영어를 똑같이 잘했기 때문에 두 나라 말을 마구 섞어 가며 말했다. 말하는 게 마치 새가 지저귀는 것 같아 듣기 싫지는 않았다. 새가 영어를 한다면 아마 이런 식으로 하지 않을까 하는 느낌이 들었다.

"당신, 아타랑 같이 살면 어떻겠어요? 아이도 괜찮고 나이도 열일곱 살밖에 되지 않았는데. 이 동네 다른 아이들처럼 아무하고나 몸을 섞은 일도 없고. 어쩌다 선장이나 일등 항해사쯤하고는 모르겠지만. 그래도 토박이 손이 간 적은 한 번도 없어요. 콧대가 센 편이란 말씀이오. 지난번 '오아후 호'가 들어왔을 때 그 사무장이 하는 말이, 이곳 섬에서 저만한 처녀는 보지 못했다고 합디다. 그 아이도 살림을 차릴 때가 되었고 말이오. 선장이나 일등 항해사들은 마음이 좀 자주 바뀝니까? 나도 계집아이들을 내 집에 오래 두진 않아요. 이 아이 앞으로 저 아래 타라바오 근처에 땅뙈기가 조금 있다우. 반도 쪽 바로 못 미쳐서 말이오. 요즘 코프라 시세면 아주 편하게 살 수 있어요. 집도 있겠다, 그럼 그릴 시간도 얼마든지 있겠다, 어때우?' 하고 물었죠."

티아레는 잠시 말을 멈추고 숨을 돌렸다.

"그이가 영국에 있다는 부인 이야기를 꺼낸 건 그때였지요. 그래서 내가 그랬어요. '이 딱한 양반, 이 세상 어딘가에 마누라 두고 오지 않은 사람이 어디 있수. 다 그런저런 사연이 있기에 이 섬까지 오게 되는 게지. 아타는 분별이 있는 아이라, 시장(市長) 앞에서 식을 올린다든가 하는 따윈 바라지도 않아요. 신교도라서 이런 일에 가톨릭같이 생각하지 않는다는 걸 알지 않수.' 그러니까, 이 사람이 '하지만 아타 생각도 물어봐야지.' 합디다. 그래서 내가 그랬죠. '당신한테 호감이 있는 것 같습니다. 당신이 좋다면 자기도 좋대요. 그 애를 불러 볼까요?' 그러니까 이 사람이 킥킥 웃더군요. 그 사람 웃는 방식 있잖수. 우스꽝스러우면서도 냉정하게 말이오. 그래 아이를 불렀죠. 고 여우 같은 게, 무슨 얘기를 하고 있었나 다 알고 있었나 봐요. 얘기하면서 곁눈질로 슬쩍 보니까 내 블라우스 빨아 놓은 것을 다림질하는 척하면서 글쎄 귀를 바짝 기울이고 있지 뭡니까. 그 아이가 왔어요. 웃고는 있었지만 좀 부끄러운 생각이 들었나 봅디다. 스트릭랜드가 그 아이를 아무 말 없이 쳐다보더군요."

"예쁘게 생겼나요?" 내가 물었다.

"못나진 않았어요. 아타 그림은 보셨을 텐데. 그 아이를 수도 없이 그렸어요. 어떤 때는 파레오를 입은 것도 그리고, 어떤 때는 아무것도 입지 않은 걸 그리기도 하고. 그러믄요. 꽤 예쁜 편이었지. 게다가 음식도 잘했고. 내가 직접 가르쳤어요. 스트릭랜드가 뭘 곰곰이 생각하는 것 같아 내가 말해 줬지요. '내가 급료를 잘 줬어요. 그걸 다 저금해 두었다우. 아는 선장이나 일등 항해사들이 오다가다 몇 푼씩 준 것도 있고. 모아 둔 게 몇백 프랑은 될 거요.' 그 사람이 커다란 붉은 수염을 잡아당기며 웃습디다. 그러더니 '그래, 아타, 내가 남편감으로 마음에 드나?' 하고 묻더라구요. 아타는 아무 말 없이 그냥 킥킥대기만 하더군요. 내가 스트릭랜드에게 말했어요. '아니, 이 딱한 양반아, 글쎄 내가 말했잖수. 저 애는 당신에게 호감이 있다고.' 그러자 그 사람이 아타를 보면서 이렇게 말하지 않겠어요. '내가 너를 때릴 텐데.' 아타 대답이 이랬어요. '그러지 않으면 사랑받는 줄 모르잖아요.'"

티아레는 이야기를 중단하고 생각에 잠긴 모습으로 이렇게 말했다.

"내 첫 남편, 존슨 선장말이오. 이 사람은 걸핏하면 날 두들겨 팼다우. 진짜 남자였지. 미남에다 키는 훤칠하게 190센티미터쯤 되었는데, 술만 취했다 하면 아무도 못 말렸어요. 한번 두들겨 맞으면 온 사방에 멍이 들어 며칠씩 갔지요. 아, 그 사람이 죽었을 땐 울었어요. 마음에 맺힌 것을 절대 풀지 못할 것 같았어요. 그런데 그 사람이 그렇게 아쉬울 줄은 조지 레이니와 같이 살게 될 때까진 몰랐다니까요. 사람은 같이 살아 보지 않고서는 알 수가 없어요. 정말이지 남자에게 그처럼 속아 본 건 조지 레이니가 처음이었으니까. 그 사람도 크고 잘생긴 남자였죠. 키가 거의 존슨 선장만 했고 아주 건장해 보였어요. 하지만 그게 다 겉보기뿐이었단 말씀이오. 술은 입에도 안 대고, 내게 손 한 번 댄 적 없고. 전도사라도 할 사람이었지요. 내가 섬에 배가 들어올 때마다 고급 선원과 놀아나도 글쎄 이 조지 레이니란 사람은 아무것도 몰라요. 나중에는 진절머리가 나서 결국 이혼을 하고 말았다우. 그런 남편이 무슨 소용 있겠수. 어떤 남자들이 여자 대하는 걸 보면 정말 끔찍할 때가 있어요."

나는 티아레를 위로하고 정말 남자들이란 다 사기꾼이라고 진심으로 맞장구를 치면서 계속 스트릭랜드 얘기를 해 달라고 졸랐다.

"내가 그랬죠. '당장 결정하라는 건 아니에요. 천천히 생각해 보시우. 별채에 아타 방이 있는데 아주 깔끔해요. 한 달쯤 같이 살아 보고 맘에 드나 보시구려. 식사는 여기서 해도 되니까. 한 달 뒤에 마음을 정해서 결혼할 생각이 들거들랑 바로 저 아이 집에 가서 살림을 차리면 되우.' 그 사람이 그러겠노라고 합디다. 아타는 여기서 집안일을 계속했어요. 그 사람에게는 약속대로 밥을 먹여 주고 말이에요. 그 사람이 좋아하는 음식 만드는 법을 내가 아타에게 한두 가지 가르쳐 주었지요. 그이는 그림을 많이 그리지는 않았어요. 산을 돌아다니거나 강에서 멱을 감거나 했죠. 아니면 현관에 앉아 초호(礁湖)를 바라보거나. 저물녘이면 밖으로 나가 무레아 섬을 바라보곤 하더군요. 바위톱에 나가 낚시를 하기도 하고. 부둣가를 어슬렁거리고 돌아다니면서 토박이들과 얘기하기를 좋아했다우. 과묵하고 참 괜찮은 사람이었어요. 그리고 저녁을 먹고 나면 늘 아타와 별채로 내려갔죠. 그런데 아무래도 자꾸 숲으로 돌아가고 싶어하는 것 같더란 말씀이오. 한 달이 지나고 나서 어떻게 하겠느냐고 물었지요. 아타가 좋다면 아타를 따라가겠다고 하더군요. 그래서 내가 결혼 기념으로 저녁을 한턱냈지요. 내 손으로 직접 음식을 장만해서 말이우. 완두콩 수프에, 포르투갈식 바닷가재 요리, 그리고 커리, 코코넛 샐러드. 이봐요, 아직 내 코코넛 샐러드 안 드셔 보셨지요? 가시기 전에 한 번 만들어 드릴게. 그런 다음 아이스크림을 만들어 주었다우. 우리는 샴페인을 양껏 마시고 그다음엔 리큐어[47]를 마셨지요. 정말 멋지게 한턱내자고 단단히 마음먹고 있었으니깐. 그러고 나서는 응접실에 나가 춤을 추었더랬어요. 그때는 내가 지금처럼 뚱뚱하지 않았다우. 그리고 난 춤이라면 언제나 좋아했지."

플뢰르 호텔의 응접실은 조그만 방이었다. 소형 피아노와 벨벳 덮개를 씌운 마호가니 가구 한 세트가 벽을 따라 단정하게 놓여 있었다. 둥근 탁자 위에는 사진 앨범들이 놓여 있고, 벽에는 티아레와 첫 남편 존슨 선장의 확대 사진이 걸려 있었다. 티아레는 나이도 들고 뚱뚱했지만 이따금 그 브뤼셀 카펫을 말아 올리고, 하녀들과 자기 친구들을 한두 사람 불러서 축음기의 씨근거리는 음악에 맞춰 손님들과 춤을 추었다. 베란다에는 티아레 꽃의 진한 향기가 가득하고 머리 위에는 구름 한 점 없는 하늘에 남십자성이 반짝거리고 있었다.

---

47) 달고 독한 술.

이제는 옛날이 되어 버린 그때의 즐거움을 떠올리면서 티아레는 흐뭇한 미소를 지었다.

"그렇게 새벽 세 시까지 춤을 췄어요. 잠자리에 들었을 땐 죄다 취해서 제정신들이 아니었을 거야. 두 사람에게는 길이 난 데까지 내 마차를 타고 가라고 했죠. 그러고 나서도 한참을 걸어야 하니까. 아타네 집이 바로 산골짜기 깊은 데 있었거든요. 새벽에 길을 떠났는데, 내가 딸려 보낸 아이가 이튿날이 되어서야 돌아왔더라구요. 이제 아시겠수? 스트릭랜드가 어떻게 결혼하게 되었는지."

52

다음 삼 년간이 스트릭랜드의 생애에서 가장 행복한 시절이었던 것 같다. 아타의 집은 섬을 빙 둘러 나 있는 도로에서 8킬로미터가량 떨어진 곳에 있었다. 그곳에 가자면 무성한 열대수 아래로 난 구불구불한 샛길을 따라가야 했다. 집은 페인트 칠을 하지 않은 목조 방갈로인데, 방이 두 칸이고 바깥에 부엌으로 쓰는 작은 광이 하나 있었다. 가구라야 잠자리에 까는 돗자리와 베란다에 놓아둔 흔들의자뿐이었다. 커다란 잎사귀가 마구 자란 바나나 나무들이, 궁전에서 쫓겨난 여왕의 누더기처럼 집 주변에 자라고 있었다. 집 뒤꼍에는 아보카도 열매가 열리는 나무가 한 그루 서 있었고 사방에 야자수가 자라고 있었는데, 이 야자수가 이곳의 수입원이었다. 아타의 아버지가 자기 소유지 주위에 심어 놓았던 파두 나무가 이제 자랄 대로 자라, 화려하고 강렬한 빛깔들을 마음껏 발산하면서 아타네 땅을 빙 둘러 불꽃 울타리를 쳐 놓고 있었다. 집 앞에는 망고 나무가 한 그루 서 있고, 개간지 끄트머리에는 쌍둥이 같은 불꽃나무 두 그루가 진홍빛 꽃들로 야자수의 황금빛에 도전하고 있었다.

여기서 스트릭랜드는 파페에테에는 거의 나오는 일 없이 그 땅에서 생산되는 것에 의지하여 살아갔다. 멀지 않은 곳에 개울이 하나 있어 그는 거기서 목욕을 했다. 때로는 그 개울까지 물고기 떼가 올라오는 수도 있었다. 그런 때면 토박이들이 창을 들고 몰려들어 요란한 고함 소리를 내며 그 커다란 물고기들을 찔러 댔고, 놀란 고기 떼는 바다로 황급히 달아났다. 스트릭랜드가 이따금 바닷가 바위에 나가 작고 빛깔 고운 물고기들을 한 광주리씩 잡아 오면 아타는 그걸 야자 기름에 튀겼다. 바닷가재를 잡아 오는 날도 있었다. 아타는 때로 발밑에서 허둥지둥 달아나는 커다란 참게들을 잡아 맛있게 요리해 주기도 했다. 산 위에는 야생 오렌지 나무가 많았다. 아타는 가끔 마을 아낙네 두셋과 함께 산에 올라, 그 초록색의 달고 맛있는 과일을 잔뜩 따 왔다. 야자 열매가 따기에 알맞도록 무르익으면 아타의 사촌들(토박이들이 다 그렇지만 아타도 친척이 많았다.)이 나무에 기어올라 크고 잘 익은 열매를 떨어뜨려 주었다. 야자는 절반으로 쪼개어 볕에 말렸다. 그런 다음 코프라를 잘라 내어 자루에 넣으면 여자들이 호숫가 마을의 상인에게 가져갔다. 상인은 그걸 받고 쌀이며 비누, 고기 통조림,

그리고 몇 푼의 돈을 주었다. 어떤 때는 마을에 잔치가 열리기도 했는데 그런 때는 돼지를 잡았다. 그러고는 다들 모여 배가 터지도록 먹고, 춤추고, 노래했다.

하지만 아타의 집은 마을에서 아주 멀리 떨어져 있었다. 게다가 타히티 사람들은 게으르다. 여행을 좋아하고 잡담을 좋아하긴 하지만 걷는 것은 좋아하지 않았다. 그래서 스트릭랜드와 아타는 몇 주일씩이고 사람 구경을 못 하는 수도 있었다. 그는 그림을 그렸고, 책을 읽었으며, 저녁이 되어 날이 어두워지면 아타와 함께 베란다에 나가 앉아 담배를 피우며 밤하늘을 바라보기도 했다. 이윽고 아타는 아이를 낳았다. 출산을 도우러 왔던 할머니는 그대로 눌러 살게 되었다. 얼마 뒤엔 할머니의 손녀도 와서 같이 살게 되었고, 얼마 안 있어 젊은이가 한 사람 나타났는데—어디서 왔는지, 누구의 자식인지 아무도 몰랐다.—그도 역시 이곳에 주저앉았고, 이들은 다 함께 마음 편하고 행복하게 어울려 살았다.

53

"이봐요, 저기 브뤼노 선장이 오네요." 어느 날 티아레가 프랑스어로 말했다. 나는 그녀가 해 준 스트릭랜드 이야기를 이리저리 꿰어 맞추고 있던 참이었다. "저이가 스트릭랜드를 잘 알아요. 집까지 찾아갔어요."

그는 중년의 프랑스인으로 흰 털이 섞인 검은 수염을 더부룩하게 기르고 있었고, 볕에 그을린 얼굴에, 커다란 눈이 광채로 번쩍였다. 즈크[48] 옷을 말끔하게 차려입은 그는 점심 때 보았던 사람이었다. 중국인 종업원 아린이, 그날 포모투 군도에서 도착한 배에서 내린 사람이라고 말해 주었던 것이다. 티아레가 나를 그에게 소개해 주었다. 그는 내게 명함을 건넸다. '르네 브뤼노'라는 이름과, 그 밑에 '롱 쿠르 호 선장'이라는 직함이 찍혀 있는 큼지막한 명함이었다. 우리는 부엌 바깥의 베란다에 앉아 있었고, 티아레는 집안일을 하는 여자아이에게 만들어 입힐 옷을 마름질하고 있었다. 선장도 우리와 함께 앉았다.

"스트릭랜드요? 그럼요. 잘 알고말고요." 그가 말했다. "내가 워낙 체스를 좋아하는데, 그 사람도 체스라면 사양하는 법이 없더군요. 나는 사업상 일 년에 서너 번은 여기에 옵니다. 그 사람이 파페에테에 나와 있을 때는 이 집에 와서 한 판씩 붙었죠. 그런데 결혼을 하고 나서부터는……." 브뤼노 선장은 여기서 잠시 말을 끊고 웃음을 지으며 어깨를 으쓱해 보였다. "그러니까 결국 티아레가 얻어 준 그 아이와 같이 가서 살림을 차린 후부터는 나더러 놀러 오라고 하더군요. 결혼 잔치를 벌였을 때 나도 손님으로 왔죠." 그는 티아레를 쳐다보았고, 두 사람은 소리 내어 웃었다. "그 뒤로 그 사람이 파페에테에 나오는 일은 뜸했어요. 일 년쯤 뒤인가, 무슨 일인지는 생각이 안 나는데 하여간 볼일이 있어 우연히 그 근방에 가게

---

48) 황마로 짠 두꺼운 천의 옷.

됐지요. 일을 마치고 가만히 생각하니, 여기까지 와서 스트릭랜드를 안 보고 가면 서운하지 않겠는가 하는 생각이 들더군요. 토박이들 한두 명에게 그 사람을 아느냐고 물어보니 거기서 5킬로미터도 채 떨어지지 않은 곳에 살고 있다 하더라구요. 그래 찾아갔죠. 그때 내가 받은 인상은 평생 잊지 못할 겁니다. 내가 살고 있는 곳은 환초(環礁)인데 야트막한 섬입니다. 가운데 초호가 있고 그 초호를 땅이 띠처럼 둘러싸고 있지요. 이 섬이 아름답다면 그건 바다와 하늘, 초호의 오만 빛깔, 그리고 우아한 야자수가 만들어 내는 아름다움이랄까, 그런 것인데 스트릭랜드가 살던 곳에는 뭐랄까요, 에덴 동산 같은 아름다움이 있었어요. 아, 정말 얼마나 매혹적이었는지 선생께서도 거길 보실 수만 있다면 참 좋을 겁니다. 세상 사람들은 아무도 모르는 외진 곳, 머리 위로는 푸른 하늘, 사방에는 울울창창, 나무만 우거진 곳이죠. 그야말로 색채의 향연 같았어요. 그뿐인가요, 향긋하고 서늘한 바람은 또 어떻구요. 말로는 형용할 수 없는 낙원이었습니다. 그런 곳에 그 사람이 살고 있었어요. 세상이나 그 사람이나 다 서로를 잊고 말입니다. 하기야 유럽 사람의 눈으로 보면 이럴 수가 있을까 싶게 지저분하죠. 집은 다 쓰러져 가는 데다 깨끗한 데라고는 한 구석도 없었어요. 하여간 가까이 가 보니, 토박이 서너 명이 베란다에 누워 있더군요. 여기 토박이들이 걸핏하면 모이기를 좋아하는 건 아시죠? 웬 젊은 녀석이 담배를 물고 질펀하게 누워 있는데 몸에 걸친 것이라고는 파레오뿐이었어요."

파레오란 기다란 면포를 말하는데, 붉거나 푸른 바탕에 흰 무늬가 찍힌 것이 보통이다. 그것을 허리에 감고 무릎까지 늘어뜨려 입는다.

"열댓 살 정도나 되었을 법한 계집아이가 판다누스 잎으로 모자를 엮고 있고, 할머니 하나가 웅크리고 앉아 파이프 담배를 빨고 있었어요. 그러고 보니 아타가 있더군요. 갓난애에게 젖을 물리고 있었죠. 발치에는 홀랑 벗은 아이가 또 하나 놀고 있고. 아타가 나를 보고 큰 소리로 스트릭랜드를 부르더군요. 그러자 그 친구가 문간으로 나왔습니다. 그 친구도 걸친 것이라곤 파레오뿐이었어요. 풍채가 대단했습니다. 붉은 수염하며 더부룩한 머리칼, 떡 벌어진 털투성이 가슴팍, 하여간 볼 만했어요. 발에 단단하게 굳은살이 박히고 흉터투성이인 걸 보니 늘 맨발로 돌아다닌다는 걸 금방 알겠더군요. 정말 토박이가 다 되어 있었어요. 나를 보더니 몹시 반가워하는 것 같았습니다. 아타에게 닭을 잡으라고 이르고는, 나를 방 안으로 데리고 들어가 그리고 있던 그림을 보여 줍디다. 한구석에는 침대가 놓여 있고 방 한가운데에는 캔버스를 얹어 놓은 이젤이 세워져 있었어요. 전에도 나는 그 사람이 딱하다는 생각이 들어 싼값에 그림을 한두 점 사다가 프랑스에 있는 친구들에게 보내 준 적이 있죠. 처음엔 동정심에서 사 주었지만 걸어 놓고 살다 보니 차츰 마음에 들더군요. 그러다 나중엔 정말 묘한 아름다움이 있다는 것을 발견했습니다. 다들 나더러 미쳤다고 했지만 이제는 내가 맞았다는 게 증명되지 않았습니까. 이 근방 섬에서는 내가 그 사람 그림을 맨 처음 알아본 사람이지요."

그는 티아레를 향해 약을 올리듯 웃어 보였다. 그러자 티아레는 긴 탄식을 하면서, 스트릭랜드의 물건이 팔릴 때 자기가 왜 그림 살 생각을 못 하고 고작 이십칠 프랑짜리 미제 난로만 사고 말았던가를 또 되풀이하여 이야기했다.

"그 그림은 아직도 가지고 계시나요?" 내가 물었다.

"그럼요. 딸이 결혼할 나이가 될 때까지 가지고 있다가 그때 가서 팔 작정입니다. 지참금으로 써야죠."

그는 다시 스트릭랜드를 찾아갔던 이야기를 계속했다.

"그날 거기서 하룻밤 묵었는데 그날 밤 일은 정말이지 평생 잊지 못할 거예요. 처음에는 그냥 한 시간만 있다가 갈 작정이었는데 굳이 하룻밤 묵고 가라고 권하지 않겠습니까. 좀 망설였죠. 솔직히 말해서 내 잠자리라고 준 깔개를 보니 내키지 않았습니다. 하지만 별수 있나 하고 말았죠. 나도 포모투스에다 집을 지을 때는 무성한 관목을 지붕 삼아 그보다 더 딱딱한 잠자리에서 몇 주일을 자 본 적이 있으니까요. 벌레들이야 내 피부가 워낙 질겨서 별 문제는 못 되었고. 아타가 밥을 짓고 있는 동안 우리는 개울에 가서 미역을 감았죠. 저녁을 먹은 다음에는 베란다에 나와 앉아 담배도 피우고 잡담도 했어요. 젊은 친구가 마침 아코디언을 가지고 있어서, 십 년도 더 전에 뮤직홀에서 유행했던 음악을 연주하는데, 문명과는 수만 리 떨어진 열대의 밤에 듣노라니 기분이 참 야릇하더군요. 내가 스트릭랜드에게 물었죠. 그처럼 되는 대로 사는 게 싫증나지 않느냐고 말예요. 그랬더니 전혀 그렇지 않대요. 가까이에 모델들이 있어서 오히려 좋다나요. 얼마 있으니 토박이들은 잔뜩 하품을 하면서 자러 들어가 버리고 스트릭랜드와 나만 남았죠. 그때 그 밤의 죽은 듯한 적막을 나는 도저히 말로 표현할 수가 없습니다. 포토무스에 있는 내 섬에서는 밤이 되어도 그처럼 완벽하게 고요하지 않아요. 바닷가에서 온갖 살아 있는 것들이 바스락거리고, 갖가지 조그만 조개들이 한없이 꼼지락거리는 소리가 납니다. 참게는 더 소란스럽게 기어다니고요. 이따금 초호에서 물고기들이 뛰어오르는 소리가 나기도 합니다. 때로 상어가 나타날 때면 물고기들이 죽어라 달아나느라고 요란하게 물 튀기는 소리를 내기도 하고요. 그뿐인가요. 무엇보다 시간처럼, 그치지 않고 바위에 부딪히는 둔중한 파도 소리가 있지요. 그런데 스트릭랜드가 사는 그곳에는 소리라곤 하나도 없었어요. 밤에 피는 하얀 꽃들 덕분에 사방은 향긋한 냄새로 가득했습니다. 정말 얼마나 아름다운 밤이었는지 영혼이 육체에 갇혀 있는 것을 견디지 못하는 것 같았어요. 영혼이 금방이라도 허공으로 둥실 날아가 버릴 것만 같은 느낌이었습니다. 죽음이 조금도 무섭지 않고 오히려 사랑스러운 친구처럼 느껴졌어요."

티아레는 한숨을 내쉬었다.

"아, 한 번 더 십오 세 처녀가 될 수는 없을까."

바로 그때 티아레가 부엌 식탁에 놓인 참새우 접시를 노리고 있던 고양이 한 마리를 발견했다. 그녀는 요란한 욕지거리를 퍼부어 대며 도망치는 고양이의 꼬리를 향해 번개처럼 책을 내던졌다.

"아타랑 사는 게 행복하냐고 물어보았지요. 그러자 이 친구가 '그 애는 간섭을 안 해. 내 밥도 지어 주고, 애들 뒷바라지도 하지. 시키는 일은 뭐든지 다 하네. 내가 여자에게 바라는 건 다 해 줘.'라고 하더군요. 내가 또 물었죠. '그럼 유럽에는 전혀 미련이 없단 말인가? 가끔 파리나 런던 거리의 불빛이라든가, 친구들이나 또래들과 어울리던 일, 그리고 또 뭐, 극장이나 신문, 자갈 길을 달리는 승합 마차의 덜거덕거리는 소리 같은 것도 그립지 않아?' 그는 한동안 잠자코 말이 없더니 이렇게 대답합디다. '난 죽을 때까지 여기서 살겠네.'라고. '그래, 조금도 싫증 나지 않고 외롭지 않다는 말인가?' 하고 내가 물었죠. 킥킥 웃더군요. 그러면서 '이 딱한 친구야, 자넨 예술가가 된다는 게 뭔지 모르고 있구먼.' 하더란 말입니다."

브뤼노 선장은 부드러운 미소를 띠고 나를 쳐다보았다. 그의 검고 상냥한 두 눈이 야릇한 광채로 빛나고 있었다.

"그 친구가 나를 잘못 본 거죠. 왜냐하면 나도 꿈을 가진다는 게 뭔지 아는 사람이니 말입니다. 내게도 꿈이 있어요. 나도 나름대로는 예술가죠."

우리는 모두가 잠시 침묵을 지켰다. 티아레가 그녀의 커다란 호주머니에서 담배를 한 움큼 끄집어내어 우리에게 한 대씩 나누어 주었다. 우리 셋은 모두 뻐끔거리며 담배를 피웠다. 이윽고 티아레가 입을 열었다.

"이분이 스트릭랜드에게 관심이 있으시다니까, 쿠트라 의사 선생에게 안내 좀 해 드리지 그래요. 그 양반이 그 사람 병들어 죽은 이야기를 좀 해 줄 수 있을 텐데."

"그야 어렵지 않죠." 그가 나를 쳐다보고 말했다.

내가 고맙다고 하자, 그는 시계를 보았다.

"여섯 시가 지났군. 지금 가면 아마 집에 있을 겁니다."

나는 군소리 없이 일어났다. 우리는 의사네 집으로 가는 길을 따라 걸었다. 의사는 교외에 살고 있었지만 플뢰르 호텔이 시내 변두리에 있어 조금 가니 금방 교외였다. 널찍한 길이 후추나무 그늘로 덮여 있고, 길 양쪽에는 야자 농원과 바닐라 농원들이 자리 잡고 있었다. 종려나무 잎사귀 속에서 해적 까마귀들이 까악까악 울어 댔다. 우리는 시냇물 위로 돌다리가 놓여 있는 곳에 이르러 잠시 걸음을 멈추고 토박이 소년들이 미역 감는 것을 구경했다. 아이들이 날카로운 고함을 지르고 깔깔 웃어 대면서 물장난을 했다. 물에 젖은 구릿빛 몸뚱아리들이 햇빛에 번들거렸다.

54

의사의 집을 향해 걸어가면서, 나는 최근에 스트릭랜드에 관해 이미 들었던 모든 얘기가 떠올린 하나의 상황을 곰곰이 생각해 보았다. 그는 이곳 외딴섬에 와서 고향에서처럼 혐오의 시선을 받지 않고 오히려 동정을 받았던 모양이다. 그의 기행(奇行)도 여기서는 너그럽게 허용되었다. 토박이이든 유럽인이든 이곳 사람들은 그를 괴짜로 보긴 했지만, 워낙 괴짜들을 많이 보아 온 사람들이라 그럴 수도 있으려니 생각했던 것이다. 세상은 이상한 짓을 하는 이상한 사람들로 가득하다는 것, 사람은 자기 바라는 대로 되는 게 아니라 생겨 먹은 대로 된다는 것을 이곳 사람들은 알고 있는 것 같았다. 그는 영국 이나 프랑스에서는 둥근 구멍에 네모난 못이나 마찬가지였다. 하지만 이곳에는 별의별 구멍이 다 있어, 제 구멍을 찾지 못하는 못은 없었다. 여기서라고 그가 더 점잖아졌다거나, 그 이기적인 성격과 무지막지한 성질이 더 누그러졌다고는 생각지 않는다. 다만 환경이 그에게 유리해졌을 뿐이다. 이런 환경에서만 살았더라면 그도 다른 사람보다 더 고약한 사람으로는 보이지 않았을 것이다. 이곳에 와서야 그는 고향 사람들에게는 기대도 하지 않고 바라지도 않았던 것, 곧 공감을 얻었다.

이러한 생각을 하면서 느낀 놀라움을 나는 브뤼노 선장에게 얼마간 전달해 보려고 했다. 그는 한동안 말이 없다가 이윽고 입을 열었다.

"내 경우만 보자면 그 사람에게 공감을 느낀 게 별로 이상할 건 없어요. 우린 서로 모르고 있긴 했겠지만, 결국 같은 것을 지향하고 있었으니까요."

"스트릭랜드와 선장은 성격이 전혀 딴판일 텐데 도대체 뭘 같이 지향할 수 있단 말입니까?" 나는 미소를 지으며 물었다.

"아름다움 말입니다."

"대단한 목표로군요." 나는 혼잣말처럼 중얼거렸다.

"선생도 아시겠죠. 사람이 사랑에 빠지면 다른 것은 아무것도 보이지도 들리지도 않는다는 걸. 그런 사람은 갤리선[49]의

---

49) 옛날 그리스와 로마 시대의 군함 같은 것으로 노예나 죄수들이 쇠사슬

노 젓는 나무 의자에 쇠사슬로 묶인 노예처럼 자기 자신을 마음대로 하지 못해요. 스트릭랜드를 얽매었던 그 열정도 사랑처럼 사람을 꼼짝 못 하게 만들었죠."

"당신에게서 그런 말을 듣다니 신기하군요." 나는 대답했다. "나도 오래전에 그 사람이 귀신에 홀린 게 아닌가 하는 생각을 했거든요."

"스트릭랜드를 사로잡은 열정은 미를 창조하려는 열정이었습니다. 그 때문에 마음이 한시도 평안하지 않았지요. 그 열정이 그 사람을 이리저리 휘몰고 다녔으니까요. 그게 그를 성스러운 향수(鄕愁)에 사로잡힌 영원한 순례자로 만들었다고나 할까요. 그의 마음속에 들어선 마귀는 무자비했어요. 세상엔 진리를 향한 갈구가 너무 커서 그것을 얻으려고 자기가 딛고 선 세계의 기반마저 부숴 버리려는 사람들이 있어요. 스트릭랜드가 그런 사람이었지요. 진리 대신 미를 추구했지만요. 그 친구에게는 그저 한없는 동정을 느끼지 않을 수 없었어요."

"그 말도 신기하군요. 스트릭랜드 때문에 큰 불행을 당한 친구가 하나 있었는데 그 친구도 그런 말을 했거든요. 스트릭랜드가 한없이 가엾게 느껴진다고." 그렇게 말하고 나는 잠시 생각에 잠겼다. "내게는 그 사람이 늘 헤아리기 어려운 인간이었는데 선장께선 그 성격을 이해하신 것 같군요. 어떻게 그런 생각이 드셨습니까?"

그는 빙긋이 웃으며 나를 바라보았다.

에 묶인 채 노를 저었다.

"말씀드렸지 않습니까. 나도 나름대로는 예술가였다고. 내게도 그 친구를 움직인 그런 욕망이 있다는 걸 깨달았거든요. 그 친구가 그걸 그림으로 표현했다면, 나는 인생으로 표현했을 뿐이지요."

그런 다음 브뤼노 선장은 내게 이야기를 하나 해 주었는데 여기서 그 얘기를 되풀이해야 할 것 같다. 왜냐하면 그 얘기는 스트릭랜드에 대한 나의 인상과 대조가 된다는 점만으로도 뭔가 보탬이 될 것이기 때문이다. 그뿐만 아니라 그 이야기는 그 자체로도 아름다움을 지니고 있었다.

브뤼노 선장은 브르타뉴 사람으로 한때 해군에서 복무했다. 결혼을 하면서 해군을 그만두고 여생을 조용히 보낼 작정으로 캥페르 근처의 얼마 안 되는 소유지에 정착했다. 그런데 변호사의 실수로 그는 하루아침에 알거지가 되고 말았다. 그들 부부는 행복한 삶을 꿈꾸었던 곳에서 빈곤하게 살고 싶은 맘이 나지 않았다. 그래서 바다에서 생활했던 시절에 가 본 남태평양에 운을 걸어 보기로 결심했다. 그는 파페에테에서 몇 달을 보내면서 계획도 세우고 경험도 얻었다. 그런 다음 프랑스에 있는 한 친구에게 돈을 빌려 포모투 군도의 섬을 하나 샀다. 이 섬은 초호를 가운데에 두고 육지가 반지 모양으로 빙 둘러 있는 무인도로, 관목과 야생 구아바 나무가 온 섬을 뒤덮고 있었다. 그는 겁 없는 아내와 몇 명의 토박이를 데리고 섬에 상륙하여, 곧 집을 짓고 관목들을 베어 낸 다음 야자수를 심기 시작했다. 그것이 이십 년 전의 일이었다. 불모의 땅이었던 섬이 이제는 아름다운 동산이 되었다.

"처음에는 힘들고 불안했죠. 둘이서 죽어라고 일했어요. 매일 꼭두새벽에 일어나 나무를 베고, 필요한 나무를 심고, 집을 지었죠. 밤이 되면 자리에 그대로 쓰러져 아침까지 죽은 사람처럼 잠을 잤습니다. 아내도 나 못지않게 열심히 일했죠. 그러다가 아이들이 생겼습니다. 첫째는 아들이었고 둘째는 딸이었어요. 그 애들이 배운 건 다 우리 내외가 가르친 겁니다. 프랑스에서 가져온 피아노가 있어 아내가 피아노 치는 법을 가르치고 영어도 가르쳤어요. 나는 라틴어와 수학을 가르치고요. 역사는 같이 읽었지요. 아이들이 이제는 배를 부릴 줄도 알아요. 수영도 토박이들만큼 잘하고요. 섬 안의 것이라면 모르는 것이 없죠. 우리가 심은 나무들이 무성하게 자랐고, 산호초에는 조개도 생겼습니다. 이번에 타히티에 온 것은 범선을 하나 살까 해서입니다. 조개도 이제 잡아서 팔아도 될 만큼 충분히 번식했지요. 누가 압니까? 혹시 진주라도 발견할지. 난 아무것도 없던 데서 뭔가를 만들어 냈어요. 나도 아름다움을 만들어 낸 셈이죠. 정말이지, 선생은 모를 겁니다. 그 멀쑥하게 자란 튼튼한 나무들을 바라보면서 저것들을 다 내가 심었다고 생각할 때의 기분이 어떤 건지."

"선장께서 스트릭랜드에게 물어보았던 말을 저도 물어도 될까요? 프랑스와 브르타뉴의 고향에 미련이 전혀 없습니까?"

"언젠가 딸이 결혼을 하고 아들이 아내를 얻어 이 섬을 이어받을 때가 되면 우리도 고향에 돌아가 내가 태어난 옛집에서 여생을 마쳐야죠."

"그때 가서 행복했던 생활을 돌아보겠군요." 내가 말했다.

"그야 그러겠죠. 섬 생활에 신나는 일은 없어요. 바깥세상하고는 너무 멀리 떨어져 있고. 생각해 보세요. 타히티까지 오는 데만도 나흘이 걸리지 않습니까. 하지만 우린 섬 생활이 행복해요. 어떤 일을 시도해서 그걸 성취하는 사람은 많지 않죠. 우리 생활은 소박하고 순진합니다. 야심에 물들 일도 없고, 자부심을 가진다고 해 봐야 그건 우리 손으로 해낸 일을 바라보면서 느끼는 그런 자부심뿐이고요. 악의를 가질 일도 없고, 부러움으로 속상해할 일도 없어요. 아, 정말이지, 선생, 사람들이 신성한 노동이다 뭐다 하는데 그건 다 헛말이에요. 하지만 내게는 그게 아주 절실한 의미를 가진 말입니다. 나는 행복한 사람이에요."

"당연히 그럴 만한 자격이 되십니다." 나는 미소를 지었다.

"나도 그렇게 생각하고 싶어요. 내게 무슨 덕이 있어서 지금 아내와 같은 사람을 얻게 되었는지 모르겠어요. 이 사람은 내게 늘 완벽한 친구이면서 반려자였고, 완벽한 애인이자 완벽한 어머니였습니다."

나는 한동안 선장이 내 상상 속에 그려 준 그의 생활에 대해 생각해 보았다.

"모르긴 몰라도 그런 생활을 하면서 그처럼 대단한 성공을 거두게 되었다면, 두 분 모두 의지도 강하고 성격도 굳세었어야 했겠군요."

"그랬겠죠. 하지만 한 가지 요소가 더 없었더라면 우린 아무것도 이뤄 내지 못했을 겁니다."

"그게 뭔데요?"

그는 얼마간 극적으로 말을 멈춘 다음, 팔을 앞으로 내뻗으며 말했다.

"신을 믿는 마음. 그게 없었더라면 우리는 실패했을 거예요."

그때쯤 우리는 의사인 쿠트라 씨의 집에 이르러 있었다.

55

쿠트라 의사는 프랑스인으로 엄청나게 크고 뚱뚱한 노인이었다. 몸집이 마치 거대한 오리알 같았다. 그는 영리하면서도 사람 좋아 뵈는 푸른 두 눈으로 이따금씩 불룩 솟은 자신의 배를 흡족하게 내려다보곤 했다. 살결은 불그레하고 머리는 백발이었다. 보기만 해도 금방 호감이 가는 그런 사람이었다. 그는 프랑스의 시골집에서나 볼 수 있을 법한 방에서 우리를 맞았다. 그 방의 분위기에서는 폴리네시아 골동품 한두 점이 기이하게 보였다. 그는 내 손을 덥석 부여잡고 ─ 정말 거대한 손이었다. ─ 아주 반가운 표정을 지었다. 그래도 그 표정에서 그가 빈틈없는 사람임을 엿볼 수 있었다. 그는 브뤼노 선장과 악수를 하면서 깍듯하게 부인과 아이들의 안부를 물었다. 한동안 인사가 오가고 섬에 관한 이런저런 소식, 코프라와 바닐라 수확에 관한 얘기를 주고받은 다음, 화제는 이윽고 나의 방문 목적에 이르렀다.

여기서 나는 쿠트라 씨가 한 얘기를 그대로 옮기지 않고 내 말로 바꾸어서 하겠다. 생동감 넘치는 그 말재간의 느낌을 한다리 건너 표현하기는 불가능하기 때문이다. 그의 목소리는 우람한 몸집에 잘 어울리게 깊고 우렁우렁했으며 극적인 요소를 날카로운 감각으로 잘 포착했다. 그의 얘기를 듣고 있으니 진짜 연극 구경처럼 흥미진진했다. 아니 웬만한 연극보다 훨씬 재미있었다.

어느 날 쿠트라 씨는 병이 난 어느 늙은 여족장을 보러 타라바오로 왕진을 갔던 모양이다. 그는 비대한 늙은 여인이 살갗이 까만 시종들 무리에 둘러싸여 담배를 뻑뻑 빨면서 커다란 침대에 누워 있던 광경을 아주 실감 나게 묘사했다. 진찰이 끝난 뒤, 그는 다른 방에 안내되어 음식을 대접받았다. 날생선과 튀긴 바나나 그리고 닭고기—또 뭔지 모르지만, 전형적인 토착 음식이 나왔어요.—그런데 먹으면서 보니 웬 여자 아이 하나가 울면서 문간에서 사람들에게 쫓겨나고 있었다. 그때는 별 관심을 두지 않았는데, 돌아가려고 바깥에 나와 달구지를 타려다 보니까, 아까 그 아이가 저만치에 서 있는 것이었다. 아이는 애처로운 표정으로 그를 쳐다보았다. 두 볼에 눈물을 줄줄 흘리고 있었다. 의사는 옆 사람에게 아이가 무슨 일로 저러느냐고 물어보았다. 그러자 그 아이는 산에서 내려온 아이인데 병이 난 어떤 백인이 있어 왕진을 청하려고 왔다는 것이었다. 그런데 여기 사람들이 의사 선생님 귀찮게 하지 말라며 내쫓았다고 했다. 그는 아이를 불러 직접 용건을 물어보았다. 아이는 전에 플뢰르 호텔에서 일했던 아타가 보내서 왔으며, 붉은 수염 아저씨가 병이 났다고 했다. 그러고는 구겨진 신문지 조각에 싼 것을 그의 손에 불쑥 디밀었는데, 펴 보니 백 프랑짜리 지폐 한 장이 들어 있었다.

"붉은 수염이 누구지?" 그는 곁에 있던 사람에게 물어보았다.

거기서 7킬로미터 떨어진 골짜기에서 아타와 살고 있는 영국인 화가를 그렇게들 부른다고 했다. 설명을 듣고 보니 스트릭랜드임을 알 수 있었다. 하지만 거기까지 가자면 걸어가야 했다. 그로서는 갈 수 없는 거리였다. 그런 사정이라 다들 그 아이를 쫓아 버리려고 했던 것이다.

"솔직히 말해서……." 하고 의사는 나를 향해 말했다. "좀 주저되더군요. 험한 산길을 왕복 14킬로미터나 걸어야 하니 내킬 리가 있겠습니까. 그날 밤 안으로 파페에테로 돌아올 수 있다는 보장도 없구요. 게다가 스트릭랜드가 호감을 주는 사람도 아니었죠. 내가 보기엔 아무짝에도 쓸모없는 게을러 빠진 건달이었어요. 우리들처럼 일해서 먹고살려는 게 아니라 원주민 여자하고나 살려 하고 말예요. 그런데 이게 웬일입니까? 어느 날 갑자기 세상 사람들이 이 사람을 천재라고 하게 될 줄 내가 꿈에나 알았겠어요? 내가 여자아이에게 물었죠. 그 사람이 날 보러 내려오지 못할 정도로 아프냐고. 어디가 아픈 것 같더냐고도 물어봤어요. 대답을 하려고 하지 않더군요. 나도 모르게 화가 나서 좀 윽박질렀나 봐요. 아이가 고개를 푹 숙이고 울기 시작하는 게 아니겠습니까. 그래 어쩔 도리가 없더군요. 따지고 보면 가는 게 내 도리가 아닌가 싶었어요. 그래서 하여간 아주 언짢은 기분으로 그 애더러 앞장을 서라고 했지요."

그곳에 도착했을 때도 의사의 기분은 전혀 나아지지 않았

다. 땀은 줄줄 흘러내리고 목은 타는 듯 말랐다. 아타가 내다
보고 있다가 길을 내려와 의사를 맞이했다.

"환자는 환자고 우선 마실 것 좀 주게나. 목이 말라 죽겠
어." 그는 짜증스럽게 소리를 내질렀다. "얼른 야자라도 하나
갖다줘."

아타가 소리를 지르자 사내애 하나가 뛰어왔다. 아이는 나
무로 기어올라 가더니 이내 잘 익은 열매 하나를 떨어뜨렸다.
아타가 열매에 구멍을 뚫어 주자 의사는 시원한 야자 물을 기
분 좋게 주욱 들이켰다. 그러고 나서 담배를 한 대 말아 피우
니 그제야 기분이 좀 나아지는 것 같았다.

"그래, 붉은 수염은 어디 있나?" 그가 물어보았다.

"안에서 그림을 그리고 있어요. 의사 선생님이 오신다는 얘
기는 하지 않았어요. 들어가서 좀 봐 주세요."

"아니, 도대체 어디가 아프단 말이야. 그림을 그릴 만하다면
타라바오로 내려올 수도 있잖은가. 그러면 내가 이렇게 고생
을 해 가면서 여기까지 오지 않아도 되잖아. 내 시간은 이 사
람 시간보다 중하지 않나?"

아타는 이 말에 아무 대꾸도 하지 않고 사내애와 함께 그
를 뒤따라 안으로 들어왔다. 그를 데리러 왔던 여자애는 어느
새 베란다에 앉아 있었다. 베란다에는 노파 하나가 벽을 등진
채 원주민 담배를 피우고 있었다. 아타가 손짓으로 문을 가리
켰다. 의사는 왜들 이렇게 이상스럽게 구나 하고 언짢게 여기
면서 방 안으로 들어갔다. 스트릭랜드가 팔레트를 닦고 있었
다. 이젤 위에 그림이 하나 놓여 있다. 파레오만 걸친 스트릭랜

드가 입구를 등지고 서 있다가 구두 발자국 소리에 몸을 돌렸다. 돌아보는 그의 얼굴에 불쾌하다는 표정이 역력했다. 의사를 보더니 그는 깜짝 놀랐다. 뜻밖의 침입에 화가 나는 모양이었다. 하지만 의사는 의사대로 자지러질 듯 놀랐다. 두 발이 그 자리에 얼어붙고 말았다. 그는 스트릭랜드를 뚫어지게 바라보았다. 이 병이라고는 꿈에도 생각지 못했던 것이다. 의사는 온몸에 소름이 쭉 끼쳤다.

"누군데 이렇게 마구 들어오시오?" 스트릭랜드가 말했다. "용건이 뭐요?"

의사는 겨우 정신을 가다듬었다. 하지만 입을 떼려고 하니 몹시 힘이 들었다. 화가 났던 지금까지의 감정은 다 사라지고 말았다. 이제는 다만—진심이었어요, 하고 의사는 말했다.—하염없는 연민만이 느껴질 따름이었다.

"난 의사요. 쿠트라라 하오. 타라바오에 족장을 진찰하러 갔다가 아타가 당신을 봐 달라고 아이를 보내서 왔소."

"바보 같은 짓을 했군. 요사이 그저 몸이 좀 쑤시고 열이 좀 나긴 했지만 아무것도 아니오. 곧 낫겠지. 누가 파페에테에 나갈 일이 있으면, 키니네[50]나 좀 구해 오라고 할 참이었소."

"거울 좀 들여다보시오."

스트릭랜드는 그를 힐끗 쳐다보며 비죽 웃더니, 벽에 걸려 있는 거울 앞으로 갔다. 조그만 나무 틀을 끼운 싸구려 거울이었다.

---

50) 해열, 특히 말라리아에 쓰이는 약.

"그래 어떻단 말이오?"

"얼굴이 이상해진 걸 모르겠소? 잔뜩 부어서, 그러니까, 뭐라고 해야 하나, 책에서 말하는 사자 얼굴이 되어 있는 걸 모르겠소? 이봐요, 이 딱한 양반아, 내가 꼭 말해 줘야 되겠소? 당신은 무서운 병에 걸렸단 말이오."

"내가 말이오?"

"거울을 들여다봐요. 영락없는 나병 환자 모양 아니오."

"농담 마시오." 스트릭랜드가 말했다.

"나도 제발 농담이라면 좋겠소."

"아니, 내가 문둥병에 걸렸단 말이오?"

"안됐소만, 틀림없어요."

쿠트라 씨는 사람들에게 죽음의 선고를 내린 일이 한두 번이 아니었다. 그때마다 그는 소름 끼치는 공포를 이겨 낼 수 없었다. 번번이 느끼는 것이지만 죽음을 선고받은 사람은 자신과 의사를 비교하면서 격심한 증오감을 느끼는 것 같았다. 환자에게 의사는 헤아릴 수 없이 귀중한 삶의 특혜를 누리고 있는 말짱하고 건강한 사람으로 보이는 것이다. 스트릭랜드는 말없이 그를 바라보았다. 혐오스러운 병으로 일그러져 버린 그의 얼굴에는 아무런 감정의 동요도 떠오르지 않았다.

"저것들은 알고 있소?" 그가 이윽고, 여느 때와 달리 야릇한 침묵을 지키며 베란다에 앉아 있는 사람들을 가리키며 물었다.

"여기 토박이들은 이 증세를 잘 알고 있어요." 의사가 말했다. "당신에게 차마 알리지 못해서 그렇지."

스트릭랜드는 뚜벅뚜벅 문간으로 걸어가 밖을 내다보았다. 그의 얼굴에 무슨 험악한 표정이 떠올라 있었던 모양이다. 밖에 있던 사람들이 갑자기 한꺼번에 슬프게 울부짖기 시작했다. 그러고는 다들 큰 소리로 울어 댔다. 스트릭랜드는 아무 말도 하지 않았다. 잠시 식구들을 바라보고 있더니, 다시 방 안으로 들어왔다.

"얼마나 더 살 것 같소?"

"그걸 어찌 알겠소? 이십 년을 가는 수도 있어요. 빨리 진전되면 고마운 거요."

스트릭랜드는 이젤 앞으로 가더니 거기에 놓인 그림을 물끄러미 바라보았다.

"먼 길을 오셨겠소. 중요한 일을 알리러 온 사람에게는 보답이 있어야 마땅하니 이 그림을 가져가시오. 지금은 아무것도 아니겠지만, 언젠가 이걸 가진 것을 기뻐할 날이 있을지도 모르오."

쿠트라 씨는 그곳까지 왔다고 하여 사례를 바라지는 않는다고 굳이 사양했다. 백 프랑짜리 지폐도 벌써 아타에게 돌려준 뒤였다. 하지만 스트릭랜드는 한사코 그림을 받으라고 했다. 그런 다음 두 사람은 베란다로 나갔다. 원주민 식구들이 격렬하게 흐느끼고 있었다.

"이봐, 조용히 해. 눈물 닦아." 스트릭랜드가 아타를 향해 말했다. "큰일 난 거 없어. 내가 곧 떠날 거야."

"사람들이 당신을 데려가는 건 아니죠?" 아타가 소리 질렀다.

그때만 해도 그곳 섬들에서는 나병 환자들의 격리가 그다지 엄격하지 않아 환자들은 마음만 먹으면 어디든 돌아다닐 수 있었다.

"산으로 들어가겠어." 스트릭랜드가 말했다.

그러자 아타가 벌떡 일어서서 그를 마주 보고 섰다.

"딴 사람들은 가고 싶으면 가라고 해요. 하지만 난 당신 곁을 떠나지 않겠어요. 당신은 내 남자고 나는 당신 여자예요. 당신이 날 두고 가면 뒤뜰 나무에 목 매달아 죽어 버릴 거예요. 정말이에요."

그녀의 말에는 사람의 마음을 움직이는 강한 힘이 담겨 있었다. 그녀는 이제 순하고 연약한 토박이 아가씨가 아니라 결의에 가득 찬 여인이었다. 어느 순간에 그녀는 엄청나게 변화되어 있었던 것이다.

"왜 나랑 있겠다는 거야? 너는 파페에테로 돌아가면 돼. 거기 가면 곧 다른 백인 남자를 만날 수 있을 거 아냐. 아이들은 할머니가 돌봐 줄 수 있을 테고. 네가 돌아가면 티아레도 반가워할 거야."

"당신은 내 남자고 나는 당신 여자예요. 당신이 어딜 가든 나도 따라가요."

스트릭랜드의 의연한 태도가 한순간 흔들렸다. 두 눈이 그렁그렁해지더니 이윽고 두 볼 위로 눈물이 천천히 흘러내렸다. 그러나 다음 순간 여느 때의 그 냉소적인 웃음이 떠올랐다.

"여자란 알 수 없는 동물이오." 그는 쿠트라 씨에게 말했다. "개처럼 취급하고, 팔이 아프도록 두들겨 패도 여전히 사내를 사랑한단 말이오." 그는 어깨를 으쓱했다. "그러니 여자에게도 영혼이 있다는 건 기독교의 망상 가운데서도 제일 터무니없는 망상이죠."

"지금 의사 선생님한테 뭐라고 하는 거예요?" 아타가 의심스럽다는 듯 물었다. "가지 않을 거죠?"

"네가 원하면 가지 않겠다. 이 딱한 것."

아타는 그의 앞에 풀썩 무릎을 꿇고 앉더니 두 팔로 그의 다리를 꼭 껴안고 입을 맞추었다. 스트릭랜드는 희미한 미소를 띠고 쿠트라 씨를 바라보았다.

"결국 여자에겐 당하지 못해. 일단 붙잡히기만 하면 꼼짝할 수 없다니까. 백인이든 토박이든 다 마찬가지야."

쿠트라 씨는 이처럼 무서운 재앙을 당한 이에게 유감의 뜻을 표한다는 것도 못 할 짓으로 여겨져, 그냥 작별을 하고 말았다. 스트릭랜드가 사내아이 타네에게 의사를 마을까지 안내해 드리라고 일렀다. 쿠트라 씨는 여기서 잠시 이야기를 멈춘 다음 나를 향해 말했다.

"나는 그 친구가 맘에 들지 않았어요. 워낙 호감이 가지 않는 사람이라고 했지 않았습니까. 하지만 나는 타라바오로 천천히 내려오면서 사람이 겪을 수 있는 괴로움 가운데 가장 견디기 힘들다고 할 수 있는 괴로움을 의연히 참아 내는 그 금욕적 용기를 보고, 나도 모르게 감탄하지 않을 수 없었어요. 타네와 헤어질 때 나는 도움이 될 만한 약을 좀 보내겠다고 했죠. 하지만 스트릭랜드가 선뜻 그 약을 쓰리라고는 생각지 않았어요. 쓴다고 해도 효험이 있으리라고는 더더욱 생각지 않았고요. 아이에게 그랬죠. 사람을 보내면 언제든 갈 테니 아타에게 그렇게 이르라고. 산다는 건 정말 쉬운 일이 아니에요. 자연의 신이 때로는 제 자녀를 괴롭히면서 잔인한 즐거움을 느끼기도 하니까요. 나는 파페에테의 안락한 집으로 돌아오면서 마음이 한없이 무거웠습니다."

우리는 모두 오랫동안 입을 열지 않았다.

"하지만 아타가 사람을 보내지는 않았습니다." 이윽고 의사가 말을 이었다. "나도 오랫동안 그 근처로는 갈 일이 없었죠. 스트릭랜드 소식도 듣지 못했어요. 아타가 한두 번 파페에테로 그림 재료를 사러 나왔다는 말은 들었지만 만나 보지는 못했구요. 두 해가 훨씬 지나서야 타라바오에 다시 가게 되었는데, 이때도 그 여족장 왕진 때문이었어요. 그곳 사람들에게 혹시 스트릭랜드 소식 들었느냐고 물어보았지요. 이제 그 사람이 나병에 걸렸다는 걸 모르는 사람이 없더군요. 맨 먼저 사내아이 타네가 집을 나가고, 그런 다음 얼마 안 있어 할머니하고 그 손녀가 떠났답니다. 스트릭랜드와 아타만 애들하고 남았다고 해요. 하여간 농원 가까이로 아무도 가지 않았습니다. 아시겠지만, 토박이들은 이 병을 끔찍하게 무서워하거든요. 옛날에는 소문이 났다 하면 환자를 잡아다 죽였답니다. 그런데 이따금 마을 아이들이 산을 오르내리다가 붉은 수염을 기른 백인이 돌아다니는 걸 보기도 했다더군요. 그러면 질겁해서 도망을 쳤대요. 어떤 때는 아타가 마을까지 내려와 상인을 깨워 이것저것 필요한 물건을 사 가기도 했답니다. 아타도 토박이들이 자기를 스트릭랜드만큼 진절머리를 치며 보기 싫어한다는 걸 잘 알고 있었어요. 그래서 늘 사람들 눈을 피해 다녔죠. 한

번은 아낙네들이 평소보다 농원에 더 가까이 갔다가 아타가 냇가에서 빨래하는 것을 보고는 마구 돌팔매질을 했다지 뭡니까. 그런 일이 있고 난 뒤 사람들이 상인더러 아타에게 말을 전하라 했다는군요. 다시 한번 냇가에 나와 빨래를 했다가는 집에 가서 불을 질러 버리겠다고요."

"지독한 사람들이군요." 내가 말했다.

"그렇지만도 않아요. 사람이란 게 늘 그렇지 않습니까. 두려움을 느끼면 잔인해지죠. 난 스트릭랜드를 만나 볼 마음을 먹었어요. 여족장 진료를 마치고 아무나 길 안내할 아이가 있느냐고 물었죠. 그런데 누가 따라나서려고 합니까. 하는 수 없이 혼자 찾아 나서는 수밖에 없었죠."

농원에 도착한 쿠트라 씨는 불현듯 불안한 느낌에 휩싸였다. 산길을 걸어오느라 온몸이 후덥지근했음에도 자기도 모르게 몸이 떨렸다. 공기 중에 무슨 적의 같은 게 서려 있는 것 같아 발걸음이 잘 떨어지지 않았다. 보이지 않는 어떤 힘이 길을 막고 있는 듯한 느낌이 들었다. 보이지 않는 손이 그를 뒤로 잡아당기는 것 같기도 했다. 이제는 이 근처에 야자를 주우러 오는 사람도 없어, 야자는 땅에 떨어져 썩어 가고 있었다. 사방이 온통 황량했다. 나무 숲이 다시 개간지를 먹어 들어오고 있었다. 그래서 이제 원시림은, 사람들이 그동안 엄청난 노역을 들여 간신히 일구어 놓았던 한 뙈기 땅을 금방이라도 되찾을 것처럼 보였다. 그는 고통의 장소가 있다면 바로 이곳이 아니겠는가 하는 생각이 들었다. 아타의 집에 다가가면서 이 세상에서는 도저히 느낄 수 없을 것 같은 기이한 적막감을 느꼈다. 그래서 처음에는 사람이 살지 않는가 보다 생각했다. 그 순간 아타가 눈에 띄었다. 그녀는 부엌으로 쓰는 광 바닥에 웅크리고 앉아 냄비에 음식을 끓이고 있었다. 조그만 사내아이가 그녀 곁에서 말없이 흙장난을 하고 있다. 의사를 보고도 아타는 웃지 않았다.

"스트릭랜드를 보러 왔네." 의사가 말했다.

"들어가서 말할게요."

그녀가 부엌에서 나와 베란다로 통하는 몇 개 안 되는 계단을 올라 안으로 들어갔다. 의사도 뒤따라갔으나, 그녀가 손짓으로 들어오지 못하게 하여 밖에서 기다렸다. 문을 열자 역겹고도 달짝지근한 냄새가 확 풍겨 왔다. 이 냄새 때문에 나병환자 주위에 가면 흔히 구역질이 난다. 먼저 아타의 말이 들리고 그다음에는 스트릭랜드의 대꾸가 들렸다. 그런데 전혀 그의 목소리 같지가 않았다. 쉰 목소리에 발음도 분명하지 않았다. 쿠트라 씨는 놀라 눈썹을 치켜올렸다. 병이 벌써 성대까지 침범했음을 알 수 있었다. 그때 아타가 다시 나왔다.

"만나고 싶지 않대요. 그냥 돌아가 주세요."

쿠트라 씨는 만나 봐야겠다고 했지만 그녀는 들여보내 주려고 하지 않았다. 의사는 어깨를 으쓱하고 잠시 생각해 본다음 그냥 돌아서고 말았다. 아타도 따라왔다. 의사는 아타역시 자기가 가 주기를 바란다는 느낌을 받았다.

"내게 혹시 부탁할 건 없나?" 그가 물었다.

"그럼 물감을 좀 보내 주시면 좋겠어요." 아타가 대답했다. "그이가 그것 말고는 바라는 게 없어요."

"아직도 그림을 그릴 수 있나?"

"지금은 집 안의 벽에다 그리고 있어요."

"자네가 참 고생이 많겠군. 딱도 하지."

그때서야 아타가 가까스로 웃어 보였다. 그녀의 두 눈에는 초인적이라고 할 만한 사랑의 눈빛이 어려 있었다. 그 눈빛을 보고 쿠트라 씨는 놀라움과 경탄을 금할 수 없었다. 외경스러운 기분까지 들었다. 무슨 말을 해야 할지 몰랐다.

"그이는 제 남편이에요." 그녀가 말했다.

"다른 아이는 어디 있나?" 의사가 물었다. "지난번에 왔을 때는 둘이던데."

"죽었어요. 망고나무 밑에 묻어 주었어요."

아타는 얼마쯤 따라오더니 그만 돌아가 봐야겠다고 했다. 의사가 짐작하기로는 더 멀리 갔다가 마을 사람이라도 만나게 될까 봐 걱정하는 것 같았다. 그는 아타에게 다시 당부했다. 자기가 필요하면 사람만 보내라고, 그러면 당장 오겠다고.

56

그러고는 이 년이 흘렀다. 아니 삼 년인지도 모르겠다. 타히티에서는 시간 가는 것을 잘 느낄 수 없어 세월을 헤아리기가 쉽지 않다. 그러다 마침내 쿠트라 씨에게 스트릭랜드가 죽어가고 있다는 전갈이 왔다. 아타가 길가에서 파페에테로 우편물을 실어 나르는 마차를 세워 급히 의사에게 가 달라고 마부에게 통사정을 했던 것이다. 하지만 기별이 갔을 때 의사는 외출 중이어서 소식을 들은 것은 저녁이 되어서였다. 그처럼 늦은 시각에 길을 떠나기란 불가능한 일이어서 의사는 이튿날 아침 동이 튼 뒤에야 출발할 수 있었다. 그는 타라바오로 간 다음, 거기서 아타의 집을 향해 7킬로미터의 길을 터벅터벅 걸어갔다. 마지막 길일 터였다. 산길에는 풀이 무성했다. 여러 해 동안 사람 발길이 거의 없었음이 분명했다. 길을 찾기가 쉽지 않았다. 때로는 개울물 바닥을 엉금엉금 걸어야 했고, 때로는 무성한 가시덤불을 밀쳐 내며 가야 했다. 머리 위 나무에 걸린 벌집을 피해 바위를 기어올라야 하는 때도 한두 번이 아니었다. 사방은 무섭게 적막했다.

이윽고 그 조그만 오두막 앞에 이르자 의사는 절로 안도의 한숨이 나왔다. 칠도 하지 않은 이 생나무집은 이제 지저분할 대로 지저분해져 있었다. 하지만 이곳 역시 견딜 수 없는 적막에 휩싸여 있었다. 그가 가까이 다가갔다. 아이 하나가 양지쪽에서 무심히 놀고 있다가 가까이 오는 그를 보고 깜짝 놀라 쏜살같이 달아나 버렸다. 낯선 사람은 아이에게 모두 적이었다. 쿠트라 씨는 아이가 나무 뒤 어디에선가 자기를 몰래 보고 있다는 느낌을 받았다. 문은 활짝 열려 있었다. 사람을 불러 봤다. 아무런 대답이 없었다. 안으로 들어갔다. 문을 두드려 보았다. 거기에서도 아무 대답이 없다. 손잡이를 돌려 열고 안으로 들어섰다. 악취가 왈칵 풍겨 와 구역질을 참을 수 없었다. 손수건으로 코를 틀어막고 간신히 안으로 들어갔다. 불빛이 희미해서 밝은 햇빛 속에 있던 그는 한동안 아무것도 볼 수 없었다. 그러다가 깜짝 놀랐다. 자기가 지금 어디에 있는지 알 수 없었다. 갑자기 마법의 세계에 들어선 것만 같았다. 거대한 원시림과 나무들 밑으로 벌거벗은 사람들이 오가는 모습을 본 듯한 느낌이 들었다. 다음 순간 그는 사방의 벽에 그림이 그려져 있다는 사실을 깨달았다.

"제길, 내가 더위를 먹었나." 그는 혼잣말로 중얼거렸다.

뭔가 희미한 움직임이 있어 돌아보니 아타가 바닥에 누워 조용히 흐느끼고 있었다.

"아타!" 그가 불렀다. "아타!"

그녀는 알아듣지 못했다. 또다시 역겨운 악취가 정신을 아뜩하게 만들어 그는 여송연에 불을 붙였다. 눈이 점차 어둠에 익숙해 갔다. 이제 그는 벽에 그려진 그림들을 찬찬히 바라보면서 온통 야릇한 감정에 휩싸였다. 그림에 대해서는 아무것도 몰랐지만 이 그림들엔 이상하게도 그를 감동시키는 무엇이 있었다. 방바닥에서 천장에 이르기까지 사방의 벽이 기이하고 정교하게 구성된 그림들로 가득 채워져 있었다. 뭐라 형용할 수 없이 기이하고 신비로웠다. 그는 숨이 막혔다. 이해할 수도, 분석할 수도 없는 감정이 그를 가득 채웠다. 창세(創世)의 순간을 목격할 때 느낄 법한 기쁨과 외경을 느꼈다고 할까. 무섭고도 관능적이고 열정적인 것, 그러면서 또한 공포스러운 어떤 것, 그를 두렵게 만드는 어떤 것이 거기에 있었다. 그것은 감추어진 자연의 심연을 파헤치고 들어가, 아름답고도 무서운 비밀을 보고 만 사람의 작품이었다. 그것은 사람에게는 허락되지 않은 신성한 것을 알아 버린 이의 작품이었다. 거기에는 원시적인 무엇, 무서운 어떤 것이 있었다. 인간 세계의 것이 아니었다. 악마의 마법이 어렴풋이 연상되었다. 그것은 아름답고도 음란했다.

"맙소사, 이건 천재다!"

이 말이 입에서 절로 튀어나왔다. 그는 자기가 무슨 말을 했는지도 몰랐다.

그러고는 한구석에 있던 돗자리에 눈길이 멎었다. 그쪽으로 가 보니 형체가 일그러진 무섭고 소름 끼치는 물체가 하나 있었다. 스트릭랜드였다. 그는 죽어 있었다. 쿠트라 씨는 안간힘을 다해 가까스로 몸을 굽혀 망가져 버린 그 끔찍한 몸뚱이를 들여다보았다. 그 순간, 그는 흠칫 놀랐다. 가슴이 공포로 얼어붙는 듯했다. 누군가가 등뒤에 서 있음을 느꼈던 것이다. 아타였다. 그녀가 일어나는 소리를 듣지 못했던 모양이다. 그녀는 의사의 팔꿈치 옆에 서서 그가 보고 있던 것을 함께 내려다보고 있었다.

"어이구, 이거 내가 혼이 나갔나 보네." 그는 말했다. "하마터면 간 떨어질 뻔했잖아."

다시, 그는 한때 인간이었던 주검을 내려다보았다. 그러다 움찔 놀라 물러섰다.

"아니, 눈이 멀고도 어떻게."

"네, 일 년 가까이 앞을 보지 못했어요."

57

이때 외출했던 쿠트라 부인이 돌아와 우리의 얘기는 거기서 중단되고 말았다. 그녀는 바람을 잔뜩 받은 범선처럼 들어왔다. 건장하고 당당한 거구의 여자로 가슴이 우람하고 몸집은 비대했는데 앞이 반듯한 코르셋으로 허리통을 단단히 졸라매고 있었다. 굵직한 매부리코에 턱은 세 겹이었다. 자세는 꼿꼿했다. 그녀는 온몸을 마법처럼 나른하게 만드는 열대의 기후에 조금도 기가 꺾이지 않았고, 오히려 온대 기후에 사는 사람도 상상하지 못할 만큼 활발하고, 세속적이고, 과단성 있는 여자였다. 게다가 보나마나 말하기를 엄청나게 좋아하는 사람이었다. 들어오자마자 이런저런 소문에 자기 의견까지 덧붙여 가며 숨 쉴 틈 없이 말을 쏟아 냈던 것이다. 그녀의 말을 듣고 있노라니 방금 우리가 했던 이야기는 멀고 먼 나라의 비현실적인 이야기가 되어 버렸다.

얼마 후 쿠트라 씨가 나를 보고 말했다.

"그때 스트릭랜드가 준 그림이 아직도 내 사무실에 있습니다. 보시겠습니까?"

"그럼요. 보고 싶습니다."

우리는 일어섰다. 의사는 나를 데리고 집을 빙 둘러싸고 있는 베란다로 나갔다. 우리는 잠시 발을 멈추고 뜰에 만발한 화려한 꽃들을 내려다보았다.

"스트릭랜드가 자기 집 벽 사방에 꽉 채워 그려 넣었던 그 특이한 장식 그림이 오랫동안 내 머리를 떠나질 않더군요." 그는 생각에 잠겨 말했다.

　나도 그것을 생각하고 있었다. 내 생각에 스트릭랜드는 마침내 그 벽화에 자신의 존재를 온전히 표현해 냈던 것만 같았다. 그것이 마지막 기회임을 깨닫고 그는 묵묵히 자신이 삶에 대해 알고 있던 모든 것, 자신이 깨달은 모든 것을 그 그림에 표현했음이 틀림없었다. 또한 그는 마침내 거기서 평온을 발견했을 것이다. 그러니까 자신을 사로잡은 악마를 마침내 몰아내고, 평생을 고통스럽게 준비해 왔던 작품을 완성함으로써 외로움과 괴로움에 지쳐 있던 그의 영혼은 휴식을 찾았을 것이다. 그리고 목적을 이루었으므로 기꺼이 죽음을 맞이했던 것이 아닐까.

　"무엇을 그린 것입니까?" 내가 물었다.

　"글쎄요. 아무튼 기이하고 환상적이었어요. 이 세상이 처음 생겼을 때의 상상도랄까. 아담과 이브가 있는 에덴 동산 같은 거였어요. 뭐랄까, 인간의 형상, 그러니까 남녀 형상의 아름다움에 대한 찬미이기도 하고, 숭엄하고 초연하고 아름답고 잔인한 자연에 대한 예찬이기도 했어요. 그걸 보니 공간의 무한성과 시간의 영원성이 섬뜩하게 느껴졌습니다. 그 사람이 그린 나무들은 매일 주변에서 보는 야자수며 반얀이며 불꽃나무며 아보카도 나무 같은 것들이었는데, 그 그림을 보고 난 뒤로는 나무들이 영 달리 보이더군요. 마치 거기에 잡힐 듯 잡힐 듯하면서도 영원히 잡히지 않는, 무슨 영혼이나 신비가 숨어 있는 것처럼요. 색채들도 내게 익숙한 색채들이었지만 어딘지 모르게 달랐죠. 저마다 어떤 고유의 의미를 가지고 있었어요.

또 벌거벗은 남녀 군상은 어떻고요. 그 사람들은 지상의 인간이고, 이 땅의 흙으로 빚어진 사람이었습니다. 그런데 그러면서도 어딘지 거룩한 데가 있었어요. 벌거벗은 원시의 본능 상태에 있는 그런 인간의 모습을 보니 두려움이 느껴졌습니다. 거기에 우리 자신의 모습이 있었으니까요."

쿠트라 씨는 어깨를 으쓱하면서 빙긋 웃었다.

"내가 우스워 보일 겁니다. 나는 유물론자예요. 그리고 이렇게 엄청나게 뚱뚱한 사람입니다. 폴스타프[51]처럼 말예요. 서정적인 건 내게 어울리지 않아요. 그래 봐야 나만 우스꽝스러워지는 거 아니겠습니까. 하지만 그처럼 깊은 감명을 준 그림은 지금까지 본 적이 없어요. 정말입니다. 로마의 시스티나 성당을 구경했을 때와 똑같은 느낌을 받았어요. 거기서도 그 천장화를 그린 화가의 위대성에 경외감을 느꼈죠. 천재의 작품이었어요. 어마어마하고 압도적이었습니다. 나 자신은 좀스럽고 하찮게 느껴지구요. 하지만 미켈란젤로를 볼 때는 누구나 위대한 그림을 본다는 마음의 준비가 되어 있는 것 아니겠습니까. 그런데 문명과는 아득히 떨어진 타라바오 산골짜기의 원주민 오두막에 그려진 이 그림들을 보면서, 나는 그것이 주는 엄청난 경이를 대면할 준비가 전혀 되어 있지 않았어요. 또 미켈란젤로는 정상적이고 건강한 사람이기나 했죠. 그의 걸작에는 숭엄함이 갖는 평온함이 있다고 할까요. 하지만 이 그림에는 아름답긴 하면서도 어딘지 마음을 어지럽히는 게 있었

---

51) 셰익스피어의 『헨리 4세』에 나오는 허풍선이 군인으로 몸이 뚱뚱하다.

습니다. 그게 무엇이었는지는 모르겠어요. 그 그림을 보니 마음이 불안했습니다. 이런 느낌 있잖습니까. 내가 앉아 있는 곳 바로 옆방이 빈 방임을 알면서도 왠지 그 방에 누가 있을 것 같은 무서운 생각이 드는, 그런 느낌 말입니다. 그러면 흔히 우리는 자기 자신을 탓하죠. 신경이 좀 예민해졌나 봐, 하고. 하지만…… 잠시 후 또다시 엄습해 오는 그 공포감을 막을 수가 없습니다. 보이지 않는 어떤 공포의 손아귀에 붙들려 꼼짝 못 하는 거죠. 나도 그랬어요. 솔직히 말해서, 그 이상한 걸작이 죄다 불타 버렸다는 소리를 듣고도 서운하지만은 않았습니다."

"불타 버렸다구요?" 나는 소리 질렀다.

"그럼요. 모르셨나요?"

"그걸 제가 어떻게 알겠습니까? 그런 그림이 있었다는 것도 몰랐는걸요. 아마도 어떤 개인의 손에 들어가 있겠거니 했습니다만. 스트릭랜드가 무슨 그림을 얼마나 그렸는지 아직도 정확히 알려져 있지 않습니다."

"앞을 못 보기 시작하면서, 그림을 그려 놓은 그 두 방에 하루에도 몇 시간이고 앉아 그 그림을 바라봤던 모양입니다. 보이지도 않는 눈으로 말입니다. 아마 그때 평생 보았던 것보다 더 많은 걸 볼 수 있었겠지요. 아타 말로는, 이 사람이 신세를 한탄하거나 낙담하는 것을 한 번도 본 적이 없답니다. 죽을 때까지도 침착하고 차분했대요. 하지만 아타에게 이런 약속을 하게 했다는군요. 자기를 묻을 때, 참, 그 이야기를 했던가요? 무덤을 내 손으로 직접 팠단 이야기? 글쎄, 문둥이 살던 집이라고 가까이 오려는 토박이들이 있어야죠. 그래 하는 수 없이 우리 둘이, 아타하고 나하고 같이 묻었죠. 파레오 석장에 감싸 꿰매어 망고나무 밑에 묻었습니다. 아무튼 그가 이런 약속을 하게 하더래요. 자기가 죽으면 집에 불을 지른 다음 모조리 탈 때까지, 작대기 하나 남지 않을 때까지 그곳을 떠나지 말라고요."

나는 생각에 잠겨 잠시 입을 다물었다. 그러고는 이렇게 말했다.

"그러고 보면 끝까지 한결같았군요."

"이해하시겠죠? 다만 이건 말씀드리고 싶군요. 난 아타를 말리는 게 도리라고 생각했어요."

"불타 버린 게 서운하지 않았다면서요."

"그렇지만 그건 천재의 작품이었으니까요. 우리에게 무슨 권리가 있어 그걸 이 세상에서 없애 버릴 수 있겠느냐는 생각이 들었던 겁니다. 하지만 아타가 말을 듣지 않더군요. 약속을 했다면서요. 나는 그 야만적인 짓을 차마 보고 있을 수 없어 그냥 돌아와 버렸죠. 나중에야 불을 질렀다는 이야기를 들었습니다. 마른 마룻바닥이며 판다누스 돗자리에 등유를 쏟아 붓고 불을 질렀다더군요. 집은 눈 깜짝할 사이에 타 버리고 잿더미만 남더랍니다. 위대한 걸작이 그렇게 사라져 버린 거죠."

"스트릭랜드 본인도 그게 걸작인 줄 알았을 겁니다. 자기가 바랐던 걸 이룬 셈이죠. 자기 삶이 완성된 거예요. 하나의 세계를 창조했고, 그것을 바라보니 마음에 들었겠죠.[52] 그런 다음 자부심과 함께 경멸감을 느끼면서 그걸 파괴해 버린 거죠."

"하여간 내가 받은 그림을 보여 드려야죠." 쿠트라 씨가 걸음을 옮기면서 말했다.

"아타하고 어린애는 어떻게 됐습니까?"

"마르케사스 군도로 가 버렸어요. 거기에 친척이 있다나요. 아이는 캐머런 사(社)의 범선에서 일하고 있다는 얘기를 들었습니다. 제 아비를 많이 닮았다고 하더군요."

베란다에서 진찰실로 통하는 문간에서 그는 잠시 발을 멈추고 빙긋이 웃었다.

"과일을 그린 정물화입니다. 의사의 진찰실에 별로 어울리지 않는 그림이라 생각하실지 모르지만 집사람이 응접실에는 절대 걸어 놓을 수 없다고 하지 뭡니까. 너무 외설스럽다나요."

"정물화가 말입니까?" 나는 놀라서 소리쳤다.

우리는 진찰실로 들어갔다. 금방 그 그림이 눈에 들어왔다. 나는 한참 동안 그림을 바라보았다.

망고, 바나나, 오렌지, 그 밖에 이름 모를 과일들이 수북하게 쌓여 있는 그림이었다. 언뜻 보면 조금도 이상할 데가 없는 그림이었다. 무심한 사람이라면 후기 인상파의 전람회 같은 데서, 잘 그리긴 했지만 이 유파를 대표할 만한 작품은 못 된다 여기고 그냥 지나치고 말 그런 그림이었다. 하지만 나중에도 자꾸 그 그림이 기억에 떠올라 이상하게 여길지도 모른다. 아마도 좀처럼 그 그림을 머릿속에서 지워 버릴 수 없을 것이다.

---

52) 예술의 창조를 신의 창조에 빗대어 말하고 있다. '창세기' 첫 부분을 보면 신은 자신이 창조한 세계를 바라보고 흡족해한다.

색채들이 얼마나 이상한지, 그것들이 불러일으켰던 착잡한 감정을 나는 일일이 말로 표현할 수 없다. 어두운 군청 빛깔들이 있었다. 이것들은 정교한 조각을 아로새긴 유리 그릇처럼 흐릿하면서 한편으로는 신비로운 삶의 박동을 암시하듯 어렴풋한 광택을 지니고 있었다. 자줏빛 계통의 색채도 있었다. 이것들은 썩은 날고기처럼 섬뜩하면서 한편으론 헬리오가발루스[53]가 통치하던 로마 제국의 기억을 어렴풋이 떠올려 주는 뜨거운 관능의 열정을 담고 있었다. 또 붉은 빛깔들, 호랑가시나무 열매처럼 강렬하면서도 ── 이 열매는 영국에서 크리스마스와 눈과 흥겨움, 즐거워하는 아이들을 떠올린다. ── 한편으로는 무슨 신통력 때문일까, 비둘기 가슴처럼 황홀한 부드러움마저 지닌, 차분하게 가라앉은 그런 색깔들이 있었다. 짙은 노란색들, 이것들은 지나친 열정 때문에 희미해져 봄날처럼 향기롭고, 반짝이는 산골짝 개울물처럼 투명한 초록색이 되어 있었다. 어떤 고뇌에 찬 상상이 이러한 과일들을 그려 냈는지 누가 알 수 있으랴. 그것들은 헤스페리데스[54]가 지킨다는 폴리네시아의 정원에나 열릴까. 그 과일들에는 이상하게도 생동하는 무엇인가가 있었다. 만물이 아직 제 형상으로 완전히 고정되지 않았던 대지의 암흑기 단계에 창조된 것처럼 말이

---

53) Heliogabalus(AD 204~222). 방탕하여 로마 제국을 쇠약하게 만든 무능한 황제.

54) 그리스 신화에서 아틀라스와 밤 사이에 태어난 네 자매이다. 용의 도움을 받아 황금 사과가 열리는 황금 나무를 지킨다. 이 황금 나무는 대지의 여신 가이아가 헤라에게 결혼 선물로 준 것이다.

다. 호사스럽기 그지없었다. 열대의 향기가 진동했다. 그것들은 자기네 고유의 어두운 열정을 지니고 있는 것 같았다. 마법에 걸린 과일들이라고 할까. 맛을 보면, 신만이 아는 영혼의 비밀과 상상의 신비로운 궁전으로 통하는 문이 열릴 것 같았다. 예상할 수 없는 위험을 품고 있어 그것들은 명랑하지 않았다. 그것들을 먹으면 사람이 짐승이나 신으로 변해 버릴 것 같았다. 건강하고 자연스러운 모든 것, 행복한 인간 관계와 소박한 사람들의 소박한 기쁨을 추구하는 모든 것들이 그 앞에서는 경악하여 움츠러들 것 같았다. 하지만 그것들에는 또한 무섭게 끌어당기는 힘이 있었다. 그것들은 마치 선악의 나무에 열린 과일처럼, 미지의 세계를 보여 줄지도 모른다는 느낌으로 두려움을 불러일으켰다.

이윽고 나는 돌아섰다. 스트릭랜드는 자신의 비밀을 무덤에 묻어 버리고 말았다, 고 생각하며.

"여보, 르네 씨." 쿠트라 부인의 높고 쾌활한 목소리가 들려왔다. "도대체 뭣들 하고 계시는 거예요. 아페리티프[55]가 준비됐어요. 손님께 여쭤봐 주실래요. 킹키나 뒤보네 한 잔 드시지 않을 건지."

"기꺼이 마시겠습니다, 부인." 나는 베란다로 나가면서 말했다.

마법은 깨어지고 말았다.

---

55) 식사 전에 입맛을 돋우기 위해 마시는 간단한 술.

58

타히티를 떠나는 날이 왔다. 섬의 정중한 관례에 따라 나는 그동안 알게 되었던 사람들로부터 여러 선물을 받았다. 야자 잎을 얽어 짠 바구니, 판다누스 돗자리, 부채 같은 것들이었다. 티아레는 조그만 진주 세 알과 제 통통한 손으로 직접 만든 구아바 젤리 두 단지를 선물로 주었다. 웰링턴을 떠나 샌프란시스코로 가는 길에 이곳에서 스물네 시간 정박하는 우편선이 승객들의 승선을 재촉하는 기적을 울리자, 티아레는 그 거대한 가슴에 나를 힘껏 끌어안고——나는 마치 출렁이는 바다 밑으로 침몰하는 기분이었다.——그녀의 빨간 입술로 내 입을 내리눌렀다. 두 눈에 눈물이 반짝였다. 이윽고 산호초가 트인 데로 배가 조심스럽게 길을 찾아 서서히 초호 바깥으로 나온 다음 한없이 열린 대양을 향해 침로를 정하자, 나는 왠지 모르게 서글픈 기분이 들었다. 바다에서 부는 산들바람에는 아직도 섬의 기분 좋은 향기들이 배어 있었다. 타히티는 너무 먼 곳이었다. 그래서 나는 다시는 이 섬을 보지 못할 것임을 알고 있었다. 내 인생의 한 장은 그렇게 끝났고, 나는 피할 수 없는 죽음에 좀 더 가까이 다가가 있음을 느꼈다.

한 달이 좀 지났을 무렵, 나는 런던에 돌아와 있었다. 당장 급한 일부터 먼저 몇 가지 처리한 다음, 스트릭랜드 부인이 남편의 말년에 대해 알고 싶어할지도 모른다는 생각이 들어 그녀에게 편지를 썼다. 전쟁 전부터 오랫동안 보지 못했기 때문에 주소를 찾기 위해선 전화번호부를 뒤져야 했다. 그녀가 만날 날을 알려 왔다. 나는 부인이 살고 있는 캠프든힐의 아담한 집으로 찾아갔다. 그녀는 이제 예순 살에 가까운 나이였지만, 세월을 잘 견뎌 내어서인지, 누가 보아도 쉰 살 이상으로는 보이지 않았다. 주름이 별로 없는 갸름한 얼굴이 곱게 늙은 덕분에, 젊어서는 실제보다 훨씬 예뻤으리라는 생각이 들게 만들었다. 아직도 흰머리가 별로 없는 머리는 잘 어울리게 매만져져 있었고 입고 있는 검은 가운도 최신 유행을 따른 것이었다. 그녀의 언니 되는 머캔드루 부인이 남편이 죽은 뒤 이 년 밖에 더 살지 못하고 세상을 떠나면서 스트릭랜드 부인에게 돈을 남겼다는 이야기를 들었던 생각이 난다. 집의 외양을 보거나, 문을 열어 준 깔끔한 하녀를 보거나, 홀로된 여인이 웬만큼 안락한 생활을 꾸릴 정도의 유산은 되었던 모양이다.

안내를 받아 응접실로 들어가니 스트릭랜드 부인이 손님 한 사람과 함께 앉아 있었다. 손님이 누구란 걸 곧 알게 되었는데, 그러고 보니 부인이 하필 그 시간에 나를 오라고 한 데에는 이유가 없지 않음을 짐작할 수 있었다. 방문객은 반 부시 테일러라는 미국인이었다. 부인은 그를 나에게 자세히 소개하면서 그를 향해 미안하다는 듯 우아한 미소를 지어 보였다.

"정말이지, 우리 영국 사람들은 한심할 정도로 무식해요. 일일이 설명해야 하는 거 용서하세요." 그러고는 나를 향해 말했다. "반 부시 테일러 선생님은 저명한 미국 비평가셔요. 혹 이 분 책을 읽은 적이 없으시다면, 부끄럽게도 교양에 소홀하신 셈이에요. 그 점을 당장 고치셔야 해요. 지금 찰리에 대한 글을 쓰고 계시는데, 저한테 혹 도움 받으실 일이 없나 해서 오신 거예요."

　반 부시 테일러 씨는 훌렁 벗겨진 커다란 머리통이 뼈만 남아 유난히 번들거리는 말라 빠진 사내였다. 거대한 구형을 이룬 두개골 때문에 주름이 깊이 파인 그 밑의 누런 얼굴은 아주 작아 보였다. 그는 말수가 적었고, 지나치리만큼 정중했다. 말씨에는 뉴잉글랜드 지방 억양이 들어 있었다. 그의 태도에는 어딘가 얼음 같은 냉랭함이 배어 있어, 이런 사람이 도대체 무슨 이유로 굳이 찰스 스트릭랜드에게 관심을 쏟고 있을까 하는 의아스러운 생각이 들었다. 부인이 남편 이름을 말하면서 얼마나 부드러운 어조가 되는지 나는 약간 간지러울 지경이었다. 두 사람이 이야기를 나누는 동안, 나는 우리가 앉아 있던 방 안을 한 바퀴 둘러보았다. 스트릭랜드 부인도 시대와 함께 변한 모양이었다. 모리스 벽지는 사라지고, 수수한 크레톤 천도 사라지고, 전에 애슐리 가든스의 응접실 벽을 꾸몄던 어런들 협회의 명화 프린트도 사라지고 없었다. 방 안은 환상적인 색채로 불타오르고 있었다. 나는 궁금했다. 부인은 유행을 따랐을 뿐이겠지만 이 다양한 빛깔들이야말로 실은 남태평양의 한 섬에서 어느 가난한 화가가 가졌던 꿈에서 비롯한 색깔들이라는 것을 알고나 있을까? 그 궁금증을 부인이 직접 풀어 주었다.

　"쿠션들이 참 훌륭하군요." 반 부시 테일러 씨가 말했다.

　"마음에 드세요?" 그녀는 미소를 지으며 말했다. "박스트[56]

---

56) 레온 니콜라예비치 박스트(Leon Nikolayevich Bakst, 1866~1924). 러

예요, 아시죠?"

벽에는 스트릭랜드의 걸작품을 원색으로 복제한 그림들이 몇 장 걸려 있었다. 베를린의 어느 출판사가 찍어 낸 것들이었다.

"저 그림들을 보고 계시군요." 그녀가 내 눈길을 쫓으며 말했다. "어디 제 능력으로 원작을 가질 수 있나요. 하지만 저것으로도 위안은 돼요. 출판사 사장이 직접 저에게 보내 준 거예요. 정말 여간 큰 위안이 되는 게 아니에요."

"저 그림들을 걸어 놓고 사시니 무척 행복하시겠네요." 테일러 씨가 말했다.

"그래요. 장식으로는 그만이에요."

"제가 확신하는 것도 바로 그것입니다." 테일러 씨가 말했다. "위대한 예술은 항상 장식적 기능을 갖죠."

그들의 눈길은 아이에게 젖을 물리고 있는 나부(裸婦)에 멎었다. 한 소녀가 나부 곁에 무릎을 꿇고 앉아 무심한 아이에게 꽃 한 송이를 내밀고 있다. 말라 빠진 쭈그렁 할머니가 이들을 내려다보고 있다. 그것이 바로 스트릭랜드가 그린 「성(聖)가족」[57]이었다. 나는 인물들의 배경에 있는 게 타라바오 너머에 있는 그의 집이고, 그림 속의 모자는 아타와 그녀의 첫아들이 아닐까 하는 생각이 들었다. 스트릭랜드 부인은 그 사

시아 화가이자 현대 무대 디자인의 선구자. 화려한 무대 장치와 의상으로 유명하다.

57) '성가족'이라는 말은 대체로 예수 그리스도 가족을 그린 그림을 가리키는 말로 쓰인다.

실을 어렴풋이나마 알고 있을까?

대화는 계속 이어졌다. 나는 반 부시 테일러 씨가 조금이라도 거북스러울 듯한 화제는 모조리 피해 버리는 재주를 가지고 있음에 놀랐고, 스트릭랜드 부인이 거짓말은 한마디도 하지 않으면서 은근히 자신과 남편의 관계가 늘 좋았다는 식으로 암시하는 말솜씨를 가지고 있음에 놀랐다. 이윽고 테일러 씨가 가겠노라고 일어섰다. 그는 부인의 손을 잡으면서 아주 정중하게—그러면서도 지나치게 수사적으로 여겨지는—감사의 말을 한 다음 방을 나섰다.

"그분 때문에 지루하지 않으셨는지 모르겠네요." 손님이 나가자 문을 닫은 뒤 그녀가 말했다. "어떨 때는 성가시기도 해요. 하지만 제가 찰리에 대해 알고 있는 건 세상 사람들에게 다 알려 줘야 마땅하겠죠. 천재의 아내였다면 당연히 그에 따른 의무도 있을 테니까요."

그녀는 이십 년이 넘은 그때와 다름없이 아직도 솔직하고 이해심 깊은 다정한 눈길로 나를 쳐다보았다. 이 여자가 지금 나를 놀리고 있나 하는 생각이 들었다.

"하시던 일은 물론 그만두셨겠지요?" 내가 물었다.

"그럼요." 그녀는 쾌활하게 대답했다. "딴 이유가 있었던 것도 아니고 그냥 취미 삼아 해 본 일이었으니까요. 아이들도 자꾸 팔아 버리라 하고요. 제가 과로한다고 생각했나 봐요."

스트릭랜드 부인은 먹고살기 위해 온갖 창피스러운 일을 했던 것을 까맣게 잊어버린 모양이었다. 그녀 역시 고상한 여자가 흔히 갖는 속일 수 없는 본능, 그러니까 남의 돈으로 살아

야 정말 체면이 선다고 여기는 그 본능을 가지고 있음을 알
수 있었다.

"아이들이 지금 여기 와 있어요." 그녀가 말했다. "저희들 아
버지 이야기를 무척 듣고 싶어할 거예요. 로버트, 기억하시죠?
이번에 십자무공훈장 후보로 추천받았어요."

부인은 문간으로 가서 그들을 불렀다. 신부 칼라를 단 카키
복 차림의 헌칠한 사내가 하나 들어왔다. 약간 무거운 분위기
를 띠긴 했지만 그래도 잘생긴 호남으로, 두 눈이 내가 기억하
고 있던 어릴 적 그대로 솔직해 보였다. 뒤따라 누이동생도 들
어왔다. 내가 그녀의 어머니를 처음 만났을 때의 나이쯤 되어
보였다. 생김새도 퍽 닮았다. 그녀 역시 어렸을 적에는 실제보
다 더 예뻤을 것 같은 인상을 주었다.

"아마 전혀 기억 못 하실 거예요." 스트릭랜드 부인이 자랑
스러운 미소를 띠고 말했다. "딸아이는 로널드슨이라는 이와
결혼했어요. 포병 소령이에요."

"그이는 진짜 군인이 되어 보겠대요." 로널드슨 부인이 쾌활
하게 말했다. "그래서 이제 겨우 소령밖에 안 된 거예요."

오래전에 그녀가 군인과 결혼할 거라는 느낌을 받았던 일
이 떠올랐다. 그러고 보면 피할 수 없는 운명도 있는 법이다.
그녀는 군인의 아내가 갖추어야 할 모든 장점을 두루 갖추고
있었다. 공손하고 상냥하면서도, 자기는 보통 여자와는 다르
다는 은근한 자신감을 숨길 줄 몰랐다. 로버트는 쾌활했다.

"선생님이 오시는 날 제가 런던에 있게 돼 운이 좋은데요."
그가 말했다. "휴가가 사흘뿐이거든요."

"이 애는 돌아가고 싶어 죽을 지경인가 봐요." 그의 어머니가 말했다.

"하긴, 숨길 것도 없죠. 전 일선에서 지내는 게 아주 재미있어요. 좋은 친구들도 많이 사귀었고요. 사는 방식으로는 일류예요. 그야 전쟁이 나면 고약하겠죠. 모든 게 다 골치 아파지니까. 하지만 사람의 훌륭한 자질이 가장 잘 발휘되는 건, 역시 전쟁 때 아닙니까. 그건 부정할 수 없죠."

그런 이야기 끝에 나는 타히티에서 찰스 스트릭랜드에 관해 들었던 이야기를 해 주었다. 아타와 어린애 이야기는 굳이 할 필요가 없다고 생각했지만, 나머지 이야기는 되도록 정확하게 옮겨 주었다. 나는 그의 슬픈 죽음에 대해 이야기한 다음 말을 마쳤다. 우리 사이에는 잠시 침묵이 흘렀다. 이윽고 로버트 스트릭랜드가 성냥을 그어 담배에 불을 붙였다.

"하느님의 연자매는 느리게 돌지만 가루는 아주 곱지요."[58] 그가 말했다. 자못 감동스러운 말이었다.

스트릭랜드 부인과 로널드슨 부인은 약간 경건한 표정을 지으며 눈을 내리깔았는데, 그 말이 성경에 나오는 말이라고 생각해서 그랬던 모양이다. 실은 로버트도 같은 생각을 하고 있지 않았는지 모르겠다. 그때 왠지 모르게 불현듯 아타가 낳은

---

58) "시간이 걸릴지는 모르지만 신의 섭리는 반드시 이루어진다."라는 뜻. 그리스 시대부터 전해 내려오던 속담을 어느 독일 시인이 표현을 약간 바꾼 것. 미국 시인 헨리 워즈워스 롱펠로(Henry Wadsworth Longfellow)가 영어로 번역하여 널리 알려졌다. '연자매'란 소나 말이 돌리는 커다란 맷돌을 말한다.

스트릭랜드의 아들 생각이 났다. 다들 그 아들이 명랑하고 쾌활한 청년이라고들 했다. 무명 바지 하나만 달랑 걸치고 범선에서 일하고 있는 그의 모습이 눈에 선했다. 밤이 되어 배가 미풍을 받아 상쾌하게 달리기 시작하면, 뱃사람들은 상갑판으로 모여들고, 선장과 화물 감독은 갑판 의자에 주저앉아 한가로이 파이프 담배를 피우는데, 그가 색색거리는 아코디언의 반주에 맞춰 또 다른 젊은이와 함께 격렬하게 춤을 추고 있는 모습이 눈앞에 보였다. 머리 위엔 푸른 하늘과 총총한 별들, 사방에는 막막한 태평양뿐이다.

성경의 한 구절이 입가에 떠올랐지만 나는 그만 입을 다물고 말았다. 속인들이 자기네의 영역을 침입하면 성직자들은 그걸 불경스럽게 여긴다는 것을 알고 있었기 때문이다. 나의 헨리 숙부는 위츠터블 관할 사제를 이십칠 년이나 지냈는데, 속인이 성경을 인용하면 악마도 언제나 제 좋을 대로 성경을 인용할 수 있다[59]고 버릇처럼 말했다. 숙부는 일 실링에 영국산 굴을 열세 개나 살 수 있었던 시절을 떠올렸던 모양이다.

---

59) 사탄이 그리스도를 유혹하기 위해 인용한 시편의 한 구절을 언급한 것. 마태복음 4장 5~6절 참조.

'달'의 세계에 사로잡힌 예술혼

    탈 없이 살던 한 중년의 런던 증권 브로커가 어느 날 느닷없이 화가가 되겠다고 처자며 직업이며 모든 것을 다 버리고 맨몸으로 집을 나가 버린다. 얼마 동안 파리의 뒷골목을 떠돌던 이 사내는 이번에는 태평양의 외딴섬을 찾아간다. 그곳 깊은 숲속에 자리 잡고 캔버스 앞에 앉아 사는데 결국은 한센병에 걸려 눈이 멀게 된 채 신비로운 그림을 완성하면서 죽음을 맞는다. 악령의 포로가 되어 버린 듯 예술을 향한 충동에 꼼짝없이 사로잡혀 자신의 운명을 송두리째 바꿔 버린 이 사내의 기이한 삶을 작가는 '나'라는 내레이터를 통해 일종의 전기(傳記) 양식으로 기술하고 있다. 수입 좋은 직업에 교양 있는 아내와 잘생긴 아들딸을 둔 화목한 중산층 집안의 가장이 왜 세상의 모든 안락과 명예를 버리고, 비참하고 고통스러워 보이는 대안의 삶을 선택했던 것일까? 그는 결국 무엇을 얻었던 것일까? 이 물음에 대한 답은 『달과 6펜스(The Moon and Sixpence)』라는 이 소설의 제목에 암시되어 있다. '달'과 '6펜스'는 서로 다른 두 세계를 가리킨다. 또는 사람을 지배할 수 있는 힘을 암시하기도 한다. 둘 다 둥글고 은빛으로 빛난다. 하지만 둘의 성질은 전혀 다르다. 달빛은 영혼을 설레게 하며 삶의 비밀에 이르는 신비로운 통로로 사람을 유혹한다. 마음속 깊은 곳의 어두운 욕망을 건드려 걷잡을 수 없는 충동에 빠지게도 한다. 그래서 달은 흔히 상상의 세계나 광적인 열정을 상징해 왔다. '6펜스'는 영국에서 화폐 단위로 12진법을 사용하던 시대에 1파운드의 40분의 1, 또는 1실링의 반에 해당하는 낮은 값으로 유통되었던 은화를 가리킨다.(우리나라 100원 주화와 비슷한 느낌.) 이 은화의 빛은 둔중하며 감촉은 차갑고 단단하다. 그 가치는 하찮다. 달이 영혼과 관능의 세계, 또는 본원적 감성의 삶에 대한 지향을 암시한다면, 6펜스는 돈과 물질의 세계, 그리고 천박한 세속적 가치를 가리키면서, 동시에 사람을 문명과 인습에 묶어 두는 견고한 타성적 욕망을 암시한다고 생각해 볼 수 있다.

작가는 아무 설명 없이 이 소설의 제목이 상징하는 바를 전적으로 독자의 상상에 맡기고 있지만, 『달과 6펜스』라는 제목을 달게 된 데에는 사연이 있었다. 이 작품보다 앞서 몸은 『인간의 굴레에서(Of Human Bondage)』라는 소설을 냈다. 이 작품에 대해 『더 타임스』지 문학 특별판이 논평을 냈는데, 이 소설의 주인공 필립 케리가 "달을 동경하기에 바빠 발밑에 떨어진 6펜스도 보지 못한" 사람으로 여겨진다는 것이었다. 이 논평이 마음에 걸린 몸은 그 비유를 다음에 낼 소설의 제목으로 삼고 책의 앞머리에 이런 말을 쓰려 했다 한다. "어렸을 적에 달을 보느라 발밑의 6펜스도 못 보는 사람을 놀려야 한다고 배웠는데, 나이가 들고 나서는 과연 전에 믿어야 했던 것처럼 그것이 그렇게 우스꽝스러운 일인지 확신이 서지 않았다. 6펜스를 줍고 싶은 사람은 주워라. 달을 추구하는 일도 더 없이 재미있는 놀이인 것 같다." 그러나 실제로 쓰지는 않았다. 소설을 내고 나서 한참이 지난 뒤인 1956년의 한 서신에서도 "땅에 떨어진 6펜스를 찾다 보면 하늘의 달을 보지 못한다."는 말을 하기도 했다. 이러한 맥락에서 보면 『달과 6펜스』는 땅을 향해 있던 눈을 들어 하늘의 달을 바라보게 된 인물의 이야기라고 할 수 있다. 이때 달은 꿈과 이상의 세계 같은 것을 상징할 것이다. 스트릭랜드는 물질 세계의 안정된 삶과 가족을 포기하고 외로움과 궁핍을 견뎌 내며 예술 세계를 향한 갈망을 쫓아 결국은 아름다운 낙원의 비전을 본다.

『달과 6펜스』가 프랑스의 후기 인상파 화가 폴 고갱(Paul Gauguin)을 모델로 했다는 것은 잘 알려져 있다. 몸은 오랫동안 이 화가를 소재로 소설을 쓰고 싶어했다. 그는 1904년에 한동안 파리에 머물면서 화가들과 어울리며 보헤미안 생활을 한 적이 있는데, 이때 타히티에서 비참하게 죽은 고갱에 대해 들어 알고 있었고, 특이한 화법으로 내면 세계를 탐구하던 그에게 깊은 감동을 받고 있었다. 『달과 6펜스』보다 앞서 발표

된 『인간의 굴레에서』에서도 고갱이라고 여겨지는 화가에 대한 언급이 나온다. 몸은 고갱을 소재로 한 소설을 쓰기 위해 타히티를 직접 답사하기도 했다. 고갱이 살았던 집에 가 보기도 하고, 고갱이 데리고 살았던 여자와 만나 이야기도 하고, 고갱이 남긴 그림을 사기도 했다고 한다. 그리고 마침내 그에 관한 이야기를 썼다. 그러나 『달과 6펜스』가 고갱의 이야기라고는 할 수 없다. 몸이 마음속에 품고 있던 예술가의 상(像)을 고갱이라는 소재를 빌려 창조해 낸 이야기일 뿐이다. 고갱과 스트릭랜드의 이야기가 얼마나 비슷하고 다른지 궁금한 독자를 위해 두 사람의 행적을 비교해 본다. 스트릭랜드와 마찬가지로 고갱도 증권 브로커였다. 그러나 고갱에게는 스트릭랜드에게서 볼 수 있는 극적인 방식의 가출은 없었다. 고갱은 증권 일을 하던 20대 때부터 그림을 그리기 시작했고 30대 초반부터는 전시회에 그림을 출품하기 시작했다. 35세가 되던 해에 증권 시장의 붕괴로 일자리를 잃고 전업 화가가 되기로 결심한다. 생활이 궁핍해지면서 부부간의 갈등이 심해지자 부인이 아이들을 데리고 그를 떠나 버렸는데 이것은 스트릭랜드의 경우와는 딴판이다. 39세에는 파나마 운하에서 공사장 인부로 일하기도 했다. 스트릭랜드가 마르세유에서 잡역부로 일한 것과 유사하다. 40세 무렵 이국적인 곳을 찾아 프랑스를 떠날 마음을 먹기 시작한 뒤, 43세에 결국 타히티로 가기로 작정하고 마르세유를 떠난다. 타히티에 도착한 뒤에는 『달과 6펜스』의 아타를 연상시키는 13세의 소녀와 함께 살며 그림을 그렸다. 그러다 얼마 후 잠시 프랑스로 돌아왔다가 곧 다시 타히티에서 영주할 생각으로 프랑스를 떠났는데, 이때가 1895년으로 그의 나이 47세였다. 그는 다시 타히티에 돌아와 살면서 또 다른 소녀와 동거하다 어린애까지 낳으나 아이는 죽고 만다. 그 뒤 그는 심장병과 매독 등의 병으로 건강이 악화되어 절망 감으로 약을 먹고 자살을 기도하기도 한다. 그러는 동안에도 그림을 왕성하게 그렸으나 건강은 계속 악화되어 나중에는 걸을 수 없을 정도가 된다. 그는 1903년 55세의 나이에 심장 마비로 사망하였다.

이렇게 비교해 보면 스트릭랜드의 이야기는 고갱의 삶과 유사한 점도 있지만 고갱의 삶보다 훨씬 단순하고 극적임을 알 수 있다. 몸은 고갱의 낭만적 요소를 최대한 신비화시켜 놓았다. 하지만 『달과 6펜스』의 내레이터가 스트릭랜드의 그림에 대해 기술하는 대목은 다분히 몸의 고갱 예술에 대한 이해와 감상이라고 여겨진다. 내레이터가 묘사하는 스트릭랜드의 그림과 화풍, 그리고 다른 사람들의 입을 통해 들은 그의 그림에 대한 설명은 고갱 그림들의 이미지를 그대로 떠올려 준다. 물론 정확하게 말하자면 그것은 고갱의 그림에 대한 것이라기보다 작가 자신을 매혹하고 있던 마음속의 어떤 예술을 묘사한 것이라고 해야 옳을 것이다.

찰스 스트릭랜드는 상식적으로 말하면 비정상적인 사람이다. 왜 가족을 버렸느냐는 질문에 그는 그저 '그림을 그리고 싶기 때문'이라고 대답한다. 그러나 그것만으로는 멀쩡하던 사람이, 그리고 예술에 대한 관심도 별로 보여 주지 않던 사람이 하루아침에 모든 것을 팽개쳐 버린 이유가 되기엔 모호하다. 주인공 자신도 자기가 찾고 있는 것이 무엇인지 확실하게 모른다. 이러한 모호함은 내적 충동의 불가사의함과 그것의 강렬함을 부각시키려는 작가의 의도적인 장치라고 할 수 있다. 더 이해할 만한 동기는 내레이터의 상상을 통해 짐작할 수밖에 없다. 내레이터는 어느 대목에서 스트릭랜드가 찾는 것이 혹 어떤 신비로운 열반(涅槃), 아니면 진리나 자유가 아닐까 생각한다. 확인할 수 있는 것은 주인공의 정신이 우주의 영혼과 미지의 세계를 향해 자기도 모르게 이끌려 가고 있으며 자신이 감지한 것을 형태와 색채로 표현해 내지 않고서는 견디지 못한다는 것이다. 주인공이 내부의 충동을 제어하지 못하고 보통 사람이 이해할 수 없는 행동을 하기 때문에 그는 무슨 마력에 홀린 사람처럼 여겨진다. 그러나 그의 동기를 좀 더 산문적으로 이해할 수 없는 것은 아니다. 스트릭랜드가 과거의 삶을 버린 것은 6펜스 세계의 속물적 삶의 방식이 견딜 수 없었기 때문이었다고 볼 수 있다. 현실에 대한 스트릭랜드의 경멸감은 그가 가족을 버릴 때 보여 주는 단호함이나 친절을 베푸는 스트로브를 끊임없이 멸시하는 태도, 블란치의 자살에 전혀 동정심을 느끼지 않는 것 등에서 잘 드러난다. 나아가 스트릭랜드가 혐오했을 세속 세계의 모습은 내레이터가 경험하는 현실의 관찰과 묘사에서도 잘 볼 수 있다. 우리는 그 세속 세계의 위선적이고 속물적인 양태를 통해 스트릭랜드를 추동했던 동기의 일부를 이해할 수 있게 되고 그럼으로써 비정상적으로 보였던 그의 행동도 상당 부분 수긍하게 된다. 이처럼 스트릭랜드의 동기를 어느 정도 수긍한다면,『달과 6펜스』가 비정상적인 예술 충동에 강박적으로 사로잡힌 한 예외적인 인물에 관한 이야기라고만 볼 수 없다. 이 소설은 '6펜스'의 세계에 대한 냉소, 또는 그곳의 인습과 욕망에 무반성적으로 매몰되어 있는 대중의 삶에 대한 비판이기도 하다고 봐야 옳을 것이다. 실제로 이 소설의 많은 부분이 세속의 삶과 인간들에 대해 언급하고 있다. 런던의 문단과 사교계의 속물들, 마음은 순진해도 고뇌하는 예술 정신은 없고 잘 팔리는 그림만을 그리는 화가 스트로브, 육체적 관능만을 추구하는 블란치, 보장된 길을 포기하고 고결한 삶을 선택한 동료 덕분에 명예와 부를 누리면서도 그 동료를 멸시하는 알렉 카마이클, 가정을 떠났을 때 저주를 퍼부었으면서도 남편이 천재로 알려지자 그의 아내였음을 자랑하는 스트릭랜드 부인 같은 사람들로 가득 찬 현실 세계는 파리의 밑바닥과 타히티에서 홀로 영혼의 자유를 찾아 고뇌의 모색을 계속하는 스트릭랜드의 삶과 좋은 대조를 이룬다. 이 소설은 신들린 혼을 가진 한 화가에 대한 이야기일 뿐만 아니라 세속 세계에 대한 날카로운 풍자이기도 한 것이다.

『달과 6펜스』를 세속 세계에 대한 비판으로 읽는다고 하더라도 스트릭랜드의 행위들을 윤리적으로 정당화할 수 있는가 하는 문제는 논의될 수 있다. 자기 욕망의 충족을 위해 가족에 대한 책임을 저버릴 수 있는가? 자기를 병에서 구원해 준 동료의 은혜를 저버리고, 남편을 떠나 자기를 사랑한 여자를 냉대하여 결국은 자살하게 만든 것은 그가 이기적이고 비열한 사람이라는 증거가 아닌가? 예술가의 개성은 과연 인격의 파탄을 상쇄해 줄 수 있는가? 세상의 윤리로 보면 그는 이기적이고 비열한 사람이 아닐 수 없다. 그러나 스트릭랜드의 관점에서 보면 사태는 다르다. 그가 가족을 버린 것은 가족이 자유로운 삶을 제약했던 굴레였기 때문이다. 그는 가족을 떠날 때 해방만을 원했을 뿐 자신의 안락을 위해 재산권을 주장하지 않는다. 그는 병이 들었을 때 남에게 도움을 청한 적이 없다. 스트로브가 자기 성질에 못 이겨 그를 굳이 돕겠다고 나섰을 뿐이다. 스트릭랜드가 보기에 사람들이 자기와 관련하여 고통을 받는 것은 본인들에게 문제가 있기 때문이다. 블란치가 죽은 것도 자기 탓이 아니다. 그녀는 '어리석고 균형 잡히지 않은 인간'이라 죽었을 뿐이다. 이 대목에서 내레이터는 짐짓 세속의 윤리를 들이대어 그에게 '당신은 인간도 아니다.'라고 비난해 보지만 이에 대한 스트릭랜드의 반문은 의외로 날카롭다. '당신이 정말 블란치 스트로브의 생사 문제에 조금이라도 관심을 두고 있긴 하오?' 하고 되묻는 것이다. 칸트의 정언명령(定言命令) 따위에는 콧방귀를 뀐다. 그는 기본적으로 자기가 거부하는 세계의 기준을 인정하지 않는다. 그가 자기 행동에 대해 양심의 가책을 느끼지 않는 것은 파렴치하기 때문이 아니라 그것이 자신의 양심 기준에 어긋나지 않기 때문이다. 다시 말해 그는 세상 윤리를 부인한다기보다 그보다 더 근본적인 윤리를 따르고 있다고 볼 수 있다. 독자는 스트릭랜드가 비정한 사람이 아니라는 것을 여러 경우로 확인할 수 있다. 예컨대 내레이터나 아타에 대한 태도를 보면 그것을 알 수 있다. 그는 나병에 걸린 자기를 떠나지 않으려는 순진한 아타의 사랑에 눈물을 흘리고 자기 때문에 불행해진 그녀에게 연민을 느낀다.

내레이터는 스트릭랜드에게 사람의 삶이란 서로 의존하며 사는 삶임을 상기시켜 보려고 애쓴다. 의존하며 사는 삶에서 윤리가 발생하고 따라서 윤리를 지키는 것은 인간의 가장 중요한 덕목이 된다. 내레이터는 또 육신의 노쇠와 죽음의 공포를 환기시킴으로써 스트릭랜드로 하여금 남에게 의존하지 않을 수 없는 사회적 삶을 인정하게 만들려고 한다. 그러나 스트릭랜드는 '죽음이 왜 중요하단 말인가.'라고 하면서 그 상식적인 생각을 거부하고 만다. 그에게 목숨이란 아무런 가치도 없다. 어떻게 사느냐가 중요할 뿐이다. 마찬가지로 빈곤이나 고통, 병에 대해서도 그는 두려움을 갖지 않는다. 죽음과 마찬가지로 빈곤과 고통과 병도 삶의 자연스러운 일부로 받아들인다. 따라서 다른 사람들처럼 그것들로부터 필사적으로 벗어나야 할 필요를 느끼지 않는다. 자기를 병으로부터 구해 준 스트로브에게 고마움을 느끼지 않는 것은 그가 병에 두려움을 갖지 않기 때문이다. 빈곤한 사람이나 병에 걸린 사람에게 보여주는 보통 사람들의 감상적인 동정과 친절에 그는 오히려 경멸감을 보인다. 죽음과 병을 두려워하지 않는 그의 입장은 그가 한센병 선고를 받았을 때 보여 주는 태도에서도 알 수 있다. 보통 사람 같으면 절망에 빠질 병을 그는 담담하게 받아들인다.

빈곤이나 고통에 대해서뿐만 아니라 그는 세속 사회의 일반적인 안락에 대해서도 무관심하다. 사실 그는—그의 아내가 의아하게 생각했듯이—가족을 떠나지 않고도 그림 공부를 할 수 있었다. 그랬더라면 오히려 아내의 헌신적인 도움을 받아 윤택한 생활을 하면서 그림을 그릴 수 있었을 것이다. 그러나 안락의 대가로 그는 세속 사회의 인습을 견뎌야 했을 것이다. 그는 세속 사회의 가치와 평판에 대해서도 무관심하다. 그는 자기 그림에 대한 남들의 의견에 관심을 두지 않는다. 이러한 무관심은 문명 생활 일반에 대한 무관심으로 연장된다. 그가 문명의 작은 편의에 대해서도 무관심하다는 점은 주목할 만하다. 가령 그는 안락의자에도 앉으려 하지 않는다. 그가 일상의 불편과 세속적인 고통에 강한 것은 문명의 가치와 편의에 대해 근본적으로 다른 감각을 가지고 있기 때문이다. 그는 세속의 인습과 가치로부터 이미 자유로워져 있다. 따라서 그는 이 해방의 자유 상태를 방해하는 모든 것을 본능적으로 혐오한다. 그는 관능적인 사람이지만 자유롭게 열린 정신의 감각을 둔화시키는 육체의 관능은 싫어한다. 삶의 신비를 모색하는 자신의 감각을 마비시키는 블란치의 성적 관능을 혐오한 것도 그 때문이다.

스트릭랜드는 타히티의 오지에서 저주의 병에 걸려 사람들의 무관심 속에 비참하게 죽는다. 이러한 결말은 예술이라는 악귀에 사로잡혀 주변 사람들에게 고통을 주고 자신의 영혼마저 어지럽힌 그의 비정상적인 삶에 대한 윤리의 심판과 같은 것으로 해석할 수 있을까? 다시 말해 스트릭랜드의 병은 세속의 윤리를 팽개친 귀신 들린 영혼이 받는 벌인가? 더 나아가 문명의 가치를 거부한 오만한 정신이 치러야 할 대가인가? 그렇게 본다면 그가 이 저주의 병을 담담하게 받아들이는 태도를 어떻게 이해해야 할지 어려워진다. 그의 죽음을 비참하게 보는 것은 '6펜스' 세계에 속한 사람들의 관점에 지나지 않을지도 모른다. 스트릭랜드에게 병은 단지 육신의 쇠퇴에 지나지 않는다. 그에게 병은 추하지도 않고 특별히 더 고통스럽지도 않은 삶의 한 부분에 불과하다. 그는 병에 걸린 자기를 동정하여 우는 사람들을 오히려 경멸하고 동정한다. 물론이 무서운 병으로 인하여 그의 내면은 고통스러웠을 수도 있다. 죽음이 두려워서라기보다 자기가 모색하는 것을 찾기 위한 시간이 얼마 남아 있지 않다고 느꼈을 수도 있기 때문이다. 그러나 그 대신 그의 영혼은 더 긴장하고 더 치열해졌을 것이다. 그리하여 그는 눈까지 멀게 되지만 그의 영혼의 눈은 오히려 더 밝아졌을 것이다. 병에 걸린 그는 육체를 상실하는 대신 오히려 낙원의 비전을 보는 정신의 눈을 얻는다. 그가 죽기 전에 오두막에 그린 그림은 그가 인간이 볼 수 없는 어떤 거룩한 것을 보았고 그것을 인간의 매체로 표현해 내는 데 성공했음을 암시한다. 치명적인 병을 통해 그의 삶은 더 의미 있게 고양되고 완성되었던 것이다.

『달과 6펜스』는 제1차 세계대전이 끝난 이듬해인 1919년에 출판되어 대단한 인기를 끌었다. 곧 유럽의 여러 나라 말로 번역되어 베스트셀러가 되었으며, 그 인기 덕분에 그보다 4년 전에 나와 별로 주목을 받지 못했던 『인간의 굴레에서』도 재평가받게 된다. 몸은 오래전부터 고갱을 소재로 한 소설을 구상하고 있었지만 구체적으로 자료를 모으기 시작한 것은 세계대전 중이었다. 몸은 대전이 터지면서 정보국의 밀명을 받아 스위스에서 활동하다 병이 나는 바람에 미국으로 정양 하러 가게 되고, 그곳에서 1916년에 타히티를 비롯한 남태평양의 섬들을 여행한다. 1917년에 다시 정보원 신분으로 러시아에 파견되는데 이때 과로로 병이 악화되어 1918년에는 북스코틀랜드 병원에서 요양을 하게 된다. 『달과 6펜스』는 이 요양 기간에 쓰여진 것이다. 흥미로운 것은 세계가 한창 전대미문의 전쟁을 벌이고 있을 때 쓰여진 것임에도 이 소설에는 전쟁에 대한 언급이 없다는 점이다. 이 점은 이 소설의 대중적 인기와는 상관없이 나중에 비평가들의 비판 대상이 된다. 그의 이야기에는 현실이 제대로 반영되어 있지 않다는 것이다. 그러한 비판은 일견 옳기도 하고 일견 부적절하기도 하다.

몸의 생각에 따르면 문학은 현실에 대한 논평이 아니다. 그가 소설을 쓰는 목적은 현실을 변화시키기 위해서라기보다는 재미를 위해서이다. 현실과 사실은 재미를 위해 가공되는 자료로서만 의의를 가진다. 몸은 자신의 문학관을 밝히고 자신의 입장을 변호하는 글들을 많이 남겼다. 그러한 글들을 자세히 뜯어읽어 보면 모순되는 주장이 꽤 들어 있긴 하지만 그의 일관된 지향은 일종의 유미주의임을 알 수 있다. 그가 세기말부터 글을 쓰기 시작한 것이 한 이유가 될 터이지만, 그의 문학에는 세기말적 가치관과 철학이 깊이 침윤되어 있다. 그의 이야기에는 윤리와 도덕을 넘어서는 세계를 추구하는 인물들이 많이 등장한다. 그러나 그가 현실 이야기를 쓰지 않는다고 말하는 것은 옳지 않다. 그의 문학에는 현실 삶에 대한 냉소적이고 풍자적인 이야기가 많이 들어 있기 때문이다. 세속 사회의 속물성과 위선에 대한 그의 풍자는 탁월하다. 스스로 문학의 목적을 현실 논평보다 재미에 둔다고 말하고 있지만, 그의 풍부한 현실 묘사는 그를 현실에 무관심한 사람이라고 말하기 어렵게 만든다. 다만 그의 냉소적 세계관은 현실 개혁에 회의적이었다.

몸의 여성 혐오증에 대한 비판도 적지 않다. 『달과 6펜스』에 등장하는 여성들은 다분히 부정적으로 그려져 있다. 스트릭랜드 부인과 블란치의 속물성에 대한 묘사는 작가가 여성 혐오증을 가지고 있지 않나 하는 생각을 갖게 한다. 스트릭랜드는 여자가 추상적인 것에 화를 내고, 물질적인 것밖에 모르며, 우주에서 방황하는 남자의 정신을 가계부 안에 가두어 두려 한다고 매도한다. 한마디로 영혼이 없다고도 말한다. 이것은 작가의 여성 전반에 대한 혐오증에서 비롯한 것인가, 아니면 특정 캐릭터에 대한 충실한 묘사의 결과인가. 몸을 변호하는 방식으로 생각하면, 그가 여성 자체를 무시했다기보다는 남성 중심 사회의 유형화된 여성상을 혐오했다고 이해할 수 있다. 그의 소설을 보면 그는 여성에 대해서 만큼이나 여러 남성 유형에 대해서도 신랄한 냉소를 퍼붓고 있음을 알 수 있다. 그는 또한 현실이 남성 중심적인 세계임을 뚜렷이 의식하고 있다. 가령 내레이터는 여성 혐오적인 스트릭랜드에게 '시대를 잘못 타고났군요. 여자가 가재도구이고 남자가 노예를 거느리던 시대에 태어났어야 하는데.'라고 비판하기도 한다. 따라서 작중 인물의 여성 혐오증은 몸 자신의 여성 혐오증을 반영한다는 점을 무시할 수는 없지만, 그것은 현실 남성이 가진 여성 혐오증에 대한 객관적인 묘사, 또는 남성 중심주의를 무반성적으로 받아들이고 있는 여성에 대한 냉소라고 이해할 수도 있다. 몸의 문학에 등장하는 모든 여성이 부정적으로 그려진 것은 아니라는 점도 주목할 만하다. 가령 그의 대표작인 『인간의 굴레에서』를 보자면 밀드레드와 대조적으로 노라와 샐리는 건강하고 긍정적인 여성으로 그려져 있으며 샐리는 특히 이상적인 여성상으로 묘사되어 있다. 『달과 6펜스』에서도 주체적인 여성 유형으로 티아레가 등장한다. 아타도 남성에 순종하는 전근대적인 여자로 그려져 있지만 그녀에게는 남성 중심적 이데올로기를 넘어서는 초월적 여성성의 분위기도 없지 않다. 결국 인간에 대한 몸의 시각이 다소 편중되어 있다는 느낌은 없지 않으나, 공평성을 유지하기 위해 애쓴 흔적은 있다.

『달과 6펜스』는 위대한 문학의 목록에 든 적은 없지만 특이한 소재로 출간 이후 전세계적으로 계속적인 인기를 유지해 왔다. 특히 출간 직후에는 폭발적인 인기가 있었는데 그것은 세계대전을 통해 인간과 인간 문명에 깊은 염증을 느낀 젊은 세대에게 영혼의 세계와 순수의 세계에 대한 동경을 불러일으켰기 때문이었다. 『달과 6펜스』는 가까운 현실 문제를 떠나 모든 이에게 내재되어 있는 보편적인 욕망, 즉 억압적인 현실을 벗어나 본마음이 요구하는 대로 자유롭게 살고 싶은 욕망을 자극함으로써 크게 어필했던 것 같다. 인간의 영원한 욕망인 이 탈출과 해방의 욕망이 영혼의 부름을 따른 천재의 강렬한 개성과 치열한 삶을 경험함으로써 매혹당했던 것이다. 확실히 스트릭랜드는 현실을 거부하고 내부의 충동대로 살고 싶은 독자의 꿈을 대리 실현시켜 주는 면이 있다. 더욱이 세속을 벗어날 수 없는 사람에게 스트릭랜드의 이야기는 더 매혹적으로 느껴진다. 오늘날 예술가에 대한 환상은 많이 줄어들었지만 그럼에도 현실 너머의 신비하고 아름다운 삶을 포착할 수 있는 마술적인 힘을 가진 존재로서의 예술가에 대한 동경은 여전히 사라지지 않았다고 할 수 있다. 이 소설에는 특히 천재성과 나병의 낭만적인 병치가 있고, 우리로 하여금 물질 문명에 대한 혐오감에서 벗어나게 해 주는 원시의 낙원 이미지가 있다. 『달과 6펜스』도 광적인 천재를 소재로 하는 전통적인 이야기의 기본 패턴을 충실히 따르고 있는 편이다. 순수 세계와 체험 세계, 자연과 도시의 대비, 거기다 저주의 병을 통해 낙원의 비전이 깃든 위대한 예술이 탄생한다는 이야기는 낭만적 환상을 자극한다. 타히티에 대한 세계인의 관심에는 아마 『달과 6펜스』와 고갱의 그림들 덕도 있을 것이다.

『달과 6펜스』의 기술 방식도 효과적이었던 것 같다. 있을 법하지 않는 일, 그러니까 행복한 가정을 가진 중년 남자가 하루아침에 가정을 팽개쳐 버리고 그림을 그리기 시작한 일을 작가는 분명하게 설명하지 못하겠다는 듯한 제스처를 씀으로써 오히려 내적 충동의 필연성과 신비감을 강렬하게 만들고 있다. 세속의 윤리와 가치를 일거에 넘어서 버리는 그 비약을 비약 자체로 남겨 둠으로써 오히려 효과를 거두고 있는 것이다. 내레이터를 처음부터 주인공과 일정한 거리를 두게 만들었던 것도 같은 효과를 겨냥한 수법이다. 이야기의 중반 이후는 내레이터가 직접 경험한 것이 아니라 다른 사람들로부터 들은 이야기를 엮는 형식을 취하고 있다. 이런 수법은 흔하지만 이 작품에서는 신비감을 고취하는 데 특별히 효과적으로 이바지하고 있다. 독자는 주인공이 산 삶의 중요한 부분을 직접 보거나 들을 수 없어 서로 다른 관점을 통해 그의 삶의 성격을 짐작할 수밖에 없는데, 그것은 진실이나 자유의 정체는 결국 그런 방식으로밖에 접근될 수 없음을 암시한다고 할 수 있다.

작가 연보

1874년   1월 25일, 프랑스 파리의 영국 대사관 고문 변호사로
        일하던 로버트 몸의 막내아들로 태어났다.

1882년   어머니 이디스 몸이 폐결핵으로 별세했다.

1884년   아버지가 암으로 별세. 영국 켄트주 윗스터블 관할사제
        인 숙부네에서 자람. 가을에 캔터베리의 킹스 스쿨에
        입학했다.

1890년   폐결핵으로 한 학기를 남프랑스에서 요양하면서 모파상
        을 비롯한 프랑스 작가들의 소설을 탐독했다.

1891년   킹스 스쿨을 중퇴하고 독일로 유학, 하이델베르크 대학
        교에서 청강생으로 어학과 수학을 공부했다.

1892년   숙부의 권고로 공인회계사 공부를 시작했다가 그만두
        고 런던의 세인트토머스 병원 부속 의학교에 입학하지

만 의학 공부보다는 작가 수업에 더 관심을 가졌다.

1897년   의학생의 경험을 토대로 쓴 첫 장편 소설『램버스의 라이저(Liza of Lambeth)』를 발표, 베스트셀러가 되었다. 의학교를 졸업하고 면허를 얻지만 작가 수업을 위해 의업을 포기하고 스페인에 정착했다.

1898년   역사 소설『성자 만들기(The Making of a Saint)』발표. 후에『인간의 굴레에서(Of Human Bondage)』의 원형이 되는「스티븐 케리의 예술가적 기질(The Artistic Temperament of Stephen Carey)」을 썼으나 출판하지 못했다. 로마를 여행했다.

1899년   단편집『정위(Orientations)』출판.

1901년   보어 전쟁에서 힌트를 얻어 쓴 장편 소설『영웅(The Hero)』을 출판했다.

1902년   중산층 여자가 농부와 결혼하는 이야기를 다룬 소설『크래덕 부인(Mrs. Craddock)』출판. 희곡「명예로운 자(A Man of Honour)」가 공연되었다.

1903년   희곡「현세의 이익(Loaves and Fishes)」과「프레더릭 부인(Lady Frederick)」을 발표, 평가가 좋지 않자 희곡을 포기하고 소설에만 전념했다.

1904년   실험 소설『회전목마(The Merry-Go-Round)』출판. 파리로 건너가 몽파르나스에 자리 잡고 한동안 보헤미안 생활을 하며 여러 예술가들과 교제했다. 로지라는 여배우와 연애. 희곡「도트 부인(Mrs. Dot)」을 집필했다.

1905년   스페인에 머물면서 안달루시아 여행기『성처녀의 나라

(The Land of Blessed Virgin)』를 출판했다.

1906년   장편 소설 『주교의 에이프런(The Bishop's Apron)』을 출판했다.

1907년   장편 소설 『탐험가(The Explorer)』 출판. 시칠리아 섬 여행. 런던의 코트 극장에서 공연한 풍속희극 「프레더릭 부인」이 대성공을 거두고 일 년간의 장기 공연에 들어갔다.

1908년   「잭 스트로(Jack Straw)」, 「도트 부인」 등 모두 네 편의 극이 런던의 4대 극장에서 동시에 공연되어 셰익스피어 이래 최대의 인기를 누림. 공포 소설 『마술사(The Magician)』를 발표했다.

1909년   희곡 「페넬로페(Penelope)」와 「스미스(Smith)」가 공연되었다.

1910년   희곡 「열 번째 사나이(The Tenth Man)」와 「지주 귀족(Landed Gentry)」이 공연되었다.

1911년   런던 메이페어에 근사한 주택을 구입했다.

1912년   스페인의 세비야에서 자전적 소설 『인간의 굴레에서』를 쓰기 시작했다.

1914년   희곡 「약속의 땅(The Land of Promise)」 공연. 1차 세계 대전이 일어나자 프랑스 적십자 야전 의무대에 지원했다.

1915년   정보국에 발탁되어 스위스의 제네바에서 첩보 활동. 희곡 「성취 불능(The Unattainable)」, 「선배(Our Betters)」 집필. 『인간의 굴레에서』 출판. 미국에서 시어도어 드라이저가 《뉴 리퍼블릭》에서 이 소설을 격찬하지만 전쟁 중이어서 큰 반향을 일으키지는 못했다.

1916년   시리 웰컴(Syrie Barnardo Wellcome)과 결혼했다. 첩보
         생활로 건강을 해쳐 미국에서 정양. 화가 폴 고갱을 모
         델로 한 소설을 쓰기 위해 타히티섬을 여행했다.

1917년   정보국의 중대 비밀 임무를 맡고 러시아에 갔다. 톨스토
         이, 도스토옙스키, 체호프의 고장에 가 보고 싶은 욕심
         때문에 무리한 부탁을 맡은 것이었다.

1918년   러시아에서 귀국하나 건강이 악화되어 스코틀랜드에
         서 요양했다.

1919년   희곡 「시저의 아내(Caesar's Wife)」, 「집과 미녀(Home
         and Beauty)」 집필. 장편 소설 『달과 6펜스(The Moon
         and Six pence)』를 출판하여 주목을 받고, 『인간의 굴레
         에서』도 재평가를 받았다.

1920년   중국을 여행했다.

1921년   단편집 『잎사귀의 떨림(The Trembling of a Leaf)』 출판.
         희곡 「서클(The Circle)」 공연. 보르네오와 서말레이시
         아를 여행했다.

1922년   여행기 『중국의 병풍(On a Chinese Screen)』을 출판했
         다. 희곡 「수에즈의 동쪽(East of Suez)」을 공연했다.

1924년   희곡 『현세의 이익』 출판. 많은 단편 소설을 발표했다.

1925년   단테의 『신곡』에서 힌트를 얻고 홍콩 여행을 바탕으로
         한 장편 소설 『인생의 베일(The Painted Veil)』을 출판
         했다.

1926년   희곡 「정숙한 아내(The Constant Wife)」 공연. 단편집

『카수아리나 나무(The Casuarina Tree)』를 출판했다.

1927년　「밀림의 발자국(Footprints in the Jungle)」 등 단편 소설 다수 발표. 『편지(The Letter)』를 각색하여 공연했다.

1928년　첩보 활동 경험을 소재로 하여 단편집 『어센던(Ashenden)』 출판. 희곡 「성스러운 불꽃(The Sacred Flame)」이 뉴욕에서 공연되었다.

1929년　이혼. 프랑스 카프페라에 정착. 보르네오와 서말레이시아를 여행했다.

1930년　희극 「밥벌이(The Breadwinner)」 발표. 여행기 『응접실의 신사(The Gentleman in the Parlour)』와 토머스 하디와 휴 월폴을 풍자적으로 그린 장편 소설 『케이크와 맥주(Cakes and Ale)』 출판. 키프로스와 뉴욕을 여행했다.

1931년　단편집 『일인칭 단수(Six Stories Written in the First Person Singular)』 출판. 희곡 「서클」이 공연되었다.

1932년　단편집 『책가방(The Book Bag)』, 장편 소설 『궁색한 인생(The Narrow Corner)』 출판. 희곡 「수고(For Services Rendered)」가 공연되었다.

1933년　단편집 『아, 왕이여(Ah King)』 출판. 희곡 「셰피(Sheppey)」 공연. 이 작품을 끝으로 더 이상 희곡을 쓰지 않았다. 스페인을 여행했다.

1934년　단편집 『심판의 자리(The Judgment Seat)』 출판.

1935년　기행문 『돈 페르난도(Don Fernando)』 출판.

1936년　콩트집 『세계주의자(Cosmopolitans)』 출판. 여행기 『나의 남해 섬(My South Sea Island)』을 시카고에서 출판.

남아메리카와 서인도제도를 여행했다.

1937년   장편 소설 『극장(Theatre)』을 출판했다.

1938년   자전적 회상록 『요약(The Summing Up)』을 출판했다.
          인도를 여행했다.

1939년   장편 소설 『크리스마스 휴가(Christmas Holiday)』 출판.
          9월 1일, 2차 세계대전이 발발하자 요트로 프랑스에서
          탈출을 기도. 『세계 단편 백선(Tellers of Tales)』 뉴욕에
          서 출판되었다.

1940년   평론집 『전시(戰時)의 프랑스(France at War)』, 독서 안
          내책 『책과 당신(Books and You)』 출판. 6월 15일에 파
          리가 함락되자 카누를 타고 영국으로 탈출. 10월 미국
          으로 건너가 1946년까지 뉴욕에 정착했다.

1941년   자서전 『극히 개인적(Strictly Personal)』 뉴욕에서 출판.
          중편 소설 「별장에서(Up at the Villa)」를 발표했다.

1942년   장편 소설 『동트기 전(The Hour before the Dawn)』
          출판.

1943년   『현대 영미 명작선(Modern English and American
          Literature)』이 뉴욕에서 출판되었다.

1944년   장편 소설 『면도날(The Razor's Edge)』 출판.

1946년   역사 소설 『그때와 지금(Then and Now)』 출판. 『인간
          의 굴레에서』 원고를 미국 국회도서관에 기증했다.

1947년   단편집 『환경의 동물(Creatures of Circumstance)』 출판.

1948년   단편집 『이곳저곳(Here and There)』, 장편 소설 『카탈리
          나(Catalina)』 출판.

1949년   에세이『작가 수첩(A Writer's Notebook)』출판.

1950년   『인간의 굴레에서』다이제스트판이 발간되었다.

1951년   『작가의 시점(The Writer's Point of View)』. 미국에서 '몸
          연구소'가 설립되어 몸의 문헌들이 전시되었다.

1952년   평론집『방랑의 무드(The Vagrant Mood)』출판. 옥스
          퍼드 대학교에서 명예학위를 받았다. 네덜란드를 여행
          했다.

1953년   희곡『고귀한 스페인 사람(The Noble Spaniard)』출판.

1954년   엘리자베스 여왕으로부터 명예 훈위(Companion of
          Honour) 칭호를 받았다. 그리스와 로마 방문. 평론
          집『세계 10대 소설과 그 작가(Ten Novels and their
          Authors)』를 발표했다.

1958년   평론집『시점(Points of View)』을 출판하고 작가 생활을
          끝낸다고 선언했다. 윈스턴 처칠 경과 함께 왕립문학원
          의 부원장에 선출되었다. 일본을 여행했다.

1961년   문학 훈위(Companion of Literature) 칭호를 받았다.

1965년   12월 16일, 프랑스 니스에서 아흔한 살의 나이로 사망
          했다.

세계문학전집 **38**

달과 6펜스

1판 1쇄 펴냄 2000년 6월 20일
1판 96쇄 펴냄 2024년 12월 10일

지은이 서머싯 몸
옮긴이 송무
발행인 박근섭, 박상준
펴낸곳 (주)민음사

출판등록 1966. 5. 19. (제 16-490호)
서울특별시 강남구 도산대로1길 62(신사동) 강남출판문화센터 5층 (우편번호 06027)
대표전화 02-515-2000 팩시밀리 02-515-2007
www.minumsa.com

ISBN 978-89-374-6038-8 04800
ISBN 978-89-374-6000-5 (세트)

* 잘못 만들어진 책은 구입처에서 교환해 드립니다.

세계문학전집 목록

세계문학전집은 계속 간행됩니다.